HI TO TSUKI TO KATANA
by MARUYAMA Kenji

Copyright ⓒ 2008 MARUYAMA Kenji
All rights reserved.

Originally published in Japan by Bungei Shunju Ltd., Japan.
Korean translation rights arranged with MARUYAMA Kenji, Japan
through THE SAKAI AGENCY and BC Agency.

이 책의 한국어판 저작권은 BC 에이전시와 사카이 에이전시를 통한 저작권자와의
독점 계약으로 도서출판 학고재에 있습니다. 저작권법에 의해 한국 내에서 보호를 받는
저작물이므로 무단 전재 및 무단 복제를 금합니다.

해와 달과 칼 上
ⓒ 마루야마 겐지, 2009

지은이 마루야마 겐지 | 옮긴이 조양욱 | 펴낸이 우찬규 | 펴낸곳 도서출판 학고재
초판 1쇄 발행일 2009년 4월 15일 | 초판 1쇄 인쇄일 2009년 4월 9일
등록 1991년 3월 4일(제1-1179호) | 주소 서울시 종로구 계동 101-12 신영빌딩 1층
전화 편집 (02)745-1722/3 | 관리/영업 (02)745-1770/6
팩스 (02)764-8592 | 이메일 hakgojae@gmail.com
주간 손철주 | 편집 손경여·강상훈 | 디자인 문명예
관리/영업 김정곤·박영민·이창후·이현주 | 인쇄 현문

ISBN 978-89-5625-090-8 03830
ISBN 978-89-5625-089-2 (세트)

※ 가격은 뒤표지에 있습니다.
※ 잘못된 책은 구입처에서 바꿔드립니다.

해와 달과 칼

마루야마 겐지 장편소설

조양욱 옮김

— 上

학고재

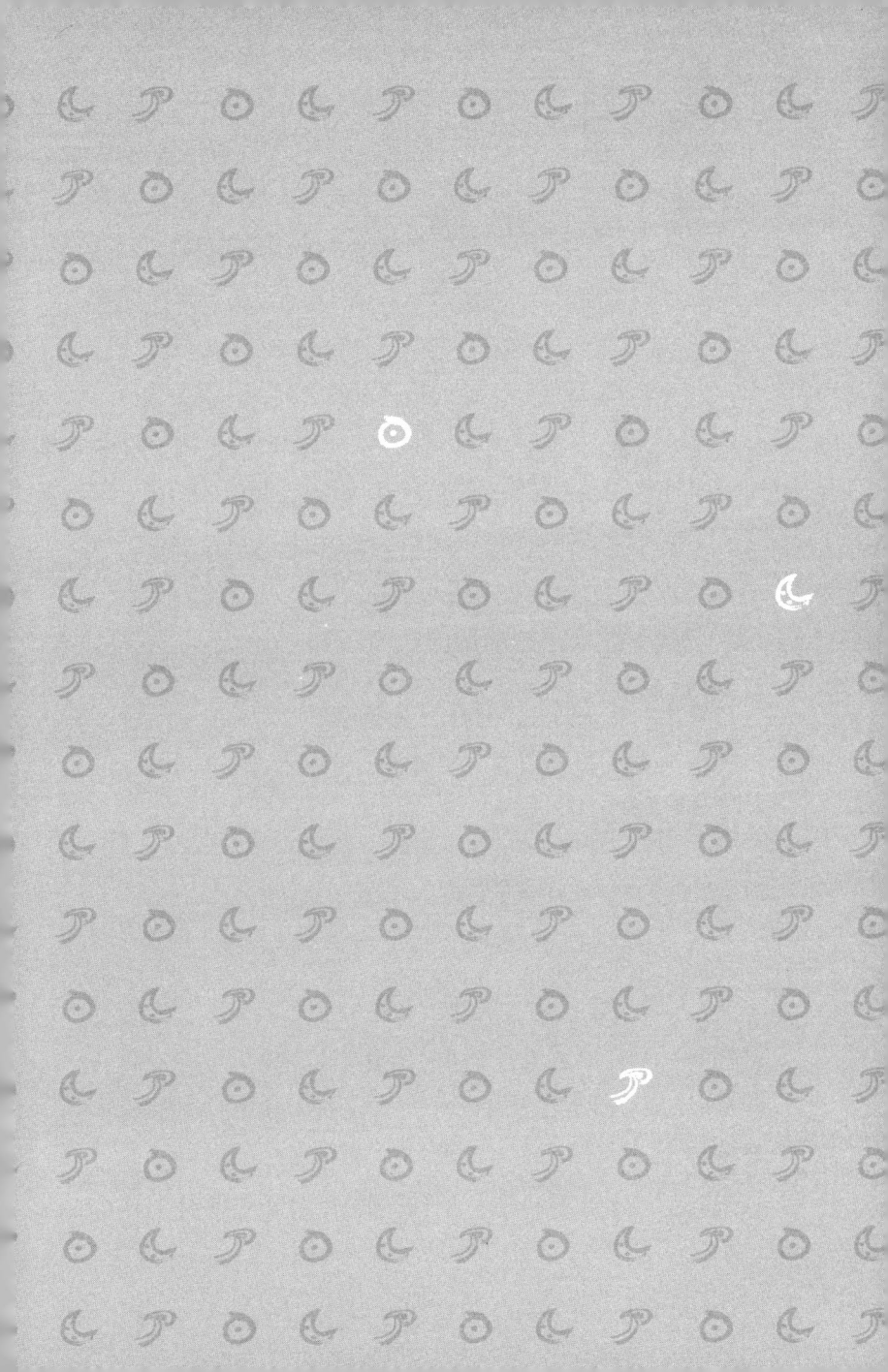

번쩍번쩍 빛나는 아침 해가 덕을 베푸는 빛으로 밤을 중화시키고, 놀랄 만한 정력을 투입하면서 어둠의 저주를 순식간에 풀어버린다.

구름 낀 동녘의 이 구석에서 저 구석에 이르기까지 맑디맑은 봄빛으로 충만하고,
붉은빛과 금빛이 마구 뒤섞인 태양이, 우뚝 치솟은 산의 높다란 봉우리와, 그 지맥이 뻗어나간 일대에, 오늘도 역시 칠흑의 심연으로 가라앉은 불모의 영역에 아무 아낌없이 자비로움을 베풀었으며,
죄라는 죄는 다 난무하는 혼탁한 세상을 향하여, 흡사 선과

악의 조정자인 양 함축 있는 물음을 던진다.

사람이 사람인 소이所以**는 무엇이냐.**

그러나 어제와 다름없이, 돌려줄 후련한 대답은 있을 리 없고,
하늘의 섭리를 거역하여 짐승 같은 행위로 날을 지새울 수밖에 없다는,
그런 반역적인 목소리도 들려오지 않을뿐더러,
신불神佛의 힘에 기대어 여느 사람보다 뛰어나게 되리라는 너무나도 고상한 욕구의 목소리도 귓전에 닿지 않았으며,
그렇다고 해서 그따위 성가신 이야기는 도통 모르겠노라는 투의 자포자기의 목소리도 울려 퍼져오지 않는다.

사람은 누구나 몽상과 열광을 갈구하여 살아가고, 그로 인해 심란해지는 법이다.

한 나라의 기둥이 되어 병권을 쥐고,
인심을 얻어 민초 위에 일륜日輪처럼 군림하며,
악명을 드날리며 가신들을 거느리고,
수많은 병졸을 긁어모아 속임수의 질서를 유지하면서,
전제적 지배력을 뽐내지 않고는 견디지 못하는,

적자생존의 법칙을 누구보다 충실하게 따를 줄 알게 된, 소심하기 짝이 없는 만큼 잔학성이 강한 쇼군(將軍).

절대자를 기꺼이 용인하는 바람밖에 불지 않는다.

전화(戰禍)를 지독하게 입고 말아, 절망적인 슬픔에 잠길 수밖에 없는 유민(流民)과,
대기근의 거친 파도를 정통으로 뒤집어쓰고, 그 여파로 도읍의 강과 들을 가득 메운 겹겹이 쌓인 시체와,
그것을 목격하고 중생의 제도(濟度)를 진심으로 바라는, 거무스름한 옷 외에는 몸에 걸친 게 없는 밀교 사원의 고승과,
아침저녁으로 스승을 친자(親炙)하여 자기 자신의 성화(聖化)를 꾀하면서, 하루라도 빨리 혼자 나서서 한바탕 벌어들일 꾀만 내는 풋내기 음양사(陰陽師).

세상에 가득 찬 이런저런 영원한 모순 따위, 추호도 놀랄 일이 아니다.

나야말로 천손(天孫) 종족의 가계라는 유일무이한 기반을 아무 의심 없이 굳게 믿으며,
같은 핏줄에 속하는 자들만으로 주위를 빈틈없이 채우고,
기품 있는 경치가 자랑거리인, 고귀하기 이를 데 없는 신분

의, 실상은 교활하기 짝이 없는, 남에게 억지로 일을 시켜 즐거움을 찾고자 하는, 지독하게 심성이 야비한, 궁전에 똬리를 튼 예의 그 책사策士.

눈을 부드럽게 만드는 신록 저 너머, 춘풍태탕春風駘蕩한 도읍을 바라본다.

온통 한숨 쉴 일만 가득한, 팔방八方이 꽉 막힌 필부에서 몸을 일으켜,
굴욕을 잘 견뎌냄으로써 남들의 여하한 성근性根도 간파하는 능력을 기르고,
먹는 둥 마는 둥 철저한 구두쇠로 십여 년을 지내면서 변변치 못한 종자돈을 마련하여,
대금업과 술도가를 겸해서 많은 재보를 끌어 모아,
급기야 과보자果報者나 행운아의 상징적 존재가 된, 예사 수단으로는 통하지 않는, 조금도 웃지 않는, 벼락부자.

상하귀천 구분 없이 돈이 말을 하는, 탐욕스런 행위가 일상다반사인 시절의 한복판.

유복하고 덕 있는 사람들의 머슴으로 일하면서, 벼락 출세자의 추종자가 될 꿈을 도저히 버리지 못하고,

부끄러움에 깊이 물든 양심의 중하重荷 따위야 예전에 벌써 내려버리고 만,

엄청나게 센 팔뚝의 힘만이 자랑거리인,

마음에 죽음의 그림자가 어둡게 드리우는 생활에 완전히 익숙해진,

당당한 체구의, 구제하기 어려운, 소문난 폭력배들.

어디 사는 누구든지, 살아 있는 한에는 광기를 면하지 못한다.

세상살이 늘 그러하듯 부침浮沈의 큰 파도에 한 방 얻어맞고,

아니나 다를까 천민의 무리에 끼어들지 않을 수 없는 지경에 이르러,

무방비의 불안을 감추지 못한 채,

지금은 그저 안절부절못하기만 할 뿐인,

제 그림자에조차도 화들짝 놀라는,

지지리도 못난 시골 사무라이.

창연悵然*한 인생이 서로 북적거리며 사는 이 좁아터진 세상은, 악을 타파할 힘을 잃고 어디라 없이 해결 불가능한 일만 가득하다.

특정 개인의 소유물이 된 드넓은 토지를 사이에 놓고 엄연한 주종관계를 맺어,

그렇게 함으로써 영원한 안온이 계속되리라고 머리를 굴려서,

향상심은 터럭만큼도 지니고 있지 않은,

호기를 뽐내는 장원莊園의 지배자와, 노예 취급을 당하는 데 이골이 나서 아주 어울리기까지 하는 농민.

역경을 당하여도 명랑하고, 염연恬然**한 태도로 자존자위自存自衛를 갈망하는 자는 드물다.

방긋 웃음 짓는 미태媚態를 무기로 의마심원意馬心猿***의 궁궐에 빌붙어,

동녀童女 시절부터 어머니에게 낱낱이 배워 몸에 밴 선정적인 춤을 추어서,

자신에게는 아무런 위안조차 되지 않음을 잘 알면서도 이따금 몸을 팔아,

그럴싸하게 구슬려 조정 관리와 귀족의 돈을 우려낼 때마다 어쩐지 상쾌한 기분이 드는,

*섭섭하고 서운함 **욕심이 없어 마음이 편안함 ***욕정을 억제하지 못함

당대 제일이라는 평판이 자자한 시라뵤우시〔白拍子〕.*

만연하는 차별과 격차와, 감출 수 없는 내면의 동요야말로 활기의 원천이 되고, 그리하여 혼魂은 점점 흐리멍덩해져간다.

하룻밤 만에 악독한 인신매매자의 손아귀에서 벗어나,
험한 길을 울며불며 달리고 달려 무사히 고향에 되돌아와,
한 가닥 동정마저 없이 맞아들인 아버지의 주선으로 슈고다이〔守護代〕**의 관저에 몸을 숨기고,
피범벅이 된 다리를 흐르는 물에 담그고 따뜻한 밥을 아귀처럼 먹으면서,
수시로 안도의 한숨을 쉬는,
경작권과 함께 팔아치워 버렸던 건강한 동자童子.

이 세상에 대한 혐오의 정을 부추김으로써 참된 삶이 시작되고, 오로지 삶을 향하여 애를 태움으로써 생명이 살아난다.

근심으로 가득 찬 미개한 세상에 찰싹 달라붙어, 배를 채우기 위해 날마다 형편없이 자질구레한 뒤치다꺼리에나 내몰리는 그 누구나가,
준동蠢動을 시작한 땅속 버러지들과 마찬가지로,
혹은, 훈풍에 들떠 산을 막 내려오자마자 마을사람에게 붙

잡힌 새끼 곰과 마찬가지로,

어쨌거나 목숨만이라도 부지한 것을 다행으로 여겨,

장엄무비莊嚴無比한 자연현상인 물과 불과 바람과 흙이 대순환하는 힘에 그저 혼을 맡긴 채, 무슨 일이 있어도 새롭게 뜨는 아침 해를 머뭇머뭇 맞는다.

하늘의 배제配劑***를 찬양하라고 큰 소리로 말씀하시는 것은 대수로운 일이 아니다.

행인지 불행인지 날이 새기도 전에 수명이 다하고 만 자들은,

자신의 죽음을 마침내 인정하고 난 뒤로도 술렁거리는 마음에 화가 치밀고, 주변에 아는 사람이 한 명도 눈에 띄지 않는다는 사실에 더욱더 불안에 쫓기며, 욕망도 물질도 초월한 무색계無色界라는 것이 대관절 어디에 있는가 버럭 미심쩍어하면서,

화사한 색깔의 채운彩雲을 타고 맞으러 온다는 부처님이라는 것을, 혹은 추괴한 용모를 한, 터럭만큼도 용서가 없다는

---

*헤이안[平安] 시대(794~1192) 말기에 시작된 가무 또는 그 가무를 추는 유녀遊女. 이후 유녀로 통일함 **슈고는 가마쿠라[鎌倉] 시대(1192~1333)와 무로마치[室町] 시대(1338~1573)의 각 지역 경비 및 치안 담당관. 슈고다이는 임시로 슈고의 직책을 수행하던 사람 ***세상사나 운명을 알맞게 배합함

저승사자라는 것을 기다린다.

산사 여기저기에서 부처와 닮았으되 닮지 않은 생김새의, 도피 근성을 통째로 드러내는 승려들의 근행勤行의 목소리가 시작된다.

그렇지만 온몸 구석구석에서 시끌벅적하게 밀려드는 사기死期*를 깨달은 이 봄,
추류醜類**와 속객俗客과의 교유를 단호히 끊고, 유랑의 나그네 길을 멈추었으며, 원숭이나 사슴이나 멧돼지조차 절대로 다가가려 하지 않을 만큼 날카롭고 뾰족한 산꼭대기 위에 세워진 초암草庵에 틀어박혀,
자신이 남겨야 할 물건이 이것 외에는 없다는 듯이 석 달에 걸쳐서 병풍 그림 제작에 몰두하여, 마지막 단계에 들어가자 사흘 낮 사흘 밤 불면불휴不眠不休하여 마침내 여섯 폭짜리 대작을 그려낸 백발의 늙은이만은,
숙면하여 만사를 잊으려던 사람들과는 전혀 다른, 보다 신선한 새벽의 청상清爽한 기운에 푹 잠겨, 이제는 누긋한 자세로 심수지경深邃之境***에서 노닐었다.

그다지도 강했던 어리석은 자의 집념도 이제는 썰물처럼 빠져 나간다.

피로감은 없고, 허탈감도 없으며, 초췌하여 졸음이 쏟아지지도 않고,

물아일여의 경지란 바로 이런 것인가 하고 여겨질 정도의 기분에 흠뻑 취하여,

나이 팔십에 처음으로 생자生者의 신수神髓를 얻은 것 같은, 자신을 완전히 객체로서 관찰할 줄 아는 재주를 터득한 것 같은, 기나긴 속죄의 고행을 무사히 마친 것 같은,

그런 성취감과 깊은 충일에 푹 뒤덮여 있었다.

그림쟁이는 지금 일허일실一虛一實**의 인생이 던지는 의의를 비로소 느낀다.**

생명의 등불이 마침내 꺼져간다는 초조감은 어느 결에 줄어들고,

숨을 거두기 전에 마무리해야 할 일이 있지 않을까 하는 절박한 비장감도 말끔히 사라져,

일부러 스스로를 채찍질하여 흔들리는 마음을 추스를 필요마저 없어지고,

공공적적空空寂寂****한 기분 좋은 심정으로, 유난히 맑은 표

---

*죽을 때 **추잡한 패거리 ***깊숙하고 그윽한 경지 ****사물에 아무런 집착이 없는 상태

정으로, 흐드러지게 핀 아름다운 벚꽃 사이를 누비듯이 봄 안개가 길게 뻗어나, 싱싱하고 푸른 야산野山과 너무나 잘 어우러졌다.

살아 있으면서 영원한 고요를 얻은 것 같은 그런 심경이다.

지겹도록 긴 세월을 보내고 진절머리가 날 만큼 장수를 누려, 완전히 늙어빠진 육체로부터의 이탈을 가까이에 둔, 그리 많은 것을 바라지 않음으로써 도리어 중량감이 불어난 혼은, 잽싸게 부동浮動의 준비에 나섰으며,
그 가슴속은 드디어 순수함으로 그득 들어차,
산의 숨결을 구멍투성이의 폐로 받아들이는 것만으로도, 존재하기 위해서는 빠트리지 못할 근원적인 힘을 섭취할 수 있었고,
바짝 말라버린 그 입은 한 톨의 밥알도, 한 방울의 물도 원하지 않았다.

가부의 답을 묻는 또 한 명의 자신은 완전히 사라진다.

거의 희열 상태에 빠진 노인은 마침내 제정신을 차렸으며,
밀려든 세월의 파도로 주름진 얼굴의 오른쪽 절반을 자작自作의 그림 쪽으로 돌리고, 왼쪽 절반을 암자 바깥으로 향하게 하

여, 아직 노쇠를 모르는 두 눈에 비치는 그대로의 허상과 실상의 풍경을 동시에 거두어,

틀림없이 정혼精魂을 담았을 작품이, 예로부터 연면히 이어지는 생생한 현실세계에 압도되어, 철저히 박살나버리지나 않았을까 염려했으며,

다시 말해 애도愛刀를 휘둘러 잘게 썬 다음 태워버릴 수밖에 없는 죽은 그림이 되고 말지나 않았을까 걱정하면서, 쌍방을 곰곰 비교해보았다.

찬연한 광휘를 뿌리고 있는 것은 과연 허와 실의 어느 쪽인가.

비와 이슬을 간신히 피할 수 있을 정도의 보잘것없는 초암에서 사방팔방으로 조망할 수 있는 진짜 경치는, 온통 드넓게 펼쳐진 봄에 물들어,

구불구불 이어진 구릉은 녹색으로 완전히 칠해지고,

색채도 형상도 풍성한 봄의 풀은, 저마다의 씨앗에 배인 유전자에 따라 스스로를 아름답게 장식했으며,

흐드러지게 꽃핀 초원은 발정한 새들의 지저귐으로 빈틈없이 채워져 있었고,

종주하는 산맥은 뿔을 곤두세운 소처럼 거칠며,

걸어서 건널 수 있는 강들은 한결같이 온화한 풍토를 상징

했고,

　천공天空은 한없이 밝게 빛나면서, 환영받지 못할 생명 따위 있을 리 없는지라, 살아가는 데 무엇을 참작할 필요가 있겠느냐며 가슴을 펴고 다부지게 말했다.

　아름답게 윤기가 나는, 선명한 파국이 어울릴 꽃과 풀이 물씬 향기를 풍긴다.

　멀리 바라보는 정묘精妙한 춘경春景의 구석구석까지가 맥소脈所를 잘 알고 있었고, 그 보편적인 구실을 빈틈없이 해내었으며,
　꽃에 마음을 앗길 소인騷人*의 애간장을 태우고야 말겠다는 매력이 넘쳐흐르고, 토멸討滅시키기 힘든, 성스럽기까지 한 활력을 뿌리면서, 하늘의 배제配劑를 찬양하기에 걸맞은 분위기를 남김없이 양성하여,
　그것이 강점인, 감탄하지 않을 수 없는 교묘한 장치로 가득 차 있었다.

　하늘을 향해 고발의 화살을 쏘는, 그런 봄의 품위를 떨어뜨릴 놈들은 나타나지 않는다.

　따끈따끈한 햇살과 훈풍에 실려 도달한 범종梵鐘의 음색은,

저녁 어스름의 그것처럼 비운에 잠긴 자의 발을 잡아당길지도 모르는, 그늘에 가득 엉킨 울림이 되지는 않았고,

무위도식의 밥벌레를 자인하는 자들에게도, 사사寺社**의 문 앞에서 짐수레로 이동하는 굶주린 거지들에게도, 폭설이 쌓인 북국北國에서 들은 고제(瞽女)***의 노래 탓으로 웃음을 잃어버리고 만 젊은 허무승虛無僧****에게도,

오늘 하루만큼은, 아니, 하다못해 태양이 머리 꼭대기에 있을 때까지만이라도, 살아 있어도 괜찮지 않을까 하는 정도의 끈기를 부여받고 있었다.

우주의 전표全豹*****에 미치는 물상物象 모두가 기분 좋은 순리를 따른다.

조각(片)이나, 금이나 은의 크고 작은 절박切箔, 야모野毛, 사자砂子****** 따위의 이런저런 재료를, 다양한 농도와 복잡한 조합으로 뒤섞어 구름과 안개를 표현하고, 머나먼 바다를 건너 운반되어온 값비싼 안료를 듬뿍 써서, 공들이고 정성들여 마무리한 병풍 그림 속의 세계가 어딘가 하니,

*풍류객 **절과 신사를 합쳐서 일컫는 말 ***샤미센을 타거나 노래를 부르며 동냥 다니는 눈먼 여자 ****장발에 장삼을 걸치고 삿갓을 깊숙하게 쓴 채 퉁소를 불면서 각처를 떠도는 수행승 *****전체의 모양 ******절박은 잘게 썬 것, 야모는 금박이나 은박을 가늘고 길게 자른 것, 사자는 금과 은의 가루를 말함

거기에는 부처와 그 패거리의 모습 따위는 일절 그려져 있지 않으며,

종교적 정조情操와 같은 것은 일월산수로 암시하는 데 그쳤음에도 불구하고,

전편全篇에 넘치는 무서운 약동감과 용솟음치는 신선한 기운氣韻에 의해 제작자 본인조차도 압도되어,

생채生彩한 세계는 바로 여기라는 흔들림 없는 확신과 밑바닥 모를 감명을 던져주지 않을 수 없었다.

만물을 하나로 돌릴 정도의, 무애無碍의 의미를 잘못 알고 말 것 같은 정도의, 계발적인 매력이 넘쳐흐른다.

윤곽을 굳이 명료하게 하지 않거나, 주변을 호분胡粉이나 보라색으로 흐릿하게 하는 고도의 수법은, 실제로는 있을 수 없는 구도로 빈틈없이 짜인 풍경에 한없는 깊이와 중후함을 부여하고, 감정에 호소하여 정서情緒를 부채질하며, 우미優美한 장식성을 꿰뚫어 경건하고 은근한 맛을 발휘시켜,

봄 경치에서 여름 경치로 대담하게 흐르는 오른쪽 한 폭, 그리고 가을 경치에서 겨울 경치로 옮아가는 왼쪽 한 폭에 터럭만큼의 부자연스러움도 찾아낼 수 없고,

공예적인 수법의 다용多用과, 단순한 배색에도 아랑곳없이 파도처럼 넘실대는 품위 있고 탐스러운 모습의 산과, 산처럼

솟구쳐 오르는 거친 파도는, 인간이나 짐승인 양, 혹은 그 이상으로 격렬하게 살아 있다는 사실을 여실히 드러내었다.

기라성 같은 고금古今의 명장名匠들이라도 대번에 꽁무니를 빼고 말리라.

무수히 많은 야마토에[大和繪]*를 훨씬 능가하며, 고담枯淡의 미美에만 치중할 따름인 수묵화를 일축해버릴 듯이 탁월한 완성도에 수유須臾**의 목숨이 다하는 것쯤이야 아무래도 상관이 없어지고,
일합일리一合一離의 운명을 헤쳐 나가며, 오늘 이 시간까지 오래도록 살아온 이유를 드디어 깨달았음을 실감한, 어차피 하나의 점에 불과한 존재인 노인에게, 이제 곧 어마어마한 희열이, 잇달아 숭고한 감정이, 한여름의 소나기구름처럼 피어올랐다.

이것은 이미 미의 세계에 안주할 정도의, 그저 그 수준의 걸작이 아니다.

금박을 사용하여 화사하게 표현된 일륜이 비추고 있는 것

*중국풍의 그림에 대비되는 일본화. 또는 그 유파 **잠시 동안

은, 결코 한없이 넘실거리는 산이나 바다뿐만이 아니라,

거기에 그려져 있지는 않아도, 배덕背德과 죄로 치닫는 생명이며, 그 불길한 짓을 구가하는 인간이며, 살아가는 만큼 고조枯燥*해가는 육肉과 영靈이며, 번져가는 병病과 닮은 기세로 야만野蠻의 뇌腦를 파고들어 전파傳播하는 악의 감염이며, 짐승으로 태어나 짐승인 채로 죽어가는 숙명이지만,

그러나 그 눈부신 빛에는 긍정과 부정의 어느 입자粒子도 포함되어 있지 않았다.

그림 그 자체가 숨을 쉬며 기염을 토한다.

한편, 신비의 영역에 두둥실 떠 있는 은박의 달은, 확실한 의의를 지닌, 인간이라는 비뚤어진 생물에게서 친근성을 찾아내고 싶어 하는 환한 빛을 뿌리며,

예를 들어 세민細民을 구제하는 빛이고, 예를 들어 자기 회복을 재촉하는 빛이며, 예를 들어 심침深沈한 밤의 밑바닥에 물질의 본성을 조심스럽게 들추어내는 빛이고, 예를 들어 장애자를 상냥하게 위로하는 빛이며,

땅속 깊이, 바다 속 깊이, 손쉽게 젖어드는, 정적靜寂하고도 위대한, 한층 더 아름다운 광선을 자우慈雨처럼 뿌리는 것이었다.

응축된 사계四季와 같은 줄에 나란히 선 주야晝夜가 혼을 포박하다.

화단畵壇의 대입자大立者**를 노리는 쩨쩨한 속셈을 품어서야 절대로 이루지 못할,
단시일에 완성시켰음에도 불구하고 벌써 착상의 계기조차 망실忘失의 저 너머로 사라져버린,
그렇게까지나 신품神品을 앞에 두고 여든의 장수長壽를 과시하는 그림쟁이는 움쩍달싹도 하지 않았으며, 눈썹조차 깜짝거리지 않았고, 우수憂愁에 노골老骨을 맡긴 채, 꿈처럼 흘러가는 날들을 천만무량千萬無量의 사념으로 추억하고 있었다.

아무리 용을 써도 떠올리지 못했던 기억마저 선명하게 되살아났다.

그것은 그 누구든 생각해내지 못할 탄생의 순간까지 단숨에 거슬러 올라갔으며,
그러자 흡사 공중에서 신기루의 환상이라도 보는 것처럼, 이 세상에서의 자신의 첫걸음을 생생하게 접할 수 있었고,

---

*말라서 시듦 **입자는 논제에 대해 뜻을 밝히고 질문자에게 답하는 승려

너무나도 비참한 경우 아래 태어난 그 영아嬰兒가 누구랴, 바로 자기 자신임에 분명하다는 확증을 얻게 되자마자,

  늙은 추억자追憶者는 환희에 불타오르는 봄의 대지에서 벗어나, 때를 놓치지 않고, 추의秋意에 듬뿍 물든 한없는 들판의 한복판에서, 생사의 경계에 세워진 산아産兒의, 아직 탕기湯氣가 솟아날 정도의 혼으로 바뀌어 내던져졌다.

느닷없이 고난의 추억, 그 입구에 세워지고 말았다.

보기에도 비참한 모습의 영아에게 구원의 손길을 내미는 자는 한 명도 없었고,
 벌판 언저리에 솟구친 백애애白皚皚*한 산은 어디까지나 냉혹한 표정을 지었으며, 하늘에 무리 지은 별들 또한 마찬가지였고,
 멀리서 번쩍번쩍 비치는 것은, 강탈과 약탈과 살해를 서슴없이 저질러 악명을 떨치는 산적 일당을 쫓는 추적자가 비추는 무수한 횃불이지만,

*천지에 눈이 하얗게 내린 모양

설사 그들이 탄 말이 제아무리 준족駿足이라도, 또한 그들의 선두를 가는 개들의 후각이 제아무리 예민하더라도, 이곳에 도착하기까지 신생아의 목숨이 부지될 수 있을지 너무나 의문스러웠다.

손발을 꼼지락거리기는커녕 산성產聲을 올릴 힘조차 없다.

실제로 아직 젊고, 그리고 몸집이 작으며, 그렇지만 색깔이 얼룩덜룩한 말을 패거리 가운데 누구보다 잘 모는 원기발랄한 도적의 우두머리는,

임시변통의 노리갯감으로 삼을 목적에서 낚아채온, 그 지역에서는 제법 인망 있는 승려의 아내, 시골에서야 드물게 보는 그 미인이 내지르는, 정신이 돌아버리기 직전의 규환叫喚을 막고자 사타구니로 손을 쑤셔 넣은 순간 해산달이 닥쳐 배가 부풀어 있음을 알아차렸고, 그것도 갓난아기의 머리가 막 빠져나오려 한다는 사실을 눈치 챘으며,

사정이 그렇게 되니, 도중에 말이 녹초가 되어 주저앉을 것을 염려하여 운반을 단념했던, 돌부처처럼 무거우나 하나의 통나무를 깎아 만든 본존本尊, 차라리 그것을 싣고 왔더라면 하는 후회가 들었고,

그러자 더욱 화가 치밀어 질주하는 말 위에서 살아 있는 선물을 내동댕이쳐버렸다.

땅바닥에 떨어진 충격으로 분만이 단숨에 가속된다.

머리로부터 거꾸로 떨어진 어머니는, 자신의 목뼈가 부러지는 소리를 듣는 것과 동시에 절명했으나,
대지를 두텁게 뒤덮은 마른풀과, 모체를 두텁게 감싼 피하지방 덕으로 갓난아기는 치명적인 타격을 피할 수 있었고,
뿐만 아니라 찰과상 하나 입지 않았으며, 시끌벅적한 시대로 돌입한 지 얼마 되지 않은 이 세상의 일각으로 무사히 뛰쳐나와, 거무칙칙한 피가 흘러나오는 여음女陰 곁에서 미숙한 몸을 살짝 웅크렸고,
아직 아무것도 쥐어본 적이 없는 손과, 아직 아무것도 밟아본 적이 없는 발은, 불어오는 가을바람의 썰렁한 감촉에 반응하여 바짝 움츠러들었다.

남하하는 철새 떼가 혼에 울려 퍼지는 울음소리를 주거니 받거니 하면서, 맑디맑은 달을 가로질러 간다.

정토진종淨土眞宗의 개조開祖라는 자가 말씀하시기를, 신심만으로 그 모든 죄장罪障*이 소멸하고 다 함께 성불할 수 있다는, 그런 뻔히 속이 들여다보이는 이야기 따위와는 애당초 인

---

*죄업에 의한 성불의 장애

연이 없을 듯한, 피에 굶주린 도둑 떼들이 풍기는 칠흑의 마물과 같은 분위기가, 들판 저 너머의, 깊고 깊은 골짜기와 폭포를 세 군데나 빠져나간, 그러고도 다시 더 먼 곳에 있다는 소굴을 향하여 점점 멀어져갔고,

말발굽이 대지를 울리는 소리도 급속하게 잦아들었으며, 흙먼지도 완전히 가라앉았고, 추성秋聲*이 산야 가득 짐짓 거드름을 피우는 밤이 부활했으며,

마침내는 잔인하고 욕심 많은 자가 저지른 하찮은 비극조차 삼켜졌고,

그 곁을 이따금 일진의 한풍寒風이 휙휙 불고 지나갔다.

착한 사람과 한편이어야 할 무리들은 과연 맹추격을 하기나 하는 것인가.

밤낮을 가리지 않고 무법을 저지르거나 몰의도沒義道한 처사를 행하며, 악惡을 살아 있다는 증거로 삼는 흉적이 너무 재빨리 달아나는 바람에 체념한 것인가,

혹은 너무 깊숙이 쫓아갔다가 호된 반격을 당하는 게 두려웠는가,

또 혹은, 폭군처럼 군림하는 마름이 명했던지라 떨떠름하게 직무를 수행하는 척했을 뿐이었는가,

그 숫자나 장비가 충분하고 남았을 터임에도, 추격자들의

움직임에는 아무런 진지함이 없었고, 빈둥거리기만 하는 태도가 횃불에도 여실히 드러났다.

방치된 영아에게서는 여전히 고고呱呱의 소리가 터져 나오지 않는다.

이제 묘묘渺渺**한 황야의 공기를 흔드는 것은 벌레의 울음소리뿐,
제아무리 영험 뛰어난 법력이라 하더라도 도저히 이곳까지는 미치지 않으며,
따라서 부처의 자비에 매달리는 것이 제일이라는, 약자로서는 마지막 수단을 강구할 수조차 없었고,
침묵한 채 영아는 점점 고경苦境으로 몰려, 차츰차츰 비실재非實在를 향해 기울어갔으며,
고통스러운 위기를 더해가면서, 몸속으로 지옥을 느끼면서, 떨어지기 어려워 서로 얽힌 생과 사의 신수神髓를 이미 충분히 맛보아,
으스스 떨리는 밤공기를 마치 박대博大한 사랑인 양 벌거벗은 몸으로 받아들이고 있을 따름이었다.

*가을의 벌레와 바람소리 **망망茫茫

심장 소리는 갈수록 약해지고 이 세상에 이제 막 접한 혼은 점점 마비되어간다.

전혀 어떻게 해볼 도리를 찾지 못하는 영아의 온몸은 짙은 불안의 그림자에 휩싸여, 몸속을 돌아다니는 혈액이나 림프액의 흐름이 급속히 약해져갔고,
그런데도 눈부시게 변위하는 이곳저곳의 별자리는 거꾸로 그 광채를 점점 더하여, 이 세상의 무대에 등장하자마자 저세상으로 되돌려지려고 하는 생명을 그 광채로써 어떻게든 붙잡아주려 했으며,
달빛 역시 싱싱하게 쏟아져 내려, 그 역운逆運을 무슨 수를 써서든 막아보려고 안간힘을 쓰고 있었다.

그러나 별빛도 달빛도 홍련紅蓮*의 불길은 당하지 못한다.

별안간 황야의 한 모퉁이에서, 추격자의 횃불이 일렁거리는 방향과는 정반대의 위치에서 불쑥 올랐고,
난폭하고 낭자한 짓만 저질러온 패거리들이 추적을 저지하느라 놓은 그것은, 건조한 북풍과 사람 키만큼 자란 마른풀에 의해 순식간에 세력이 드세어져,
우선은 좌우로 번져가더니 잇달아 항거 불능인 맹화猛火의 해일海溢로 변하여, 무시무시한 기세로 이쪽으로 돌진해왔으

며, 천체의 빛을 차례차례 불식해가는 것이었다.

밤하늘 전체에 온통 불티가 춤을 추며 번쩍거려 별을 하나씩 죽여 나갔다.

푸시시푸시시 불꽃이 작열하는 후련한 소리와, 승룡乘龍은 저리 가라 할 화염의 소용돌이가 여기저기서 마구 발광을 하고,
흩날리는 다량의 재가 제 마음대로 떠다니기 시작하여,
풀과 더불어 벌레들이 산 채로 불에 타는 독특한 냄새가 짙어졌으며,
엄청난 사건의 발생에 잠자던 새들이 퍼드덕퍼드덕 날갯짓하면서 난을 피해 공중으로 달아났고,
뒤쥐와 여우와 너구리와 토끼가 거품을 물고 도망치기 바빴다.

길게 뻗친 불의 곡선이 맹연猛煙을 늘어뜨리며 덤벼든다.

횃불이 하나씩 꺼져가는 것은, 숫자만 믿고 통솔이 먹히지 않는 추적자들이 임무를 아예 포기한 증거에 틀림없었고,
다시 말해 이로써 갓난아기의 강운强運도 다하여 수명이 완

*벌겋게 타오르는 불빛. 홍련지옥의 준말

전히 정해졌다는 사실을 의미했으며,
　그 들판에서 부화한 수백 수천을 헤아리는 새의 새끼들과 더불어, 현세로부터 억지로 밀려나가는 것이 확정적이었다.

　제압制壓의 **열파**熱波가 풍요로운 초원을 삭막한 대지로 바꾸어간다.

　불의 바다에서 간신히 목숨을 건져 달아나는 항온동물들이, 평소였다면 멋진 먹이로 여겼을 갓난아기를 무시한 채 훌쩍 뛰어넘어 갔고,
　얼마 지나지 않아 탈출을 위한 행렬이 딱 끊어졌다고 여기자, 학살의 열풍이 바로 가까이까지 밀려들었으며, 마른 억새를 게걸스레 삼키는 홍련의 불길이 곁으로 번져와,
　너무나도 단명으로 끝나지 않을 도리가 없는 만사휴의의 결과가 부동不動의 것이 되었다.

　또다시 주변은 칠흑 같은 어둠에 뒤덮이고 말았다.

　달빛 푸른 청한淸閑의 땅은 일변하여,
　바로 조금 전까지만 해도 가득 찼던 장엄 웅대한 분위기가 말끔히 자취를 감추었으며,
　노인과 노파가 손을 맞잡고 춤을 추기에는 안성맞춤인 좋

은 밤이 맹화에 의해 짓밟히고,

 끔찍하기 짝이 없는 화염의 폭풍은 조금의 망설임도 보여주지 않고 고독한 신생아를 휘감더니,

 그냥 그렇게 시커멓게 그을린 땅바닥에 내버려둔 채,

 새로운 탄소炭素를 찾아 너무나도 탐욕스러운 전진을 계속하는 것이었다.

 놀라운 일이로되, 그래도 갓난아기는 숯덩이가 되지 않았다.

 어머니는 그리 되어버리고, 잠옷도 머리카락도, 그리고 살갗도 불에 타 짓물러져, 지방분이 넘치던 하얀 살 여기저기가 아직도 푸시시 타고 있는 상태여서 보기에도 무참한 모습을 드러내고 있었음에도, 또한 타다 남은 풀 따위가 단 한 포기조차 없음에도 불구하고, 어찌된 영문인지 갓난아기만이 태연스러웠으며, 뜨거운 연기를 대량으로 들이켰을 것임에 분명한 폐는 정상의 움직임을 보였고, 심장 역시 마찬가지여서,

 주위에 누구 하나 경악할 자도 없이, 제아무리 대담한 상상도 범접하지 못할 기적에 에워싸여, 아무 두려움마저 품는 법 없이 가만히 드러누워 있었다.

 푸시시 하고 계속 그을리는 어머니의 유방에서 한줄기 연기가 피어오른다.

쉰 것 같은 냄새를 풍기는 그 검은 연기는, 다른 연기가 열풍에 실려 한창 크게 흔들리는 가운데, 하늘로부터 늘어뜨린 실처럼 일직선으로 곧추 서서,

상공에서 팔방으로 퍼져가는가 했더니, 이번에는 다른 연기에까지 기기괴괴한 작위作爲를 모조리 전하여,

단순한 연기를 순식간에 구름으로 변하게 한 뒤, 즉시 잔뜩 찌푸린 숨 막히는 하늘로 보내버렸다.

불탄 폐허의 머나먼 상공에 흉계적인 색채를 짙게 띤 음운陰雲이 떠돈다.

반천半天을 뒤덮은 구름으로 하늘이 삽시간에 잔뜩 찌푸려지더니,

이윽고 기다렸다는 듯이 번개가 번쩍 들판을 가로지르는가 싶더니 계절에 걸맞지 않은 천둥이 우르릉 울려 퍼지고,

그렇다고 해서 뒤를 잇는 천둥은 없었으며,

그 대신 태풍은 저리 가라 할 엄청난 폭우가 퍼부어 산불로 번져가기 직전이었던 불길이란 불길을 한꺼번에 꺼트리고, 부유浮遊하던 재를 가라앉혔으며, 연기를 수증기로 바꾸어 상승한 기온을 원래대로 되돌려놓았고,

그리 쉽사리 사라지지 않는 냄새만을 남겼다.

호우는 시작과 마찬가지로 그칠 때도 갑자기 그친다.

광란적으로 퍼부어, 그럴 작정이 아니었더라도 산탕産湯의 역할을 다한 비는, 도란형倒卵形*을 한 황야에서만 그 영향력을 발휘한 뒤 소멸했으며,

보통이라면 취우驟雨**에 앞서 불어오는 돌풍이 웬일인지 비가 멎고 나자 불었고, 그것은 흠뻑 젖은 갓난아기의 온몸이 깔끔하게 마를 즈음에는 이미 그쳐버렸으며,

이내 만추晩秋로 돌아가긴 했으나, 그토록 요란하게 울어대던 벌레들이 한 마리도 남지 않고 죽어버린 탓에, 가을은 눈이 어지럽게 시간을 당겼다 늦추었다 하며 한바탕 혼란을 일으키지 않을 수 없었다.

숨이 넘어갈 듯 말 듯 하는 갓난아기는 생명의 세계로부터 완전히 고절孤絶해버린다.

허공을 붙들고 쓰러진 채 타버린 어머니의 하얗고 흐릿한 눈은 매섭게 하늘을 노려보고 있으며,

그 시선은 비열한 악덕으로 가득 찬 비정의 세계와, 신덕神德의 덕택이라는 전설에 비명을 올리기는 하지만,

*달걀을 거꾸로 세운 모양 **소나기

그러나 그래도 아직 일루의 희망을 버리지 못하여, 하다못해 아직 죽지 않은 내 아이만이라도 어떻게 해주었으면 하는 애절한 바람을 품고 있었다.

화재의 기분 나쁜 흔적으로 가득 찬, 적적하게 인적조차 없는 가을밤이 길다.

갓난아기의 내면에 깊이 침잠한 혼은, 죽음이 너무나도 늦게 찾아온다는 사실에 안달이 나서 무리하게 탈출을 시도하지만 아무리 해도 잘 되지 않았고,
마침내 어찌할 바를 몰라, 그로부터 황급히 태도를 바꾸어 능동적인 혼으로 화하여,
재천在天의 영靈들과 한 무리가 되어야겠다는 욕구부터 일단 거두어, 어디까지나 위태로운 조그만 육신 속에 들어앉아 있기로 작정했으며,
이렇게 된 이상 천재일우의 호기를 기대해보는 게 어떨까 하는 쪽으로 크게 방향을 틀었다.

갓난아기는 불과 물에 의한 타격을 용케 견디고 아직 항복하지 않았다.

그렇다고 해서 죽음으로 기울어진 경사傾斜가 멈추지는 않

앉고,

눈을 크게 뜨고 그 눈동자에 천랑성天狼星을 비추지도 않았으며,

유전流轉하는 만물이니 끊임없는 변동이니 하는 것으로 그득한, 고통과 쾌락에 넘치는, 채우지 못한 욕망이 밀치락달치락하는 세상이 무엇인지도 아직 모르는 신선한 생명을 점점 위축시켰고,

기온과 더불어 체온을 뚝뚝 떨어트리면서, 어머니를 뒤따르려 하고 있었다.

이런 곳으로 어둠보다 검은 모피를 걸친 곰이 느릿느릿 나타났다.

탄 살점의 고소한 냄새에 이끌려 산을 내려와, 어둡고 울창한 숲을 빠져나와 들판에 도달한 굶주린 그 녀석은, 산 채불에 탄 새끼 새와 곤충을 부지런히 삼키면서 배회하고 있었으나,

하지만 그 정도의 양으로는 동면기를 무사히 넘기기에 충분한 피하지방을 축적할 수 없었으며,

뿐만 아니라 배회가 지나쳐서 소비하는 에너지 쪽이 더 많아지고 말아, 먹으면 먹을수록 공복이 되는 악순환에 시달리는 지경이었다.

그렇지만 오늘밤은 배회한 보람이 있어 먹음직스러운 먹이를 찾아낸다.

이제까지 단 한 번도 맛본 적이 없고, 천적이라는 인식은 있어도 음식으로 간주한 적이 없는 인간을 앞에 둔 곰은, 극심한 공복과, 그것이 알맞게 그을려 있어서 식욕이 크게 자극되었으며,

또한 사냥꾼처럼 살기를 품고 있는 상대가 아니었으므로, 그다지 경계하지 않고 다가가, 시체라는 사실을 확인하자 더욱 안심했고,

그래도 막상 먹을 순간이 되자 별안간 조심스러워져, 코를 여기저기 처박고 납득이 갈 때까지 냄새를 맡았다.

산이나 숲에서 찾아낼 수 있는 것 가운데에는 가장 깊은 맛이 넘치는 먹을거리다.

잘 익은 홍시보다도, 태어난 곳으로 거슬러 올라온 연어보다도, 땅벌의 벌집에 듬뿍 비축된 꿀보다도 훨씬 월동에 힘이 될 먹이가 아닌가 하고, 그렇게 직감한 야수는,

때를 놓치지 않고 창과 같은 이빨이 돋아난 큰 입을 벌렸으며, 겉은 그을려 있어도 내부는 생혈生血이 뚝뚝 떨어지는 선도鮮度 좋은 고기를 덥석 물었고, 희열과 노기를 절반씩 담은 형상

으로 뼈를 와작와작 씹으며, 장물臟物을 후루룩후루룩 삼켰고,

    그와 같은 일련의 움직임은 이제 완전히 먹잇감으로 변한 유체遺體에도 반영되어 마치 살아 있는 듯한 양상을 드러내었으며, 그중에서도 팔다리의 움직임을 볼라치면 흡사 깨끗이 체념하지 못하는 형도刑徒*의 그것이었다.

    그렇다 하더라도 단숨에 먹어치울 양이 아니다.

    이 소문난 대식大食 동물도 인간 한 명을 통째로 위장에 채워 넣지는 못했으며, 돌멩이 외에는 무엇이든 소화해낼 것 같은 위장이 한계에 도달할 즈음에는, 헉헉 하고 숨을 토하기 시작하여,

    그 뇌리에는 좀 더 쉽사리 소화될 음식에 관해서나 상큼한 맛이 나는 샘물에 관한 생각이 스쳐갔고, 그리고 마침내는 남은 음식을 굴로 가져가자는 생각도 떠올랐으나 그것도 어쩐지 성가시게 여겨졌으며,

    그렇다고 해서 쉽사리 까마귀나 소리개가 가로채가도록 내버려두는 것도 성미에 맞지 않아, 결국 다음 공복 때까지 거기에서 기다리기로 결정내리고 말았다.

---

*죄를 짓고 형을 받은 사람

벌겋게 물든 영악한 주둥이가 큰 하품을 두 번 세 번 한다.

교미기에 들어가기까지는 오로지 스스로의 삶만을 사랑해 마지않는, 정말이지 허풍스러운 외모의 짐승은, 느닷없이 수마睡魔의 기습을 당하여 참지 못하고 그 자리에 털썩 주저앉아, 만복滿腹과 졸음으로 인해 주변에는 거의 주의를 기울이지 않고 드러누워버렸으며,
그 바람에 바로 곁에서 뒹구는, 이제 막 자신이 탯줄을 삼킨 갓난아기를 전혀 눈치 채지 못했고,
만천滿天의 별과 명월明月 아래에서, 약자의 희생으로 살아남는 강자의 잠 속으로 푹 빠져갔다.

크게 코 고는 소리가 야만성에 지배당한 호국胡國*의 일각一角을 드르르 흔든다.

곰이 눈을 뜨는 순간 인생의 마지막이 될 것임이 한층 명료해진 갓난아기는, 이제 거의 생명체로서의 형태가 사라지고 만 어머니 옆에서 숨결이 서서히 꺼져갔으며,
어머니 이상으로 나무랄 데 없는 먹이가 될 불길한 운명이 더해지면서, 목숨이 오락가락하는 사건들로 범벅인 세상으로 뛰어들고 만 비운을 그저 묵묵히 견디고 있었지만,
그러나 그 인내가 아직 서곡에 지나지 않는다는 사실을 알

리가 없었다.

곰의 코골이는 천지의 신에게 기도하는 목소리와 요란스러운 비난의 목소리를 연상시킨다.

몇 시간에 걸친 숙면 뒤에 몸을 뒤척인 곰은 그 순간 갓난아기에 닿았고,
갈고리 손톱의 뾰족한 끝이 부드러운 살갗에 살짝 닿았을 뿐임에도, 식욕의 밑바닥에 그림자를 숨기고 있던 암컷으로서의 본능이 무의식중에 발동하여,
앞발을 부드럽게 뻗는가 했더니 인간의 아이를 가슴팍에 꽉 끌어안아 덥수룩한 모피로 감싸면서,
만복감滿腹感과는 분명히 종류를 달리하는 편안한 잠 속으로 빠져들었다.

잠깐만 지나면 서리로 바뀌어버릴 것 같은 너무 차가운 아침이슬이다.

새벽하늘이 밝아올 무렵까지 갓난아기가 살아 있을 수 있었던 것은, 곰의 높은 체온과 푹신한 털 덕분이었음이 틀림없고,

*오랑캐 나라

또한 그 잡식성 야수의 아침밥이 되지 않았던 것은 결코 모성 본능의 작용에 의한 것이 아니라, 식욕이 되살아나기 직전에 위험한 인간 수컷의 냄새와, 그보다 더 위험한 쇳덩이의 냄새를 맡았기 때문으로,

그 두 가지를 동시에 감지하자마자, 가슴에 안고 있던 것이 무엇인지 확인조차 하지 않고 내던진 다음, 거기서 가장 가까울 듯한 산을 향하여 허둥지둥 잽싸게 달아났다.

온갖 자극이 넘치던 기나긴 밤이 드디어 새어간다.

새까맣게 탄 들판의 한복판에 덩그러니 홀로 내버려진 갓난아기는, 일출을 기다리는 고로古老와 닮은 모습으로 대지에 웅크리고 변함없이 고요한 태도를 유지했으며,

깨달음을 얻은 직후의 석가모니도 저랬으리라 여겨지는 망아황홀忘我恍惚의 얼굴 표정으로, 이제는 확실히 속계에 그 자리를 확보했고,

장대한 원을 이루어 일순一巡하자, 그렇게 설파하는 자도 있는 항구불변한 시간의 흐름에 몸을 맡기면서, 희망을 가져오는 자의 발자국 소리에 가만히 귀 기울이고 있었다.

그때 무구無垢한 뇌에 기쁜 예감이 싹튼다.

분명히 그것은 구원의 임자가 될지도 모르는 인간에 틀림없었고,

옷차림이나 생김새로 봐서 적어도 눈 하나 깜빡 않고 사람을 죽이는 만인蠻人 같지는 않았으며,

또한 곰이 두려워한 쇳덩이의 냄새를 풍기는, 그 허리에 찬 칼만 하더라도, 살생이 목적인 멋대가리 없는 대물代物이 아니라, 앞길을 막는 덤불을 잘라내기 위한 건전한 도구였고,

당사자 자신에게서도 해악을 저지르는 자들 고유의 특질 따위는 전혀 느껴지지 않았다.

우아하며 점잖다고까지 잘라 말하지는 못해도, 꽤 균형 잡힌 마음의 소유자가 찾아오다.

구깃구깃한 두건을 쓰고 커다란 바랑을 어깨에 걸친, 아침 나절의 쌀쌀한 날씨 탓에 하얀 입김을 토하면서 느릿느릿한 발걸음으로 어슬렁거리는 그 사내는,

아직 해가 뜨지 않을 무렵부터 일어나, 타죽은 벌레를 배 터지게 먹자면서 부지런히 상공을 선회하는 솔개나 까마귀와 마찬가지로,

검게 탄 땅바닥만을 휘둘러보며, 파악조차 하지 못할 정력을 쏟아 무언가를 찾는 데 여념이 없었고, 이따금 암석을 발로 차서 그 성질을 엄격하게 음미하고 있었다.

사내는 운명이 이끈 것으로밖에 설명하지 못할 힘에 등 떠밀려 다가온다.

나아가는 방향이 일정했으면 아마도 그 같은 말이 딱 들어맞았겠지만,
그러나 일직선으로 걷는 게 아니라, 시선이 반응하는 대로 이리 갔다 저리 갔다 할 뿐이어서, 갓난아기 쪽으로 향하는가 싶더니, 다음 순간에는 이내 다른 쪽으로 걷기 시작했고,
그럭저럭 하는 사이에 멀어져버리고 말 기색이 농후했다.

행운은 또 다른 행운을 부르고, 기적은 또 다른 기적을 낳는다.

그때 태양이 단숨에 능선 위로 몸을 솟구치고, 포용력에 꽉 찬 빛을 뿌려 해맑은 아침을 순식간에 구성하면서, 단풍 색채에 곱게 물든 가을 산들이 일제히 마력적인 무늬를 이루었으며,
짙고 긴 그림자에 의해 피조물 모두가 과잉의 존재감과 허튼 가치를 받아들였고, 유별나게 바뀐 점은 없다고 지레짐작했던 장소에까지 눈길을 돌리게 만드는 효과가 발생하여,
운명에 의해 보내졌다고밖에 더 이를 말이 없는 사내가 별안간 뒤돌아보았다.

청렴한 사람들과 동료임에 틀림없는 사내의 눈이, 두 사람의 희생자를 분명히 포착한다.

성숙한 곰에게 마구 물어 뜯겨 너덜너덜해진 인간 어머니와, 그 사타구니에서 튀어나와 이내 절명한 갓난아기를 힐끗 쳐다보긴 했으나,

일일이 그런 비극에 얽매여서는 아무 일도 못 한다고 여겼던 것인가, 그도 아니라면 도읍에 가까운 산골마을 변두리에서는 그다지 놀랄 만한 일도 아닌 일상적인 사건으로 묵살하기로 한 것인가,

저승길의 고통을 맛보는 순간의 두려운 생각에 깊이 젖어들지 않았고, 또한, 모자母子의 비참함을 공유하는 일순一瞬조차 없이, 즉시 얼굴을 돌리고 말았다.

그리고 거대한 태양이 탄생을 축복하기 위해 준열한 빛을 뿌리다.

호기好機 도래의 빛을 온몸에 받은 갓난아기는, 극히 초보적인 통각統覺 작용이 발휘되기 시작하여,

남아 있던 미미한 체력을 모조리 성대로 끌어 모았다고 여기자, 뒤늦었지만 산성産聲을 올리는데, 그것이 결코 미약한 소리가 아니었으며,

더구나 단순한 고고呱呱의 소리에 머물지 않았고, 사루가쿠
노[猿樂能]*의 쇼몬지[聲聞師]**에 뒤지지 않을 만큼 낭랑하게 울
리는 목소리가 되어, 불멸의 세월과 호응할 정도의 보편적인
외침이 되어 드넓게 솟구쳤으며,
 무미건조한 세상의 곳곳에 '나는 여기에 있다'는 쐐기를
잇달아 박아나가는 것이었다.

 죽음의 갱도를 지나가면서도 죽지는 않았던 생명이 심금을
울린다.

 지나쳐가려던 매부리코의 사내는, 인간으로서 지정至情이
그렇게 시키는 대로의 방심상태에 이따금 빠져, 발이 허공에
붕 뜬 것 같은 불안한 기분이 한동안 이어졌으며,
 그로 인해 가고 싶은 곳으로 가지 못하고 제자리에 굳은 채
거의 말 같지 않은 말을 중얼거리면서, 작은 화상火傷 자국이
무수히 남은, 언뜻 보기에도 편벽자偏僻者다운 얼굴을 영아 쪽
으로 돌리고, 어떻게 해서든 감정을 억누르려고 용을 썼으나
무참히 실패했다.

 자애로운 힘이 담긴 밝은 햇살에 마음 든든해져 발을 내밀다.

 가까스로 마음을 먹고, 그런 것이 허용될 리 없는 삶과 죽

음이 합치는 곳으로까지 다가가 선 사내는, 호기심 어린 눈으로 발밑의 두 사람을 서로 비교하다가,

이윽고 정열적인 감탄을 터트리며, 산 자 쪽이 아니라, 웬걸 죽은 자 쪽에 심상찮은 관심을 드러냈으며,

참상에 고통스러워하지도 않았고, 혐오의 정으로 치닫지도 않았으며,

혼의 정수精髓를 기울여 수수께끼를 던지는 무참한 유체를 찬찬히 관찰했다.

가슴에 뜨겁게 타오르는 것을 느끼면서 자신도 모르게 허둥댄다.

사내는 갑자기 용기가 솟구쳐, 사자死者에 대한 외경의 염念을 불러일으킬 것 같은 기색은 터럭만큼도 드러내지 않았고, 아직 육편이 단단히 붙어 있는 뼈와 갈기갈기 물어뜯긴 뼈를 손톱 끝으로 조심스럽게 치워냈으며,

유해 밑에 깔려 있던 새까만 덩어리에 격렬하게 심경이 흔들려, 그 두세 개를 한곳에 모았고,

그러면서도 곰이나 도적이 되돌아오는 것을 상정想定하여

---

*가마쿠라 시대에 행해진 익살스러운 연극 **탁발승처럼 염불을 외면서 금품을 얻어가던 민간인 예언가

감시를 게을리 하지 않았으며, 스스로의 신변 안전이 우선 확보되었음이 확실해지자, 갓난아기의 자지러지는 울음소리 따위야 도통 들리지 않는다는 듯한 태도로, 유해 바깥으로 발로 차낸 덩어리 가운데 하나를, 어른 머리통 정도 크기의 그것을 일단 손으로 집어보았다.

빛나는 태양에 비추어본 그 덩어리는 상당히 무겁다.

묵직한 감촉으로 보아 어디에서나 굴러다니는 암석이 아니라는 사실은 즉석에서 알아차렸고,
어쩌면 산불이 스쳐간 다음 드물게 얻어지는 쇳덩이, 거기에 기대를 걸고 달려온 보람이 있었던 게 아닐까 하는 생각이 얼핏 머리를 스쳤으며,
그러자 그것만으로 가슴이 뛰고, 뻔뻔스러운 기대에 묶이고 말았다.

거의 입 밖으로 튀어나올 뻔한 기쁨을 가슴속으로 밀어 넣다.

그 기묘한 덩어리의 표면을 손바닥으로 살살 문질러, 낫으로 밀어서 깎고 침을 발라 소맷부리로 닦는 사이에,
그것이 십 년에 한 번, 아니, 평생에 한 번 손에 넣을까 말까 할 정도로, 예로부터 이야기가 전해 내려오는 귀중한 칼의

소재이며, 더군다나 상당히 품질 좋은 물건이라는 사실을 확신하기에 이르렀고,

도저히 참을 수 없게 되어 도단야刀鍛冶*의 본성을 송두리째 드러내어, 광희의 소리가 불에 탄 광막한 들판 구석구석에 울리도록 고함질렀다.

높은 곳을 지향하여 마지않는 훌륭한 근성을 지닌 도공刀工이 눈물을 훔치다.

영원히 몽상으로 그치는 게 아닌가 하고 반쯤 체념했던 바람이 실현된 지금, 쉴 새 없이 기쁨의 눈물을 흘리면서도, 고작 그까짓 불길로 어째서 이토록이나 커다란 쇳덩어리가, 더구나 세 개나 생성되었을까 하는 점이 크게 의아스러워,

급기야 자신의 경험과 대대로 전해 내려오는 이야기를 듣고 얻은 지식을 총동원하여 이리저리 머리를 굴려, 여체의 풍부한 지방이 불타, 그 고열이 움푹 팬 땅에 엉켜 있던 사철砂鐵 덩어리에 격렬하게 작용한 것인지 모른다는 상상을 해보지만, 그래도 도저히 이해가 가지 않았고,

그렇다고 해서, 옛날 할아버지가 주워 여태까지 가보家寶로 삼고 있는 운철隕鐵과는 전혀 닮지도 않았다.

*칼 만드는 대장장이

두 번째 가보로 삼아도 부끄럽지 않을 쇠가 바랑에 담기다.

 앞으로 두 번 다시 손에 넣을 수 없을지 모를 귀중한 습득물을 짊어지고, 산 자도 죽은 자도 그냥 내버려둔 채 의기양양하게 돌아가는 도공은, 정情의 옷을 걸친, 자신을 다스리는 또 한 명의 자신이 열심히 내뱉는 정론正論을 깡그리 귓전으로 흘려버렸으며,
 구할 수 있을지 모를 생명을 모른 척 외면해버리는 것은 사람의 도리에 반하는 게 아니냐거나, 그런 인비인人非人은 망나니의 칼밖에 만들지 못하는 게 아니냐는 등등의 지당하고 지극한 설교에도 마이동풍으로 일관했다.

 그런데 태양이 터트리는 혼을 울리는 침묵의 말에는 자신도 모르게 발걸음을 멈춘다.

 시야를 벗어나 저 머나먼 곳에서부터 인간 세상의 궤도를 그려가며, 한없이 먼 바다를 건너고, 한없이 먼 산을 넘어서 마침내 찾아온 욱일旭日은, 빛의 금배金杯에 철렁철렁 넘치도록 의협의 미주美酒를 따라, 치욕이라는 이름의 안주를 곁들여 권하고, 본능에 충실한 도장의 소박한 마음을 순식간에 취하게 하여,
 다시없는 보물을 발견하는 계기를 만들어준 남의 은혜에

조금이나마 보답하지 않으면 안 될지 모른다는 기특한 마음씨를 갖게 만들었다.

정에 이끌려 미혹에서 풀려난 자는 발걸음을 휙 되돌린다.

인생의 부딪치는 곳마다 운명을 느낄 나이에 도달했던 도장은, 일단 바랑을 어깨에서 내린 다음,
긴 탄식을 터트리면서 스스로의 해이해진 혼에 활기를 넣어 마음의 준비를 갖추었고,
우선은 죽은 자를 묻는 것부터 시작하자며, 칼처럼 정성스레 만든 풀 베는 낫이 엉망진창이 될 것을 각오하고 땅바닥에 부지런히 구덩이를 팠으며,
그것이 끝나자 이번에는 커다란 뼈에서 손톱만 한 작은 뼛조각까지 모조리 긁어모았고, 마지막으로 여전히 산 사람의 목의 단계에 머물러 있는 머리를 구덩이에 넣은 뒤 흙을 덮었으며, 탄화하고서도 아직 원형을 갖춘 한 송이 들국화를 바치며 합장했다.

마치 음덕이라도 베푼 것 같은 뿌듯한 기분에 감싸인다.

온갖 괴이쩍은 주문呪文이 떠돌아다니는 도읍 안이나 바깥과는 달리, 거기에는 오직 한 종류의, 더욱이 극단적으로 짧

은, 그렇지만 부정不淨을 벗어던지기에 충분한 성불成佛의 말씀 외에는 들려오지 않았고,

그것은 참된 인간에 의해 살짝 겨드랑이에 끼어진 갓난아기의 천의무봉한 울음소리와 어울려, 통절痛切의 극점極點인 죽음으로 몰려버린 땅속의 여인을 향해 깊숙이 침투해갔으며,

나아가서는, 악당 패거리의 극락으로 화해버리는 경우가 잦은, 항상 암흑시대 그대로인 세상에 대한 조그만 반역을 시도했다.

칼을 계속 몸에 지녀온 늙은 그림쟁이는 자기 자신에 대한 기념비로서의 자작自作을 우러러본다.

 마음에 둘 가치마저 없는, 그저 아름다울 뿐인 화조화花鳥畵 따위는 물론이고, 도피로 채색된 작자의 심상心象이 눈에 떠오를 따름인 범백凡百의 산수도와도 엄격하게 선을 그었으며,

 진짜 분노는 이제부터라고 으름장을 놓는 것 같은 거친 바다도, 운명 따위의 미끼가 되어서야 어디 견디겠느냐며 최악의 사태를 각오한 산도, 여섯 폭 한 쌍의 대우주 안에서 번쩍번쩍 도는 일월日月을 여봐란듯이 상징했고,

 여하한 역경에 부딪쳐도 앙연怏然히 가슴을 펼 수 있는 저

력을 포함하고 있었다.

애잔한 모습에 썩 잘 어울리는, 현저하게 기력이 위축된 그림 따위가 아니다.

초연悄然한 고영孤影의 노인은, 일체의 과거로부터 방면될 때가 가까이 다가왔는지라 손에 쥔 달성감과 허탈감의 틈바구니에 야윈 몸을 두었고,
그림의 구석에서 불어오는 맑은 바람을 맞을 때마다, 이제까지 굳게 닫아두었던 기억의 문짝이 소리도 없이 열리고 있는 것을 또렷하게 느꼈으며,
가슴에 떠오르는 그대로, 그림보다도 현실보다도 생생한, 그리고 께름칙한, 그 숱한 영상을 두려움 없이 바라보았다.

그토록 센 홍련의 불길도 추억의 성채까지는 불태우지 못한다.

수택水澤 식물조차 맥을 쓰지 못할 것같이 무더운 백열의 대낮,
고절孤絶한 산간마을 일각에 최적의 흙을 아낌없이 써서 지은 골풀무의 가마(窯)에, 이즈모(出雲)*의 사철砂鐵과 밤나무로 만든 숯을 교대로 듬뿍 던져 넣었고,

그럴 때마다 불길이 확 피어올라, 대량의 불티가 높은 천장을 향하여 춤추어 올랐으며,
　화상으로 피부가 따끔거리는 것에도 개의치 않고 묵묵히 부지런하게 일하는 사내들은, 지옥의 귀신으로 여겨질 만큼 처참한 풍정風情이었다.

　불의 기세에 눌려 무연憮然한 표정을 짓는 그런 오기 없는 자는 단 한 명도 없다.

　바지런한 사람을 아내로 맞았으나 자녀 복이 없어서, 씨를 심지 못하여 처연하게 눈물을 흘리기만 하는 아내를 가련하게 여겨 다른 여자를 데리고 올 수도 없었고, 명장名匠으로 소문 날 만큼 성공을 거두었음에도 불구하고 후사를 생각할라치면 맥없이 고개를 숙이는 수밖에 없는 도공은,
　들판의 불로 인해 우연히 생긴 것으로 여겨지는 옥강玉鋼과 함께 주워온 갓난아기를 소중한 외동아들로 귀여워하고, 늙어서 자식을 얻은 사람처럼 신명이 나서 떠들었으며, 도공으로서의 기능이 뛰어난 집안을 이끌어가느라 더욱더 일에 정성을 쏟았고,
　숯으로 만들 밤나무를 구하느라 이삼 년마다 이사를 다니

*현재의 시마네현(島根縣) 동쪽 지방. 고대 일본의 정치 및 종교 중심지였음

면서, 도읍 주변의 산과 산을 전전했다.

대대로 전하는 비술秘術을 구사하여 만든 세련의 극치를 겨냥하는 찰은, 마땅한 손님을 찾았다.

생긴 모양은 물론이고, 지철地鐵*이나 소도燒刀**도 탁월했고, 이 세 가지 조건이 절묘하게 조화를 이루었으며,
아울러 늠름한 기백과 높은 품격을 갖추어 빈틈없이 적의 전의를 빼앗고,
일단 휘두르기만 하면 대전對戰하는 강자強者는 잠시 허우적거리다 목이 달아났으며, 투구나 철포마저 일도양단하고, 말의 목덜미를 고삐와 함께 잘라버리며, 극렬하게 서로 부딪쳐도 부러지거나 휘지 않고, 휘두를 때마다 열렬한 확신이 깊어지며, 점점 더 미맹심彌猛心***을 부채질한다는 평가는, 오로지 소문으로만 떠돌던 영역을 벗어나 전설로 넘어가고 있었다.

초원을 삼켜버린 화재의 현장에서 주운 쇳덩이와 갓난아기는 무구無垢 그대로다.

산화하기 쉬운 탓으로, 인간과 마찬가지로 태어나면서부터 썩어갈 운명을 짊어진 쇳덩이이긴 했으나,
그러나 어찌된 영문인지 그 세 개의 덩어리만은 불변으로,

초대 도공이 발견한 운철 곁에 아무렇게나 던져둔 채 오랜 세월 방치했음에도 불구하고 녹이 슬지도 않았고,

또한 갓난아기 쪽은 불탄 흙이 체내에 미쳤으리라 여겨지는 강한 항체 탓으로 고열을 낸 적이 없었으며, 대단히 사망률이 높은 유아기를 별 탈 없이 넘기고, 마음의 모든 부족을 메워줄 자부慈父와 자모慈母 사이에서 건강하게 자라났으며,

덕택으로 열등성은 어느 구석에서도 눈에 띄지 않는, 제 자식 귀여워하는 어리석은 부모를 배신하지 않는, 그러면서도 여하한 틀[型]에도 해당되지 않는 훌륭한 동자童子가 되었다.

다감한 바람이 불고 갈 나이에 도달하자 청춘의 기초가 확립되어간다.

한창 그런 가운데, 질곡이 되어버린 칭칭 얽힌 도제徒弟 제도 속에서 마음이 굴절되고 말아, 유일하게 의지해온 사제애師弟愛라는 것에 의문을 품기 시작한 한 명의 장인匠人으로부터 수긍하기 어려운 이야기를 들었고,

마침내 자신의 가슴 아픈 탄생을 알게 되자, 일러준 자의 의도대로 극심하게 마음이 흔들리고 상처를 받았으며,

---

*칼을 만들기 위한 강철 **강철을 달구어 버린 것. 일본도를 구성하는 삼대 요소로 모양, 지철, 소도를 꼽음 ***더욱더 용기가 나고 흥분하는 마음

그런 것은 새빨간 거짓말임에 분명하다고 눈물을 글썽이면서 항의하긴 했으나, 부모의 입을 통해 진상을 알아낼 수도 없고 보니, 홀로 번민하고 괴로워하는 날들이 이어졌다.

부모의 누구도 닮지 않은, 눈동자에 우수를 띤, 콧날이 오뚝한 얼굴.

어리석다는 험담을 들은 적이 없었고, 충효의 길을 다할 것임에 틀림없다고 누구나가 여기던 동자는, 얼마 지나지 않아 다른 인상을 던지게 되었으며,
양물陽物 숭배의 본존本尊과도 닮은 형상인 골풀무의 가마에 불이 들어가, 비를 막는 지붕과 바람막이 벽밖에 없는 조잡하면서도 커다란 건물이 고통스런 열기로 가득 차가던 어느 날 아침,
한평생 애물단지 취급당하지 않으며, 버림받지도 말라는 바람을 담아 길러준 부모가 지은 자애로 넘치는 이름을 깨끗이 반납하면서,
쌀쌀맞게 이렇게 내뱉었다.

이제까지의 이름은 불에 태워버리고, 앞으로는 무묘마루〔無名丸〕*라 불러달라.

예로부터의 법도에 현저하게 반하는, 어처구니없고 은혜를 모르는 일방적인 선언에, 부모는 그저 어찌할 바를 몰라 허둥거릴 뿐,

덮어놓고 야단을 칠 수도 없을뿐더러, 차근차근 이야기하여 진의를 알아볼 수도 없어,

막막한 기분에 잠기면서도, 의부義父는 잠자코 입을 다무는 것으로 일문一門의 우두머리로서의 관록을 간신히 드러내었고,

의모義母는 이성理性의 혼탁에 꾹 참고 견디면서, 장인들의 노리개 겸 하녀로서 먹여주고 재워주고 있는, 집도 전답도 지참금도 없다는 이유만으로 상인도 농부도 되지 못한 채, 보통이라면 밤거리의 매춘부가 되고 말았을 처녀들의 선두에 서서 바지런을 떨었으며, 한꺼번에 서른다섯 명분이나 되는 밥을 짓는 평소 그대로의 일에 정성을 쏟았다.

그리고 그날 중에, 놀랄 만한 위재偉才를 가진 동자가 출현한다.

아직 한 번도 첫걸음을 가르친 적이 없었음에도 불구하고, 어깨너머로 배워 그럴싸한 행위에 빠져든 경험조차 없이, 무묘마루는 부친의 일터와 도구를 제 마음대로 사용하여 칼을

---

*무명씨無名氏, 즉 이름 없는 자라는 뜻

만들기 시작했으며,

 더군다나 예전에 자신과 더불어 의부가 들판 일각에서 주웠던 예의 세 덩어리 쇳덩이를 이 또한 아무 허락도 없이 소재로 삼아,

 연소가 빠르고 금방 고온이 되는, 게다가 인분燐分이 적은 밤나무 숯으로 피운 불길 속에, 그것을 아무렇게나 집어넣은 뒤 풀무를 교묘하게 조작하여 불길을 조절했고,

 다른 사람들이 알아차렸을 때에는 이미 칼날을 벼리는 단계에 들어가 있었다.

 너무나 잘 빠진 것에 앙천仰天한 의부는, 자신도 모르게 큰 망치를 손에 쥐었다.

 무묘마루가 새빨갛게 달군 쇠를 두드려 늘리고, 물에 담가 급랭시키고, 그것을 잘게 쪼개어 받침쇠〔台金〕위에 조심스레 쌓아올리고, 종이로 싸서 점토를 녹인 흙탕물을 뿌리고, 볏짚을 태운 재를 듬뿍 처바른 뒤 다시 화상火床에 넣고, 숯을 더 넣어 온도를 높이고, 쇠가 한복판에서부터 끓기 시작할 즈음에 작은 망치로 두드려 굳히면,

 의부는 감칠맛 나게 일한다고 중얼대면서 큰 망치를 힘껏 두드렸고,

 두 사람의 호흡이 딱 들어맞아 조그만 쇳조각이 어느 결에

용착溶着되어갔다.

도장刀匠은 놀람과 희열에 꿰뚫려, 그저 벌벌 떨 따름이다.

마음먹은 대로 불을 조종하고, 뜻한 대로 작은 망치를 다루며, 옥강玉鋼을 확실하게 주무르는 제 자식의 모습에 그저 어안이 벙벙해지면서도,

마음속으로 남몰래 꾀하던 장래의 견실한 계획이 밑바닥에서부터 벌렁 뒤집히고, 몽상조차 하지 않았던 형태로 느닷없이 놀랄 만한 후세가 탄생한 것의 희열에 자신도 모르게 가가대소하고 말았으며,

제 자식을 자랑스레 여기는 기분이 대번에 치솟아, 아들 스스로 붙인 무묘마루라는 너무나 자포자기적인, 너무나 도전적인 이름을 깨끗이 인정하고 말았다.

아들과 옥강이라는 무엇과도 바꿀 수 없는 두 가지 보물이 하나가 되다.

운명의 장난을 그렇게 해석한 도장은, 마치 자신이 제자가 되고만 것처럼 부지런히 일했고, 또다시 흙탕물과 볏짚 태운 재를 뿌려 달군 쇠를 큰 망치로 연달아 두드려 늘렸으며,

주의 깊게 알맞은 때를 기다리던 무묘마루는, 부친의 지시

를 받은 적이 없음에도 거기에 강철 끝을 넣어 반으로 굽혔고,
 그렇게 굽혔다 펴는 단련이 열한 차례나 되풀이되는 사이에, 철강은 엷은 층의 집합체가 되어 탄소량의 저감低減과 균일화가 이루어졌으며,
 아비와 자식을 잇는 인연의 끈이 더욱 밀접하게 승화되어 갔다.

 명장名匠의 기치를 든 부모에게 내던져진 자식의 도전.

 싸움이 되풀이될 때마다 장족의 진보를 이루는 장기長技와 무구武具에 의해 그럭저럭 행복을 약속받은 장인들의 집단은, 서로 기량을 겨뤄 자기 보존의 의지를 지나치게 드러냈으며,
 가령 혈연 사이라도 적으로 간주하여, 때로는 파문破門이라는 우려할 만한 사태에 빠져들었고, 문외불출門外不出인 비전秘傳의 기술을 에워싸고 서로 죽고 죽이는 파국적인 전개를 보인 적도 있었으나,
 그러나 피를 나눈 사이가 아닌 무묘마루와 도장 사이에 그런 음습한 불꽃을 튀길 일은 없었으며, 의리의 부자관계에서 시기猜忌의 마음이 작열하는 일도 일절 없었다.

 일심불란一心不亂의 도공 부자의 입성은 서로 초라한 삼베로 만든 평상복.

찬물로 씻어 몸을 깨끗이 하고, 벙거지와 겉옷을 걸치고, 단야장鍛冶場에 모셔둔 가미다나(神棚)*를 바라보고, 경건한 기도를 올려 신의 도움을 바라는 따위의 일련의 헛되기 짝이 없는 절차를 전부 생략해버리고, 제자들의 눈길도 의식하지 않고 칼 만들기에만 신경을 써서, 흘러내리는 땀을 닦으려고도 하지 않고 집중하는 사이에,

마침내 두 사람은 서로의 마음이 합쳐져서, 각자의 솜씨가 하나로 뭉쳐져가는 것을 뚜렷이 느꼈다.

빨갛게 달구어 두드린 강철이 뿜는 광택은, 그야말로 유정有情의 번쩍임.

단련의 공정을 마치고,

강철보다 부드러운 보통의 쇠를 두드려 쇠뭉치로 만든 다음, 그것을 바탕으로 삼아 딱딱하고 예리한 옥강으로 감싸 쌍방을 합체시키며,

칼의 모습을 제대로 갖추기 위해 정성들여 줄질을 하고,

그 같은 일련의 작업에 몰두해가는 가운데 무묘마루는 엄청난 불가사의에 도취하여 가슴속에 무언지 모를 신적神的인 힘이 샘솟았으며,

---

*집 안에 신주를 모셔둔 곳

다시 말해 회피 불능인 잔혹 무정의 운명을 자신 쪽으로 적극적으로 끌어당기는 듯한, 그런 강렬한 내적 생명을 깨닫지 않을 도리가 없었다.

항상 새로운 날을 살아가는 무묘마루는, 마시지 않고 먹지 않으면서 잠시도 쉬지 않는다.

조그만 망치를 섬세하게 써서 시노기[鎬]*를 만들고, 칼등을 깎고, 뒤틀림을 바로잡고, 소도토燒刀土를 반죽하여 도신刀身에 바르고, 대나무 주걱으로 엷게 늘어뜨려, 도문刀文의 흐름을 충분히 확인하는 따위의 정해진 공정이 종료되었을 때에는, 계산한 대로 해가 지고 푸르스름한 황혼이 찾아왔으며,
이윽고 불의 색깔을 확인하는 데 최적인 달도 별도 없는 절호의 밤이 찾아왔고, 단야장의 긴장은 더욱 높아져 문제門弟 장인들은 모두 물러갔다.

제아무리 재주가 있어도 경험이 없는 자에게 야키이레[燒入]** 만큼은 무리라고 부친이 나무란다.

열처리에 실패하여 급랭에 의한 수축과 그 후의 팽창이라는 격렬한 신축伸縮에 강철이 견뎌내지 못하고 칼 부분에 수직으로 균열이 생기고 만다면, 입수하기 곤란한 귀중한 소재를

죄다 망쳐버린다는 충고를,

열熱에서 시작하여 물로 끝난다는 칼 만들기의 기초를 말로서밖에 이해하지 못하는 무묘마루는 가볍게 흘려들었으며, 근거도 결정적인 수단도 없는 직감에만 의지하여, 도신을 화상에 올려놓은 다음 혼신의 힘을 다하여 풀무질하여, 열광熱光의 색깔을 잘 판단한 다음,

부친이 좋아하는 뒷산의 샘물이 아니라, 저녁 무렵에 강습한 뇌우를 몇 개의 통에 담아두었다가 야키이레에 사용했다.

아무리 빗물이라 해도 여름철이면 매일같이 구할 수 있는, 흔해빠진 천수天水가 아니다.

부친처럼 수질이나 수온에 그다지 신경을 쏟지는 않았고, 도공이라면 필수라 할 그 같은 조건을 오히려 도외시했으며,

그러나 그때 불쑥 찾아온 천계天啓와 같은 번쩍임에 따라, 야키이레 용으로 쓸 물의 혼합물로서는 기피하는 선혈鮮血을 부었고, 그것도 심장에 가까운 흉판胸板을 손톱으로 쥐어뜯어 짜낸 피를 사용했으며,

몇 방울 떨어뜨려 재빨리 휘저어 섞는가 했더니, 간발의 틈

---

*칼날과 칼등 사이의 도톰한 부분 **금속을 고도로 가열한 후 급랭하여 단단하게 만드는 작업

을 두지 않고 천색茜色*으로 물든 작열하는 도신을 잽싸게 수조에 담갔다.

야키이레의 소리는 골짜기를 타고 전해와 닿는, 아득한 피리소리를 연상시킨다.

그러자 아버지의 경우와는 확실히 다른, 흐릿한 달밤의 하늘에 낀 구름과도 닮은 증기가 모락모락 피어올랐고,
강철의 경도硬度가 정해져 칼이 되어가는 일순 일순의 변화 속에서, 비극적 태생에서 뛰쳐나온 무묘마루의 강인한 혼이 옮아 탔으며, 여하한 상황에서도 마땅히 그래야 할 결론을 이끌어내었고, 이 세상에 불가항력적인 것은 존재하지 않는다는 힘이 갖추어졌으며,
더욱이 자위自衛의 권리를 포기하지 않고 폭풍에 부딪쳐가는 참된 용기를 간직한, 조화롭기 짝이 없는, 두 자 네 치 다섯 푼의, 허리 언저리에서 휘어져 내린 일품逸品의 탄생으로 접어들었다.

근처에서 뒹구는 숫돌에 대고 칼날을 간다.

티 하나 없는 소도燒刀의 모습은 멋지다는 한마디면 충분했고,

시험 삼아 칼끝을 갈아보니 그 번쩍임이야말로 단연 다른 것들을 제압했으며,

다시 말해 부친의 그것까지도 훨씬 능가한다는 사실로 해서,

한천寒天을 물들이는 푸른 별을 방불케 했고, 혹은 섭리에 대한 협박을 떠올리는, 만든 사람의 자질에 기인한 번쩍거리는 빛을 뿌렸으며, 바라볼수록 어떤 종류의 현혹에 사로잡혔고,

화상과 타박과 요통과 시행착오의 사십 년을 거쳐온 도장으로서도 '실로 신품神品!'이라며 감탄할 정도였다.

칼날의 중심을 줄로 갈고, 그런 다음 신중하게 목정木釘**의 구멍을 뚫다.

그렇지만 이름은 새기지 않았고,

왜 그러느냐고 부친이 물어도 무묘마루라고 칭하는 자에게는 어울리지 않는다고만 대답한 뒤, 그 다음은 절대침묵을 끝내 지켰으며,

그래도 날을 세우는 것만큼은 도기시[研師]***에게 맡겨야 한다는 충고에는 고분고분 따라서, 척안隻眼****으로 보행 불능인 노인이지만 그 역량에 관해서는 다른 도공들 사이에서

---

*꼭두서니의 뿌리에서 빼어낸 물감의 색깔 **칼이 칼자루에서 빠지지 않도록 끼우는 못
***칼날을 세우는 전문가 ****외눈

선망의 대상이 될 정도인 도기시의 손에 그것을 맡기자,

형형한 눈빛의 노인은, 이마 한복판을 화살에 꿰뚫린 듯한 표정을 짓는가 싶더니, 한마디도 입 밖으로 내지 않았고, 한숨조차 쉬지 않았으며, 재빨리 자신의 일터에 틀어박히고 말았다.

믿기 어려운 재각才覺을 지닌 훌륭한 후예가 탄생한 기쁨도 눈 깜짝할 사이다.

　온갖 종류의 숫돌을 올바른 순서에 따라 각기 써가면서 날을 세운 칼과 대면했을 때,
　부친은 그것이 도검刀劍을 초월한 도검이라는 사실을 새삼 깨닫고 또다시 충격을 받았으며,
　마침내 어떠한 변명을 해도 회피할 수 있을 것 같지 않은 굴욕을 느끼고, 명장으로서의 혼이 소리를 내며 부서져 흩어졌으며,
　제 자식을 전례가 없는 개인으로서 인정해버릴 수밖에 없

음을 깨닫기는 했으나, 그 같은 각별한 존재와 더불어 산다는 사실에 도리어 위안을 받았고,

서글프구나, 내 피를 이어받은 자식이 아니라는 사실이 새삼스럽게 안타깝기만 했다.

한편 무묘마루 쪽은, 내 알 바 아니라는 투의 풍정風情이다.

굶어 죽기 직전이었던 길가 불당佛堂의 당주에게 좁쌀떡을 살짝 먹여서 목숨을 구해주었을 때, 고마움의 뜻으로 받았던 단단하면서도 가벼운 지팡이를 깎고 깎아 만든 백목白木*의 칼집에, 날밑**이 없는 자작自作의 칼을 끼운 뒤, 그것을 다시 가미다나에 올려 운철의 혼 옆에 나란히 둔 다음, 이후로는 쳐다보지도 않았으며,

또한 도공으로서 무리들을 뛰어넘는 재능을 깨달아 단야장으로 들어가 틀어박히는 일도 없었고, 장래가 촉망되는 자식에 대한 모친의 강력한 권유를 여봐란듯이 일축해버렸으며, 부친의 제 자식에 대한 경계심을 한층 더하게 만들 것 같은 흥내도 내지 않았고,

자신의 탄생과 밀접한 관계가 있는 거친 들판을 온종일 배회함으로써 마음의 편안함을 얻거나, 혹은 수컷으로서 날로 드세어져가는 정력을 배출구가 없는 채 소모하거나 하는, 일개 고독한 젊은이로 돌아갔다.

풀과 바람과 아지랑이뿐인 광야에서도 질리지가 않는다.

　해를 아버지로, 달을 어머니로 하여 태어난 무묘마루는 친한 벗을 욕심내지도 않았으며,
　대지에 솟아오르는 지천으로 널린 풀꽃과 동우同友의 관계를 맺음으로써 흐트러지기 십상인 정신을 위무하고, 기분 내키는 대로 헤매고 돌아다님으로써 고립을 지켰으며,
　이따금은 인간으로서 존재하는 것의 안타까움을 느꼈고, 발정한 야수의 포효를 지르면서 있을 리 없는 탈출구를 애타게 찾았으며,
　또한 이따금은, 내 속의 누군가가 다짜고짜 추적하는 이런 저런 환영幻影이 성스러운 빛을 띠고 오는 것을 깨달아 끝 모를 외포畏怖***에 시달리는 것이었다.

　무묘마루로서 마음의 거점이라고 할 황야는, 사계절마다 교훈을 던진다.

　동식물이 반복하는 생성과 사멸, 그것은 결코 진리를 훼손하는 법이 없었고,

---

*껍질을 벗기거나 깎기만 하고 칠을 하지 않은 상태의 나무　**칼날과 칼자루 사이에 끼워서 손을 보호하는 테　***두려움

연둣빛 벌판은 물심양면에서의 원조에 여념이 없었으며,

당분간 그칠 기미가 없는 숙우宿雨*는 그 따분함 때문에 지적知的 은혜를 떠맡겼고,

한풍寒風을 맞아 적갈색으로 썩은 꽃들은 건장한 사나이가 되어가는 젊은이의 가슴에 색색가지 꽃을 피우게 했으며,

분분하게 날리는 눈은 미묘하게 에둘러 자신이 나라이자 세계라는 사실을 암시하지만,

그렇다고 해서, 거기에 탁월한 정신이나 관대한 혼의 소유자로 만들겠다는 의도가 작용하는지 아닌지는 분명치 않았고, 훗날 밝혀질지 어떨지조차 알 수 없었다.

해와 달 앞에서는, 만물은 모두 평등하지 않으면 안 된다.

실제로는, 심원한 철학을 감춘 평원이 거듭거듭 무묘마루에게 고해주는 것은 그 한마디뿐일지 몰랐고,

다른 모든 것은, 어차피 니게미즈(逃げ水)**이거나 도깨비불 따위로 이내 도말塗抹***해갈 현혹의 가르침일지 몰랐으며,

들을 때마다 쿵하고 가슴이 뛸 그 한 구절만이라도 명심해 둔다면, 언제라도 원할 때 생의 근원으로 되돌아갈 수가 있고, 살아 있을 동안에 자기 확립이 이루어질지 모르며,

마침내 사기死期를 맞아 만족의 미소를 머금으면서 이 세상을 향해 손을 흔들 수 있을지도 몰랐다.

생짜 풋내기에게 당한 도장의 심경이야 편할 리가 없다.

당나라로의 주요 수출품으로 나라[奈良]에서 대량 생산된 다음 일단 도읍****으로 운반되어, 거기서 대륙*****이 선호하는 장식을 한 싸구려 칼과는 대극對極을 이루는 명도공방名刀工房의 동량棟梁쯤 되는 자가,

미경험자의, 쇠가 무언지도 불이 무언지도 이해할 리가 없는 제 자식이 만든 칼이 가미다나에 모셔진 이래, 밤낮으로 상실감과 치욕에 고뇌하고, 불명예스러운 기분에 짓밟혀 망가질 것 같았고, 제자를 질타하는 소리에도 맥이 없어졌으며,

그 발걸음을 보아하니 사철砂鐵을 가득 채운 무거운 보따리를 짊어지고 비틀비틀 걷는 햇병아리 제자의 그것이었다.

아무리 따져보아도 자기에서서 바라볼 것은 하나밖에 존재하지 않는다.

엄청나게 솜씨가 뛰어난 장인들 사이에까지 깊숙이 침투해 있는, 일종의 범접하기 어려운 위엄이 아직 자신에게 갖추어

---

*연일 내리는 비 **신기루의 일종으로 초원에서 멀리 물이 있는 것처럼 보이다가 가까이 가면 또 멀어져가는 대기현상 ***발라서 드러나지 않게 가림 ****여기서는 일본 왕실이 있던 교토[京都]를 가리킴 *****중국, 즉 당나라를 가리킴

져 있는지 어쩐지, 면목약여面目躍如한 신업神業이 남아 있는지 어쩐지,

그러한 것에 의문을 품기 시작한 도장은, 인생 그 자체였던 일에 도통 손을 댈 수 없게 되었고, 끊임없는 노력이 아무런 가치도 없다는 사실을 알아차렸으며,

아침부터 벌컥벌컥 탁주濁酒를 들이켜 스스로를 고발하는 말을 내뱉었고, 이러쿵저러쿵 변명하면서 뜬눈으로 꼬박 밤을 새우는 날이 잦아졌으며, 순식간에 유타遊惰*한 자로 영락해가는 것이었다.

모친의 변심에 이르자면, 그것은 훨씬 처참하다.

조악한 농구農具 전문의 단야鍛冶 가게 딸에서 명장의 마누라로 출세한, 분수를 모르는 시골뜨기의 욕심에는 끝이 없었고,

더 이상 밤잠도 자지 않고 일하여 남편에게 정성을 바쳐본들 도이徒爾**로 끝날 게 뻔하다는 사실을 알아차려, 날마다 동반자에 대한 멸시의 빛이 진해졌으며,

이대로 가다가는 간신히 끼니만 때우던 처녀 시절로 되돌아가고 말 것이라는 위기감에 휘둘려, 궁지에 빠지기 전에 무언가를 해야 한다고 작심했고,

타산이 뒷받침된 임기응변의 근성을 송두리째 드러내는가 싶더니, 예전에는 애완의 대상에 지나지 않았던 무묘마루에

관해 앞날이 창창한 젊은이, 장래의 큰 인물, 그런 식으로 바라보기에 이르렀다.

삼대에 걸쳐 이어온 도장 집안의 당주堂主에 어울리는 사람은 무묘마루다.

남편을 바꿔치기한다는 너무나 느닷없는 술책으로 돌파구를 열기로 마음먹은 마누라는, 저절로 웃음이 터지려는 것을 느꼈고,

같은 날 저녁 무렵에는 이미 제 자식에의 편애에다, 금기의 사랑을 더하는 것을 실행에 옮기기로 작정했으며,

고주망태가 된 동반자의 코 고는 소리와 멧돼지 찌개가 끓는 소리를 들으면서, 짐짓 시치미를 뚝 뗀 얼굴로 어두운 내면을 조금씩, 그렇지만 파국은 그 전부를 송두리째 드러내버렸고,

여심女心을 녹이는 말 한마디쯤 기억하지 않으면 안 될 나이가 되었으므로 초보부터 가르쳐주리라고 중얼거리며,

또한 진짜 모자母子가 아니라는 사실은 곧 여자와 남자 사이가 아니고 무엇이겠느냐는 따위의 말씀을 하시더니,

그리고 드디어 동침에 나섰다.

*빈둥빈둥 놀기만 하고 게으름 **헛됨

키워준 부모에게 구애를 받은 무묘마루는 허둥지둥 달아난다.

설사 진짜로 낳아준 부모였더라도, 좀 더 반반한 용모의 여자였더라면, 마魔가 끼어 심상치 않은 일이 벌어지는 것도 있을 수 있었을지 몰랐으나,
그러나 너무나 자아自我에 사로잡힘으로써 도리어 스스로를 잃어버린 그 상대는, 옷자락 스치는 소리를 내면서 침실로 달려오는 모습이, 요염하고 후텁지근하리만큼 뜨거워진 몸의 시절이 벌써 오래전에 지났고,
흐리멍덩한 눈동자에 내비치는 것은 닿지 못할 망상뿐이었으며, 종양투성이인 정맥을 통과하고 있는 것은 상황 여하에 따라 어떤 짓이라도 저지를 수 있는 집념투성이의 비열한 피에 지나지 않았다.

나이를 먹어감에 따라 유별나게 업業이 깊어지는 모친.

무디어진 칼로 생나무를 자르려고 하는 것 같은, 한창때를 지난 여자의 염치없고 집요한 노력도 허무하게 전혀 씨알이 먹혀들지 않았고,
그래도 질리지 않고 마침내 최후의 수단을 택해, 즉 넘어서는 안 될 선을 넘고야 말겠다며 목욕하는 틈을 타 등 뒤에서

급습하여 맹렬하게 달라붙어, 오래 욕탕에 담근 탓으로 통통 불어난 일물一物*을 꽉 쥐고 혓바닥을 가져다댔음에도 불구하고 무묘마루의 마음까지 붙잡지는 못했으며,

전혀 냉담하기만 한 대응을 받은 다음, 급기야는 벌어진 앞가슴을 확 떠밀려 엉덩방아를 찧었고,

이것이 주워서 길러준 은혜에 한평생에 걸쳐 보답하지 않으면 안 될 자가 할 짓이냐고 하는 비장의 무기를 사용하여 덤벼들어보아도, 눈을 부라리고 더욱더 불퉁스러워지기만 하는 상대에게 두 손 두 발 들지 않을 수 없었다.

신경질적으로 변해가던 부친이, 잠이 깬 뒤 몽롱한 가운데 꿈의 계시가 있었다고 말한다.

수하 장인들이 보내던 신뢰가 반감되었을 무렵, 도장은 별안간 술을 끊었고,

그런 다음 가미다나를 황송스레 올려다보았으며, 자신은 진위를 시험당하고 있음에 분명하다는 뼈아픈 고백의 말을 투덜투덜 중얼거렸고, 가보로 모셔온, 오랜 세월 먼지를 뒤집어쓴 운철을 향해 이 배, 삼 배 절을 올린 뒤 공손히 손에 들었으며,

*남자의 성기

후세에 전해줄 정도의 비술秘術 따위는 사실 하나도 지니지 못한 미숙함을 노정함으로써 몹시 상처받은 자존심을 회복해야 했고, 제 자식에 대항해야 했으며, 조역助役에 머무르기를 거부해야 했고, 자멸의 쇠사슬을 끊어버려야 했으며, 마침내 솟구치는 의욕과 의지에 등 떠밀려 드디어 칼 만들기를 재개했다.

자자孜孜*하게 일하는 모습이 마치 귀신과 같다.

충분히 뜨거워진 운철 덩어리는 막다른 골목에 내몰린 기분을 남김없이 녹여주었고, 별 그 자체의 색깔처럼 아름답고도 요사스러운 불꽃을 튀기면서 단련되어갔으며, 망치질 소리는 어딘지 분노의 잔향殘響을 울렸고,

흥미진진하게 견학하는 제자들의 첫째 관심사가 무엇이냐고 하면, 스승의 아들이 만든 칼을 능가할 것인가 아닌가 하는 오직 그 점에 있었고, 각인各人이 심판자가 되어 결착을 지어야 한다며 침을 삼키면서 지켜보았으며,

단야장에 팽팽하게 떠도는 공기는, 강철의 한계를 따져가며 아슬아슬한 곳까지 연마된 칼날보다 더 날카로웠다.

하늘을 찌를 듯한 의기에 숙명의 그림자가 드리워졌다.

그 한 자루의 칼에 혼을 다 태우려고 하는 당대 최고의 평판을 들어온 명인의 기백은, 마지막의 마지막까지 유지되었으며,

무묘마루가 거들떠보지도 않는 바람에 풀이 죽은 마누라는 어떤가 하면, 이렇게 된 이상에는 남편의 부활을 진심으로 바라는 수밖에 없었고,

제자들 역시 차츰차츰 불안이 진정되는 것을 자각하면서, 스승으로 모신 자의 영광이 되돌아오는 실감을 얻으면서, 드디어 담금질의 순간을 맞게 되었으며,

다른 쇳덩이를 일절 뒤섞지 않고 순수한 운철만을 사용하여, 불과 물의 작용에 일부러 내맡겨서 만들어진, 길이는 무묘마루의 칼과 마찬가지로 두 자 네 치 다섯 푼의, 영기靈氣와 같은 것이 떠도는 칼을 눈앞에 놓고, 다들 일제히 경탄의 탄식을 터트렸다.

오랫동안 도장의 그림자로만 살아온 노련한 도기시, 오직 그 한 사람만이 의심을 품는다.

사철처럼 땅에서 솟아난 것이 아니고, 구름이 떠도는 곳보다 훨씬 높은, 달보다 더 먼, 신불神佛의 힘조차 미치지 않는

•부지런함

하늘 저 너머에서 달려와, 길고 눈부신 불길을 끌면서 낙하해 온 소재로 만들어진 칼을, 그와 같은 신비의 기색만으로 받아들일 기분은 도무지 들지 않았고,

희소하다는 것 외에는 더 보탤 말이 있을 만큼의 가치가 없었으며, 실제로는 살육의 도구로서의 냉엄한 역할을 해내지 못하지 않을까 의아해졌고,

그 무엇보다 숫돌의 선택에 헷갈려서 머뭇머뭇 다루면서도, 운철 그 자체 안에 감추어진 편재偏在의 힘을 알아차리자 순간적으로 분기奮起했다.

도기시는 자기 억제를 잊고 흥분해버렸다.

기본 담금질을 끝내고, 등짝에 격통激痛이 일어도 휴식을 취하려 하지 않았으며, 즉시 도신 부분의 마무리에 착수하여, 연마즙研磨汁을 흘려가며 갈아가는 동안에 이제까지 본 적이 없는 번쩍임의 소도燒刀가 선명하게 떠올랐는데,

그러나 옥강의 경우와는 달리, 운철 그 자체가 온갖 다양한 질문을 던져와, 곤각困却하여 대답이 궁하면서도 계속 갈아나가자, 마침내 최종 단계에 접어들었고,

신중하고 조심스러운 작업을 해나가는 사이에 자신이 지닌 기량을 훨씬 초월한 결과가 초래되어, 법열法悅이라 할 만한 감격에 젖어들 수 있었다.

대단히 인격화된 칼이라는 것뿐만이 아니다.

여하한 폐색閉塞조차도 간단하게 풀어버리는, 결코 사용하는 이를 배신하지 않는, 적이 잇달아 퍼붓는 살법殺法의 일순을 잽싸게 물리치고, 면죄免罪의 힘 따위와는 아예 인연이 없는, 필사의 부동심을 부채질하는, 어느 변경邊境이라도 따라오는, 시간마저도 지배하지 못할 것 같은, 예를 찾기 어려운 신도新刀를 숨이 막힐 지경으로 응시하던 도기시이지만,

이윽고 그 눈동자에 무언가 어두운 기억을 가라앉힌 듯이 깊은 그늘이 드리워졌으며, 삽시간에 거동불심擧動不審이 되는가 했더니, 갑자기 그것을 움켜쥐었고, 눈앞에 있던 문하의 고족高足*이 흡사 용서하지 못할 패륜아이기라도 하듯 험악한 표정으로 베려 들었다.

예기치 못한 자전일섬紫電一閃**에, 그 자리 사람들은 모조리 심장이 얼어붙었다.

너무나도 느닷없고 너무나도 위험한 그 행위에 가장 놀란 것은 도기시 자신으로, 퍼뜩 정신을 차리자 이 무슨 만행인가 하고 자문이라도 하는 것처럼, 칼을 꽉 움켜쥔 손을 물끄러미

---

*뛰어난 제자 **날카로운 빛이 한 번 번뜩거림

응시했고,

　오랜 세월 앉아서만 일해온 탓으로 보행이 불가능해진 다리 덕택으로 칼끝은 상대의 몸에 닿지 않았으며, 손톱 두께만큼도 미치지 않는 바람에 탈 없이 넘겼고, 그 자리에 함께한 자 전원이 휴우 하고 가슴을 쓸어내렸으며,

　한 차례 숨을 쉰 뒤 제정신을 차린 모든 자들은, 다시 한 번 똑같은 일이 벌어지면 참지. 못하겠다는 듯이 서로 눈짓으로 위험을 알리면서, 발광한 것으로밖에 여겨지지 않는 상대에게 일제히 덤벼들었다.

　여럿이 한꺼번에 덮쳐서 깔려버렸는데도 칼을 놓지 않는다.

　아니 손에서 놓지 않은 게 아니라, 그렇게 하고 싶은 마음은 간절하기 짝이 없으나, 칼 쪽이 도기시의 손에 착 달라붙어 떨어지지 않았고,

　당사자도 거듭 그런 사실을 호소했으므로 도장은 제자들에게 일단 물러날 것을 명했으며, 사철 운반과 큰 망치를 휘두르는 것으로 단련되어 불끈 근육이 튀어나온 자 한 명에게 해결을 맡기기로 했고,

　다른 자들은 멀리 둘러서서 결과를 기다리면서, 그 칼에 감추어진, 탄생과 동시에 인신人身을 제물로 삼으려는 것 같은 불길한 징조를 인정하지 않을 도리가 없어져 크게 낭패했고,

여전히 공포의 출입구에 달라붙어 있을 지경이었다.

　마른 나뭇가지처럼 손가락 하나하나가 칼로부터 떼내어지다.

　죽은 자의 그것처럼 딱딱하게 굳어버리고 만 그 손은 한참 동안 핏기가 없었고,
　대관절 어찌된 것이냐는 물음에 도기시는 무뚝뚝하게 고개를 주억거릴 뿐,
　기량도 그렇지만 인품까지를 포함하여 두터운 신뢰를 가졌던 도기시에게, 방금 하마터면 시험적으로 칼에 베이고 말 아슬아슬한 순간에 처했던 제자로 말하자면, 아직 옥문獄門이 닫히지 않은 게 아닌가 하고 의심스러워하면서 누군가가 내민 물을 벌컥벌컥 마셨으며, 이제 막 본 악몽을 쫓아내기라도 하듯이 자신의 창백해진 얼굴을 손바닥으로 찰싹찰싹 때렸다.

　그런 일이 있었음에도 불구하고 도장의 마음은 봄처럼 화사하다.

　지고의 자신작自信作을 앞에 두고 좋아 어쩔 줄 몰라 하는 도장은, 도공들만이 감사해할 가보가 만인에게 통용되는 보주寶珠로라도 승화한 것처럼 받아들여, 그에 걸맞은 대우를 해주지

않으면 안 된다는 견해를 쓰바시〔鐔師〕*와 사야시〔鞘師〕**에게 전했고,

운철로 만들어진 칼에 어울리는 별의 형태를 은으로 상감 세공하여 새긴 날밑을 끼웠으며, 으슥한 밤을 상징하여 마지 않는 검은 칠을 여러 번 바른, 언뜻 보기에는 수수하지만 실제로는 어마어마하게 호화스러운 칼집에 꽂았고,

무묘마루가 만든 백목으로 된 칼집의 칼과 나란히 가미다나에 모셨을 때는 이미 자기 소외의 폭풍역暴風域에서 완전히 탈출했으며,

옥강 만들기로부터, 칼날 만들기로부터, 칼집 만들기로부터, 날밑 만들기로부터, 그 전부를 뭉뚱그린 공방의 결속력은 전보다 훨씬 강해져 있었다.

화목함을 되찾은 도장 부부의 가슴에 다시 봄이 되살아나다.

마누라는 더 이상 타산으로 충혈한 눈으로 무묘마루를 쳐다보지 않았고,

남편은 침울한 마음을 탁주로 마비시킬 필요가 없어졌으며,

두 사람은 다시 그 반생을 천직에 바칠 결의를 굳혀 현세의 매력에 이끌리는 하루하루를 보내게 되었고, 생활신조의 제1번에 '번성繁盛'을 올렸으며,

자신들에 대한 제자들이나 부엌데기 여자들의 존경심을 의

심하지 않게 되었고, 흔들림 없는 행복을 음미하면서 몇 번씩이나 밤을 새우곤 하는 것이었다.

*칼날과 손잡이 사이의 테두리인 날밑을 쓰바라고 하며, 그것을 만드는 장인을 쓰바시라고 부름 **칼집을 만드는 장인

맑게 울려 퍼지는 물소리에, 늙은 그림쟁이는 꼼짝달싹도 하지 않고 가만히 귀 기울인다.

이윽고, 적어도 오늘 중에는 내 목숨이 구름 저 너머로 사라질 것이라는 사실을 절실히 인식하면서도, 이 순간순간을 고투와 절망의 혼수昏睡로 맞는 것 같은 일이야 절대로 생기지 않으리라는 확신에 찼고,

산기슭 절의 주지가, 생애에 오직 한 작품의 그림을 그리는 자를 위한 것인 만큼 조종釣鐘* 모양의 낮은 산꼭대기에 마련해준 억새로 이은 초라한 암자 안에서, 현실의 풍경을 완벽하게 뛰어넘어버리고 말 정도의 미美와 약동躍動과 요염妖艶, 게

다가 입에 올리기조차 주저될 만큼의 감동으로 가득 찬 자작의 병풍 그림에 완전히 마음을 빼앗기고 있었다.

결코 드러나지 않을 작자의 이름 탓으로, 영원히 옥좌를 지켜낼 그림으로 승화되었다.

절묘한 배열로 서로 겹치게 하여 그린 크고 작은 짙은 녹색의 석가산石假山**은, 설령 여하한 변경邊境이더라도 안식의 땅이 될 수 있음을 단적으로 드러내었고,

살아남을 수 있었기에 낭창낭창하게 굴곡屈曲한 소나무는, 어느 것이건 이 세상에 존재하기 위한 자세에 관해 모범을 보였으며,

해일 못지않은, 들끓는 정념情念 못지않은 기세로 미친 듯 춤추는 거친 파도는, 격변과 격동 속에서야말로 희망과 보람의 씨앗이 듬뿍 숨겨져 있노라고 주장했고,

저주스럽고 냉혹한 운명의 장난을 아무렇지도 않게 넌지시 드러내는 설경雪景의 먼 산은, 생명력의 쓸데없는 연소燃燒를 억누르면서 심정心情에 철썩철썩 호소해오는 파동波動을 던졌으며,

후광처럼 금색으로 빛나는 태양은, 함축 있는 이 세상의 이런저런 정의定義를 죽 늘어놓아 보여주었고,

*범종　**정원 가운데 돌로 쌓아 만든 산

그리고 어디까지나 조용하게 빛나는 은색의 초승달은 어떤가 하면, 마물에 홀린 가련한 혼의 배후에 구제의 빛을 살그머니 떨어뜨리고 있었다.

귀의할 곳은, 해와 달의 타고난 찬양자贊仰者.

고집 센 죽음을 떼어내고 떼어내고 하면서 팔십 년의 목숨을 이었고,
길었을 뿐 두서없는 인생과는 정반대로 기복 심한 어지러운 생애를 보내면서도 호號 따위의 것은 일체 가져보려고 하지 않았으며,
하물며 허명虛名을 날려 세상에서 판을 쳐보자는 욕심이야 더더욱 없었고,
조정 관리나 사무라이나 승려들이 물어올 때에 한해, 흥이 깨질 것을 두려워하지 않고 '무묘마루'라는 이름을 댈 뿐이었으며,
그렇다고 해서 결코 비굴한 태도로 타락하지 않았던 남정네 한 마리(一匹)는 지금, 충분히 익숙해진 이 세상을 떠나려 하면서, 먼 꿈길이라도 거니는 것 같은 얼굴로, 다하여 없어질 리 없는 추억에 푹 잠겨서,
묻어버리기 어려운 세월의 깊게 파인 구덩이에 개의치 않고, 가슴속을 오가는 수많은 체험에 뇌腦를 맡기고 있었다.

가진 미의식을 남김없이 모조리 투입한 여섯 폭 한 쌍의 대우주.

호분胡粉으로 돋보이게 한 뒤 은니銀泥*를 바른 파두波頭**는 영락없이 시련의 날들을 상징했고,

은분銀粉을 뿌려 나타낸 사방으로 튀는 물거품은, 찰나 찰나에 혼란함을 멈추려야 멈추지 못하는 인간의 감정 그 자체였으며,

금니金泥를 바림함으로써 두드러지게 만든 바다 속 바위는, 목숨의 위험과 강인함을 멋지게 바닷바람의 한복판으로 밀어내었고,

금니의 가느다란 선을 교묘하게 이용한 윤곽은, 육肉과 영靈의 경계선을 뚜렷하게 강조하여 생명의 핵심을 추구했으며,

녹청綠靑과 백록白綠을 뒤섞어서 칠하고, 안료의 두께에 변화를 주면서 농담濃淡의 바림을 준 수목樹木은, 모두가 '세상은 공평하다'는 한마디를 자신 넘치게 되풀이하여 중얼거리고 있었다.

우레 같은 파도소리와 송운松韻***에 감싸인 산수도는, 바야흐로 깊은 의미를 띠어간다.

*은가루를 아교 물에 갠 것 **물결의 가장 높은 곳. 파구 ***소나무를 스치는 바람소리

초암에서 바라보는 일망천리—望千里의 진짜 봄 경치에 대해 감연히 반역을 꾀하고,

밤과 낮을, 산과 바다를, 그리고 더 이상 대답할 수 없는 추측이 얼마든지 용납될 것 같은 사계四季를 이차원의 세계로 통합하여,

그러면서도 눈곱만큼도 부자연스러운 구석이 없었으며,

오히려, 쉼 없이 현재를 새겨나가는 광경 쪽이 어딘가 거짓말처럼 느껴지는, 그만큼 절박함을 드러내는 그림 속으로 세차게 불어 닥치는 호쾌하고 상쾌한 바람은,

노래하는 꽃들과 더불어, 이 둥근 세계에서 언제 그만둘지 모르고 반복되는 끝없는 삶을 전면적으로 지원하고 있었다.

빛과 바람이 대지를 한창 가득 채우는 가운데, 무묘마루는 싱싱한 풀에 뒤덮인 광야를 걸어간다.

변함없이 자기 스스로를 동무 삼아, 아니, 그 미궁과 같은 거친 들판만을 막역한 동무로 삼아 친애親愛의 정이 피어오르는 무묘마루에게는, 도공을 지향하자는 마음이 전혀 없었고,

부친 쪽에서도 그 길을 억지로 강요할 생각은 터럭만큼도 없었으며,

아니, 그보다도 도리어, 몸이 가루가 되도록 일하고 기죽는 마음을 채찍질하며 수십 년을 참고 견디며 쌓아올린 명장으로

서의 지위를, 첫 경험으로 그만한 기적적인 역량을 드러낸 제자식에게 깨끗이 빼앗기고 말 것을 두려워한 나머지 굳이 권하지 않았으며,

또한 모친 쪽도 안정된 삶이 이어지고 있는 한, 두 번 다시 그 건에 대해 언급하는 일은 없었다.

무묘마루의 내면에 깃든 그림자다운 그림자는 거의 발견되지 않는다.

그렇게 말하는 것도, 은둔적인 나날을 무심하게 살아가는 것 외에는 특별히 이렇다 할 희망이 없는 탓이었고,

따라서 거짓 한숨을 내쉬는 일도 없었으며, 자신의 부정否定을 초래하고 마는 일도 없었고,

그 시계視界로부터 잇달아 사라져가는 지금에 만족했으며, 완만한 시간의 흐름에 호의를 품었고,

극히 드물게, 반승반속半僧半俗이라는 어정쩡한 모습으로 목탁을 두드리며 염불을 외웠고, 문전걸식이나 상갓집 순례를 하는, 역경에 처해서도 명랑한 거지와 맞닥뜨리고, 감언이설에 속아 전매품인 다구茶具를 사야 될 판이 되면, 그날은 왠지 하루 종일 웃음이 그치지 않았으나,

그러나 그 시점에서는 아직 자신 속에 방랑에 대한 동경이 싹트고 있다는 사실 따위는 알 리 없었다.

때로는 대수롭지 않은 망설임을 떨치기 위해 방황하는 경우도 있다.

왜냐하면 오늘 이 무렵 근향근재近鄕近在*에 퍼진, 저 한결같은 소문에 신경이 쓰이는 탓으로,

틈만 나면 그 이야기로 시종일관한다는 사태는, 확연히 파란波瀾이 예상되는 문제에 틀림없었고,

그냥 내버려둔다면 앞날을 가로막을 정도의 장애가 될 게 뻔하다고 고뇌하면서,

마음속에 그늘이 진 바로 지금, 방관적인 태도는 사태를 악화시킬 뿐이라는 사실을 깨달았고,

무묘마루는 마침내 작정한 뒤 즉각 결론을 실행하자며 귀로에 올랐다.

아무리 생각해보아도 그냥 소문으로만 그칠 리가 없다.

그렇게 계속 이야기해준 달의 충고를 대수롭지 않게 귓전으로 흘려버린 것은 분명한 잘못으로,

세상은 항상 자극 넘치고 도박적인 요소가 강한 화제를 게걸스럽게 원하고, 사람들은 잿빛 세계에 갇혀 있는 자신의 일은 제쳐둔 채 흑백을 논할 기회를 쉴 새 없이 바라고 있으며,

그것은 차갑게 개인 푸른 하늘에 암운이 밀려들 때, 요란하

게 소란을 피우는 까마귀들과 조금도 다름이 없고,

그런 의미에서는 참으로 잔혹한 세상에 길들여진 생물이라고 할 수밖에 없으며, 자손이 끊어지지 않는 것도 당연하고, 인간 세상은 미래영겁안태未來永劫安泰인 셈이었다.

산은 후지산(富士山)**이 최고라고 누구나 칭찬하지만, 그렇다면 칼은 어떨까.

들판에서 일어난 불로 우연히 생겨난 옥강을 담금질하고 담금질하여 만들어진 '풀의 칼'과, 그 훌륭한 완성도에 충격을 받아 분기奮起한 부친이 두드려 만든 '별의 칼',

그 어느 쪽이 더 나은가 하는 흥미본위의 의문은, 차 한잔을 나누는 곳에서 이야기가 시작되어 술자리의 안주가 되었고, 그것이 사무라이들 사이에까지 퍼져가자 어느 결에 지상의 문제이기라도 한 양 언급되기에 이르렀으며,

시골 사무라이에서 승병僧兵으로, 마을으로, 급기야는 장원 본가의 당주堂主까지가 하인을 거느리고 먼 곳에서 찾아오기까지 하는 판국이어서,

손으로 들고 바라보는 정도야 그렇다 쳐도, 개중에는 베는 맛을 당장 시험해보고 싶으니 볏짚을 묶어서 가져오라고 요구

*가까운 동네 **일본에서 가장 높은 산(3,776m)

하는 자까지 나타났고,

    도장은 거절하느라 애를 먹은 나머지 일이 손에 잡히지 않는 날도 있었다.

    도읍의 광대에서 단숨에 벼락부자가 된 부호富豪는 명도名刀에 사족을 못 가눈다.

    두 자루 다 부르는 값에 사고 싶다는 이야기를 꺼내자마자, 술도가와 돈놀이라는 악랄한 장사로 왕창 돈을 번 그 추남醜男은, 말 등에 마치 쌀가마처럼 가득 실어온 번쩍번쩍 빛나는 명전明錢을 보여주면서, 뭣하면 말과 함께 몽땅 주겠노라고 강요했으나,

    구리 냄새를 아주 싫어하는 도장 쪽은 팔 물건이 아니라거나, 실전實戰에는 걸맞지 않다거나 이런저런 핑계를 대면서, 그 대신 다른 칼들을 죽 늘어놓았는데,

    그것들이 제아무리 잘 만들어진 것이어도 성에 차지 않았는지, 상대는 전혀 흥미를 드러내지 않았고, '다시 올 테니까 그때야말로 좋다는 대답을 들을 때까지 돌아가지 않겠다'는 거의 협박에 가까운 의미의 말을 남겼으며, 흉작지의 궁민窮民 모두를 대번에 구할 수 있을 정도의 거금과 신변을 지켜줄 강자强者와 더불어, 머나먼 도읍지로 되돌아갔다.

가족의 시선을 피하면서, '풀의 칼'과 함께 떠나고 만다.

그런 과감한 해결책이 불쑥불쑥 치밀어올랐을 때, 무묘마루는 터무니없는 낭보라도 들은 것처럼 흥분하여 즉석에서 떠날 의지를 굳혔으며,

의지가지없는 무용한 인간의 한 명으로서 만천滿天의 별이 쉴 새 없이 말을 걸어오는 들판을 조용히 종단했고,

온갖 수수께끼가 무엇 하나 풀리지 않은 채 존재하는 이 세상과, 부정否定을 모르는 드센 인생을 어디 한번 가로질러보자는 항거하기 어려운 충동에 휩쓸려, 자신에게도 드디어 그런 시기가 찾아온 것 같은 기분에 휩쓸려, 흥분하여 몸이 벌벌 떨리는 것을 어쩌지 못했으며,

열병과 같은 혼잣말을 마구 중얼거린 다음, 들끓는 젊은 피를 참지 못하여 불굴의 포효를 두세 번 내질렀다.

누구에게도 간섭당하는 일이 없는, 무엇이든 자신의 그림자와 의논하여 정할 수 있는 전도前途.

따뜻한 희망이 넘치는 사람들과 한편이 되겠다는 생각은 추호도 없었고,

사람이 다가가는 것을 그다지 달가워하지 않는 행복의 꽁무니를 무턱대고 뒤쫓아갈 뿐으로, 그저 한 번의 생애를 허겁

지겁 끝낼 마음도 없었으며,

처자妻子의 보호자로서 꿈도 힘도 다 사라져버린 조신한 삶에 매몰하는 따위는 딱 질색이었고,

천하의 목탁 역할을 해내는, 그런 엄숙한 인물이 되고자 한다는 위선적이고 당치 않은 기분 따위야 애당초 없었으며,

하물며 피가 번져 나올 것 같은 처절한 단련을 거쳐 자신을 강화하고, 살육의 명인인 궁마弓馬의 사무라이로서 입신하여, 비린내 나는 핏방울과 허황된 무용武勇의 영예에 흠뻑 젖어 정신을 차리지 못하는 내일 또한 눈곱만큼도 염두에 없었으며,

그렇다고 해서, 괴뢰집단의 일원으로 발을 디며, 재주를 팔고 몸을 파는 자들과 더불어 방방곡곡을 떠돌고, 멸시와 선망의 눈초리를 교대로 받으면서 이향異鄕의 사투리와 음식과 습관이 몸에 배어간다는 식의, 임시방편의 칠칠맞지 못한 나날을 바라는 것도 결코 아니었다.

혈족 의식이 별로 없이 자라난 무묘마루가 바라마지 않는 것은 바로 무애無碍의 경지다.

이제 막 떠오른 운명의 달빛에 어렴풋하게 비치는 도검 공방에서는, 골풀무 식의 화로 속으로 사철과 밤나무 숯이 교대로 던져질 때마다 건물 전체가 붉게 물들었고, 알맞게 달구어진 옥강을 겨냥하여 일사분란하게 내려치는 망치 소리가 실로

기분 좋게 울려 퍼졌으며,

좀 더 다가가면, 최고最古의 별이 마지막을 고하는 것처럼 오로지 아름답게 흩날리는 불티가 보였고, 저녁식사를 위해 지은 잡곡밥의 달콤한 냄새가 부드럽게 떠돌았으며,

그리고 여자들은, 반년에 걸쳐 듬뿍 담가두었던 잿물을 뺀 고사리와 지극히 간단하게 설치한 올가미를 사용하여 붙잡은 산새의 고기를 된장에 절여 부글부글 삶으면서, 창가娼家에서 일하는 즈시기미〔圖子君〕*사이에서 시작되어, 가창街娼의 다치기미〔立君〕**들에게 전해진, '죄도 업보도 나중 세상도 잊어버려 즐거워라'고 하던 내용의 인간 찬가인 유행가를 읊조리고, 오늘밤 자신의 사타구니 사이에 쑥, 쑥 끼워 넣고 몸을 뒤틀 사내를 떠올리면서, 벌써부터 얼굴이 달아올랐다.

그다지도 확고부동했던, 도망쳐 행방을 감추려던 의지가 점점 흔들리고 만다.

들판 언저리에 도달하여, 보금자리가 가까워지자 별안간 온량溫良한 심정으로 바뀌었으며,

자신이 바라는 행幸이라는 것은 결국 여기서밖에 찾아내지 못하는 게 아닐까 하는, 앞으로도 계속해서 낯익은 자들과 더

---

*집 안에서 손님을 맞는 창녀 **길가에 서서 손님을 유혹하던 창녀

붙어 사는 것이 가장 무리 없는 흐름이 아닐까 하는, 그런 연약한 심정이 급격하게 강해졌고,

늘 건너다니던 흙다리(土橋)에 닿았을 무렵에는 이미 머릿속이 온통 저녁밥 생각으로 가득 찼으며, 아직까지 고향을 버리고 유랑에 나설 나이에는 도달하지 않았다고 스스로 마음을 정하자, 흡사 가슴에 꽁꽁 매였던 매듭이 풀리기라도 한 것 같은 안도가 찾아왔고,

노래와 망치 소리와 불길과 불티가 뒤섞여서 만들어내는, 다른 곳에서는 도저히 얻어질 것으로 여겨지지 않는, 일종의 독특한 안도감 속으로 기꺼이 뛰어 들어가는 것이었다.

화가 치밀 정도로 멋진 마구馬具를 걸친 구렁말*이, 조용히 달빛을 먹고 있다.

외외巍巍하게 솟은 산을 두 개 넘은 곳의 비옥한 골짜기에 있는 슈고다이의 저택, 그곳에서 파견된, 이제 제법 나이가 든, 상투를 틀 만큼의 머리숱이 아슬아슬하게 남아 있는, 땅딸막한 사무라이가 단야장에 들이닥쳐,

금력金力으로는 도무지 움쩍달싹하지 않는 도장을 상대로 권력의 일단一端을 슬쩍슬쩍 내비치면서, 세상의 소문에 지나치게 올라버림으로써 이제는 환상의 일품逸品으로 바뀌고 만 예의 두 자루 칼을 어떻게 해서든 손에 넣으려고 분투했지만,

그러나 그 말투와 시건방진 태도가 눈에 거슬렸던 도장은, 설익은 대답으로 단념하도록 하기는커녕 상대의 눈을 똑바로 노려본 채, 단호하게 거절하는 문구를 되풀이했다.

무묘마루의 시선이 초대받지 않은 손님의 등을 푹 찌르자, 사무라이는 화들짝 놀라 뒤돌아본다.

이따금 들판에서 펼쳐지는 슈고다이 주최의 멧돼지 사냥 때, 주인 쪽으로 포획물을 쫓는 몰이꾼 역할을 맡는 것으로 얼굴이 잘 알려진 사무라이는, 일종의 독특한 분위기를 풍기는 그 젊은이가 도장의 자식이라는 사실을 알아차리자, 완고하게 버티는 부친을 설득하기보다 이쪽 편이 훨씬 수월하겠다는 판단을 내렸는지,

무묘마루 앞으로 슬금슬금 다가와, 그냥 이대로 고분고분 물러날 수야 없는 노릇이라고 투덜거리면서, 빈손으로 돌아가서야 면목이 서지 않을 뿐만 아니라 할복하지 않으면 안 된다면서 한마디 거들어주기를 당부했고, 서서히 거만한 태도를 고쳤으며,

마침내는 평신저두平身低頭로 돌변하여, 반드시 사야겠다느니 가져가야겠다느니 하고 떼를 쓰는 게 아니라, 베는 맛이 백

*밤빛 털을 가진 말

중하다는 두 자루의 명도를 저택으로 들고 가, 주인 앞에서 휘둘러봐서 결착을 짓고 싶을 따름이고, 결론이 내려진 다음에는 그 자리에서 즉시 반환할 테니 부디 며칠만이라도 빌려주기 바란다고 간원했으며, 물론 듬뿍 사례를 하겠노라는 말도 잊지 않고 덧붙였다.

한마디 거들어줄 상황인지 아닌지 판단을 내리려고, 무묘마루는 부친의 표정을 꼼꼼하게 살핀다.

도장의 얼굴에는, 이 자리를 절묘하게 빠져나갈 자신이 있다면 너에게 맡겨도 상관없다. 하지만 가보이고, 명장으로서의 상징이기도 한 칼을 절대로 넘겨주어서는 안 된다고, 그렇게 적혀 있었으며,

무묘마루가 잠자코 고개를 주억거리자, 부친은 일이 중단된 상태 그대로인 단야장으로 재빨리 돌아갔고, 어찌할 바를 몰라 사태의 추이를 지켜보며 갈팡질팡하는 제자들을 향해 한바탕 고함을 퍼부었으며, 불과 쇠의 세계로 다시 몰입하는 척했으나,

그러나 당연한 일이로되 정신이 다잡아지지 않아 이따금 손길을 멈추고 귀를 쫑긋 세웠으며, 곁눈질을 하면서 자식과 사무라이의 모습을 훔쳐보았고, 그 바람에 작은 망치가 옥강을 벗어나 세차게 바닥을 헛치고 말 때도 있었다.

결심이 아직 서지 않는다는 사실을 보여주려고, 무묘마루는 일부러 우물거린다.

그러자 상대는, 풋내기치고는 호락호락 다룰 녀석이 아닐지 모른다는 경계심을 단숨에 풀어버리고, 엿보다는 채찍이 효과적인 상대라고 판단하여,

슈고다이의 간절한 소망을 함부로 거절한다면 두고두고 땅을 치면서 후회하게 될 것이라고 말하면서, 앞으로 어찌되었든 상관이 없다면 끝까지 고집을 부리는 것도 괜찮으리라고 겁을 준 뒤 돌아가는 척했고,

두 걸음, 세 걸음 가더니 이내 다시 발걸음을 돌려, 그 칼에 대한 소문은 당연히 주변의 산적 녀석들 귀에도 들어가 있을 터이므로 어차피 잃어버리게 될 것이며, 그때는 칼을 빼앗기는 것만으로 끝나지는 않으리라고 으름장을 놓았다.

무묘마루는 일이 손에 잡히지 않는 듯한 부친에게로 가서, 순간적으로 내린 결론을 슬쩍 전한다.

칼과 함께 저택으로 따라가서, 시험 삼아 베어보는 것이 끝나면 곧바로 갖고 돌아오겠다는 타협안에 대해, 도장은 크게 고개를 가로저으면서 싫다는 뜻을 표했고,

어차피 세상 물정 모르는 미숙자에 지나지 않았던 제 자식

에게 낙담 절반, 안도 절반을 느끼면서, 목소리를 죽여서, 일단 슈고다이의 본거지에 발을 디디고 만 다음에는 상대가 내키는 대로 하기 마련이라고 말하면서, 이것저것 가리지 않고 죄다 빼앗길 것이 뻔하다고 말했으며,

녀석들이 이 언저리 일대를 싹쓸이하고 있는 도적 무리들보다 더 비열하고 잔혹한 패거리라는 사실을 알아차리지 못하느냐고 나무랐으며,

그렇게 말하면서도, 이렇게까지 집착을 드러내는데 계속 거절하는 것은 무리이고, 깨끗하게 단념하는 수밖에 없으나 고분고분 넘겨줄 수는 없는 노릇이니, 되도록 좋은 조건을 이끌어내어, 가령 숯으로 만들기에 안성맞춤인 크기의 밤나무가 빽빽하게 들어찬 장원 내의 산을 자자손손의 대에 이르기까지 무상으로 빌려주겠다는 따위의 보증을 받아낼 수 있도록 교섭을 하라, 그럴 목적으로 사자使者인 사무라이와 동행하라고, 그리 지시했다.

무묘마루는 사무라이를 저녁식사에 초대했고, 목욕을 하여 몸가짐을 단정히 한 뒤 '별의 칼'과 '풀의 칼' 두 자루를 한꺼번에 왼쪽 허리춤에 찼다.

그로부터 달구지용으로 기르고 있는, 힘이 센 것만이 장점인 짐말 가운데 자주 타보았던 수컷 한 마리를 울타리 바깥으

로 끌어내어 올라탔고,

기마騎馬로서 완전무결한 준마에 조금도 뒤떨어지지 않는 당당한 자세를 뽐내면서 사무라이와 어깨를 나란히 하고 황야로 나아가,

배웅하는 자들이 어둠에 묻히기 직전에 고삐를 획 잡아당겨 말을 뛰게 만들었고, 두툼한 앞발이 허공을 차는 사이에 자신도 손을 흔들면서,

결코 영원한 작별을 고한 것이 아님에도, 왠지 결정적이고 치명적인 별리別離와 같이 여겨짐을 어쩌지 못했고, 다시 말해 재회는 있을 리 없는 게 아닌가 하는 불길한 기분이 들었으며,

그래도 가슴이 꽉 막히고 마는 것 같은 일은 없었고, 도리어 상쾌한 기분으로 달빛이 지배하는 푸른 영역으로 말을 몰고 나아가, 시들기 시작한 풀의 광활한 세계를 종단하느라 서서히, 우아하게 말을 몰아갔다.

행정行程 불과 하루 밤낮의 짧은 여로이긴 했으나, 무묘마루가 얻은 것은 많고 컸다.

　광야를 빠져나간 다음에는 산과 산으로 이어지는 단조로운 산길을 오르락내리락할 뿐으로, 눈을 즐겁게 해줄 광경과는 단 한 번도 마주치지 못했으나,
　동행이 생판 모르는 남이고, 신분도, 더구나 사는 세계도 아주 다른 나이든 사내였으며, 희소하기 짝이 없는 칼을 주인이 있는 곳으로 갖고 돌아가는 것이 임무인 상대라는 뜻은, 마음 턱 놓고 지내는 동료들뿐인 생활에서는 거의 있을 수 없는 긴장을 강요했고,

다시 말해 한순간도 방심할 수 없었으며, 언제 허를 찔리더라도 몸을 피해 달아날 수 있도록 절대로 빈틈을 보여서는 안 되었고, 말에게 물을 먹이느라 잠시 쉬는 경우에도 조심성 없이 다가가는 것을 피했으며, 또한 풀밭에 쪼그리고 앉아 용변을 볼 때도 충분한 거리를 확보하여, 언제 적으로 돌변할지 모를 사무라이의 태도에서 눈을 떼지 않았다.

여행하는 동안 사무라이는 잠자코 입을 다물었고, 얼굴은 무표정했으며, 속마음을 드러내는 법이 없었다.

기침도 하지 않고 방귀도 뀌지 않았으며, 그 뒷모습은 무정한 야심으로 가득 찬 자처럼도, 혹은 어차피 주인의 그림자에 지나지 않는 심부름꾼처럼도, 또한 혹은 불만과 파란에 넘친 운명을 꺾여버리고 만 노인처럼도 여겨졌고,

그렇게 무어라 단정지을 수 없는 상대와 잠시 쉬는 수는 있어도 잠자는 법이 없는 강행군의 여로를 이어가는 것은, 무묘마루로서는 인간의 의도가 무엇인지를 곰곰 고찰하기에는 절호의 기회라고 할 만했으며,

아울러 스스로의 내면을 어리석게 드러내지 않으려면 침묵이 제일이라는 진리를 깨우쳤고, 그 때문인지 어쩐지는 확실치 않으나 여로의 마지막을 장식하는 아름다운 저녁놀을 보지도 못하고 목숨을 빼앗기고 말 지경에는 빠지지 않았다.

풍성한 결실의 가을이 펼쳐지는 들판 한복판에 보이기 시작한 것은, 믿어지지 않을 만큼 광대한 저택이다.

당탑堂塔과 가람伽藍을 몇 겹씩이나 이어서 합쳐놓은 듯한 복잡한 배치로 크고 작은 다양한 건물이 들어선 부지敷地는, 그 주위가 두 겹의 해자垓字와 높은 울타리로 빙 에워싸였고,
적이 습격해올 때를 대비하여 간단히 무너뜨릴 수 있는 다리를 놓은 앞쪽 입구와 뒤쪽 입구에는, 출입하는 자를 감시하는 역할의, 창과 칼을 지닌 사내 몇 명이 눈동자를 번뜩이고 있었으며,
그러면서도 부지 바깥이나 안이나 흡사 축제라도 하는 것처럼 떠들썩했고, 수많은 남녀가 일하느라 부산을 떨었으며, 사냥용 개들이 동자童子들과 함께 뛰어다녔고, 울타리 안에서는 안장을 얹지 않은 말 수십 마리가 쉬고 있었으며, 색색가지 가금家禽들이 여기저기서 땅바닥을 쪼았고, 알을 낳았다는 사실을 자랑스럽게 고하는 울음소리를 높게 지르고 있었다.

다양한 신분의 차이에서 오는 격차를 한눈에 인식하는 게 가능한 일각一角이다.

그것은 도검 공방에서의 스승과 제자라는 관계 따위는 문제가 되지 않을 정도로 현저한 차별이었고, 몸에 걸친 의류나

신발이나 쓰고 있는 물건에서 이미 확연히 드러났으며, 무묘마루와 같은 야생아野生兒로서는 너무나 어리석고 비인간적인 구조로 여겨졌으나,

하지만 거기에 모여드는 사람들은 누구 하나 그런 상하관계를 의아하게 여기지 않았으며, 모두가 다들 스스로의 처지를 알아차렸고, 지나치리만큼 잘 알아차렸으며, 짊어진 숙명을 모조리 내던지고 살아가는 것에 희희낙락 몰두했고,

슈고다이가 대관절 뭐야 하는 식의 찬탈적이고 험악한 공기는 어디에서도 흐르지 않았으며, 도읍에서 흘러온 것으로 여겨지는 거지 무리들만 하더라도, 그 얼굴에는 한탄하며 살아왔다는 흔적이 전혀 드러나지 않았다.

이제까지 세상으로부터 멀리 떨어져 살아온 사실을 그저 절실히 느낄 따름이다.

끝없는 활기를 직접 목격하고 잔뜩 주눅이 든 무묘마루는, 과연 그렇다면 자신은 대관절 어느 계급에 속하는 인종일까 하는, 평소에는 의식조차 하지 않았던 사실을 곰곰 따져보면서, 잡다한 인종이 웅성거리며 붐비는 거리로 어슬렁어슬렁 말을 몰았고,

그런데 이 같은 익숙하지 않은 사고思考는 모든 냄새와 향기에 의해 즉각 방해를 받아 벽에 부딪치고 말았으며,

인분人糞이나 가축 냄새, 한창 무두질하는 중인 피혁 냄새, 그리고 그것들에 지지 않을 정도의 엄청난 체취體臭에 코를 찔려 머리가 어질어질했고, 당장이라도 그 자리를 벗어나고 싶은 충동에 휩싸였으나 간신히 버텨냈으며,

그리고 쌀밥이 익어가는 냄새와 생선을 굽는 냄새와 된장을 볶는 냄새가 알맞게 뒤섞여서 불어오는 바람에 감싸이자 금방 마음이 들떠, 해자에 걸쳐놓은 나무다리를 말에 탄 채 건너가는 자신이 다소는 자랑스레 여겨지는 것이었다.

옥석을 빼곡히 깔아둔 드넓은 통로를 지나가면서 말도 역시 당황한다.

소문으로밖에 몰랐던 저택의 실물을 가까이에서 바라보아도 기대에 못 미친다는 실망은 일절 없었고, 그렇기는커녕 도리어 압도되는 정도가 늘어날 뿐으로, 무묘마루는 차츰 꿈을 꾸듯 황홀한 기분에 젖어들었으며,

저택에 초대받은 유녀遊女 일행과 스쳐 지나갈 때에는, 향을 뿌린 비단 옷의 냄새와 여자들의 추파에 폭 감싸여 정신이 아득해져 하마터면 낙마할 뻔했고,

그렇게 되자 다음에는 어디를 어떻게 지나왔는지, 어떤 무리들과 마주쳤는지조차 모르게 되고 말 지경이었으며,

제정신을 차렸을 때는, 선명한 노란 잎을 가득 매단 은행나

무 거목에 말을 매어둔 채, 별안간 얼이 빠져버리기라도 한 것처럼 망연자실의 몸이었다.

갈팡질팡하는 사이에 해가 졌고, 그냥 그대로 어둠에 뒤덮이는가 여겼더니 등불의 바다가 된다.

요소요소에 화톳불이 지펴지고, 저택 안과 긴 복도도 무수히 많은 등불에 묻혔으며, 그 번쩍거림은 별빛을 압도할 정도였고, 여기저기에서 흔들흔들 흔들리는 불빛은 한없이 음미淫靡*했으며,

거기에 모여서 현재를 실컷 즐기는 자들이 만들어내는 활기와 열기는 낮의 그것을 능가하지도 떨어지지도 않았고, 개와 동자들까지가 온통 난리법석을 쳤으며, 천진난만한 밤놀이를 꾸짖을 어른은 한 사람도 없었고,

즉 거기에서는 사람이 밤을 이끌어간다는 사실을 깨달은 무묘마루는, 내심 만족하여 빙그레 웃음을 머금고 가는 도중에, 무한히 방종한 세상을 살아가는 것의 흥미로움에 불현듯 눈떴으며, 가는 곳마다 뜻하지 않은 형태로 인생의 준비가 갖추어져 있다는 사실을 실감했고,

한 사람의 인간으로서의 존재를 소나기에 빠진 벌레 한 마

*음탕하고 문란함

리에 비교해서는 안 된다는 진리를 직관했다.

그 사무라이는 말과 더불어 자취를 감추었고, 대신 누군가 다른 자가 나타나는 것도 아니었다.

준비해온 말린 찐쌀은 벌써 다 먹었고, 텅 빈 위를 심하게 자극하는 온갖 다양한 음식 냄새가 충만한 장소에 가만히 쪼그리고 있는 것이 너무나 괴로워,

이제 더 이상 참을 수 없을 지경이 되자, 길을 나설 때 모친이 허리춤에 쑤셔 넣어준 얼마간의 돈으로 먹을거리를 구하자는 생각이 문득 들어, 저택 바깥으로 나가려고 발걸음을 옮겼으나,

그때 바로 근처의 어둠 속에 몸을 숨기고 있던 두 명의 하인에 의해 전진을 제지당하고 말았으며,

히타이아테[額当て]*와 하라아테[腹当て]**를 불끈 매고 창을 들고 있기는 했지만, 꼬락서니로 보아 사무라이의 똘마니라고 하기보다는 농부와 너무나 흡사한 그 녀석들은, 악의를 한껏 담은 엷은 비웃음을 띠면서, 농기구에도 못 미치는, 솜씨 서툰 대장장이가 만들었다고밖에 여겨지지 않는 어설픈 그 무기를 불쑥 무묘마루의 코앞으로 내밀었다.

어쩌면 유폐시키려고 이러는 게 아닌가 하는 위구심이 들어, 무묘마루는 자신도 모르게 칼을 뽑고 말았다.

허리춤에 차고 있던 두 자루의 칼 가운데 한 자루를 냉정하게 골라 뽑았다고 하기보다는, 극히 자연스러운 흐름으로 '풀의 칼' 쪽을 손에 쥐고 있었으며,

그 시퍼런 칼날은 화톳불 불빛을 흡입하자 순식간에 살기를 포화飽和시켜 대번에 상대를 벌벌 떨게 만들었고, 감시 역을 맡았던 사내들의 무뢰한 태도를 뜯어고쳐 길을 터주도록 했으나,

그렇다고 해서 공포의 밑바닥으로 밀어 떨어트리고 말 정도의 효과는 없었으며, 무용한 다툼을 피하면 그것으로 그만이라는 억제된 위력에 머물렀고,

그렇게 해서 피를 보는 것과 같은 사태에는 이르지 않고, 탈 없이 끝났다.

그건으로 인해, 무묘마루는 자신이 가장 꺼리고 싫어하는 일을 떠올린다.

이상한 출생 탓으로 그늘이 많이 드리운 정신을 숨긴 채 쉴 새 없이 어지럽게 오가는 생각은, 어느 누구에게도 저지당하지 않는 무애無碍의 입장立場이며, 그것이야말로 영락없이 마음의 보물이리라고 인식했을 때, 혼의 심芯마저 확실하게 공

---

*이마에 두르는 군용 머리띠 **배에 두르는 병사용 갑옷. 배두렁이의 일종

명共鳴하는 것이 뚜렷하게 느껴졌고,

 내 소유에 속하는 것은 그 하나이며, 내세워야 할 신념은 그 외에 없었고, 그것을 위한 일이라면 여하한 희생도 치를 수 있는 게 아닐까 하는 자신감이 온몸에 출렁출렁 넘쳤으며,

 쓸데없이 훼방놓는 무리는 어디의 누구이든 아무리 증오해도 결코 질리지 않는 패거리들이었고, 그래서 칼은 그자를 눈 앞에서 배제하기 위해서 있는 게 아닐까 하는 사실을 분명하게 자득自得해 나갔으며, 적대할 가치조차 없는 무리의 피와 살덩이에 더럽혀지지 않고 마무리한 칼을 백목의 칼집에 집어넣었다.

 우선은 배를 채우자며 그 자리를 벗어나려 할 때, 그 사무라이가 다시 나타났다.

 따뜻한 먹을거리와 따뜻한 잠자리가 준비되어 있으니 따라오라는 지시에 얌전하게 따라도 괜찮을 것인가 아닌가, 말 옆에서 떨어지고 만다면 갑작스러운 경우에 탈출하지 못하게 되고 마는 것이 아닌가 하는, 그런 불안이 뇌리를 스쳐 주저하고 있는 무묘마루는, 상대의 혼담魂膽을 빼려고 눈초리에 힘을 주어 노려보지만,

 그러나 신절臣節을 다하는 것밖에 염두에 없는 것 같은 사무라이의 눈에서는 이상한 빛이 전혀 느껴지지 않았고, 아마

별일 없으리라고 여겨, 또한 풀을 요 삼아 잠잘 계절은 벌써 오래전에 흘러가버렸다는 사실을 깨달았으며,

그래서 불안을 휙 팽개쳐버리고, 은행나무 거목에 매어둔 말의 고삐를 다시 단단히 움켜쥐면서, 지나치게 충분하리만치 신경을 곤두세우고, 배후에도 주의를 기울이며, 저택의 중심부로 나아갔다.

지칠 줄 모르는 호기심과 다하지 않는 놀라움이 무묘마루의 등을 떠민다.

이 부근 최고의 부자이며, 생사여탈의 권세를 쥔 저택의 주인에게로 안내되어,

시험 삼아 칼을 써본 다음, 바라는 대로 그 칼을 헌상하고, 밤나무 산의 사용 허가를 앞으로 수십 년에 걸쳐 얻어내기 위해 교섭한 다음 깔끔하게 일처리를 마무리하며,

말이 산길에서 허덕일 정도의 돈을 선물로 받아 귀로에 올라, 이틀 뒤에는 당당한 한 사람의 남자로서 가족과 동료들의 환영을 받고,

그 이후는 아무런 변화도 없고 아무런 자극도 없는 나날이 끊임없이 되풀이될 뿐으로, 문득 정신을 차렸을 즈음에는 부친의 뒤를 이은 연후이며, 쇳덩어리와 불의 세계로부터 벗어나지 못하게 되어 있고, 아직 본 적조차 없는 각지를 표박하는 꿈은

갈기갈기 찢어져버리고 말았다는, 어차피 그런 길을 걸어야 한다면, 오늘밤이 생애에서 기념해야 할 가장 좋은 날이 되어버리고 마는 게 아닌가 하는, 얼핏 그런 상념이 가슴을 스쳤다.

안내된 작은 방은 상상한 것보다 훨씬 아담했고, 풍우風雨를 피할 수 있는 정도에 그치지 않았다.

억새로 이은 지붕은 아직 새로웠으며, 대나무를 정성들여 짜서 만든 벽은 이중으로 되어 있었고, 봉당에는 목욕을 위한 커다란 통이 놓여 있었으며, 그것은 찰랑찰랑 더운 물을 담고 있었고,

번쩍번쩍 닦인 마루방에는 조그만 화로가 있었으며, 벌겋게 탄이 타오르는 이로리(囲爐裏)* 곁에는 여태 한 번도 본 적이 없는 고급 침구가 준비되었고, 등불 앞에는 고봉으로 수북이 담긴 밥이 모락모락 김을 피워 올렸으며, 버섯과 무 삶은 것, 사슴고기 말린 것과 구운 은어를 맛깔스럽게 담은 그릇이 가지런히 놓였고,

게다가 갓 지은 옷과 두건과 짚신, 더구나 아주 깨끗한 훈도시(褌)**까지 준비되어 있었으며, 내일 아침에는 그것을 입고 주인 앞에 나오라는 지시를 내린 사무라이는, 날이 새면 데리러 올 테니 편히 쉬라는 말을 남기고 다시 자취를 감추었다.

칼을 맡겨두라는 강압적인 요구가 없었다는 사실에 오히려 불길한 예감이 든다.

새삼스럽게 바깥의 분위기를 살핀 다음, 간단하게 열리지 않도록 문짝에 부젓가락을 끼우고, 다시 한 번 방 안을 세밀하게 살폈으며, 벽에 귀를 착 가져다대고 부근에 괴상한 사람의 기색이 없다는 사실을 확인하자, 이윽고 배를 채워야겠다는 생각이 들었으나, 마음 턱 놓고 편히 쉬는 것 같은 경솔한 행동을 취하지는 않았고,

밥상 앞에 앉아서도 질그릇 접시와 목제 바리에 그득 담긴 음식을 하나하나 냄새 맡아보았으며, 혓바닥 끝으로 가볍게 맛을 살핀 뒤 아무런 이상이 없다는 사실을 확인한 다음에야 젓가락을 댔는데,

마루방에 털썩 주저앉는 것 같은 일은 피하고, 선 채로 출입문 쪽으로 눈길을 던지면서 허겁지겁 식사를 했다.

밤이 깊어질수록 가무음곡이 활기를 띠고, 명정酩酊***한 남녀의 낭소朗笑와 교성嬌聲과 매성罵聲****이 높아간다.

*일본의 전통적인 난방 및 취사 기구로, 마룻바닥을 사각형으로 도려내어 판 다음 불을 지피도록 만들어졌음 **들보나 샅바와 비슷한 것 ***몸을 가누지 못할 정도로 취함 ****꾸짖어 나무라는 소리

술과 안주 냄새가 끊이지 않고 떠다니며, 화톳불이 타오르는 소리도 그치지를 않았고, 가는 곳마다 사람 그림자가 얼른거렸으며,

알뜰한 사람들의 보금자리와는 대극對極에 있는, 욕망의 불길에 갇혀버린 특수한 세계가 아닐까 싶은, 그런 느낌이 든 무묘마루는, 발가벗고 목욕통에 들어가 뜨거운 물에 몸을 담그고 쪼그린 채 가만히 있는 동안, 조금은 나아진 듯했던 울적함이 참지 못할 혐오로 바뀌어가, 급기야는 확실히 잘못된 곳에 몸을 두고 있다는 사실을 알아차렸고, 어쩐지 서글픈 가을 저녁에 홀로 적적하게 젖어드는 삶이 그리워졌으며,

지방의 권력과 존엄을 지닌 슈고다이와, 그 사내를 맹주로 떠받드는 특권계급 무리들의 정체가 알고 싶은 기분이 들어, 그들이 강제적으로 요구하는 연공年貢을 해마다 고분고분 바치는 백성은 순진함을 뛰어넘어 구제할 길이 없는 어리석은 자들이고, 자신 또한 그 일원인가 하고 여기니 통절하기 그지없었다.

잠자리에 들어도 저택 내에 가득 찬 훤소喧騷*가 훼방을 놓아 종내 잠들지 못하고, 눈동자만 말똥말똥할 뿐이다.

두 자루의 칼을 품은 채 옆으로 드러누운 무묘마루는, 등 뒤에서 습격해오는 것이 두려워 문 쪽으로 얼굴을 돌렸고, 술

취한 자들의 발자국 소리가 땅울림과 같은 기세로 밀어닥칠 때마다 눈동자를 크게 치떴으며, 조금이라도 우위를 차지할 수 있는 자세를 감안하여 손발의 위치를 이리저리 바꾸어보았지만,

그러나 무장한 일단一團이 쏟아져 들어오는 것 같은 사태에는 이르지 않았고, 백성에게 일을 시키고 자신은 놀면서 살아가는 이곳의 주인住人** 또한 결코 나쁘다고는 말할 수 없을지 모른다. 그러므로 도리에 어긋난 처사는 절대로 할 리가 없다는 안도감이 생겨날 즈음 한꺼번에 수마가 밀려들었으며,

긴장과 흥분이 썰물 같은 기세로 멀어져 가버렸다고 여기니, 바깥의 소동도 전혀 들리지 않게 되었고, 다음에는 그저 꿈조차 다가오지 못하는 잠 속으로 빠져들었으며,

그런 뒤 눈을 떴을 때는 이미 해가 높다랗게 솟았고, 벽의 벌어진 틈 사이로 파고드는 햇빛이 마치 원념怨念이라도 내던지는 것처럼 너무나 치열했다.

자신의 목적과 머물 장소에 대한 재확인이 이루어질 무렵, **불쑥 나타난 틈입자**闖入者.

바깥에서 열지 못하도록 부젓가락을 꽂아두었음에도 불구

---

*뒤떠들어 소란함 **사는 사람

하고, 그자는 무시무시한 힘을 발휘하여 억지로 문을 열어버렸으며,

드디어 저택 주인이 날이 새기를 기다려 칼을 노린 자객을 파견한 게 아닐까 하는 추측이 뇌리를 스쳤고, 무묘마루는 봉당으로 뛰어내리자마자 침입구 앞에 떡 버티고 서서, 적을 맞아 싸우기 위한 태세를 갖추었으나,

그러나 그렇지 않다는 사실이 순간적으로 판명되었으며, 그러자 과장된 몸짓이 처치 곤란해져버렸고,

한편 훌쩍 뛰어든 덩치가 유난히 큰 여자로 말하자면, 눈앞에 있는 칼집이 벗겨진 칼을 보고 벌벌 떨다가, 도신 바로 건너편에 극도의 긴장으로 인해 완전히 쪼그라들고 만 젊은 남자의 일물을 알아차리고 부끄러운 표정을 지었으며,

잠시 지난 뒤, 가져온 아침식사를 이로리 앞에다 살짝 내려두고, 대신 어젯밤의 밥상을 품에 안더니, 의미심장하다기보다 노골적인 유혹을 가득 담은 미소를 어깨너머로 던지면서 돌아갔다.

ㅎ

 아침밥을 말끔히 먹어치우고, 소금으로 입 안을 헹구며, 샛강 위에 설치된 측간에 들렀다가 머리카락을 다시 묶는다.

 자양분이 풍부한 음식물과 더운 물 목욕과 숙면으로 부활한, 그 어느 때보다 한결 청결해진 몸을 신품 의상으로 감싸갈 때, 벗어던진 자신의 의상에 약간 싫증이 났고, 어차피 또 다시 저것으로 갈아입어야 하는가 생각하니 풀이 죽었으며,

 마중 온 사무라이가 당연한 행위라는 듯이 낡아빠진 옷을 이로리에 던져 넣자, 무묘마루는 이제 막 걸친 그것이 그냥 자신에게 주어진 의상이라는 사실을 비로소 깨달았고, 말쑥한 모습으로 여기저기 싸리꽃이 흔들리는 굵은 자갈이 깔린 통로

를 걸어가자, 그저 그것만으로 왠지 기분이 한결 나아졌으며,
 그런데 조금 지나자, 죽음을 위해 깨끗한 옷을 입은 듯한, 흡사 형장으로 끌려가고 있는 것 같은 착각에 빠져, 상당히 깊은 우수憂愁에 감싸이는 것이었다.

 찰은 여전히 무묘마루의 수중에 있으나, 그 우위는 벌써 사라져버렸다.

 제아무리 마음을 단단히 먹어보았자, 거기서는 완전한 무방비 상태와 하등 다를 바 없었고, 또 제아무리 혹독한 처사를 당하더라도 불평 한마디 터트릴 수 있을 것 같지 않은, 그렇게까지 폭위暴威에 가득 찬 공간이었으며,
 그 무엇보다 저택의 호화로움도 그렇지만 저택 내의 넓이에는 도무지 익숙해지지 않았고, 가도 가도 세세한 곳에까지 사람의 손길이 가해진 세계가 이어졌으며,
 지나쳐가는 자들만 해도, 그날그날의 굶주림을 채우기에만 급급한, 날이 새기 전부터 밤이 이슥해질 때까지 뼈가 빠지도록 일을 해야 하는 무리들과는 분명히 일선一線을 긋는, 실로 우아한 인종이었고,
 청소와 오물 처리와 초목 손질이 일 중에는 최하등에 속하는 패거리들만 하더라도, 도검 공방에서 일하는, 한겨울에조차 웃통을 벗어젖히고 반라가 되기 일쑤인, 알통이 자랑거리

인 자들과는 엄청난 차이가 났다.

 앞으로 나아갈수록 양쪽 토담이 좁아져, 급기야는 사람 한 명이 간신히 빠져나갈 수 있는 상태였다.

 마침내 앞쪽에, 네 모퉁이가 여봐란듯이 하늘로 치솟은 커다란 지붕이 떡 버티고 섰고, 그것은 햇빛을 받아 눈이 휘둥그레질 만큼 아름답게 번쩍거렸으며, 기와지붕의 급사면을 따라 경쾌하게 활공하는 새들마저 묘하게 격식 높은 생물로 비쳤고,
 그러나 통로가 막다른 곳에 다다라, 토담을 둥글게 판 중국풍의 입구에 들어선 순간, 갑자기 뻥 뚫려 드넓은, 제대로 숫자를 맞춘 오색의 큰 자갈이 깔렸을 뿐인, 신지이케〔心字池〕*도 없거니와, 소나무 한 그루 심어져 있지 않은, 단순명쾌한, 지고의 미에 도달한 모습에 마른침을 삼키면서, 한동안 방념放念할 수밖에 없었으며,
 재촉하는 대로 발걸음을 옮기는 무묘마루에게는 건너편에서 기다리는, 신덴즈쿠리〔寢殿造り〕**의 건물 안에서 으스대면서 몸을 젖히고 앉아 있을 상대나 그 종자從者들의 모습이 전혀 보이지 않았고, 광장의 거의 한복판에 높다랗게 짜 맞추어 올

---

*초서로 마음 심 자 형태를 한 일본 정원의 연못 **헤이안 시대 귀족들의 대표적인 주택 양식

린, 어쩐지 의식儀式을 위한 형태로 여겨지는 가늘고 긴 망루도 눈에 들어오지 않았다.

계단으로 오르는 언저리에서 무릎이 꿇린 채, 무묘마루는 공손히 절을 하듯이 단정히 앉는다.

그 같은 스스로의 굴욕적인 모습에 깜짝 놀라면서도 온몸은 딱딱하게 굳어져서 미동조차 하지 않았고, 얼굴을 쳐드는 것마저 마음먹은 대로 되지 않았으며,

그런 판에 사무라이의 손이 허리춤 근처로 뻗어와 두 자루의 칼을 송두리째 가져가도 그저 멍하니 바라보고 있을 수밖에 없었고, 칼이 도달한 높은 곳에서 주거니 받거니 하는 대화의 내용이 지나치게 요란하여 거의 이해되지 않았으며, 다가왔다가는 사라지고 사라졌다가는 다가오는 감탄의 목소리를 오로지 가만히 듣고 흘릴 뿐으로,

갈피를 잡지 못하고 어리둥절해하는 사이에, 세상에서도 드문 쇠로 만들어진 칼이라고 누군가가 설명하는 소리가 귀에 들리게 되었고,

이윽고 칼날에 반사된 아침 햇살이 눈을 찌르자 간신히 제정신이 들어, 격절隔絶된 고도孤島에 내던져진 것 같은 심정에서 단숨에 해방되었다.

그것이 자신에게 던져진 물음이라는 사실을 안 무묘마루는, 눈을 칩뜨고 그 상대를 응시한다.

몇 계단 높은 곳에 진좌鎭坐하신, 소문으로밖에 들은 적이 없는, 이 지방에서는 궁중의 귀족으로 여겨지는 슈고다이의 입에서 튀어나온 목소리는 지극히 새되고, 경우에 따라서는 앞뒤가 뒤집히는 탓으로, 네가 만든 칼은 대관절 어느 것이냐는 실로 간단한 질문에도 즉답할 수가 없었고,

또한 진짜 유성검流星劍이냐는 노골적인 의심의 질문을 받고서도, 신명에게 맹세하여, 하는 투로 자신 넘치는 대답을 하지 못했으며, 간신히 증조부 시절부터 전해져 내려오는 쇠이니까 진위 여부는 확인할 길이 없다고 말하는 게 고작이었고,

그러자 화가 치민 슈고다이는 손에 쥔 부채를 좍 펼치면서, 양쪽에 줄지어 늘어선 종자들을 향해 미리 준비해둔 절차에 따라 일을 진행하라는 신호를 보냈다.

두 자루의 칼은 소유자 쪽으로 돌아왔으나, 되돌려주지 않고 그냥 곁을 지나쳐가고 만다.

그 행방을 눈으로 쫓아가니, 광장 한복판에 대나무와 통나무로 얽어 올린, 벼락치기로 만든 망루 쪽으로 운반되어, 거기에서 대기하고 있던 다른 사무라이의 손에 넘겨졌고,

그러자 태양이 땅바닥을 달구면서 후텁지근한 바람이 불기 시작하여 망루 쪽에서 흘러오는 공기가 몹시 비릿하게 느껴지더니, 그 이상한 냄새가 예사롭지 않았으며,

그로 인해 망루 주위에 쌓아둔 대물代物의 정체가 어렴풋이 짐작되었고, 그것은 필경 시험 삼아 베어보는 데 사용할 짐승의 시체로서, 늙어빠져 아무 짝에도 쓸모가 없어져버린 농경용의 소이든가, 그도 아니라면 소금에 절였음에도 불구하고 시간이 지나 썩어버리고 만 멧돼지 고기가 아닐까 하고 추측해보았다.

칼을 베는 역할을 맡은 자의 정면, 좌우 두 군데에 늘어선 두 개의 고깃덩어리에는, 놀랍게도 인간의 머리가 달려 있는 게 아닌가.

도읍에서는 아사자가 무수히 뒹굴고 있다지만, 시험 삼아 베기 위한 것만으로 악취에 범벅이 된 그런 대물을 머나먼 이곳까지 운반해왔을 리는 없고, 또한 여기까지 번져올 만큼 심각하게 유행하는 병으로 인해 사자死者가 속출했다는 이야기를 들은 적도 없으며,

게다가 무엇보다 어느 쪽 사자건 상당히 살이 쪘고, 그렇다면 절명하기 직전까지는 음식을 제대로 먹어 팔팔하게 원기가 넘쳤다는 증거나 다름없으며,

따라서 이 지방에서 처형된 죄인이리라는 것 외에는 달리 집히는 구석이 없으나, 그 숫자가 얼마냐고 하면, 둘뿐이 아니라, 슬쩍 바라본 것만으로도 열 구 이상이었고, 멍석 밑에는 도대체 몇 구나 있는지 짐작조차 할 수 없었으며,

더욱 이해가 가지 않는 것은 치명상이 저마다 다 달라서, 창으로 옆구리를 찔린 사자가 있는가 하면, 어깨로부터 비스듬히 칼로 베어진 사자와 가슴팍에 몇 군데 화살 자국이 남아 있는 사자도 있었고, 개중에는 정식 무기에 의해 죽임을 당한 것으로는 도저히 여겨지지 않는, 돌멩이나 통나무와 같은 것으로 일격을 가하여 머리가 쪼개진 유체도 있었다.

의복이 벗겨지고 머리카락이 헝클어진데다가, 진흙과 선지피로 범벅이 된 탓으로 정체를 파악할 수 없다.

그들 사자가 제멋대로 약탈하고, 제멋대로 살인을 한 죄에 물든 도적 패거리들이라면 아무런 문제가 되지 않겠으나,

슈고다이를 따르는 사무라이들이 험준한 산을 근거지로 삼는 도적 무리를 급습하여, 잔당까지 남김없이 소탕해버렸다는 가슴 후련한 소문을 무묘마루는 아직 들은 기억이 없었고,

설사 그런 대규모 토벌작전이 행해졌다손 치더라도, 지리地利를 교묘하게 살려서, 상대의 목숨을 빼앗기 위해서라면 어떠한 수단도 마다하지 않을 패거리들이 상대라면 애당초 승부

가 될 리 없었으며, 도리어 반격을 당하고 말 게 불을 보듯 뻔했고,

설령 이겼다고 치더라도, 그만한 숫자의 사체를 값비싼 전리품인 양 소중히 챙겨서, 산을 넘고 들판을 지나 가져온다는 것은 일단 있을 수 없는 일이었다.

사체는 몸통 부분이 튀어나오도록 하여, 부드러운 흙을 봉긋하게 쌓아올린 위에다 반듯이 눕혀놓았다.

준비를 마친 두 명의 비인非人°이 사해死骸가 산더미처럼 쌓인 곳으로 잽싸게 물러나자, 호리호리하고 나긋나긋한, 마치 도검 그 자체와 같은 몸매의 사무라이가 먼저 '별의 칼'을 손에 쥐더니 스윽 칼집에서 빼내어, 칼을 위로 높이 쳐든 자세를 취하면서 숨을 멈추고, 목표를 겨냥하여, 짐승 같은 기합과 더불어 내리쳤으며,

그러자 시퍼런 칼날은 일순의 번쩍임 뒤에 보이지 않게 되었고, 유체를 관통하여 흙 속으로 파고든 그것은 한동안 움직임을 멈추었으며,

긴박감을 실컷 누린 한순간, 무묘마루의 마음은 얼어붙은 채였고, 흡사 끝없는 고역을 강요당한 죄인처럼 떫은 표정을 지었으며,

그런데도 마른침을 삼키며 지켜보던 슈고다이와 그 가신들

은 어떤가 하면, 벌써부터 다음번 칼의 베는 맛에 관심을 돌려 몸을 쑤욱 앞으로 내밀었고, 어떤 사소한 점까지도 놓치지 않겠노라고 눈을 부릅뜬 채, 두 번째 섬광閃光을 기다렸다.

백목의 칼집에서 빠져나온 도신은, 마치 안개의 장막 속으로 소산消散하는 달빛과도 닮은 번쩍임을 뿌린다.

'별의 칼'의 경우와 조금도 다름없는 자세와 힘의 배분과 속도로 내려친 '풀의 칼'은, 역시 사자의 몸뚱이를 아무 어려움 없이 두 동강을 낸 다음 검은 흙에 빨려 들어가 보이지 않게 되었고,

먼저와 마찬가지로, 께름칙한 것이 사방으로 튀지도 않았거니와, 등뼈를 토막낼 때의 께름칙한 소리도 내지 않았으며,

다시 말해 두 자루의 칼이 다 인간의 몸을 무처럼 손쉽게 절단했다는 뜻이었고, 그 훌륭한 베는 맛에 대해 칭찬의 한숨이 한바탕 쏟아지긴 했으나, 그 정도야 상정想定하던 기대였던지 술렁거림은 이내 그쳐버렸으며,

양쪽 칼의 날이 전혀 망가지지 않았다는 보고를 받고서도 그다지 놀라움을 드러내지 않았다.

---

*옛날 일본에서는 사형장에서 일하던 잡역부를 일컫기도 함

유해 들을 겹쳐놓아도 결과는 마찬가지고, 우열을 가리기 어려워, 그로 인해 세 겹 쌓기가 시도되는 판국이다.

그때가 되어서야 비로소 망루가 세워진 까닭을 이해한 무묘마루는, 부친이 만들어왔고, 그리고 자신이 일시적인 기분에 사로잡혀 만든 대물이, 그저 아름다운 공예품 따위가 아니라는 사실을 확연히 깨달았으며, 효율 좋게 죽음을 불러오기 위한 무자비한 도구라는 사실을 새삼스럽게 알아차려버리자, 칼이란 어차피 그런 물건이었던가 하는 환멸과 낙담의 벽에 부딪쳤고,

놓치기 아깝다고 여길 만한 가보가 아니라, 오히려 자진하여 멀리 해야만 할 대물이 아닐까 하는 심정으로 기울어져, 그토록 원한다면 공짜로 주어버려도 전혀 상관이 없다, 혹은 시험 삼아 베어보는 것이 정말 면목 없는 결과로 끝나더라도 아무 상관이 없다, 그런 될 대로 되라는 심정으로 바뀌었으며,

여하튼 일각이라도 빨리 이 자리를 벗어나야 하지 않을까 하는 초조함을 느끼고, 풍파를 일으키지 않고 물러날 수단에 관해 이리저리 머리를 굴려보았다.

망루의 꼭대기에 서서 칼을 내리친 사무라이의 모습은, 흡사 태양이라도 베어버리겠다는 듯한 기백을 보여준다.

그렇지만 메뚜기와 같은 순발력을 발휘하여 공중으로 기세 좋게 뛰어오른 사무라이는 즉시 양광陽光을 받아, 그냥 그대로 대지大地로 끌려 내려가더니, 체중을 몽땅 실은 칼을 신속하게 내리침으로써 더욱 위력을 증가시켰고,

어떤 식의 인생을 보내고 그와 같은 지경이 되고 말았는지에 관해서는 알 도리가 없는 세 명의 사자는, 가장 아래에 눕혀 있는 자까지가 일도양단되었으며,

더군다나 그 사자의 탑이 무너져 내리고 마는 따위의 일도 벌어지지 않았고, 또한 칼을 휘두른 자의 손목 힘줄이나 어깨에 상처를 입히는 따위의 사태를 불러오지도 않았으며,

단지 주변 일대에 독기와 닮은 공기가 떠돌아 잠시 동안 침묵에 휩싸였고, 무묘마루는 온몸의 털구멍에서 께름칙한 땀이 배어나오는 것을 느끼지 않을 도리가 없었다.

양쪽 칼 모두 베는 맛이라는 점에서는 평행선을 그었고, 네 단 쌓기의 사체마저도 두 동강을 낸다.

슈고다이라고 하는, 도처에 널린 권력자의 처지를 훨씬 뛰어넘어 일대 세력을 구축해나가는 저택의 주인은, 바다 건너에서 온 화사하기 짝이 없는 비단을 걸친 비만체肥滿體를 부들부들 떨어가면서 자신도 모르게 손뼉을 치며 감탄했고, 감격이 극에 달한 것 같은 소리를 지르며 벌떡 일어서서, 계단을

타박타박 내려가 칼로 베는 현장으로 다가가더니, 사자의 지방질로 인해 번들거리는 두 자루의 칼을 태양에 비추어 칼날을 꼼꼼히 살폈으며, 나아가서는 도신에 휘어진 부분이 있는지 없는지를 조심스럽게 확인했고,

아무리 이리 보고 저리 보아도 우열을 가리기 힘들다는 사실을 알아차리자, 쉴 새 없이 기분 나쁜 신음을 뱉었으며, 그 광기 어린 소리가 정점에 도달하자 '풀의 칼'을 곁에 선 자에게 맡기고, '별의 칼' 쪽을 쳐들자마자 발밑에 나뒹굴고 있던 사자를 겨냥하여 아무 패기도 없이 한 번 휘둘렀으며,

그러자 병에 걸려 목숨을 잃은 사자의 몸과는 정반대인 근골이 늠름한 사자의 목이 뎅겅 떨어져나갔고, 그것은 께름칙한 액체를 흘리지도 않고 오색 자갈 위를 굴러가, 우연히도 잘린 부분을 땅바닥에 대고 장식물처럼 똑바로 서는 것이었다.

입과 눈을 반쯤 벌린 사자는, 촌시寸時도 잊지 못할 뿌리 깊은 원한의 표정으로 산 자들을 똑바로 노려본다.

그때까지는 마치 영원을 손아귀에 쥔 것처럼 행동하면서, 도장의 자식 따위에게 어찌 직접 말을 걸 것인가 하는 오만한 태도를 취하고 있었음에도 불구하고,

이번에는 완전히 바뀌어 스스로 무묘마루를 손짓하여, 좀 더 가까이 다가오라며 열심히 채근한 다음, 무묘마루가 다가

오는 사이에 이번에는 '풀의 칼'로 바꾸어 쥐고 다른 목을 쳤으며,

목이 날아갈 때마다 무엇이 그리 재미있는지 켓켓켓 하며 딱따구리 울음소리와 흡사한 대만족의 웃음소리를 터트렸고, 위아래로 절단되어 내던져진 사자를 향해 맹렬하게 덤벼들더니, 그 다음은 엉망진창으로 난도질하는 음참陰慘한 울림이 한바탕 이어졌다.

사자에 대한 장난질이, 사자에 대한 난장판이 완전히 멈출 때까지, 무묘마루는 자신의 몸이 잘려나가는 심정으로 굳어져 있다.

그리 간단하게 결착이 지어지지 않는 것을 크게 즐거워하는 저택의 주인은, 문득 묘안이라도 떠오른 모양으로, 도읍의 조정 대신들을 본떠 몹시 칙칙하게 화장한 얼굴을 찌푸리며 히쭉 기분 나쁘게 웃더니, 칼로 베던 역할을 맡았던 사무라이에게 무언가를 지시했고, 그러자 그 사무라이는 재빨리 비인들을 향해 다음에 할 일을 시켰으며, 두 사람은 종종걸음으로 내달아 어딘가로 달려갔고,

새로운 취향趣向이 개시되기까지의 사이를 이용하여, 속리俗吏의 전형이라고 할 슈고다이는 자신의 발 언저리에 단정하게 앉아 있는 요령부득의 젊은 친구에게 가만히 눈길을 던졌으며,

그러더니 서서히 말을 걸어, 부친의 이름을 더욱더 높여준 칼이 세상에 나온 것을 크게 축복한다는 투의 거창한 표현으로 칭찬한 다음, 가면을 연상시키는 얼굴을 바짝 가져다대고, 네가 만든 칼은 어느 것이냐고 물었다.

무묘마루는 일순 망설인 뒤, 둘 다 부친이 만들었노라고 얼른 거짓말을 한다.

그렇다고 해서 부친의 솜씨를 배가시켜주고 싶다는 혼담魂膽에서 나온 허언이 아니었고, 혹은 중압에 짓눌려서 괴로운 나머지 입에서 튀어나오는 대로 한 말도 아니었으며, 또한 혹은 그 편이 교섭을 할 때 유리해진다는 타산이 작용한 것도 아니었고,

그저 단순히, 그런 최악의 도구와 자신은 일체 무관하다는 사실을 드러내고자 터트린 거짓에 지나지 않았으며,

기왕 내친 김에 부친의 뒤를 이을 기분 따위는 전혀 품고 있지 않다는 쓸데없는 소리까지 해버렸고, 도공의 자식이 도공이 되지 않고 무엇이 되려 하느냐는 꾸중을 담은 질문에는 침묵으로 대답했으며,

무묘마루가 자신이 바라는 미래에 관해 이리저리 고민하는 사이에도, 부친의 재능을 도저히 따라갈 수 없다는 체념 탓인가, 그렇지 않으면 도장 이상의 위치에 올라보겠다는 자신감

때문인가 하는, 그렇게 바짝바짝 조여오는 것 같은 질문이 잇달아 퍼부어졌다.

 네 눈은 너무나도 많은 것을 바라는 눈이며, 파멸로의 정열을 듬뿍 감춘 눈이기도 하다.

 일하지 않고도 얼마든지 호사스러운 나날을 보내는 게 가능한 그 권력자의 말인즉슨, 제 꼬락서니를 모르는 자가 맞게 될 말로는 비참하기 마련이고, 예를 들자면 바로 이자들이 그렇다고 말하면서, 갈기갈기 찢긴 사자를 발길질했고,
 농부가 농부다운 삶을 지켜나가는 한 이 같은 꼴은 당하지 않아도 되었으리라고 외치면서 무시무시하게 입을 일그러뜨렸으며, 새삼 증오의 말을 퍼부으려고 했을 때, 토담 너머에서 터져나온 심각한 절규의 방해를 받고 마는데,
 그러나 슈고다이는 도리어 기분이 좋아져, 뒷짐결박을 당하고, 완전히 발가벗겨진, 그리고 상처투성이 멍투성이의 사내가 아까 바깥으로 나갔던 두 명의 비인에게 질질 끌려오듯이 모습을 드러내자, 다시금 괴조怪鳥와 같은 기분 나쁜 웃음소리를 내질렀다.

 이날 이 순간만을 위하여 일부러 밥을 먹여 살려두었던, 반란의 주모자로 지목된 사내들이다.

드디어 종착점에 도착했다고, 그렇게 깨달은 농부는, 희박한 희망을 깨끗이 버렸으며, 자신의 결백을 주장하는 것 같은 허언도 삼갔고, 칼날 아래에서 입을 다물었으며,

그리고 굳은 신념을 가진 악당인 도적의 거괴巨魁를 닮은 뻔뻔스러움을 발휘하여, 도저히 판결의 장소라고 이야기하기 어려운 불합리한 곳에서 갈기갈기 찢긴 동료와 재회하고도 울부짖는 것 같은 태도는 보이지 않았고,

오히려 그 자리에 함께한 자들을 구적시仇敵視하는 듯한, 화살촉을 떠올리게 하는 눈초리로 변하는가 싶더니, 용솟음치는 분노의 격정을 신랄한 단어로 바꾸어 내뱉었으며, 지옥은 이처럼 비도非道의 처사를 하는 무리들을 위해 준비되어 있다는 의미의 이야기를 위세 좋게 퍼부었고, 사후死後를 두려워하면서 짧은 일생을 보내는 게 나을 것이라는 저주의 말을 내뱉었으며,

급기야는, 너희들 내키는 대로 해볼 테면 해보라는 태도로, 상대의 기세를 꺾을 만큼 허세를 부리면서, 생사여탈의 권한을 독점하고 있는, 여우에게라도 홀려버린 것 같은 풍모의 사내 앞에 털썩 주저앉았다.

생生이 어차피 사死의 첨가물에 지나지 않는다는 사실을 깨우친 듯한 농부는, 그래도 여전히 무념無念을 떨치려 한다.

자신이 극락왕생을 바라지 않고 스스로 지옥행을 바라는 것은, 너희들이 이 세상에서 행한 수많은 악행에 대해 염라대왕에게 낱낱이 보고하기 위해서이며, 너희들 수적讐敵*에게 가장 가혹한 벌이 내려지는 자리에 입회하고 싶기 때문이고, 즉시 집행되는 아찔하기 짝이 없는 여러 극형을 곁에서 영원히 지켜봐주고 싶기 때문이며,

그것을 위해서라면 나에게 똑같은 형벌이 내려져도 아무런 상관이 없고, 염라대왕 밑에서 일하는 귀신들이 피곤해지거나 게으름을 피우거나 할 때에는 질타격려叱咤激勵해줄 작정이라고, 그런 이야기로 으름장까지 놓으면서, 지배자인 척하는 상대의 분노를 자꾸만 부채질했으며,

어쩔 도리가 없는 기분에서 목숨을 걸고 윗사람에게 반항하는 약자의 기염을 당당히 드러내었고, 지옥은 바로 여기에 있으며, 내가 바로 염라대왕이라면서 큰소리쳐 마지않는 당대의 위정자를 향하여, 퉤하고 침을 뱉어주었다.

슈고다이는 머리로 피가 확 치밀었으나, 압도적으로 유리한 스스로의 위치를 재확인하는 것으로 분노에 몸을 맡기지는 않는다.

*원수

그 수법에 내가 넘어갈까보냐는 듯이 차가운 미소를 머금으면서, 우선은 귀를 한쪽만 도려내어, 이토록 맛있는 버섯이 또 있을까보냐면서 반란 소동의 장본인 입에 그것을 쑤셔 넣었지만,

그러나 기대에 반하여 당사자는 이빨을 꽉 깨물고 저항하려 들지 않았고, 입 안의 귀를 뱉어내기는커녕, 아주 맛있다는 듯이 잘근잘근 씹더니 꿀꺽 삼켜버린 다음, 이번에는 또 무엇을 먹여줄 계획이냐면서 태연히 물었고, 피로 물든 목젖을 드러내면서 큰 소리로 껄껄 웃었으며,

흡사 스스로 자신을 불태우는 화산과 같은 박력으로 상대를 위압했고, 불리한 처지에 놓인 것은 그쪽이라고 외치기라도 하는 것처럼, 허세가 전혀 느껴지지 않는 가가대소를 터트려 보였다.

한 치씩 도려내주마, 눈알을 파내어주마, 오장육부를 하나씩 끄집어내주마.

처절하게 반격을 당하여 고경苦境에 처할 뻔한 슈고다이는, 간신히 분노를 죽이면서, 헛소리를 지껄일 수 있는 것도 지금뿐이라고 말했고, 그리 간단하게 끝장을 낼 만큼 인정 넘치는 행동은 절대로 취하지 않을 것이라고 말했으며, 이미 토막나버린 동료가 부러워질 만한 따끔한 맛을 보여주겠노라고 말하

는 사이에 다른 방법이 떠올라,

멧돼지 사냥에 동원하는 개를 덤벼들게 해줄 테니까 산 채로 잡아먹히라고 말했으며, 개보다 못한 하등 생물을 베고자 일부러 명도名刀에 흠을 낼 수는 없는 노릇이라고 말하는데,

바로 그때, 마치 고찰古刹의 노승과도 같은 풍모를 한, 상당히 고참으로 여겨지는 측근이 끼어들어, 그래서야 칼로 베는 시험의 답이 나오지 않는다면서 간언諫言했다.

한 명의 산목숨을 상대로 무슨 수로 두 자루 칼의 위력을 공평하게 시험할 것인가, 그것은 지난한 일이다.

베는 역할을 맡은 자의 의견으로는, 좌우 양쪽에서 어깨로부터 비스듬히 내리쳐, 그것도 베이는 자가 땅바닥에 쓰러지기 전에, 간발의 차이를 두지 않고 해치우는 방법밖에 없다고 하여,

그렇지만 여기서 문제가 되는 것은 왼손잡이 칼잡이가 있느냐 없느냐로, 슈고다이의 부름에 답하는 자는 없었고, 설령 있다손 쳐도 솜씨에 자신이 없어서 함부로 나서지 못했을지도 모르며,

그리고 이렇게 된 이상에는 다른 방안을 검토하지 않으면 안 된다는 방향으로 기울어져가는 순간, 느닷없이 자신이 해보겠노라고 나서는 부외자部外者에게 모두가 깜짝 놀랐으며,

그 놀람은 이내 회의懷疑로 변하여, 사무라이 근처에도 가 보지 못한 자가 과연 그런 대역大役을 치러내겠느냐고 의뭉스러워하는 낯빛으로, 다들 일제히 무묘마루를 힐끗 노려보았다.

도공의 일은 칼을 만들어내는 것까지이고, 그 칼을 닥치는 대로 휘둘러 사람을 죽이는 것은 사무라이의 일이다.

그런 반발의 의미가 담긴 눈총을 받게 된 무묘마루였지만 결코 기가 죽는 법은 없었고, 실은 왼손잡이도 아닌 주제에 벌떡 일어나 슈고다이 앞으로 나아가자마자 '풀의 칼'을 손에 쥐고 불타오르는 것 같은 눈길로 자세를 갖추었으며,

두 명의 비인들에 의해 등을 떠밀려 억지로 세워진, 이제는 기력만으로 의식을 유지하면서, 결단코 눈에 애원의 빛을 띠지 않는 농부의 목숨을 순식간에 빼앗아야 한다며, 베는 역할을 맡은 사무라이를 날카로운 시선으로 재촉했고,

한편 주인이 있는 처지의 사무라이 쪽은 어떤가 하면, 풋내기 젊은 녀석에게 선수를 빼앗길 수야 있겠느냐는 표정으로 무묘마루의 바로 곁에 자리를 잡았으며, 전신에 기합을 가득 넣어 '요싯!' 하는 신호의 목소리를 터트리면서, 비인들이 재빨리 몸을 뺀 것과 동시에 '별의 칼'을 비스듬히 후려쳤고,

왼쪽 목 언저리로부터 오른쪽 옆구리에 걸쳐 일직선을 그은 칼날은, 이내 뿜어져 나오는 피로써 그 흔적을 뚜렷이 드러

내면서 뛰어난 솜씨를 거침없이 증명했다.

 죽음을 향해 급속히 나아가는 자의 안구眼球는 잠시 동안 허공을 더듬더니, 해야 할 일을 해냈다는 만족으로 빛났다.

 치명적인 한 번의 칼질을 당한 희생자의 몸은 기우뚱 앞으로 고꾸라질 듯이 기울어졌고, 그대로 단숨에 땅바닥에 털썩 주저앉아버릴 것 같은 기세로 쓰러져가는데,
 그러나 바로 이 순간 무묘마루가 손에 쥔 칼이 번뜩였으며, 위인偉人의 대열에 합류시켜도 절대로 어색하지 않을 그 농부를 삼麻으로 엮은 밧줄과 함께 베어버렸고, 늑골을 토막 낼 때의 잔혹한 소리가 울려 퍼진 순간, 어찌된 영문인지 시간의 흐름이 갑자기 느릿해졌으며,
 글쎄 그런데, 별 야릇한 일이 다 있구나 하고 의아스러워하는 사이에도, 이상하게 맥 빠진 움직임을 보이며 용자勇者의 몸이 천천히, 실로 천천히 땅바닥으로 쓰러졌고, 곁에서 날아다니던 고추잠자리의 날갯짓조차도 선명하게 보였으며,
 흡사 베는 자와 베이는 자를 이어주는 인연의 끈이 생겨난 것 같은, 생과 사를 서로 나누는 것 같은, 그런 포근한 분위기가 감돌았고, 격렬하게 뿜어져 나오는 선혈은 어떤가 하면, 눈이 번쩍 뜨일 것 같은 색깔과 형태를 드러내었다.

선지피의 수의壽衣에 감싸인 나자裸者에게서는, 용자의 위광은 벌써 자취조차 찾을 길이 없었고, 굵은 자갈이 깔린 땅바닥에 얼굴의 절반을 쑤셔 박고 마지막 숨을 쉬었다.

그 입은 여전히 지배자의 잘못을 규탄하려는 듯이 빠끔빠끔거렸고, 그 눈은 마치 경세警世의 예언자와 같은 빛을 뿌리며 무묘마루의 마음을 마구 헤집음으로써, 이 영웅을 위해서 해줄 수 있는 일이라면 무엇이건 해주지 않으면 안 되겠다는, 그런 다부진 마음을 먹게 만들었으며,

그러려면 무엇보다 죽음 길의 고통에서 어서 풀려나도록 해주는 것이 선결문제였고, 우물쭈물하고 있으면 등 뒤에서 이해 불능의 미소를 띠고 있는 기학嗜虐* 취미의 화신化身이 또다시 더 없이 잔인한 이야기를 꺼낼지도 모르며,

그렇게 판단한 무묘마루는 재빨리 칼을 반대로 꺾어 잡고, 아무런 망설임도 없이 등을 관통하여 심장을 푹 쑤신 다음, 꺼진 불도 다시 보는 심정으로 후두부에도 똑같은 조치를 취했으며,

잇달아서, 제삼자의 쓸데없는 참견을 미리 막아버리기 위해, 당연한 일을 해치웠을 따름이라는 태도로 물이 담긴 수통 속에 칼날을 담가서 더러움을 씻어내고, 칼날의 흠집 여부를 확인해야 한다는 듯이, 그것을 슈고다이의 곁에 선 자에게 내밀었다.

인간으로서의 올바른 정서가 현저하게 결여된 통치자는, 흐리멍덩한 눈으로 두 자루의 칼을 견주어본다.

우열을 가리기 힘든 두 자루의 명도가 대단히 마음에 든 모양으로, 한동안 칭찬의 탄식이 그치지 않았고,

이윽고 칼을 좌우의 통통하게 살찐 손에 한 자루씩 쥐고, 아직 선지피가 마르지 않은 사체의 목 양쪽에 칼끝을 살짝 대는가 싶더니, 그다지 힘을 가하지 않고 그냥 스윽 그었으며,

그러자 두 자루의 칼이 다 아무 어려움 없이 골수에까지 도달하여 서로 닿아 서늘한 소리를 냈고, 싱겁게 동체胴體를 벗어난 두부頭部는 사자의 첨가물에 지나지 않는 존재로 바뀌면서, 늦가을의 눈부신 햇살 속에서 온통 흔해빠진 하나의 물건이 되었는데,

하지만 그때가 되어서야 난생처음으로 사람의 목숨 줄을 끊어버린 무서움이 무묘마루의 가슴속에서 생겨나, 손가락 끝에서 어깻죽지까지 뚜렷이 남아 있는 단말마의 경련과 피의 온기가 강렬한 구토가 되어 습격해오는 것을 가까스로 참아낼 수 있었고, 그 바람에 살육을 생업으로 삼는 무리들로부터 조롱거리가 되지 않고 넘어갈 수 있었다.

*잔학함을 즐김

이렇게 된 이상 이제 투구 자르기로 결말을 짓는 수밖에 없다고, 슈고다이가 그렇게 잘라 말한다.

그 준비가 갖추어지는 동안 점심식사를 즐기기로 하여, 베는 역할의 사무라이와 무묘마루를 안내해온 사무라이, 그리고 무묘마루와 비인들과 무수한 유체를 남겨두고 비정상적으로 비대해져가는 특권에 에워싸인, 포학에 대한 편집광자偏執狂者들은, 차가운 가을바람에는 개의치 않고 내 세상이야 봄의 한복판이나 다름없다는 듯이 우르르 몰려서 어디론가 사라져버렸으며,

세상에도 자신에게도 절망하여 하늘을 올려보는 무묘마루의 시야에는, 썩어가는 고기를 노리는 까마귀들이 원을 그리며 선회했고, 그리고 그 훨씬 더 너머에는 최고조에 달한 창공이 끝없이 퍼져나갔으며,

한편 지상에서는 비인들이 불만분자로서 억압적인 조치의 대상이 되어 구금된 다음, 그 목숨을 배제당하고 나서도 마구 우롱당한 농부들의 유체를 처리하느라 땀을 뻘뻘 흘리며 일에 몰두하고 있었고,

부끄러운 생각을 떨쳐가면서 여하한 역할도 꺼려하지 않고 치러내지 않으면 안 되는 두 명의 하급 사무라이는, 수통에 담긴 맑은 물을 몇 번씩이나 갈아가면서 칼을 정성들여 씻었으며, 물기를 잘 닦아냈고, 그래도 여전히 달라붙은 피 냄새를

지워버리느라 처마 끝으로 가져가 그늘에서 말렸다.

 나누어준 수수떡이 아직 말랑말랑함에도 불구하고, 제아무리 용을 써보아도, 물을 아무리 마셔보아도, 목구멍을 넘어가지 않는다.

 이제는 두 개의 망루도 해체되어 치워지고, 큰 자갈 위에 뿌려진 피도 말끔하게 씻겼으며, 유체의 산도 조그만 살덩이에 이르기까지 완전히 옮겨졌으나, 그래도 여전히 죽음의 냄새로부터 받는 압박감을 떨치지는 못했고,
 그렇다고 해서 그 자리에서 달아날 배짱도 없었으며, 그저 유혈이 멈추었다는 사실에 휴우 하고 가슴을 쓸어내리면서 신선한 바람을 들이켰다가 내뱉고 할 따름이었고,
 그러는 사이에도 무묘마루는 후회스러운 마음을 억누르고 달래면서, 더 이상 자책한다면 그것은 번지수를 잘못 찾은 것이나 다름없다느니, 자신에게는 눈곱만큼도 부끄러워할 점이 없다느니, 이러쿵저러쿵 변명 같은 소리를 중얼거리면서, 단죄당해야 마땅할 자는 따로 있다면서 태양을 올려다보며 떼를 쓰다가도, 영원히 미숙한 혼을 품고 있는, 야만스러운 만큼 가련한 생물이기도 하다는 사실을 실감하지 않을 도리가 없었다.

무묘마루가 먹다 남긴 수수떡까지 말끔히 먹어치우고만 사무라이는, 이번에는 투구 자르기의 준비를 위해 그 자리를 벗어났다.

눈부시지만 고요한 햇빛 속에 칼과 함께 남겨진 무묘마루는, 주위에 사람 그림자가 사라진 순간에 도망칠 궁리로 머리가 복잡해져, 말을 매어둔 은행나무 거목이 있는 곳까지의 길을 파악하느라 재빨리 기억을 더듬어보았으나,

그러나 은행나무는 그 한 그루뿐만이 아니라 드넓은 저택 내의 가는 곳마다 영판 닮은 크기와 영판 닮은 모양의 나무가 치솟아 있었고,

또한 미로 그 자체라 할 복잡한 통로를 단숨에 빠져나갈 자신도 없었으며, 그 어느 쪽으로든 나아가보았자 결국에는 막다른 골목에 봉착할 것 같은 기분이 들어 어찌할 바를 몰랐고,

설령 어찌어찌해서 탈출한다손 치더라도 선물을 들지 않고 돌아갈 수도 없었으며, 그렇게 된다면 공짜로 가보를 줘버리는 꼴이 되고 말아, 무묘마루 자신은 그래도 개의치 않더라도 커다란 답례를 기대하고 있을 부친의 낙담은 불을 보듯 뻔한 노릇이었다.

텅 빈, 그저 휑하게 넓은 무인無人의 공간 속에서, 무묘마루는 부지런히 솟구치는 분노의 소재所在를 확인한다.

손을 피로 더럽힌 충격 아래, 어느 결에 혼은 서서히 자괴自壞 작용을 시작했고, 분별의 세계는 머나먼 저 너머로 멀어져가고 있으며, 그리고 가슴속 전체에 붕괴의 씨앗이 잔뜩 뿌려졌고,

광기의 일순간에 마음의 암면暗面이 백일하에 드러나고 마는 공포에 떨었으며, 삽시간에 정신적 소외에 빠져 그것이 가속도적으로 진행되었고,

반면, 사람을 죽였다는 사실로 해서 체내의 어딘가에 불가사의한 힘이 깃든 것 같은 자각이 싹텄으며, 그렇다고 해서 결코 불쾌하지는 않았고, 그렇기는커녕 고독한 사색의 간극을 채워줄 것만 같은 번쩍임까지 뿌리는 것이었다.

오늘, 바로 지금, 화생化生*이라는 형태로 이 세상에 태어났다는 착각이 무묘마루를 순화시켜간다.

사태에 대응하여 생각하게 되었고, 임기응변으로 적당한 처치를 취할 줄 아는 한 명의 의젓한 사내가 된 것처럼 여겨졌으며,

다시 말해 현재의 상황에 대해 초미의 긴급을 요하는 장면에 몰려 있는 것이 아니라고, 그렇게 이해할 수가 있어서, 보아야 할 것을 똑똑히 보고, 받아야 할 것은 분명히 받자는 억

---

*부동명왕不動明王이 화염을 내어 세계를 비추고 그 불로 악마를 소멸한다는 불교 용어

센 힘이 한여름의 구름처럼 뭉게뭉게 피어올랐으며,

그것이 형용하기 어려운 울분을 연거푸 흡수하여, 새 생명을 불어넣고 있는 본원本源이라는 사실이 판명되었고,

그러므로 사람은 불멸을 얻을 수 있는 유정有情을 여전히 지닐 수 있다는 사실을 터득했으며, 그 발견은 흡사 이제 막 저문 태양이 다시 원래의 하늘로 솟아오른 것 같은 경악으로 살인의 첫 경험자에게 침투해갔다.

무묘마루를 계발하여 그 마음에 의젓하게 군림한 것은, 혼이 바라지도 않은 악업의 힘인가, 혹은 사나운 기세로 날뛰는 정신인가.

이빨을 쑤시는 소리와 향냄새와 더불어 나타난 것은, 절대적인 이런저런 규칙과 단단히 연접된, 이 저택의 주인과 그를 에워싼 무리들이었지만,

무묘마루의 눈에 비치는 그들은 어떤가 하면, 이제는 그다지 특권으로 색칠되어 있지 않았고, 또한 바닥 모를 무애無碍를 허용하고 있는 것으로도 여겨지지 않았으며,

요컨대 어떻게 손쓸 엄두조차 못 내는 강력한 상대로 느껴지지는 않았고, 비단을 왕창 사용한 호사스러운 의상이나 번쩍번쩍 빛나는 장식을 매단, 실전용이 아닌 큰칼 따위가 사람의 눈길을 현혹시키는 것에 지나지 않았으며, 그와 같은 것들

을 모조리 제거해버리면 단 하루라도 살아남을 수 있을 것 같지 않은 애송이 패거리에 틀림없었고,

그러니까 얼굴을 마주보고 당황할 정도의 가치를 어디에서고 찾아내지 못할 무리들이며, 일단 일을 터트리더라도 일방적으로 당하기만 하는 따위는 거의 있을 것 같지도 않은 패거리라는 사실을 알아차렸다.

검은 옻칠을 한, 밑바닥이 달걀꼴로 되어 있는, 한나절 내내 바라보아도 질리지 않을 것 같은 실로 멋진 투구 두 개가 준비되다.

나무 탁자 위에 여봐란듯이 놓인 그것들에 커다란 차이가 있다고 한다면, 고작해야 앞면의 장식 모양 정도로, 하나는 생명 그 자체를 상징하는 일륜, 다른 하나는 불사와 재생에 대한 동경을 담은 월륜月輪,

그렇지만 시험 삼아 자르기에는 너무나 아까운 투구라는 소리는 어디에서도 들려오지 않았고, 힘의 배분을 평등하게 하면서, 그리고 힘껏 해보라는 슈고다이의 지시에 휘하의 자들은 일제히 몸을 내밀었으며,

그때 약간 떨어진 곳에 물러나 있던 무묘마루는, 사라졌어야 할 피 냄새와 죽음의 냄새가 어느 결에 다시 주변에서 떠돈다는 사실을 민감하게 감지하여 눈동자를 두리번두리번거렸

으나, 그럴싸한 발생원은 어디에도 눈에 띄지 않았고,
 기억의 밑바닥에 끈질기게 달라붙어버린 냄새가 되살아난 것뿐이리라는, 그런 안이한 답을 막 떠올리는 순간에, 투구를 올려놓은 탁자에 어렴풋이 빨간 무엇인가가 번지고 있다는 사실을 깨달았다.

 그 찰나, 베는 역할을 맡은 사무라이의 살기를 품은 기합이 대낮의 노곤함을 날려버렸고, 지붕 위에서 쉬고 있던 까마귀들이 공중으로 날아올랐다.

 '별의 칼'이 깊은 필연에서 태어난 칼날의 휘어짐에 따라 선명한 호弧를 그렸고, 철컥하는 소리와 더불어 불똥이 튀었을 때는 이미 일류으로 앞면을 장식한 투구가 딱 두 동강이 나 있었으며,
 더구나 그것을 받쳐놓았던 나무 탁자마저 절단되어, 반쪽이 된 투구가 좌우로 나뉘어 뒹굴었고,
 그런데 굴러 떨어진 것은 투구만이 아니어서, 정체를 알 수 없는 피범벅이 된 살덩어리가 무묘마루의 눈앞으로 굴러왔으며,
 그때가 되어서야 처음으로 그것이 죽음의 냄새를 풍긴 원천이었음을 비로소 깨달았고, 투구에 담겨 있던 내용물이 사람의 머리라는 사실을 알았으며,

잠시 뒤, 조금 전 무묘마루의 기지로 온갖 고통을 당하다가 죽는 것을 면하고, 최소한의 고통만으로 왕생할 수 있었던 바로 그 농부의 두부라는 사실이 판명되었다.

광기의 편린을 드러내듯이 두 번째 기합과, 살기를 띤 한차례 섬광이 긴장 위에 새로운 긴장을 더하여, 햇빛을 얼어붙게 한다.

들불로 인한 열로 우연히 생겨난 옥강을 담금질하여 무묘마루가 만든 '풀의 칼'의 위력 역시 대단하여 결코 '별의 칼'에 뒤떨어지지 않았고,

월륜으로 장식한 투구를 깔끔하게 쪼개고 말아, 물론 그 내용물까지도 똑같은 지경을 당했으며, 그것 또한 앞서 시험 삼아 베는 데 썼던, 쌀가마니처럼 포개어진 다음 일도양단되었던 유체의 머리에 틀림없었고,

피 냄새 정도가 아니라 죽음의 냄새 그 자체를 퍼트리면서 뒹구는 모습이 눈에 들어오자, 그것은 도저히 용납하기 힘든, 절대로 인정해서는 안 될 사실로 바뀌었다.

영원의 인과율이 격렬하게 작용했는가 여기자 가슴속에 불똥이 튀어, 눈 깜짝할 사이에 무묘마루를 이상한 결의로 몰아세운다.

그것은 이미 눈을 돌리고 있으면 그뿐인 남의 일 따위가 아니었고, 우려해야 할 사항쯤으로 제쳐두면 될 그런 일도 아니었으며, 또한 혐오 앞에서 멈춰 서버리는 것 같은 흔해빠진 비극도 아니었고,

다시 말해 동란動亂 하나조차 일으키지 못할 정도의 폭발력이 되어, 아직 융통이 먹혀들지 않는 청정무구한 젊은이의 발랄한 오체五體를 조급하게 휘돌았으며,

그러자 느닷없이 혼의 대해大海에 저항의 거친 파도가 거꾸로 밀려들어, 격심하게 두근거리는 마음이 지나쳐 모든 사려思慮가 사라졌다고 여기자 즉각 대혼란을 불러왔고,

하지만 그런 무묘마루를 뒤덮고 있는 것은 터무니없이 고매한 정신이었으며, 유달리 영예로운 반역자인 농부들의 유지遺志를 남김없이 이어받는 패기였고, 그 이외의 아무것도 아니었으며, 바로 이 순간을 맞아 해치우지 않으면 안 될 일이 순간적으로 명확해졌고, 다른 것은 일체 눈에 들어오지 않게 되었다.

'별의 칼'과 '풀의 칼'을 둘 다 빼앗는가 싶더니, 저마다의 칼집에 넣어 허리춤에 찬다.

그러한 일련의 행위는 전광석화의 빠르기로 해치운 것이 아니라, 오히려 소걸음처럼 느릿느릿하고 완만한 동작의 연속에 지나지 않았고,

그럼에도 불구하고 마음먹은 대로 일이 처리된 것은 전적으로 당사자 자신조차 전혀 예상하지 못했던, 의지를 훨씬 초월한, 경악의 반항이었기 때문이며,

누가 어떤 의도를 가지고 무엇을 하려고 하는지가 도통 짐작이 가지 않는, 단지 벌써 돌로 만든 입상처럼 굳어져 있는 사무라이들의 얼빠진 듯한 상태가 이어지는 틈을 타서, 인축무해人畜無害임에 분명한, 순종적이고 얌전한 젊은이라는 정도의 인상밖에 던져주지 않았던 도장의 아들이, 돌연 난폭해져 감당하기 벅찬 야수로 변했다.

무묘마루가 그 곁을 교묘하게 빠져나간 다음에는, 뒤룩뒤룩 살이 찐 슈고다이가 벌렁 나자빠진다.

백목의 칼집에서 빼낸 칼에 의해 단숨에 잘린 저택 주인의 상체는 순식간에 피범벅이 되었고, '별의 칼'로 바꾸어 쥔 그다음의 일격은 미간을 정확하게 뚫었으며,

한창 그러는 도중에 자신이 저지른 일을 깨닫기는 했으나, 무묘마루의 가슴속에는 돌이킬 수 없는 짓을 했다, 인간의 도리에 어긋나는 일을 저질렀다는 그런 자각은 전혀 없었고, 즉 눈곱만큼도 창피하게 여길 점은 없었으며, 그뿐더러 순일한 행동을 취했다, 공포정치의 일각을 행하는 자에게 영겁의 벌을 내려주었다는, 그런 긍지에 감싸였고,

그러니까 그 손으로 자신을 죽이자고도, 적과 서로 찔러서 죽자고도 생각하지 않았으며, 해야 할 일을 해치웠으니까 더 이상 이런 곳에서는 아무 볼일이 없다는 듯이, 광장 너머의 무애의 세계를 향하여 내달았다.

등 뒤에서는 공허한 고함소리가 난무하고, 칼을 뽑거나 창을 들거나 하여 추격해오는 병사들이 큰 자갈을 울린다.

산과 들에서 기른 원숭이와 다를 바 없는 몸놀림으로 한 칸 반 정도 높이의 토담을 훌쩍 뛰어넘은 무묘마루는, 그 거친 형상과 듬뿍 뒤집어쓴 피로 인해 금방 사람들의 눈길을 끌게 되었고, 스쳐가는 자들은 죄다 기겁을 하고 홱 비켜서거나, 본 적조차 없는 젊은이의 너무나 험악한 태도에 뒷걸음질 쳤으며, 사정을 묻거나 붙잡으려 드는 자는 없었고, 이내 뒤쫓아온 추격의 병사들에게 달아난 방향을 손가락으로 일러주는 게 고작인 형편이었으며,

그러나 도망치는 측으로서도 반드시 유리한 입장에 있는 것만은 아니어서, 당장이야 야수와 같은 기세로 어디든 손쉽게 통과할 수 있다고는 하지만, 가도 가도 방향감각이 도무지 잡히지 않았고, 개미 쳇바퀴 돌듯 통로에서 통로로의 이동을 되풀이해서야 아무리 해도 종지부를 찍을 수가 없었으며, 황야에서 단련한 그토록 강한 건각健脚도 모퉁이를 돌 때마다 휘

청거리기 시작하는 것이었다.

 수령樹齡이 거의 수백 년이 되려 하는 은행나무 거목에 간신히 도착했으나 이미 거기에는 말의 모습이 보이지 않는다.

 두 번째, 세 번째도 헛수고에 그쳤으며, 네 번째 은행나무에 와서야 겨우 자신이 타고 온 달구지용 말과 재회할 수 있었고, 다행히 거기에는 창을 든 하인들 따위는 모습을 보이지 않았으며, 누구에게도 방해받지 않고 안장 없는 말에 올라탈 수 있었으나,
 그런데 말의 옆구리를 힘껏 발뒤꿈치로 차도 말은 내닫지 않았고, 뿐만 아니라 갑자기 앞발을 번쩍 쳐들어 하마터면 말에서 떨어질 지경이었으나, 원인이 무엇인가 하니 매어두었던 고삐를 깜빡 잊고 풀지 않았던 탓이었으며,
 그 별것 아닌 충격을 받고 아슬아슬하게 가지에 매달려 있던 수천 장, 수만 장에 이르는 은행나무 잎사귀가 한꺼번에 떨어져, 펄럭펄럭하는 소리가 즉각 우박이 떨어지는 것을 연상시킬 정도의 어마어마한 소리로 변했고,
 번쩍이는 황금의 장막이 되어 춤추며 떨어지는 잎은, 위기에 처해 있는 처지를 불현듯 잊어버리게 만들 만큼 시적 아름다움에 넘쳤으며, 그리고 실로 암시적이자 회화적인 광경을 드러내는 것이었다.

불과 몇 초 만에 벌거벗은 몸이 된 거목의 밑동에서, 무묘마루는 가을에 어울리는 감상적인 황홀에서 깨어나 다시 정신을 차리고 도주를 재개한다.

통로와 통로가 직각으로 만나는 장소에 도달했을 즈음 두 패로 나뉘어 뒤쫓아오는 무리들이 보였고, 그들이 손에 쥔 무기가 양광을 반사하여 번쩍번쩍 빛났으며,

아무리 말을 타고 달리는 몸이라고는 하지만, 긴 칼과 창에다 언월도까지 갖춘 추격자들을 뿌리치고 무사히 몸을 뺄 수야 없었고,

그렇다고 해서 그늘에 몸을 숨기기에도 이미 늦어버리고 말아, 이내 희박한 희망마저 품을 수 없는 냉엄한 상황에 내몰렸으며,

이렇게 된 이상에는 이판사판으로 강행 돌파하는 수밖에 없다고 작심하고, '별의 칼'을 획획 휘두르면서 말과 더불어 돌격하기로 마음을 굳힌 바로 그때,

꽉 닫혀 있었을 게 분명한 대문 하나가 돌연 활짝 열리더니, 그 너머에서 화려한 의상과 독특한 머리 모양과 수상쩍은 화장을 한 것으로 보아 유녀임에 틀림없는, 명모호치明眸皓齒*의 여자가 눈초리에 예사롭지 않은 힘을 실어서, 다른 누구도 아닌 무묘마루를 향해 손짓하고 있었다.

때를 기다리지 않고, 수상하게 여길 여유조차 없이 말에서 내린 무묘마루는 대문을 재빨리 통과한다.

전날 밤에 보았던 그 유녀는, 춤을 추는 듯이 화려한 몸놀림으로 대문을 닫고, 서둘러 빗장을 지르는가 했더니, 저택 바깥으로 탈출할 수 있는 방향을 낭창낭창한 팔을 똑바로 뻗어 손가락으로 가리켰으며, 그런 다음 나무들 사이를 총총히 빠져나가 자취를 감추고 말았고,

불쑥 출현한 구원의 신神과, 눈동자와 눈동자가 서로 마주친 일순간에 일어난 사랑의 번쩍임을 또렷이 가슴에 새긴 무묘마루는 다시 말 위에 올라, 가르쳐준 방향에 이 한 몸을 내맡긴 채 돌진했으며,

그러자 어쩐지 호담豪膽**한 기분이 가득 차게 되어, 힘껏 대문을 부수고 나타난 추격자들을 향하여 도발적인 미소를 던졌고, 날아오는 화살이 귓전을 스쳐 지나갈 때마다 도전적인 기성奇聲을 터트렸으며,

그러고는 바위와 연못과 소나무를 절묘하게 배치한 정원을 단숨에 돌파했고, 타고 있는 사람 이상으로 분발한 말은 사뿐히 공중으로 뛰어오르는가 싶더니, 조릿대를 정연하게 짜서 엮은 높은 담을 멋들어지게 뛰어넘고 말았다.

*눈동자가 맑고 이가 희다는 뜻으로 미인을 가리킴 **매우 담대함

영광 없는 승리와도 닮은 충족을 깨달으며, 무묘마루는 골짜기의 황량한 들을 빠져나가 멀리 내다볼 수 있는 능선 길로 향한다.

냄새를 맡으면서 뒤쫓는 개를 데리고, 속력과 지구력을 두루 갖춘 전투용 말에 올라탄 추격자들의 모습을 후방에서 발견했을 때는 벌써 해가 떨어지고 있었으며,

거기에 덧붙여, 그토록 날씨가 맑았음에도 불구하고, 태양이 가라앉자 별안간 구름이 잔뜩 끼면서 칠흑 같은 어둠으로 바뀌어 도망자를 비호해주었고, 나아갈 길을 말에게 맡겨두어도 배후에서 개 짖는 소리나 횃불의 빛이 다가오는 일은 없었으며,

아무 탈 없이 긴 골짜기를 빠져나가자 이번에는 나무꾼밖에 다니지 않을 것 같은 산길로 접어들었고, 고개를 하나 넘자마자 물 냄새를 맡은 말이 샘 앞에서 딱 멈추어 섰다.

간신히 사지를 벗어났다는 안도감에 젖어, 무묘마루는 오랫동안 망아의 경지를 헤맨다.

솟아오르는 물을 배불리 마시고 푹신푹신하게 쌓인 가랑잎 위에 드러눕자, 한꺼번에 피로가 몰려와 사고력이 단숨에 둔해졌고,

전대미문의 패륜아를 놓친 추격자들은, 그냥 그대로 전속력으로 집이 있는 도장 공방 쪽으로 향했을 것임에 틀림없다는 사실까지는 상상할 수 있었으나, 그들과 부친 사이에 어떠한 마찰이 생길 것인가에 대해서까지는 미치지 못했으며,

하늘다람쥐가 마물과도 같은 무시무시한 소리를 마구 지르면서 머리 위를 쉴 새 없이 활공하고 있는 것에도 그다지 신경 쓰이지 않았고, 겨울잠을 자기 전의 곰이 포식의 대상을 찾아 배회하고 있으리라는 사실에도 생각이 미치지 않았으며, 모친보다도 더 모성적인 냄새에 가득 찬 가랑잎 속으로 깊이 파고들자, 걷잡을 수 없는 잠 속으로 빨려들고 말았다.

울연鬱然한 침엽수 숲속 깊숙한 곳에서 정신없이 잠에 빠져 무사히 하룻밤을 새운 무묘마루에게, 나뭇잎 사이로 따뜻하고 부드러운 햇살이 쏟아진다.

무수한 나무들 사이를 헤집고 사방으로 뿌려지는 금빛 서광曙光은, 이슬과 샘과 샘에서 파생한 세류細流에 반사되어 절미絶美의 아침을 불러왔고, 분석이 미치지 않는 미래의 끝까지도 비춰낼 것 같은 기세로 번쩍번쩍 빛났으며,

그러나 밤사이 말이 행방을 감추어버린 사실을 알아챘고, 부근에 잔뜩 남겨져 있는 방금 갓 눈 마분馬糞 더미가 눈에 들어오자 갑자기 기분이 술렁거리기 시작했으며, 잊으려야 잊지

못할 어제의 피투성이 체험을, 그로 인해 앞으로 떨쳐버릴 수 있을지 없을지조차 모를 크고 무거운 위험을 짊어지고 말았다는 사실이 마음에 어두운 그림자를 드리웠고,

이렇게 된 이상에는 악몽 탓으로라도 돌려버리자는 일시 모면의 갈등도 헛수고로 끝났으며, 평생 달라붙어 떨어지지 않을 만큼 엄청난 희생을 치르기로 결정한 자신의 처지를 깨달아 몸이 부들부들 떨렸다.

어제까지는 분명히 있었던 것 같은 기력氣力의 성벽城壁이, 오늘은 붕괴되어 기염氣焰의 원천조차도 말라버렸다.

어찌되었든 목이나 축이자며 너무나 아름다운 샘에 입을 가까이 가져갔을 때, 거울처럼 매끈매끈한 수면에 고통으로 찌든 표정이 또렷하게 비치고 있다는 사실에 깜짝 놀랐으며,

그것은 순식간에 곤혹의 얼굴로 바뀌었고, 당황에서 불안으로, 걱정에서 공포로, 공포심에서 통한의 고뇌로 이행되어가서, 마지막에는, 제아무리 버둥거려보았자 그 답답한 상황에서 스스로를 해방시키기 힘들다는 것을 알아차렸으며, 이어서 둔사遁辭*적인 말로써도 타파가 불가능하다는 결론에 도달했고,

---

*책임을 회피하느라 억지로 꾸며서 하는 말

달아나도 달아나도 부단의 희생을 강요당할 운명에 완전히 휘말려버리고 만 사실은 결코 빼도 박도 못한다는 점을 자꾸 깨닫게 해줄 뿐이었으며, 솟는 샘물로 결집하는 양광陽光의 춤에 혼을 빼앗기면서, 한동안 멍청하게 있는 수밖에 달리 아무런 수단을 찾을 수 없었다.

선명하게 붉은빛을 띤 두툼한 입술이, 가구라(神樂)*를 춤추는 무녀巫女와 같은 화려한 차림새가, 무묘마루의 가슴을 두근거리게 만든다.

지금도 여전히 마음에 또렷하게 남아 있는, 저 향기로운 유녀의 도움으로 궁지에서 벗어나지 못했더라면, 포박당하는 치욕을 받는 정도의 소동이 아니라, 인간의 외모를 한 짐승들이 떼거지로 달라붙어 실컷 몰매를 얻어맞은 다음, 극락의 문 앞에 도착할 여력조차 없을 만큼 처참한 방법으로 죽임을 당했으리라는 사실은 상상하기 어렵지 않았고,

인연도 연분도 없는 여인의 도움이 평생 잊어서는 안 될 은혜라는 사실을 새삼스럽게 가슴에 새기노라니 다소 원기가 생겨나, 이윽고 거기서 발동되는 두려움을 모르는 용기에 의해 연명延命의 정신이 다시금 되살아났으며,

그 증거로 공복을 느끼게 되었고, 원숭이들이 먹다 버린 밤을 주워 입 안으로 쑤셔 넣자 절망의 한숨이 사라졌으며, 수중

에 남은 두 자루의 칼을 맑은 물에 정성스레 씻어서, 바싹 마른 쑥으로 물기를 깨끗하게 닦아내는 사이에, 강풍에 휘청거리면서도 절대로 부러지지 않는 종류의 나무와도 닮은 강인함이 돌아왔다.

칼만이 내심의 친구가 아닐까 하고 느낀 순간, 무묘마루는 여하한 규칙에도 따르지 않는 자가 되기 위해 한 걸음 발을 내민다.

그렇기는 해도 역시 기세등등하게 태연히 걸음을 걸을 수 있는 정도까지는 되지 않았고, 그렇지만 그 몸가짐은 언제 어떤 경우에 처해도 혼란에 휩쓸려 드는 것을 마다하지 않는, 결코 패배를 모르는 검사劍士를 연상시키기에 충분했으며,
적어도 견디기 어려운 간난신고艱難辛苦를 넘어서서 스스로의 본령을 드러내는 방향으로 향하는 게 틀림없었고, 경망스럽지 않은, 끝없는 인종忍從을 달게 받아들이는 것이 가능한, 오합지졸에서 멀리 떨어진, 개체로서의 인간의 편린이 언뜻언뜻 나타났다 숨었다 하는,
말하자면 단 며칠 동안이라고는 하지만 알맹이가 꽉 찬 여행을 함으로써 동자 시절의 면모를 완전히 떨쳐내버렸으며,

*신에게 제사 지낼 때 연주하는 춤곡

우선 사실인지事實認知를 그르치지 않는, 자신의 힘만이 도움이 된다는 사실을 몸소 겪은, 열성熱誠의 사나이가 될 수 있는 인간으로 성장을 이루었던 것이다.

험로에 험로가 이어지는 기나긴 여정을 답파하는 도중에, 무묘마루는 고독한 방랑의 인생이 시작됨을 예감한다.

집을 나설 때 부모로부터 받은 돈을 세면서 걷고, 그 정도만 있으면 도읍으로 올라가 수많은 타인 속에 섞여 드는 것도, 그렇지 않으면 황제의 위광조차 닿지 않는다는 북녘 대지의 한 모퉁이에서 안면安眠할 수 있는 삶을 찾는 것도 가능하다고, 그런 대담한 장래를 떠올리면서도, 실제로는 발걸음이 똑바로 집 쪽을 향하고 있었으며, 단 한 번도 옆길로 벗어나는 법이 없었고,

산을 두 개 가량 넘었을 즈음, 슈고다이에 대한 터무니없는 배신으로 가족과 공방의 동료들이 얼마나 비참한 상태에 빠져 버렸는지, 여하튼 현상만큼은 확인해두자, 생활수단을 얻기 위한 여로에 나서는 것은 그다음에 하자는 결의가 굳어졌으며, 어찌된 영문인지 일 년이나 이 년 만에 돌아오는 것 같은 기분이 드는 집을 향하여 부지런히 걸었고,

다행스럽게도 온종일 걸어도 사람을 마주치는 일은 없었으며, 도장의 자식이 지방의 통치자를 살해했다는 전례 없는

사건의 중죄인을 혈안이 되어 찾아다니는 패거리들과도 맞닥뜨리지 않았고, 아주 멀리서 야수를 모는 몰이꾼의 소리와 철포鐵砲 소리가 몇 차례 들려왔을 뿐, 어느 결에 주변은 어둠과 초겨울의 찬바람에 휩싸여 다시금 계시적인 밤이 찾아왔다.

산신을 모셔놓은 듯한 다 낡아빠진 사당祠堂에 누워, 운명과 감정의 거친 파도에 쉴 새 없이 시달린 몸과 마음을 쉰다.

개똥지빠귀에게 온통 쪼인 감을 주워 그럭저럭 배를 채우기는 했지만, 밤의 냉기를 떨치기에는 충분하다고 할 수 없었고, 꾸벅꾸벅 조는가 싶다가 이내 번쩍 눈이 뜨였으며,

눈을 뜰 때마다 마음이 약해져, 스스로가 너무나 쓸모없는 존재로 여겨져 견디기 어려웠고, 사람을 죽여서까지 살아남을 만큼, 만물의 중심에 자신을 떡하니 내세워 세상살이를 할 수 있을 만큼, 그렇게까지 늠름한 인간이 아닐지 모른다는 의심이 자꾸만 앞자리에 서고 말아,

문짝 틈 사이로 띠를 이루며 새어 들어오는 몹시 애처로운 달빛을 밤기운과 더불어 빨아들이면서, 자신을 고무하기 위한 의젓하고 힘찬 말을 열심히 찾아보긴 했으나 결국은 어느 것 하나 효과가 없었고,

그저 구원의 신으로 등장했던 그 유녀가 순간적으로 보여 준 산뜻하고 향기로운 미소가 선명하게 되살아날 때마다, 그

녀의 속셈이 무엇이든, 내일의 자신을 조금은 믿어도 될 것 같은, 자기 자신을 찾아오는 행운에 기대를 걸어도 될 것 같은, 그런 기분이 슬며시 드는 것이었다.

새벽의 잔영과 자신의 무기력함을 물리치면서 서둘러 길을 나서는 무묘마루는, 더 이상 비애에 잠긴 자 따위가 아니다.

가도를 피해 뒷길을 고르고, 너무 좁아서 굴러 떨어지면 박살나고 말 계곡의 여울을 따라 신중하게 발걸음을 옮기다가, 앞쪽 억새 덤불을 부스럭거리면서 헤쳐나오는 어떤 자의 기색을 찰지察知했으며,

드디어 곰이 출몰했는가, 혹시 추격자의 기습인가, 이런저런 최악의 전개를 떠올리고, 언제라도 발도拔刀할 수 있는 태세를 갖추면서 그쪽으로 슬금슬금 다가갔으나,

그러나 결국은 모두가 공포심이 불러일으킨 상상의 산물에 불과했고, 악의도 적의도 느껴지지 않는 그 움직임으로 봐서 오직 한 사람의 인간이라는 사실이 이내 판명되었으며,

이윽고 금강장金剛杖을 사용할 때 생겨나는 찰그락찰그락 하는 소리에 이어서 염주를 굴리는 소리가 들려왔고, 이어서 어딘지 금속적인 독경 소리가 다가와, 드디어 인적이 없는 길만을 골라 홀로 다니는 행각승行脚僧과 마주쳤다.

안광이 예리하고, 오체의 어디에서도 허물의 그림자를 찾을 길 없는, 다가가기 힘들 정도의 고귀한 용모에 압도되어 무묘마루는 말을 잃는다.

칼의 손잡이에 손을 얹고 잔뜩 신경을 곤두세우고 있는 스스로가 너무 부끄럽게 여겨져, 계류溪流 끄트머리의 아슬아슬한 곳까지 피하여 행각승을 위해 길을 내주었고,

그러자 그때까지는 쥐 죽은 듯 고요한, 흡사 그림자만으로 이루어진 것 같은 존재였던 상대가, 느닷없이 걸음을 멈추고 지팡이를 내던지더니, 흙먼지와 때와 땀과 고독감으로 범벅이 된 먹물 들인 옷의 옷자락을 훌러덩 걷어붙여 허리춤에 끼우고, 이런저런 번뇌를 농후하게 반영하는 아주 훌륭한 마라魔羅*를 끄집어내어 합장한 채 방뇨를 시작했으며,

완만한 호弧를 그리며 낙하하는 노란색 소수小水**는, 제아무리 고상한 가르침마저도 깨끗이 소살笑殺***했고, 불투명한 세계의 하나부터 열까지를 모조리 깨끗하게 긍정해버리는, 예를 들어 육계肉界에서 환희 이외의 그 무엇을 찾아낼 수 있느냐고 단언할 수 있을 정도의, 모든 것을 백지화시켜버릴 정도의 힘을 감추고 있는 듯이 느껴지는 것을 어쩔 수 없었다.

*원래는 수행의 장애가 되는 것을 가리키나, 여기서는 남자의 성기를 뜻하는 승려들의 은어임 **오줌 ***일소에 붙임

행각승은 방뇨 도중에 무묘마루 쪽을 돌아보며 말한다.

상인常人과는 다른 구석이 있다.

그런 엉뚱한 이야기를 아닌 밤중에 홍두깨처럼 하더라도 당사자로서야 대답이 궁해질 수밖에 없었고, 잠시 뒤 진의를 캐물어보자는 생각이 들었으나 어찌된 영문인지 술에 대취한 것처럼 혀가 꼬부라져 말을 하려 해도 말이 나오지 않았으며,
그러는 사이에 상대는 물방울을 정성스레 털어낸 일물을 훈도시 속으로 집어넣고, 옷자락을 다시 펼쳐 내리더니, 지팡이를 주워, 지팡이 끝에 매달아두었던 예비의 짚신을 벗겨내어 스쳐 지나갔을 따름인 젊은이의 발 언저리에 휙 던지면서, 이성理性에 각인을 찍히지 않기 위한 여로를 재개했고,
드디어 무묘마루의 입에서 감사의 인사가 나왔을 때는, 이미 마음의 통찰자인 노야老爺의 모습은 거기에 없었으며, 잠언의 공허감과는 대극을 이루는 짧은 세 마디를 남기고, 잎이 모조리 떨어진 숲속으로 사라져갔다.

해를 직시하는 게 아니다.
달을 사랑하는 게 아니다.
칼을 믿는 게 아니다.

고작 한 번 들었음에도, 웬일인지 순식간에 혼의 일부로 바뀐 그 말을 가슴속에서 반복한 다음, 그것이 어쨌단 말이냐는 의미의 욕지거리를 세 차례 되풀이한 무묘마루는, 그것을 마지막으로 신경도 쓰지 않았으나,

그러나 바라지도 않았건만 행각승이 제멋대로 던져준 새로운 짚신으로 갈아 신고, 길이 계류와 나뉘는 곳에 접어들었을 무렵에는, '상인과는 다르다'고 하는 너무나 애매모호한 월단평月旦評*이 다시 떠올라, 쉽사리 인정하고 싶지는 않았으나 본래의 자신이란 존재를 깨달은 것 같은 절실한 심정이 들었고,

얼마 지나지 않아 사람을 벤 것에 의해 잔뜩 찌푸렸던 기분이 서서히 맑아졌으며, 물론 완전히 맑아지는 데까지는 이르지 못해도, 자신을 그냥 이대로 밀고 나가도 하등 문제될 것이 없다. 감정 표현으로서의 과격한 행위에 마음 턱 놓고 몸을 내맡겨도 괜찮다고 하는, 그런 기풍이 갑작스레 싹텄다.

무묘마루는 눈을 바늘처럼 가늘게 뜨고 남중南中하는 태양을 똑바로 우러러보았고, 너무나 눈부신 광관光冠**을 뚫어지게 노려본다.

*인물평 **구름이 해나 달의 면을 가릴 때 물방울의 회절에 의해 주위에 생겨나는 작은 광채

두말할 필요조차 없이 그토록 눈부신 별을 오랫동안 쳐다보았다가는 실명에 이르기 십상이고, 까딱 잘못하여 장시간 응시하는 일 따위는 절대로 있을 수 없을 터이지만,

그렇다고 해서 완전한 구체球體를 이룬 채 격렬하게 타올라 모든 생명에게 온갖 다양한 은혜를 안겨주는 거대한 일륜을 시야에서 완전히 배제하고 살아가는 것은 우선 불가능하고, 그중에서도 특히 욱일旭日과 낙일落日*에는 자신도 모르게 저절로 눈을 빼앗기고 마는 매력이 있으며, 언제까지라도 홀려 있고 싶다는 저 강렬한 원망願望을 억누르는 것 따위가 가능할 리 없고,

그런 것은, 부세浮世에서의 정나미 떨어지는 이런저런 잘못에 절망하여, 환멸의 끝자락에서 살아가며 스스로를 버리고, 부처라는 이름을 가진 사람의 약한 마음과 교활함에서 생겨난 니게미즈(逃げ水)에 현혹되어, 가혹한 고행으로 마음을 완전히 좀 먹히고 만 자의 잠꼬대에 지나지 않는다고, 그렇게 무묘마루는 단정했다.

달을 사랑하지 말라는 것은, 무슨 돼먹지 않은 수작, 무슨 돼먹지 않은 불합리, 무슨 돼먹지 않은 부자연, 무슨 돼먹지 않은 횡포, 무슨 돼먹지 않은 개악.

이 세상의 무미건조한 경치에 촉촉한 윤기를 안겨주는 것

은 상현달이고, 위대한 조망에다 더욱더 우미優美함을 높여주는 것은 교교한 보름달이며, 변전變轉하는 대우주의 입구로 상냥하게 꾀어내주는 것은 하현달이고,

먼동이 튼 뒤에도 떠 있는 달은 아무리 버둥거려보아도 의식意識에서 벗어나려 하지 않았던 자신의 불행을 덜어주며, 봄밤의 흐릿한 달은 떠돌며 헤매는 희망을 도취로 색칠해주고, 열엿새 날의 달은 시계視界의 끝자락에 있는, 처음도 마지막도 아닌, 불확실한 것의 정체를 살짝 귀띔해주며,

이제까지 무묘마루는 온갖 달들을 사랑함으로써 자신을 부서뜨리지 않으며 생명의 실을 이었고, 침묵의 날들에 지쳐 쓰러지는 일도 없었으며, 추론 불가능한, 이 세상의 이해의 울타리를 훨씬 넘는, 무엇 때문의 존재인가 하는, 초조함의 근원인 수수께끼의 마왕으로부터 본능적으로 도망칠 수가 있었던 것이다.

도검뿐만 아니라 활과 창이나 언월도라 해도, 철저하게 믿지 않는 것은 두말할 나위도 없지만, 그러나 상대는 해준다.

그처럼 살상이 목적인 살벌한 도구류는, 드디어 승부를 지을 순간이라고 생각하는 장면에서 진심으로 의지할 수 있는

*아침 해와 저녁 해

대물로는 도저히 여겨지지 않았고, 스스로를 흔들림 없이 확보하기 위해서 필요불가결한 물건으로도 여겨지지 않았으며,

오히려 실력에 걸맞지 않은 야심을 품는 바람에 생명의 위험에 몸을 맡길 확률을 높이고 만, 격정을 부추겨서 사랑을 울혈鬱血시키는 저주의 물건일지도 몰랐으며,

무구武具에 집착한 나머지 미래를 일격에 잃어버리고, 비극적인 필연성 혹은 필요악을 한없이 조장하면서 무법지대를 확대시켜 증오의 산더미를 쌓기만 할 뿐으로, 적어도 잘못을 바로잡는 것 같은 일은 아주 드물다는 사실을 너무나 잘 알면서도,

그래도 여전히 무묘마루는 칼을 내버리지 못하고, 칼과 자신에의 탐닉을 아무리 해도 멈출 수가 없었다.

어쨌거나 깊게 명간銘肝*하고 생애의 계율로 삼을 정도의, 한마디 한마디가 곧 훌륭한 문장을 이룬다고는 도저히 믿을 수 없다.

그런데 해를 보지 말라, 달을 사랑하지 말라, 칼을 믿지 말라는, 애당초 실현 불가능한 어른의 말씀은, 귀에 들어오자마자 무묘마루의 마음의 밭에 단단히 뿌리를 내렸고, 아무 탈 없이 완수하는 무난한 인생이 슬쩍 뇌리를 스쳤으며,

그러자 어디까지나 살아남기 위한 필수조건이란 무엇인가

하는 골치 아픈 단계에까지 자문自問이 미칠 것 같아, 비인간적인 삶에 등을 돌리고, 본래의 인간으로 돌아가기 위한 지침이 될 것 같은 미래의 길을 아주 진지하게 모색해도 좋을 시기이지 않을까 하는, 그와 같은 기특한 생각이 들어 떨떠름한 표정을 짓기는 했으나, 결국 길게 가지는 않았고,

겨울이라고 하기에는 아직 너무 이른 계절의, 한없이 풍성하고 온난한 기후 풍토의 산골 지방을 홀로 조용히 지나쳐가는 동안에는, 다시금 기우氣宇** 활달한, 스스로의 본심에만 따르고, 어디까지나 자기를 고집하며, 피가 들끓는 기분이 잘 어울리는 젊은이로 되돌려져, 설령 상대가 황제이건 신불神佛이건, 앞길을 가로막는 자는 용서 없이 베어버리겠노라고, 그렇게 기세당당하게 외쳤다.

*명심 **기개와 도량

늦가을 태양에 등을 떠밀리면서, 그 지방 슈고다이를 베어 버린 여세를 몰아 무묘마루는 귀로에 오른다.

 우격다짐으로 명령을 내리고, 지배적인 추악한 정의正義를 밀어붙이는 패거리와 그 삶을 엿본 경험은, 분노와 증오로 치가 떨릴 만큼 강렬하면서도, 한편으로는 그 힘이 대수롭지 않을지도 모른다는, 이런 식으로 그 저택에서 약간 떨어지고 나니까 이제는 더 이상 그 힘이 미치지 않는 게 아닌가 하는, 다시 말해 지나치게 과대평가한 것이 아닌가 하는 의심이 생겨났고,
 어쩌면 스스로의 용기만을 믿는 삶이 생애에 걸쳐 통용하

지나 않을까 하는 방향으로 생각이 기울었으며, 여하한 적이건 독력獨力으로 맞설 수 있지 않을까 하는 착각에 사로잡혔고,

무애로 감싸인 미래에 대한 항거하기 어려운 정열이 콸콸 용솟음쳤으며, 두려워할 만한 자 따위는 이 세상에 존재하지 않을지 모른다, 그럴 마음만 있다면 스스로의 의사를 인생의 구석구석까지 체현할 수 있을지 모른다는 자신이 심신에 철철 넘치는 것이었다.

가장 큰 짐마차조차도 손쉽게 지나갈 수 있을 것 같은 활처럼 굽은 평탄한 길로 나선 바로 그 순간, 말다툼하는 사내들의 목소리가 들려온다.

들판으로 이어지는 부챗살 모양의 대지 한 모퉁이에서, 고기를 굽는 고소한 냄새가 바람에 실려와, 배가 고픈 무묘마루는 보이지 않는 실이 잡아당기는 바람에 저절로 끌려가기라도 하는 것처럼 거침없이 다가갔고,

그렇지만 상대의 정체도 알아보기 전에 먼저 저쪽에서 눈치 채는 것이 싫어서, 이 소나무에서 저 소나무로 몸을 숨기면서 신중하게 접근하여, 큰 바위 꼭대기에서 눈 아래를 내려다보니 유목流木*을 이용하여 피운 커다란 화톳불이 보였으며,

*강물에 떠내려 온 나무

불 앞에 앉아 있는 것은 두 명의 사내로, 그 외에는 사람 그림자도 보이지 않았고, 곁에는 처치한 지 얼마 되지 않은 한 마리 말이 사지를 하늘로 향하여 뻗친 채 숨이 끊어져 있었으며, 배와 목에는 꺾어진 화살이 몇 개 쑤셔 박힌 그대로였고, 창으로 마지막 숨통을 끊은 곳에는 대량의 선지피가 흘러 있었다.

둘 다 흡사 짐승을 몰아세우는 몰이꾼과 같은 차림새를 하고 있으나, 사냥꾼도 농부도 아니라는 사실쯤은 간단히 알 수 있다.

아교 물에 담가 두드려 굳힌 가죽과 아주 얇은 철판으로 만든 히타이아테〔額当て〕, 무릎까지 오는 하카마〔袴〕,* 또 그 위에는 온통 너덜너덜해진 하라아테〔腹当て〕, 허리에는 싸구려 칼, 각자가 앉은 자리 옆에는 이 또한 그다지 고급으로는 여겨지지 않는 활과 화살,

그 같은 차림새로 봐서, 또한 너무나도 잔학한 행위를 즐길 것 같은 영악한 얼굴 표정으로 볼 때도, 노부시〔野武士〕**이거나 산적 무리라는 사실은 누구의 눈에도 확연했고,

녀석들은 지금 뜻하지도 않게 수중에 넣은 말고기와 가죽의 배분 방법을 놓고 한창 한바탕 입씨름을 벌이는 중이었는데, 그렇다고 해서 서로 죽이려고 하는 데까지 발전할 정도는

아니었으며,

생나무를 잘라 만든 부젓가락에 끼워 화톳불 주위에 꽂아 둔 말고기가 먹음직스럽게 익어 그것을 덥석 입에 물고 뜯게 되자 쌍방 모두 말끔히 기분이 좋아졌고, 여기에 밥과 술만 있다면 극락이나 다를 바 없다고 서로 주거니 받거니 하면서, 수렵 채집 시대의 그림자를 몸의 여기저기에 짙게 간직하고 있는 땅딸보와 뚱뚱보인 두 사람은, 품성이라고는 손톱만큼도 지니지 않은 목소리로 떠들며 낄낄대고 웃었다.

그 화톳불을 쬐는 것이야 어쨌든 말고기를 먹을 권리만은 자신에게도 있다고, 무묘마루는 그렇게 여기지 않을 도리가 없었다.

왜냐하면 본래 말 주인은 무묘마루 자신에 다름 아니었고, 가슴 언저리에 있는 초승달처럼 생긴 하얀 털 모양이 그랬으며, 검정과 갈색이 섞인 얼룩덜룩한 고삐도 그랬고, 어디를 어떻게 보든 자신의 말이 분명하다고 단언할 수 있을 정도였는데,

그렇기는 하지만 그 같은 말의 비참한 말로를 불쌍하게 여기지는 않았고, 어젯밤 주인을 버리고 행방을 감춘 죗값으로

---

*일본 전통 의상의 겉옷 **전투에서 져 죽거나 부상당한 병졸들을 습격하여 무기 등을 탈취하던 부랑배

당연한 일이며, 그 건에 관해서는 조금도 거리낌이 없었으나,
 그러나 잇달아 구워져 남의 위장으로 들어가는 고기에 관해서는 크게 미련이 남았고, 그 자리를 잠자코 그냥 지나쳐 갈 수는 없었으며,
 그렇다고 해서 공복을 채우느라 위험을 무릅쓰고 무모한 행동을 취할 수도 없었다.

 땅딸보 쪽은 걸으로 보기에도 날렵하게 생겼으며, 뚱뚱보 쪽은 무척이나 억센 힘의 소유자로 여겨진다.

 숨을 죽이고 아슬아슬한 곳까지 접근하여, 느닷없이 배후를 찌르면 쓰러트리지 못할 바도 아니었으나, 아무리 상대가 수많은 죄를 저질러 더럽기 짝이 없는 당세풍當世風의 악당이라고는 하지만, 한 끼를 때우기 위한 임시변통으로 두 사람의 목숨을 빼앗을 만한 가치가 있다고는 도저히 여겨지지 않았고,
 그래서 무묘마루는, 일단 잠시 동안 시간을 두고 상황을 살피기로 했으며, 층층으로 겹쳐진 바위 그늘에 몸을 숨긴 채, 두서없이 주고받는 농담 같은 이야기에 진지하게 귀를 기울이며 두 사람이 머지않아 이 자리를 떠날 마음이 있는지 없는지, 혹은 말 한 마리를 다 먹어 치울 때까지 계속 머물 것인지 어쩐지, 그 점이 분명해질 때까지 어설픈 행동은 삼가리라 작정했고,

너무나 먹음직스러운 냄새를 꾹 참아내면서, 자꾸만 군침을 꿀꺽 삼켜가면서, 전신이 바위의 일부가 되기라도 한 것 같은 심정으로 미동도 하지 않았다.

엿들은 대화의 내용으로 볼 때, 아무래도 악당들은 자신들의 소굴로 돌아갈 기분이 나지 않는 모양이다.

왜 그런가 하면, 받들어 모실 두목이 아무런 사전 예고조차 없이 수십 명의 졸개를 버리고 자취를 감추고 만 탓으로, 느닷없이 소식을 끊는 것과 같은 그런 무책임한 행동을 저지른 적은 지금까지 단 한 번도 없었던지라, 수하의 졸개들은 그저 낭패스러워할 뿐으로, 패를 나누어 그럴싸한 곳을 돌아다니며 찾아보았으나, 흡사 이 세상에서 홀연히 자취를 감추기라도 한 것처럼 무엇 하나 단서를 얻지 못했고,

완전히 늙어빠지기 전에, 일단 몸을 던지기만 하면 그것을 끝으로 다시 떠오르는 법이 절대로 없다는 전설의 용소龍沼에라도 뛰어들어, 스스로의 생애에 스스로 벌을 내려 매듭을 지은 것인지, 그것도 아니라면, 남아 있는 짧은 여생을 조금이라도 온화하게 보내자면서, 악과 선의 경계선이 실로 애매모호한 도읍의 어딘가에 잠복해버린 것인지, 그 어느 쪽인지를 도통 짐작할 길 없었던지라, 그래서 반년 후에는, 두 번 다시 마주칠 것 같지 않은 아주 드물기 짝이 없는 두목 중의 두목을

가까스로 단념했으나,

　그러나 따돌림을 당하고 만 졸개들 가운데 후계자가 될 만한 그릇을 가진 자는 단 한 명도 없었고, 그것은 홀연히 자취를 감춘 통솔자가 너무 지나치리만큼 커다란 존재였기 때문으로, 그토록 쇳덩어리처럼 단단한 결속을 자랑하던 군도群盜들도 결국은 실의에 빠진 나날을 지루하게 보낼 수밖에 달리 방도가 없었으며, 급기야는 이리저리 흩어지지 않을 도리가 없었다.

　영락해버린 산적들이 나누는 전성기의 추억담 하나가 자신에게 얼마나 중대한 내용인가를 무묘마루는 알아차린다.

　보시布施 외에 대금업을 하여 돈을 버는, 성스러운 장소라고는 도저히 말하기 힘든, 그래도 그 부근에서는 이름이 알려진 고찰古刹인 야쿠오지〔藥王寺〕를 습격한, 그럭저럭 십여 년 전 가을의 보름날 밤 이야기에 의하면, 단 한 번으로 그토록 성과를 올린 경우는 전무후무했고, 전당포나 술도가를 경영하는 벼락부자를 노릴 때에 견줄 바가 아니었으며, 마루 밑에 파묻어둔 여러 개의 큰 항아리에는 죄다 돈이 가득 들어차 있었고, 한 번도 입지 않은 고급 비단으로 짠 옷이 산더미처럼 있었으며, 재사용이 가능한 가재도구는 고르는 데 더 품이 들었고, 덧문과 기둥에 이르기까지 빼앗을 만한 값어치가 있었으며,

승려로부터 하인들까지 죽이고, 하녀와 어린아이는 사정 볼 것 없이 마구 조진 다음 어깨까지 내려온 긴 머리카락과 함께 목을 베었으며, 아비규환이 멎고 나자 서서히 약탈을 개시하여, 그것이 종료되었을 때는 불을 질러, 그 유명한 사원도 모래 위에 그려진 그림처럼 소멸되었고,

그런데 말에다 전리품을 실을 만큼 싣고, 이제 막 철수하려는 참에, 어딘가 사람 눈에 띄지 않는 곳에 몸을 숨기고 있던 주지와, 그 뒷바라지를 하는 어린 사미승 같은 옷차림을 한 자가 서로 손을 잡고 홍련紅蓮의 불길 속에서 뛰쳐나오기는 했으나, 걸음걸이의 빠르기 차이로 인해 이내 서로 떨어지고 말았다.

어린 사미승으로 여겨졌던 자의 옷자락이 벌어지는 바람에, 실은 그것이 다름 아닌 여인이라는 사실이 판명된다.

그러자 두목은 갑자기 눈빛을 바꾸어, 뒤쪽 바위산을 기어올라 도망치려고 하는 훌륭한 승복을 걸친 승려를 겨냥하여 몇 개의 화살을 쏘았고, 그 하나가 어깨에 맞았으나 승려는 바위산에서 떨어지지 않았으며, 그보다는 여자 쪽이 더 급하다는 듯이 즉시 주지 쪽은 포기했고, 상처를 입히지 않도록 세심한 주의를 기울이며 붙잡은 여자가 상당한 미인이라는 사실이 밝혀지자, 즉석에서 최고급 약탈품으로 규정지어버렸으며, 단

단히 옆구리에 끌어안고 말을 달려 귀로에 올랐으나,

하지만 들판을 종단해가는 도중에 임신한 여자이며, 그것도 사타구니 사이에서 갓난아이의 머리가 나오려 한다는 사실을 알게 되자 순식간에 흥미를 잃어버리고는 말 위에서 내던져버렸으며, 추격자의 의지를 꺾기 위해 초원에 불을 지르면서 달아났고, 데리고 간 졸개들을 한 명도 잃지 않고 도망칠 수 있었으며,

그 이후 반년 동안, 폭포를 헤치고 나가지 않으면 도달할 수 없는, 자연의 요새라고 할 만한 산골 깊숙한 곳의 소굴에 틀어박혀, 진수성찬의 향연을 베풀면서 숨을 죽이고 지냈다.

말 위에서 버려진 여인이 진짜 어머니이며, 그 여인의 사타구니 사이에서 나오려 하던 갓난아이가 자신임에 틀림없다.

도검 공방에서 일하는 자들로부터 들은 전율할 자신의 탄생과 한 치 어긋남이 없는 이야기에 의해 그렇게 확신한 무묘마루는, 한동안 뜻밖의 슬픔에 잠겨, 너무하다고 말하면 너무한 운명에 완전히 위축되어버려 어찌할 바를 모르고 있었으나,

이윽고 남의 말을 죽여 그 고기를 먹으면서 득의만면하여 그 같은 추억에 젖는 두 사람에게 화가 치밀어 올라, 즉시 사적인 보복으로 사고思考가 바뀌고 마는가 싶더니, 이상한 폭력에 휩쓸린 몸이 저절로 움직임을 시작했고,

독사처럼 슬금슬금 양자兩者의 배후로 다가서자마자, 눈살을 찌푸리지도 않고 먼저 뚱뚱보의 뒤통수를 겨냥하여 필살의 힘을 담은 일격을 가하여 숨길을 끊었으며, 쑤셔진 채의 '별의 칼'은 그냥 그대로 두고 다음 순간에는 '풀의 칼'을 빼자마자 내리쳐, 땅딸보 도적의 오른팔을 어깻죽지로부터 베어버렸다.

 뚱뚱보 쪽은 소리를 지를 틈조차 없이 절명해버렸고, 땅딸보는 예고 없이 쏟아져 내린 공포에 절규할 따름이다.

 무묘마루는 땅딸보의 몸에서 떨어져 나간 아직 온기가 도는 팔을 집어 들더니 화톳불 속으로 휙 집어던져 넣었고, 잇달아 팔 주인의 머리를 사정없이 마구 짓밟으면서, 말고기와 더불어 타들어가는 그것을 머리카락과 수염이 불에 탈 정도로 가까이 끌고 가서 보게 만든 뒤 '웅보다!' '벌이다!'를 연발했으며,

 고함을 지르며 길길이 뛰는 동안, 어깨에 화살을 맞고도 바위산을 기어올라 달아났다는 진짜 아버지의 일에 괜스레 신경이 쓰여, 보통 사람보다 치수가 짧은 산증인이 정신을 잃어버리기 전에, 실혈失血로 인해 뒈지기 전에, 좀 더 상세한 이야기를 끌어내려고 했으나, 격통을 견디지 못하여 요란한 비명을 지르기만 하는 소악당小惡黨으로부터 제대로 된 증언을 이끌어내는 것은 지난한 업業에 다름 아니었고,

그래도 불 속에 내던져져 지글지글 타서 죽고 싶은가, 혹은 순식간에 편하게 해줄까 하고 양자택일을 재촉하자, 적어도 승려가 추락하는 모습은 아무도 보지 못한 것 같다는, 그다지 도움이야 되지 않았지만 희미하게 희망을 품어도 괜찮을 듯한 답을 얻었다.

피를 이어받은 아버지의 생존 가능성이 희미하게나마 남아 있다는 사실에, 계속 질질 끌어온 고독한 기분이 반감한다.

당연한 일이지만, 무묘마루에게는 짐승과의 약속을 진짜로 지킬 마음 따위야 애당초 없었으며, 땅딸보의 목덜미를 꽉 움켜쥐고 한쪽 팔이 없는 만큼 가벼워진 몸뚱이를 타오르는 불길의 한복판을 겨냥하여 던져 넣었고, 풀썩하며 피어오르는 불티와 재에는 개의치 않았으며, 알맞게 익은 말고기를 골라 볼이 미어지게 입에 넣고, 배가 터질 것처럼 부를 때까지 와작와작 씹어 먹었으며,

인육 타는 냄새가 퍼지기 시작하자 더 이상 격해지는 법 없이 그 자리를 벗어나, 몇 걸음 가기도 전에 두 번째 살육에 의해 다시금 스스로를 갱신했다는 자각이 뚜렷이 의식되었고, 아울러 정신의 두드러진 퇴화 역시 여실히 느껴졌지만, 자기 혐오 따위를 불러일으키는 데까지는 이르지 않았고,

그래도 득의만면이라는 경지에까지 도달하지는 않았으나,

완전히 맑게 갠 창천蒼天을 우러러보는 눈동자에 터럭만큼의 티끌도 없었고, 가슴에 드리워진 그림자도 일절 발견되지 않았다.

인간으로서의 전진인지 아닌지는 둘째로 치고, 적어도 무묘마루가 수류獸類로서 성숙의 영역을 향해 돌진하고 있음은 틀림없다.

그렇기는 하지만 악으로 향하는 인간의 성향에 충실하게 따른다고 잘라 말하지는 못하며, 그래도 혼의 중심으로 돌아가는 것이 아직 명시되지 않는 형태 그대로 자라고 있다는 사실만큼은 확실한 것 같았고,

그런 만큼 에누리 없이 살아갈 힘의 폭이 넓어졌으며, 올바른 행동의 규범이 될 척도가 희미해졌고, 단숨에 잠에서 깨어 버리고 만 야차夜叉*로서의 마음의 행로에 관해서는 당사자 자신조차 알 리가 없었으며,

또한 두 자루의 칼만 하더라도 슈고다이나 부호들이 자랑거리로 삼을 만한 사장死藏의 진품珍品이 아니게 되었고, 정말이지 그 순간순간 눈부시고도 처절한 효력을 발휘하여 난적을 쓰러트리며, 소유자의 부담을 짊어지면서 운명을 대담하게 열

*모질고 사나운 귀신의 하나. 두억시니

어 헤쳐가는 각별한 무기로서의 지위를 점점 쌓아갔다.

바람이 산들산들 부는 초원의 짐승들이 나다니는 길을 홀로 걸어가는 무묘마루로서는, 세계가 독자의 가치를 갖춘 독연獨演의 무대로 바뀌어간다.

스스로를 업신여겨서는 안 된다고 하는, 대변자처럼 구는 또 한 명의 무묘마루의 목소리가 쉴 새 없이 들려왔고, 들을 때마다 강렬한 자아가 직접 가슴에 호소해와, 고뇌하면서도 나름대로 현재를 살아가는 범인凡人들과는 다르다는 사실을 알게 되었으며, 살육의 만연이 그치지 않는 세상에서 하나나 둘쯤의 살생 따위는 인생의 발단에 불과하다는 사실이 감수感受되었고,

이제부터는 더욱 힘겨운 벽을 타파해 나가는 나날이 되고, 달리 선택의 여지가 없는, 혈풍노도血風怒濤의 생애를 보낼 것만 같은 그런 예감이 넘쳤으며, 여하한 좌절이나 실태失態도 지워지지 않을 만한 정열을 가슴에 간직하면서, 앙연怏然히 얼굴을 들고 한없는 나그네 길을 계속하여,

그와 같은 끝 모를 여로 속에 모습을 드러내는 자신이야말로 진짜 자신이라는 사실을 깨닫는 순간에 다름 아니었고, 다른 어떠한 순간보다도 자기 존재의 증좌가 되리라는 신념이 싹트려 하고 있었다.

살아가는 목적과 정열을 고갈시키지 않기 위한 여로는 벌써 시작되었고, 이제 무묘마루가 돌아갈 곳은 없다.

돌아갈 곳이 없어져버렸다는 사실을 자신의 눈으로 확인하느라 원점으로 되돌아가려는 것이지, 여태까지처럼 아무런 부자유 없는 삶에 매몰되고 싶다는 것은 결단코 아니었고,

설령 거기에는 슈고다이의 저택에서 달려온 추격자들이 도검 공방의 여기저기에 교묘하게 몸을 숨기면서, 중죄인의 귀환을 손꼽아 학수고대하고 있다손 치더라도, 당사자보다 먼저 일족낭당一族郎黨 쪽을 가장 처참한 방법으로 처벌했다손 치더라도, 자멸을 각오하고 일전을 벌일 생각 따위는 추호도 없었으며,

그저 어떠한 결착이 초래되어 있더라도 그 광경을 정신 똑바로 차리고 또렷하게 각인시키겠다는 목적밖에 지니지 않았고, 그렇게 함으로써 저절로 갈 곳이 정해지고 태도도 정해졌다.

항상 유동流動하고 항상 변화하는 세상에서는, 필연적으로 산 자의 마음도 또한 그리 되지 않으면 안 된다.

가을이 끝날 무렵의 태양이 뿌리는 속임수의 번쩍거림이 골고루 원야原野를 뒤덮었으며, 그 빛을 흡수하여 색색가지 아름다움을 연출하는 단풍 든 풀을 헤치며 나아가는 무묘마루

는, 자연계 전체에 통하는 생명의 초절적인 기技를 피부로 절실하게 느꼈고, 푸르게 펼쳐진 머나먼 산들로부터는 모든 사람을 매료시키지 않고는 배겨내지 못하겠다는 듯이 크고 작은 다양한 희망이 강약도 다양하게 바람에 실려온다는 사실을 찰지했으며,

하지만 높은 하늘 여기저기에 떠도는 불길한 요운妖雲이 재앙의 연원淵源을 암시하고 있다는 것 또한 움직이지 못할 사실이었고, 날이 저물어감에 따라 그 기색이 짙어졌으며, 모든 비극의 뿌리가 저마다 스스로의 배치를 정하려 한다는 사실이 손에 잡힐 듯이 분명했고,

저녁에는 행인의 그림자마저 끊어졌으며, 똑같은 방향으로 걸어가던, 이상한 걸음걸이로 걸으며 복면을 하고 속발束髮한 소금장수 노인의 모습도 어느 결에 보이지 않게 되었고, 모처럼 우쭐해졌던 기분도 서서히 가라앉는 것이었다.

격렬해서는 안 될 기성氣性이 급속히 위축되어가고, 높이 끌어올려졌을 투쟁심이 무참하게 쪼그라들었다.

초원의 외곽에 다다라, 초저녁 어스름의 저편, 한 무더기의 나무들에 에워싸인 일각에, 도검 공방의 눈에 익은 건물 윤곽이 어슴푸레 떠오르는데,

염려했던 대로 불빛이 전혀 보이지 않았고, 등불 하나 눈에

띄지 않았으며, 또한 더 가까이 다가가 보아도 어둠이 짙어질 뿐으로, 밤낮을 가리지 않고 불길을 뿜어내지 않으면 안 될 점토제粘土製 화로가 갖추어진 커다란 건물은 깜깜했고, 순도純度를 내느라 망치와 옥강이 서로 부딪치는 기분 좋은 음향의 파동도 완전히 끊어졌으며, 난무하는 여자와 아이들의 새된 목소리도 사라졌고, 저녁밥의 행복한 냄새마저 느껴지지 않았으며,

지리 감각에 어두운 자로서는, 거기에 야쿠오지의 이름이 새겨진 도검을 세상에 내보내는 것에 긍지를 느끼는 장인匠人 집단과, 그들을 뒷바라지하고 밤 시중 상대까지 하는 여자들과, 초절적 기술을 물려받으려던 아이들에 의한 안정된 삶이 있었다는 사실 따위는 상상조차 못할 깊은 정적에 지배당하고 있었으며, 구석구석 모르는 곳이 없는 무묘마루조차 별세계에 발을 디밀고 만 것이 아닌가 하고 버럭 의심이 들 지경이었다.

한산한 분위기는 결코 일부러 그렇게 만든 것으로는 여겨지지 않았고, 음험한 매복埋伏의 살기도 전혀 느껴지지 않는다.

다시 말해 거기에는 산 자의 기색이 완전히 사라져버렸고, 천천히 흐르고 있어야 할 시간은 허무하게 써버린 세월처럼 굳어져버렸으며, 상기想起할 가치가 있는 과거의 일이 절무絶無의 공간으로 바뀌었고,

그런 터에 형용할 수 없는 긴박감이 넘쳤으며, 그로 인해 발

자국 소리가 나지 않게 살금살금 접근하는 무묘마루였으나, 강하게 눈길을 붙잡는 것은 하나도 없었고, 감정만 격해졌으며,

이내 이상한 냄새를 깨달았고, 그 냄새의 정체를 알게 되자 몸이 굳어졌으며, '풀의 칼'을 살짝 빼어듦으로써 다시금 전진의 힘이 얻어졌고, 질식할 것 같은 죽음의 냄새에 마음이 어지러워지면서도 화로가 있는 큰 지붕의 건물 안으로 들어갔다.

별빛이 이상하리만치 쏟아지고 있어서, 그때 비로소 지붕의 엄청난 파손을 알아차린다.

부서진 것은 지붕뿐만이 아니라, 판자벽이 입은 피해만 해도 예사롭지 않았고, 어른 두 사람의 팔을 빌려서도 다 끌어안을 수 없을 정도로 두터운 기둥까지가 휘어져 꺾이거나, 눌려서 찌부러졌고, 고로古老가 생애 최대라고 칭한 태풍이 휘몰아쳤을 때조차 그런 기억이 없을 만큼 심대한 피해였으며,

하지만 단언하건대 열풍熱風 탓이 아니라 대단히 국한적이자 강력한 폭풍이 안겨준 일임은 명명백백했고, 그 증거로, 부서진 지붕이나 판자벽이 모조리 방사상으로 건물 바깥을 향하여 휘어지거나 튀어나갔으며,

코를 찌르는 악취의 근원인 겹겹이 쌓인 시체들 또한, 자세야 각양각색이었으나 죄다 후려쳐 베어 넘어진 것 같은 배치로 나뒹구는 것이었다.

폭발의 원천이 옥강을 만들어내는 화로에 있었다는 것은, 그것이 형적조차 없이 날아가버렸다는 사실로 설명이 된다.

그렇기는 하나 수수께끼 풀기가 완전히 종료되었다고는 할 수 없었고, 의문투성이의 처참한 현장에 홀로 얼이 빠져 주저앉아, 동료와 공방과 보금자리를 잃은 이중 삼중의 불행을 곱씹고 있는 무묘마루는, 사실이 용해溶解되어 진실이 부상浮上할 때까지 주위에 흩어져 있는 사자死者와 마찬가지로 몸을 경직시킨 채, 화로를 중심으로 하여 주위 전체를 질리지도 않고 둘러보았으며,

얼마 지나지 않아 달이 떠올라 광량光量이 한층 늘어나게 되자, 지금까지 공백이었던 가슴속에 문득 날카로운 번쩍임이 스쳐 지나갔고, 그것은 순식간에 무제한으로 팽창하여 확고한 인과관계를 손짓하여 불렀으며, 사태의 전모가 머릿속에서 차례차례 재현되었고,

그와 같은 긴박한 장면에 함께 자리했던 자들과 화로의 폭발에 여하한 힘이 작용했는가 하는 경위가 해명 쪽으로 마악 직진하는 가운데, 비등점에 도달한 참을 수 없는 마음이 한꺼번에 격노激怒를 통과하여, 슬픔도 빠져나가고, 그저그저 악연愕然* 할 따름이었다.

*깜짝 놀라 정신이 아찔함

왕성하면서도 애달픈 상상력과 추리력을 마음껏 동원함으로써 무묘마루는 즉각 직접적인 원인을 찾아내고 만다.

이곳에까지 밀려든 추격자들은, 장본인의 모습이 어디에서도 발견되지 않는다는 사실에 엄청나게 부아가 치밀어, 어딘가 가까이에 숨겨놓았을 것임에 틀림없다고 단정하며 덤볐고, 그렇지 않아도 공방 관계자 전원을 공범으로 간주하여, 입을 열도록 만들기 위한 고문과 세상에 본보기로 보여주기 위한 처형을 겸한 폭거에 나선 모양으로,

벌겋게 타오르는 화로 안으로 무고한 사람이 하나둘씩 순차적으로 던져 넣어지고, 목탄이나 사철 이외의 것을 억지로 삼키게 된 신성한 화로는 급속도로 께름칙한 열을 띠게 되었고, 흐물흐물하게 녹아내리던 상질上質의 쇳덩이는 언어도단의 불순물을 거절하겠노라며 자멸을 각오한 저항을 노골적으로 드러내기 시작했으며,

장인들은 두말할 나위도 없고 노인과 여자, 젖먹이 어린아이와 기르는 고양이, 닭에 이르기까지 남김없이 쑤셔 넣기에 이르자 마침내 인내의 끈이 끊어져 분노를 대폭발시키기에 이르렀으며, 그 폭압은 상대적인 것으로서, 지옥의 귀신 같은 탄압자들까지도 길동무 삼아 데려가기에 충분했던 것이리라.

타다 만 뼈의 일부가 비산飛散하여 판자벽과 지붕은 물론이

고, 추격자들의 몸에까지 깊숙이 박혀 있다.

 남의 일처럼 받아들임으로써 스스로를 위로하려 했으나, 혹은 하다못해 동료 모두가 즉사했음을 떠올리며 마음을 달래려고 했으나, 혹은 또 너무 큰 충격 탓으로 완전히 무기력에 빠져버린 척해보지만,
 그러나 직접 원인이 자기 자신에게 있다는 사실을 지워버릴 수는 없었고, 아무리 용을 쓴다고 해서 책임 회피가 불가능하다는 답이 나올 수밖에 없었으며, 고작 두 자루의 칼과 맞바꾼 희생이 너무나도 크다는 사실에 그저 압도되기만 할 뿐이었고,
 그 반면 칼과 자신만이 이 세상에 남았다고 하는, 이런저런 얽매임으로부터 단숨에 풀려났다는, 그와 같은 움직일 수 없는 현실이 무묘마루로 하여금 끝없는 무애의 길을 향하여 한 걸음 떼어놓았다는 속 시원한 기쁨에 젖도록 하여, 처한 상황과는 영 딴판으로 자신도 모르게 입가에 저절로 미소를 머금게 만들어버리는 것이었다.

 이로써 무사武士 사회로부터 두루 그 진가를 인정받았던 백미白眉의 도검 공방은 완전히 사라지고, 유서 깊은 야쿠오지의 이름도 소멸해버린 셈이다.

그리고 탄압자와 피탄압자 쌍방이 낸 희생자가 거의 동수이고 함께 괴멸했다는 사실로, 장인 대 무사라는 전대미문의 다툼은 막을 내리게 되었고, 그 이상의 문제로 발전할 가능성은 우선 없었으며, 음참陰慘하기 짝이 없는 이런저런 원한과 고통도 어차피 시간이 말살시켜줄 것이고,

부근에 온통 흩어져 있는 죽음의 근저根底를 이루는 것은 오로지 용해되어가고, 사자들은 잡목림을 위한 토양이 되고자 자꾸 자꾸 부패를 더할 터이고, 생존의 뒷덜미를 잡아당길 영혼의 인력引力도 차츰차츰 약해지고, 허허실실의 풍문에 실림으로써 무묘마루도 또한 살아 있으면서도 지금은 죽은 자와 같은 대열에 끼일지도 모르며,

다시 말해 이 지역으로서야 오랜만의 대사건이었음에도 불구하고, 살아남은 자가 한 명도 없다는 인식이 퍼져감에 따라 언젠가는 완전히 잊혀지고, 세상은 다시금 그 다음의 자극적인 정세를 향해 탐욕스럽게 돌진할 것이 분명했다.

그렇다고 해서 그 자리를 대충 마무리 짓고, 아무 미련 없이 깨끗이 몸을 빼버릴 수는 없는 노릇이다.

한참 지나자, 복종하는 수밖에 달리 방법이 없었던 동료의 무념과 아비규환이 서글픈 정적 속에 충만해져서, 무방비인 자들을 산 채로 태워 죽인 무리들을 향해 침과 함께 '잘 봐,

자업자득이란 말이야!' 하고 내뱉어주는 것만으로는 도저히 기분이 가라앉지 않았으며,

갑자기 걷잡을 수 없을 만큼 화가 치민 무묘마루는, 계급제도에 안주하면서 괘씸한 행동을 되풀이하는 박해자들 한 명 한 명을 그대로 내버려둘 수가 없어져, 무슨 수를 쓰던 폭사暴死를 능가하는 벌을 내려주지 않고는 기분이 진정될 것 같지 않았고,

예상외의 사건에 억울하게 휩쓸린 탓으로 스스로의 죽음이 아직 믿어지지 않아 그 주위를 배회하는 그들 혼백들이 뼈저리게 느끼도록 해주지 않으면 안 된다고 여겨, 그것으로 끝나지 않았음을 진절머리가 나도록 깨닫게 해주지 않으면 안 된다고 여겨,

박해자 자신들의 무기를 이용하여, 즉 칼에는 칼, 창에는 창, 화살에는 화살을 써서 다시 한 번 죽도록 만드느라, 한 명 한 명의 안면이 형태가 뭉개질 때까지 철저하게 파괴했으며, 마지막에는 그 무기 소유자의 사타구니 사이를 각자의 무기로 난도질해주었으나,

그래도 자신이 벌인 행위의 두려움과, 마음 깊숙이 전해지는 수성獸性이 슬금슬금 본성을 드러낸다는 사실을 알아차림으로써 이가 덜덜 떨리는 상태에까지는 절대로 도달하지 않았다.

여태까지의 온후했던 무묘마루는 어디론가 사라져버리고, 이제부터는 사납고 영악한 무묘마루가 존재할 뿐이다.

오늘, 여기서, 동료와, 밀어닥치자마자 느닷없이 적으로 돌변한 조무래기 병사들과 더불어 죽고, 오늘, 여기서, 두 번째 탄생을 맞아, 재생 부활을 이루게 된 무묘마루는, 그런 기구한 운명을 걸어가는 스스로의 출발을 축하하느라, 아울러 스스로 관례冠禮 의식을 치르느라, 평소 잠을 자거나 밥을 먹거나 하면서 사용하던 옆 건물로 이동하여,

슈고다이의 저택에서 받은 고급스런 의복을 벗어던지고, 샘에서 흘러나오는 맑은 물로 전신을 씻었으며, 그런 다음 눈이 아뜩해지는 기나긴 여로와 살점이 뜯겨 나가는 것 같은 겨울 추위에 견딜 수 있는 차림새를 갖추었고, 묶고 있던 머리카락을 키워준 부친의 유작이 된 '별의 칼'로 싹둑 잘라버렸으며, 부친이 예비용으로 장만해두었던 두건을 썼고, 키워준 모친이 부지런히 모아둔 돈을 비밀 선반에서 모조리 꺼내어 허리춤에 단단히 찼으며,

'으음'이라는, 짤막하면서도 여하한 동정同情도 가까이 다가오지 못하게 만드는 다짐의 소리를 자기 자신을 향해 외치자, 철이 든 이래로 늘 꼬리를 끌며 따라다니던 무언가가 싹 가셔버렸고, 부싯돌을 이용하여 마른풀에 불똥을 튀기는 손에도 한결 힘이 들어가는 것이었다.

낙담과 실의가 찰싹 달라붙은 등을, 내일을 꿈꾸는 힘과 장래를 내다보는 힘이 세게 떠민다.

생활의 장場이었으며, 돌아가야 할 보금자리였던 공방의 크고 작은 건물에 남김없이 불을 지르는 무묘마루의 모습은, 결코 패잔병의 그것이 아니라 오히려 야차의 날뜀을 연상시켜주었고,

퍽퍽 하며 터지는 소리에 의해, 소용돌이치기 시작한 맹렬한 연기에 의해, 울분의 돌파구라도 찾는 것처럼 넘실대는 불길에 의해, 이제 와서 괴로워해보았자 아무 소용이 없다는 체념이 더욱 강해졌으며, 저지른 잘못 따위는 단 한 가지도 없다는 확신에 찼고,

완전히 다 불에 타버릴 때까지 기다리지 않고 훌쩍 몸을 돌려 흡족한 심정으로 마을을 벗어났으며, 그 격렬한 여로를 스스로 축하하면서, 만천滿天의 별이 아로새겨진 들판으로 나아갔고,

불길이 시야에서 사라져버릴 때까지 몇 번이고 뒤돌아보면서, 그 주변 일대가 불의 잔광에 감싸였다가 마침내 어둠으로 덮여버리자, 이 세상에서 설 자리를 잃어버린 것 같은 자각이 싹텄고, 답답한 심려心慮는 말끔히 사라졌으며, 이 시점에서 주유周遊하는 천체가 여로의 길동무가 되었다.

열성스러운 젊은이는 달빛에 젖어들고, 가시밭길 저 너머에는 모든 세계의 문호가 활짝 열려 있다.

제멋대로 자라나 자유분방한 무묘마루의 편안한 손발에는 회의적인 움직임이 조금도 없었고, 방화하기 직전에 부엌 구석에서 발견한 수수떡을 와작와작 씹으면서, 대나무 통에 가득 채워온 물을 꿀꺽꿀꺽 마시는 입에서는, 슬픈 추억에 잠길 미래를 상상한 한숨은 새어나오지 않았고, 그 가슴속에 두 갈래로 해석할 수 있는 선과 악이 격렬하게 서로 다투는 일도 없었으며,

그러나 산골에서 자라나 아직 바다를 본 적이 없는 무묘마루는, 낳아준 부모가 산 곳이었다는, 지금은 폐사廢寺가 되고 만, 불탄 자리에 담쟁이덩굴이 이리저리 얽혀 있을 것임에 분명한 야쿠오지를 일단 목표로 삼아, 거기서 무엇을 느낄 것인가에 따라 행선을 정하자고 마음먹었고, 그래도 정해지지 않을 경우에는 여하튼 큰 바다로 나아가 멈추어보자는 답을 내놓았으며,

당사자는 알 턱이 없었지만 막 태어난 갓난아기 무렵, 입신入神의 영역에 도달한 기술을 지닌 도장에게 발견되었던 지점에 다다랐을 때, 직각으로 꺾어서 남쪽으로 돌아섰고,

행각승으로부터 얻은 짚신이 아무리 걸어도 닳지 않는다는 사실을 의아하게 여기지도 않았으며, 가을빛에 물든 나그네

옷차림에 단단히 몸을 굳힌 채, 똑같은 길이의 칼을 등과 허리에 각각 차는 기묘한 차림새로, 그리 호락호락 눈에 띌 것 같지 않은 무언가를 찾아서, 그렇지 않으면 자신 속에 뜨거운 파문을 불러일으키고자 황량한 풍경 속으로, 권태를 처치 곤란해하는 따위는 결단코 있을 리 없는 세계의 깊숙한 곳으로, 조용히, 그리고 상쾌하게 녹아들어가는 것이었다.

◎

 목숨이 얼마 남지 않은 무묘마루는, 이제 막 완성시킨 그림 속에서 스스로의 천작天爵*이니 흔적이니 하는 것을 찾으려 애쓴다.

 여섯 폭 한 쌍의 병풍 속에 조화로운 사계四季를 무리 없이 짜 넣었고, 인격의 연장이라고 해야 할 거친 바다와 평온한 산을 실로 멋지게 배치했으며, 더구나 한없이 영예로운 위엄을 지닌 불멸의 빛을 부여받은 일륜과, 상아빛의 엷은 빛을 뿌리는 월륜을 나란히 배치함으로써 현세가 무엇인지를 순순히 논했고,
 한 사람도 그리지 않으면서 군상群像을 다룬 그림보다 훨씬

인간미 풍부한, 생기 넘치는 작품으로 완성된 것에, 그것을 바라볼 후세의 심안心眼을 지닌 자들이 눈을 휘둥그레 뜨면서, 격렬하게 상상력에 호소해올 생명의 숨결과 약동감을 높이 평가하면서, 혼의 소산所産이 무엇인가를 고민할 때의 지표指標로 자리 잡을 것임에 틀림없었고,

또한 정서의 힘에만 의지하여 그림쟁이를 지향하는 자들은 질투를 느낀 나머지, 비교조차 되지 않는 박력에 졌다는 사실을 자각하지 않고는 배겨날 수 없을 것이며, 번민과 모색 끝에, 와비〔詫び〕**와 사비〔寂び〕***라는 애매한 척도로 얼버무릴 수밖에 없는, 내일 없는 세계로 달아나는 수단을 선택하게 되리라.

출발부터 예사롭지 않았던 운명이 드디어 막을 내리려 하는 지금, 봄은 장소를 가리지 않고 한창이다.

미련을 둘 일은 전혀 없어도, 샘솟듯 치밀어 오르는 추억에는 끝이 없었고, 떠오르는 회한은 한이 없었으며, 붓을 씻을 때마다 물을 담은 통에 비치는 주름살투성이의 얼굴은 지난날의 모습을 완전히 잃었고,

그렇다고 해서 무묘마루가 생애에 걸쳐 권위와 권력을 철저하게 멀리하는 인간으로 철두철미했다는 사실에는 아무런

*존경받을 만한 선천적인 덕행 **소박하고 한적한 아취 ***은근하고 깊은 맛

변화가 없었으며, 그 점에 관한 한 절대적인 정신의 소유자로 살아왔다고 해도 과언이 아니었고,

불멸의 불길로 뒤덮인 일생은 아니라고 하더라도, 똑같은 근원에서 나왔음에도 다른 동물과는 전혀 별개의 생물로서, 아무리 버둥거려본들 인간에서 일탈하지 못하는 모순투성이의, 멈출 줄 모르는 죄에 범벅이 된, 그토록 괴이한 생자生者였다는 사실은 누구도 부정하지 못하며,

그런 탓으로 어느 누구보다도 목숨을 성숙시킨 자로서 인정하지 않을 도리가 없고, 스스로의 삶이 현세의 삶이며, 스스로의 죽음이 현세의 죽음에 다름 아니라는 사실을, 어떤 명찰名刹에서 군림하는 어떤 고승高僧보다도 확실하게 체득하고 있는지 몰랐다.

태어나 처음으로 바다라는 물의 큰 공간을 접했을 때, 흡사 우물 안 개구리 같았다고 느끼지 않을 수 없다.

나흘 동안 쉴 새 없이 야산을 걷고 걸어, 드디어 뱀의 머리 모양을 닮은 반도半島의 끄트머리에 도착했고, 뿌리가 땅 위에 드러난 소나무에 기대어 흑조黑潮의 흐름을 눈으로 목격했을 때, 그것이 짙은 녹야綠野와 아주 잘 어울리는, 두드러진 파도의 움직임 따위는 거의 눈에 띄지 않는 한여름의 잔잔한 바다였음에도 불구하고, 너무나 위대한, 그리고 교치巧緻하게 넓어

지는 광경에 그저 앙천할 수밖에 없었고, 그 너머를 상상하는 것조차 두려운 수평선을 바라볼수록 정신이 아득해져서, 자신도 모르게 뜨거운 눈물이 저절로 나 목이 메어버렸으며,

누긋한 움직임을 끝없이 되풀이하는 파도 하나하나가 지성을 갖춘 고등한 존재로 여겨졌고, 해원海原 전체가 죽음에 정복되지 않는 거대한 생명으로 느껴졌으며, 천공天空의 푸르름과는 다른 농축된 푸르름에는 저항하지 못할 마력이 감추어져 있는 것 같은 기분이 들어 어쩔 줄 몰랐고,

인간을 엄하게 멀리하는 힘과 인간을 상냥하게 부르는 힘을 아울러 갖춘 물의 구면球面 세계는, 도량이 넓으면서도 불손하고 섬세하면서도 겸손하다는 모순율을 멋지게 동화시켜, 이 세상에는 공석空席이 무한히 남아 있다는 사실을 여실히 드러내었으며, 독립심 왕성하면서도 내향적인 무묘마루의 마음과 혼을 통째로 확 움켜쥐고 말았다.

하지만 바다와의 만남을 바라는 심경이 들기까지에는, 거의 오 년이라는 고독한 세월이 흐르지 않으면 안 된다.

그동안 무묘마루의 정신은 겹쳐지는 붕괴의 위기에 잇달아 휩쓸렸고, 무묘마루가 탄생한 반나절쯤 전에 불타버린 채 방치되어 있던 야쿠오지의 폐허로부터 아무리 해도 빠져나갈 수가 없었으며, 눈을 뜰 때마다 조용히 미쳐가는 것 같은 스스로

를 자각하면서도 어떻게 할 수가 없었고,

의지를 무시한 혼은, 아침저녁으로 바람이 휘몰아치는 거친 계곡의 장관에 매료되기만 할 뿐으로, 본전本殿이 있었던 장소로 여겨지는 불탄 자리에 홀로 앉아, 반쯤 녹아버린 탓으로 유령의 한 패거리쯤으로 간주하지 못할 것도 없는 청동으로 만들어진 아미타여래의 시선을 받는 순간 강렬한 쇠사슬로 단단히 묶여서, 도저히 거기를 빠져나갈 수 없게 되었으며,

두 자루의 칼과 스스로가 안겨준 수많은 죽음의 그림자가 달라붙었고, 특히 자신이 직접 손을 대어 죽음으로 몰아넣은 자들의 일이 염두에서 사라지지 않았으며, 마음의 우민憂悶이 시작되면서 불안으로 안절부절못하게 되었고, 당연한 업보를 업보로 처리했을 따름이라는 변명이 전혀 통용되지 않았으며, 자시自恃*의 기분이 크게 동요되어 영문을 알 수 없는 슬픔으로 이어졌고, 겨울을 나기 위한 준비 따위는 하나도 갖추어지지 않은 그런 너무나 황폐한 곳에서, 동사凍死와 아사餓死라는 절박한 문제를 나 몰라라 하고 주저앉고 말았다.

도저히 생명을 유지할 수 있을 것 같지 않은 특이한 상황이었음에도 불구하고, 무묘마루는 죽지 않는다, 아니, 죽지 못한다.

왜냐하면 눈이나 추위를 견딜 수 있는 지하실을 발견했기 때문으로, 반신이 녹은 우상偶像 바로 옆에 입구가 뻥 뚫린 지

하 구덩이—필경 산적의 수하에서 일하던 똘마니들이 이야기하던 돈을 가득 채운 큰 항아리를 숨겨두었던 장소가 바로 거기였으리라—는 텅 비었으며, 한풍寒風에 쫓기듯 거기로 숨어들자, 따뜻하고 부드러운 지온地溫에 감싸여 즉시 생기를 되찾았고, 밤낮을 가리지 않고, 천후天候에 상관없이, 거의 일정한 온기가 보존되어 대단히 쾌적한 잠에 빠져들 수 있었으며,

또한 가까이에, 진짜 아버지가 어깨에 화살을 맞으면서도 기어 올라가 달아났다는 낭떠러지 아래로부터, 여하한 저온에도 얼지 않는 맑은 물이 콸콸 솟아났고, 그것을 마시는 것만으로도 열흘 가량 목숨을 이어갈 수 있긴 했으나, 얼마 지나지 않아 어지럼증이 몰려와, 자기의 본체를 완전히 잃어버릴 지경에 이르렀으며, 호흡과 맥박 수가 점점 줄어드는 것을 자각할 수 있을 지경이 되었다.

혼수상태에 빠진 채 고분고분 이 세상을 떠나버리는가 싶더니, 그렇게는 되지 않는다.

아직 어렸을 무렵, 고로古老에게 전설의 이유를 물은 적이 있는, 전신이 새하얀 괴물이 홀연히 나타났고, 그자에게 안겨 모유와 같은 따뜻함과 미끌미끌함을 간직한 액체가 입 안으로

*자부심

흘러들어온 것까지는 어렴풋이 기억하고 있었지만,

그러나 두 번째의 상심喪心에 의해 거기서부터 다음의 일은 도통 기억에 없었으며, 머리 위에서 내려온 금빛 양광에 눈이 찔려 그럭저럭 정신을 되찾았을 때는, 얼굴 바로 곁에 대량의 떡이 수북하게 쌓여 있었고,

호두와 쑥과 조와 칠엽수와 콩을 뒤섞은 색색가지의 떡이 시야에 들어온 순간, 구원의 손길을 뻗어준 것이 황당무계한 신화의 주인공 따위가 아니라, 생짜 인간이라는 사실을 알았으며, 혓바닥에 남아 있는 맛으로 봐서, 몽롱한 의식 속에 마셨던 것이 우유라는 사실을 깨달았고,

은인의 모습을 찾아 구덩이 바깥으로 뛰어나왔을 때는, 이미 시야의 어디에도 사람 그림자는 없었으며, 그저 짚으로 짠 신발이 오고간 흔적만이 희미하게 내린 눈 위에 점점이 남아 있을 뿐으로, 그것은 골짜기 너머 석공石工들이나 도공陶工들이 모여서 사는 마을 쪽으로 사라졌다.

물과 떡과 지하 구덩이에 의해 간신히 유지할 수 있었던 생명이지만, 마음의 침강沈降과 후퇴만큼은 아무리 해도 그치지 않는다.

무묘마루의 혼은 비등과 냉각을 어지럽게 반복했으며, 살인의 후유증은 불에 타 흐물흐물해진 청동제 아미타여래상의

발밑에서 제아무리 수없이 절을 해본들 어찌될 수 있는 것이 아니었고, 엄동의 칼바람이 휘몰아칠 때마다 광기에 빠져들었으며,

어디의 누군지도 모르는 지원자에 의해 살아나게 된 것이 한스럽게 여겨져 어쩔 줄을 몰랐고, 그런 터에 번뇌에 깔려서도 어떻게 해서든 살아가려고 하는 스스로가 딱하게 여겨짐을 어쩔 수 없었으며, 결국 자신을 어떻게 다루어야 좋을지조차 후련하게 알 수 없었고,

너무나 기울氣鬱한 나머지 중얼대는 헛소리가 하나하나 심담心膽을 얼어붙게 만들었으며, 피에 굶주린 적의 칼날이 내리쳐져 정말이지 아찔한 순간에 깨어나는 악몽에 기겁을 하고 터트리는 절규가 온 골짜기에 울려 퍼졌고, 께름칙한 메아리가 되어 증폭하였으며, 도저히 견디기 어려울 때 좌우의 손에 쥔 칼을 풍차처럼 빙글빙글 돌려보지만, 그런 것 정도로 마음의 평형을 되찾을 순 없었다.

가진 떡을 죄다 먹어 치우고 두 번째의 굶주림에 빠져도, 세상으로 나갈 기분은 도저히 나지 않는다.

또다시 아사라는 난국에 직면해서도, 무묘마루는 아무런 연명책도 강구하지 않았고, 뿐만 아니라 연명의 욕구에 농락당하는 것도 이제 지긋지긋하다는 듯이 물조차 마시려 들지

않았으며, 지하 구덩이 바닥에서 죽음을 맞는 쪽으로 기대를 전화轉化시키면서 심상찮은 노력을 계속했고,

마음 편할 날 없는 현세에서의 인간의 존재라는 커다란 문제를 정면으로 끌어안고, 머리 위의 아미타여래에게 거칠게 따지면서, 납득이 가지 않는 일투성이뿐이지 않느냐고 고함을 질렀고, 대관절 무슨 일을 저지른 업보로 인해 이런 세상에 내던져졌느냐고 힐문하면서, 결코 돌아오지 않을 대답을 기다리며 녹초가 되어 축 늘어져 있었으나,

그 두려울 정도의 침묵과 고요한 시간에 심사가 울적해지자마자, 죽음으로 직결하는 기절 속으로 자진하여 뛰어들어, 허공에서 헤매는 스스로의 혼이 보이는 것처럼 여겨진 다음 순간, 맹렬한 눈보라가 시작되었고,

때를 맞추어 일종의 수수께끼 같은 초감각적인 힘이 작용하여, 은세계의 저 너머로부터 떡을 잔뜩 짊어진 괴물을 닮은 노인이 걸어오는 것이 선명하게 보였다.

일개 석공으로 노년의 나날을 보내고 있다는, 인품이 범상치 않은, 동심으로 돌아간 것 같은 눈길의 사내가 이렇게 말한다.

절대권력을 마음껏 휘두르는 저 무자비한 슈고다이를 그 저택 내에서 베어버렸다는, 정말이지 놀라지 않을 수 없는 용기에 감명받았고, 가족과 동료가 잔혹한 보복 수단에 의해 전

멸당하는 대가를 치른 뒤, 마침내 홀로 남겨지고 만 젊은이의 심정에 애가 탔으며, 보이지 않는 곳에서나마 응원하는 것은 지극히 당연한 행위이고, 감사받을 일이 전혀 아니며,

이곳저곳으로 전전하면서 도망다니는 것보다, 열기가 식을 때까지 한 곳에서 가만히 있는 편이 도리어 눈에 띄지도 않고, 먹는 것이나 입는 것 정도야 어떻게든 마련해볼 테니까 당분간 여기에 몸을 숨기고 있는 게 나으며,

이 사실을 아는 자는 아무도 없고, 마누라에게조차 이야기하지 않았으므로 마음 쓰지 말고 지내면 될 것이며, 내가 찾아오지 않게 될 때는 병으로 드러누웠든지 수명이 다한 것으로 여겨달라고, 그렇게 말했다.

시골 석공답지 않은 멋진 차림새의, 그리고 호기가 넘치는 노인은, 내민 돈에는 눈길조차 주지 않는다.

또한 돌아가면서는, 잔뜩 상대에 대한 배려를 담은 말투로, 가볍게 남을 믿어서는 안 된다는 의미의 이야기를 시작했고, 마음이 약한 탓에, 혹은 마음이 흔들리는 탓에, 자신도 모르게 마음이 변하여, 때로는 표변하여 배신으로 치닫고 마는 것이 인지상정이며,

그것은 이렇게 말하는 나 자신도 예외가 아니고, 다음에 올 때는 피도 눈물도 없는 관리들의 길 안내인 역할을 맡을지도

모르니 부디 방심해서는 안 되며,

그러므로 끊임없이 스스로의 신변에 신경을 쓰고, 하루 내내 이상한 점이 없는가를 확인하는 습관을 기르며, 아주 멀리 떨어진 곳에서 복수複數의 인영人影이 바라보일 경우에는 즉시 달아날 준비에 착수하고, 미리 정해둔 도주로를 따라 재빨리 행방을 감추는 편이 좋으리라고, 그렇게 진지한 표정으로 말하는 것이었다.

그 떡을 다 먹어치울 무렵에는 화창한 날씨를 맞을 수 있었고, 구원의 신은 그 후로는 딱 발길을 끊었다.

그러나 무묘마루는 그곳을 벗어나지 않았고, 유랑의 몸이 되어 너른 세상을 돌아다니는 것은 일절 염두에 없었으며, 또한 바다라는 광대한 경치를 즐기고 싶다는 생각도 하지 않았고, 마치 난공불락의 성채이기라도 한 것처럼 대단히 안전한 보금자리로 착각한 채, 누구를 꺼리지도 않는 방심放心에 푹 젖었으며,

그도 그럴 것이, 칼과, 칼을 사용하여 만든 활로 짐승이나 새나 물고기를 잡고, 나무 열매를 줍고, 산나물을 뜯어서 나날의 양식을 쉽사리 손에 넣을 수 있게 되었기 때문으로,

더군다나 멧돼지가 모여들어 핥는 낭떠러지가 돌소금 성분이 많다는 사실을 발견하자 육류와 생선의 보존을 궁리해내

고, 그것을 먹음으로써 다음 겨울도 넘기고, 다음다음의 겨울도, 다음다음다음의 겨울도 넘긴다는 식으로, 오 년의 세월을 질질 끌었으며, 자기 자신에게만 시야를 한정한 그런 곳에서, 해와 달과 칼만을 친구로 삼아 지낸 셈이지만,

그렇다고 해서 예사롭지 않은 감정이 휘몰아쳐 광기의 발작을 일으키고, 그 청춘까지가 폐허로 바뀌는 것 같은 일은 없었으며, 세상을 버린 사람이나 거지처럼 스스로 인생을 전복시켜버리고 마는 처참한 일도 생기지 않았다.

오체의 기민한 움직임은 짐승의 그것을 능가할지 모르고, 마음은 침침駸駸하게 개명開明의 영역으로 나아간다.

생채기가 끊이지 않는, 오감을 한계점까지 예민하게 세워 거친 땅에서 살아가는 가혹한 삶은, 달리 말하자면 약동하는 시련의 날들이라고 해도 무방했고, 그리고 정면에서 똑바로 자신과 마주하는 스스로의 혼을 일심一心으로 뚫어져라 쳐다보면서, 정상적인 정신상태의 방향에서 사념思念을 기르는 치열한 낮과 밤은, 어떠한 무예자武藝者와도 싸우지 않고 어느 결에 무묘마루를 당당한 검사劍士로 만들었으며, 어떠한 사원寺院의 수행도 받지 않은 채 최고위에 오른 승려의 깨달음에 다가섰고,

그 증거로서, 칼이나 창을 능가하는 무기인 이빨을 갖춘 멧돼지의 불의의 습격을 순식간에 물리칠 수 있었으며, 위풍당

당한 수컷 곰을 상대로 싸워, 급소를 정확하게 단 한 번에 찔러서 쓰러뜨리는 잽싼 속임수의 수법을 몸에 익혔고, 날아다니는 잠자리 떼 가운데 가만히 서서 노렸던 한 마리를 그르쳐서 놓친 적은 일단 없었으며, 칼끝을 사용하여 그 잠자리만을 공중으로 날려버리는 경악할 기예까지 체득했고,

또한 또 한 명의 자신이 무의식적으로 걸어오는 초연한 이야기에 심이心耳를 기울임으로써, 어쩐지 불안했던 자신의 좌표축이 단단히 고정되어갔고, 타력他力에 의지하려던 기분이 말끔히 씻겨 나가고 없으며, 달 아래에서 명명命名하기조차 어려운 장엄한 위압감을 자아내는 아미타여래상에게 이해를 구하며 눈길을 던지는 횟수가 점차 줄어들었다.

불에 탄 야쿠오지의 폐허에서 맞는 다섯 번째 여름, 드디어 때가 무르익어 무묘마루의 여로를 재촉하는 날이 닥치다.

사람을 죽이고, 사람에게 죽임을 당하는 것이 당연한 투쟁의 세상을 살아간다는 것은, 그야말로 지옥 순례라도 하는 듯하며, 자기 방어를 위한 정염情炎의 화재火災야말로 살아 있다는 증거 그 자체에 다름 아니었고,

그러므로 애정으로 벌어지는 이런저런 일 따위는, 어차피 환술幻術이 안겨주는 눈가림에 지나지 않으며, 생사가 걸린 내일은 언제나 이계異界의 입구이고, 무경계 상태야말로 무엇보

다 큰 죄이며, 그것만 숙지하여 언제, 어떤 경우에도 일전을 벌일 각오만 단단히 굳히고 있으면, 살의를 품은 타자他者 따위야 두려워할 것이 없고,

설령 몸이 아파 마음이 약해지며, 마음까지가 휴식을 요구할 지경에 빠져서, 회오悔悟의 염念을 유혹하는 감정이 작동할 때는, '이게 다 살기 위해서'라는 한마디가 특효약이 되어줄 것이고, 그 외의 종교적인 구원의 말은 전부 속임수에 불과하며,

만약 자신의 존재를 보다 확실하게 하기를 바란다면, 눈앞의 적을 상대보다 빨리 휘두른 칼로 베어 죽여야만 하고, 그때 여하한 사정이 있더라도 절대로 이 눈치 저 눈치 살펴서는 안 되며, 일순의 망설임도 금물이다.

찌는 듯이 더워 잠 못 이루는 밤이 서서히 사라져가고, 이제 막 솟아오른 여름의 태양이 화려한 빛을 폐사廢寺 위로 내리쪼인다.

구덩이 밑바닥에 드러누워 불평 없는 짐승의 잠에 빠져 있던 무묘마루는, 아침의 첫 햇살을 받자마자, 마음속으로 남몰래 납득한 진리를 드디어 실천에 옮길 때가 찾아왔다는 사실을 판연히 깨달았고, 그 결의가 정곡을 찌른 판단이라는 흔들림 없는 확신에 의해 얼굴이 홍조를 띠었으며, 덥수룩하게 자란 수염을 솜씨 있게 칼로 깎아내고, 어깨까지 치렁치렁한 머

리카락을 묶는 등 여로에 나서기 위한 몸치장을 하는 도중에 불가사의한 자족감이 치밀어 한바탕 부르르 몸을 떨었고,

수분이 빠져서 바싹 마른 사슴 고기를 잘근잘근 씹으면서 오 년 동안 독거한 보금자리에서 빠져나와, 아슬아슬한 고비마다 종종 조언을 구하고 싶었던 아미타여래상 앞에 서서, 끊임없이 불투명한 현상 속에서 답도 없는 수수께끼를 잔뜩 끌어안고 있는, 불에 탈 때의 고열로 인해 절반이 녹아내린 그 이형異形을, 감사라고도 증오라고도 할 수 없는 눈길로 물끄러미 바라보다가,

문득 자애가 넘치는 상냥한 표정의 어딘가에서, 수많은 민심의 의지처가 되어 있다는 세속적인 권위가 어렴풋이 느껴지자, 용서하기 어려운 숙적과 조우하기라도 한 것 같은 기분이 들어, 분노에 치를 떠는 형상으로 바뀌는가 싶더니, 참지 못할 적의에 사로잡혀 잽싸게 '풀의 칼'을 뽑아들고 느닷없이 청동제 불상을 어깻죽지로부터 비스듬히 베어버리려 들었다.

겨냥이 어긋날 수 있는 위치관계가 아니었음에도 불구하고, 헛손질로 끝나고 만 듯한 결과이다.

우아한 자태로 선 아미타여래상은 꼼짝도 하지 않았고, 의연히 모든 죄를 물에 흘려보내고 일체 탓하지 않겠다는 투의 풍정風情을 유지하면서, 마마 자국처럼 생긴 홈으로 뒤덮인 얼

굴 절반에 쉬 지워지지 않을 것처럼 붙어다니는 도발적인 미소를 더욱 진하게 하면서, 오 년 동안 그 슬픔과 그 분노와 그 증오와 그 고독과 그 성장 모두를 차분히 바라보아온 사내아이를 전송했으며,

암울한 젊은이가 아무래도 쓸데없는 징조를 품고 있는 듯한 미래를 향하여 나가는 믿음직한 숨결에 귀를 쫑긋 세우면서도, 결코 그 미래를 투시하는 것 같은 짓은 하지 않았고, 전별의 인사를 살짝 속삭이는 것 같은 흉내도 내지 않았으며,

오랜 세월 신어왔음에도 금방 짠 것처럼 닳지 않는 짚신의 발걸음 소리가 여름 매미의 요란한 울음소리에 빨려 들어가자, 갑자기 입 언저리가 느슨하게 풀리면서, 어두운 표정이 더욱 짙어지더니 크게 반신을 내미는 것 같은 자세로 서서히 앞으로 쓰러지는데,

그러나 아미타여래상 전신이 넘어지지는 않았고, 왼쪽 어깨로부터 오른쪽 옆구리에 걸친 상체만이 빙그르 기우는가 싶더니, 그냥 그대로 흘러내려 자신의 발 언저리에 털썩 낙하했으며, 그 여세를 몰아 지하의 구덩이로 굴러가더니 안면이 또다시 눌러 찌부러졌고, 마침내 허구적인 존재를 방기하지 않을 도리가 없어지면서, 잡동사니의 하나로 전락해버렸다.

아뜩하게 어지러운 해원海原을 앞에 두고 멈춰 선 무묘마루는 지금, 여전히 멀리 드러누운 바다를 상상하며 감동을 받아, 망아의 몸이 되었다.

오감을 총동원해보았자 감당할 수 있을 것 같지 않은, 광채육리光彩陸離*한 펼쳐짐―한없이 이어져가는 금빛 물결과 은빛 물결―무어라 말로 형언하기 어려운 입체적인 번쩍임―감정의 고양을 재촉하고, 각성적인 효과를 발휘하는 푸름 속의 푸름―심심深甚의 가치를 구비한, 소홀히 할 수 없는 수평선―영원히 회귀할 것 같은 위대한 시간의 흐름―맑게 갠 높은 하늘에서 쏟아져 내리는 이런저런 우주의 원소元素―이 세상이 임시 숙소라는 사실을 뒷받침하는, 망망하여 명확하지 않은 분위기.

지성이나 이성과 타협해가면서 마음을 통일할 필요가 대관절 어디 있으랴— 누구에게 내면을 감추려고 하는가— 바라다보는 한, 정의 불가능한, 얼마든지 구가할 수 있을 듯한 무애가 가득 넘치는—하고 싶은 말도 하지 않은 채, 하고 싶은 일도 하지 않은 채 죽어가는 것을 두려워하지 않아도 괜찮은—생은 허망이며, 사도 역시 허망이라는, 묘묘杳杳**한 대공간이 뿌리는 시원시원한 진리—.

이 바다를 근거지로 활동하는 어부나 선원, 게다가 바람의 소문으로 들을 수밖에 없었던, 약탈당하는 측인 대륙의 사람들로부터 왜구라고 불리는 해적의 면면을 떠올릴 때, 참고 기다리는 것 외에는 달리 방법이 없는 인생 따위가 있을 리 없으며, 홀로 분노 속에 남겨질 처지도 없고, 또한 서러움 속에 죽어가는 세월 따위는 일소에 부칠 수 있을 터였다.

즉흥적으로 존재하는 것 같은, 언제 소멸되어도 하등 이상하지 않을 것 같은, 그런 무묘마루는 어느덧 자신도 모르게 소멸하고 있다.

---

*유리는 여러 빛이 섞여 아름답다는 뜻 **멀어서 아득함

악의를 딱 잘라 둘로 나눌 척도를 가지지 않은 바다는, 숨길 수조차 없는 그늘을 간직한 무묘마루를 가만히 내버려둔 채, 완충의 역할을 해내는 파도 소리를 이용하여 졸음으로 꾀어내어, 꾸벅꾸벅 조는 사이에 갈매기의 울음소리가 울결鬱結한 기분을 진정시켜주었고,

얼마 지나지 않아, 크게 코를 고는, 마음이 편치 않았던 지난 오 년 동안에는 도저히 있을 수 없었던 조심성 없는 깊은 잠에 빠져버렸으며, 잊으려야 잊지 못할 과거로부터 풀려나, 내일의 양식 걱정을 덜고, 대단히 추상적인 인격으로 바뀌어가서,

황과 적과 흑의 색깔이 복잡하게 뒤섞인 화려한 모양의 뱀이 배 위를 스르륵스르륵 가로질러 가고, 끄트머리가 갈라진, 화염 모양과 꼭 닮은 혀로 귓바퀴를 슬금슬금 핥아도 잠에서 깨어나지 않았으며, 어쩌면 생의 결정적인 부정否定에 도달할지도 모를 정도의 숙수熟睡에 빨려 들어갔다.

깨어나지 않고 계속 잠을 자는 무묘마루의 꿈을 깨트린 것은, 쨍쨍 햇볕이 내리쬠으로 인한 목마름이다.

흐리멍덩한 의식 속에서, 웬일인지 가슴의 고동 소리가 크게 울리는 것을 깨달았고, 그러면서 미망을 타파할 수 있는 실마리를 잡은 것 같은 기쁨이 가슴 가득 넘쳐 올랐으며, 공허한

정신이 대번에 멀어져가는 것을 느끼자, 자기의 편안함을 더욱 심화시키고 싶은 나머지 바다로 좀 더 다가가고 싶다는 유혹에 빠졌고,

원숭이를 닮은 몸놀림으로 좀 더 낭떠러지 아래로 슬슬 내려가, 만곡彎曲하게 넓어지는, 사람 그림자도 보이지 않는, 유목流木이나 해초나 그 밖의 표류물도 일체 떨어져 있지 않은, 완전무결한 하얀 모래밭의 눈부심 가운데에서 오도카니 홀로 서서, 기분 좋은 열기와 알맞은 습도에 휩싸여 있는 동안에, 난데없이 바다 그 자체에 욕정을 느꼈으며,

바다와 교접하기 위해 발가벗고서, 불쑥 일어선 일물을 선두에 세워 파도치는 물가로 돌진하여, 바다에 모든 것을 바친 다음에는 죽어도 상관없다는 극단적인 사념에 휘둘리면서, 발바닥이 물에 닿자마자 여체를 초월하는 요염한 액체를 향해 훌쩍 몸을 내던졌고, 아직 얼마 헤엄쳐 가지 않은 사이에 그 쾌감이 어마어마한 절정으로 치달았다가, 이내 꺼졌다.

무묘마루가 터트린 깊은 희열의 목소리는, 대 군단이 일제히 투척한 창처럼 하늘 높이 흩어졌다.

거기에 호응하여 여름 한낮이 점점 더 번쩍번쩍 빛났고, 틀림없이 수정受精한 바다는 어떤가 하면, 인간의 여자와는 달리 난리를 피우지도 아우성을 치지도 않았으며, 어디까지나 께느

른한 태도를 유지하면서도 끈적끈적한 흰 액체가 부유하고 있는 주변의 수온을 눈곱만큼 살짝 상승시켜 제 분수조차 모르는 젊은 사내를 환영했고,

이윽고 좀 더 환영하고 싶어져서, 몰려드는 파도와는 반대 방향으로, 다시 말해 난바다 쪽으로 흐르는 빠른 물살의 힘을 이용하여 무묘마루를 순식간에 육지로부터 떼어놓았고, 발랄한, 근골이 늠름한, 탐욕스러울 정도의 구지심求知心*을 감추고 있으면서도 말수가 적은, 그리고 운명에 금이 가는 것을 대수롭지 않게 여기는 젊은이를 통째로 삼키고자 생명의 끈을 홱홱 세차게 끌어당겼으나,

하지만 그 기도는 마지막 한 걸음을 남겨두고 좌절되었는데, 무묘마루가 지쳐서 빠져 죽기 직전에 한 척의 조각배가 엄청난 속도로 다가오는가 했더니, 노 젓는 이가 지금까지 젓고 있던 긴 노를 재빨리 벗겨내어, 쑥 내밀었다.

하늘의 도움이나 다를 바 없는 조력助力을 얻어, 무묘마루의 체력은 여봐란듯이 자신감을 되찾았고, 공황恐慌을 부르지 않은 채 끝났다.

조각배에 기어오르기를 주저한 것은, 노를 따라 시선을 옮겨가니 거기에는 여인이, 그것도 어부의 마누라로는 도저히 여겨지지 않는, 미와 기품을 원숙시킨, 그러면서도 첫 대면이

면서 어딘가 그리움과 친밀함을 느끼게 해주는, 눈알이 튀어나올 만한 가인佳人이 상냥한 미소를 머금고 있었기 때문으로,

여하한 비상사태이더라도 꼴사나운 모습을 드러내어서는 안 될 상대라고 판단한 무묘마루는, 노를 쥔 손을 일단 놓고 조각배의 모서리를 잡으며, 그냥 이대로 해변가로 저어가 달라고 눈짓으로 이야기한 뒤, 파도 사이로 올려다보는 여자의 무엇이든 두려워하지 않는 지성과 늠름함, 혹은 포동포동한 몸 안에 농축되어 있는 요염함, 또 혹은 지금까지 궁지에 몰려 허둥댄 적은 단 한 번도 없었으리라 여겨질 만큼의 대범함을 기쁘게 생각했고,

위태로운 순간에 도움을 받았다는 기쁨보다도, 그와 같은 이성異性과 접촉할 수 있게 된 기쁨 쪽이 훨씬 윗길이었으며, 파도치는 물가가 다가옴에 따라 이 여자라면 아무리 눈살 찌푸려지는 모습이더라도 아무렇지 않게 보여줄 수 있을 것 같은 기분으로 바뀌어, 조각배 밑바닥이 모래밭에 닿아 사각사각 소리를 낼 무렵에는 창피함의 흔적조차 말끔히 사라져버렸고, 여자의 스스럼없는 시선을 충분히 의식하면서, 수컷으로서 하나도 나무랄 데가 없는 전라全裸를 도리어 자랑스럽게 드러낸 채 벗어던진 옷이 있는 쪽으로 당당히 저벅저벅 발걸음을 옮겼다.

•지식을 갈구하는 마음

아까 벗은 의상을 다시 몸에 걸치는 무묘마루에게, 하마터면 죽을 뻔했다는 자각은 전혀 없었고, 따라서 도움을 받았다는 인식도 없다.

영적인 대공간이라 해야 마땅할 바다에 안겨 생을 마감하는 것이라면 본망本望이 아닐까. 차라리 그와 같은 경로經路와 말로末路야말로, 살아가기 위한 초조한 발버둥보다도 보편적인 필연성이 아닐까 하고, 그런 소극적인 의식이 강했던 것은 사실이지만,

그렇다고 해서 바다 그 자체가 자신을 위해 보내준 것이 아닐까 하고 마음속으로 상상하는 미인을 알게 되어버린 지금으로서는, 생과 사의 경계선을 빈틈없이 지키면서 생 쪽에 몸을 두고 싶은 기분이 들었으며,

하다못해 인사 정도는 하지 않으면 안 된다고 여겨, 돈을 가득 담은 자루의 주둥이를 풀면서 뒤를 돌아보니 거기에는 이미 조각배는 떠 있지 않았고, 여자는 또 하나의 반도가 있는 쪽으로 뱃머리를 돌려 군더더기 없는 효율적인 힘의 배분으로 절묘하게 노를 저어갔으며,

화장기가 전혀 없고, 머리 모양만 하더라도 차라리 남자의 그것에 아주 가까우며, 몸에 걸친 옷 역시 여자에게 어울리는 것이라고는 도저히 말할 수 없었으나, 그렇지만 그 뒷모습은 실로 나긋나긋한, 대단히 뛰어난 우아하고 아름다운 여자에

다름 아니었다.

'별의 칼'을 등에, '풀의 칼'을 허리에 찼을 때, 무묘마루의 가슴속에 슈고다이의 저택에서 마주친 저 유녀의 얼굴이 스쳐 간다.

물론 다른 사람이라는 사실은 두말할 나위가 없으나, 생김새도 그렇고, 나이도 그렇고, 경우도 그렇고, 공통되는 점 따위는 하나도 찾아낼 수 없었지만, 어찌된 영문인지 두 사람의 어딘가에 끊으려야 끊어지지 않는 똑같은 무언가가 맥맥이 흐르고 있는 것처럼 여겨짐을 어찌지 못했고,

그 발견과 그 수수께끼에 매료되어서, 여자의 포동포동한 허리를 방불케 하는 형태로 만곡한, 좁다란 해안을 따라 조각배가 향한 반도 쪽으로 발걸음을 옮기면서, 작열하는 태양과 해면의 반사광에 이글이글 태워져, 한여름의 바람에 머리카락을 말리면서 종종걸음으로 나아가자,

그날 그 시간에 홀연히 나타나 궁지에서 구해준, 위태로우리만치 아름다운 유녀와 눈이 마주쳤을 때의, 아니, 그 이상으로 일종의 아련한 그리움이 느껴졌으며, 망은忘恩의 무리로 영락해서는 안 된다는, 하다못해 사의謝意를 표하지 않으면 안 된다는, 그런 구실 아래 제어불능의 들뜬 기분으로 열사熱砂를 밟으면서, 자꾸만 뒤를 쫓아가는 것이었다.

솔토지빈率土之濱*처럼 아주 적적한 분위기를 빚어내는 벽지僻地에 언제까지고 틀어박혀 있을 것 같은, 그런 여인이 아니다.

그렇게 판단한 무묘마루는, 자신의 관심을 끌 핵심을 아직 올바르게 알아내지 못한 채, 열렬한 관심을 기울여 조각배를 추적했고, 빠른 조류에 실려 순식간에 멀어지는 상대를 놓쳐서는 낭패라며 달음박질했으며, 오 년 동안 혼자서 수렵 채집 생활을 보낸 자가 아니면 도저히 지닐 수 없는 지구력을 발휘하여 쉴 새 없이 달리긴 했으나, 곶(岬)의 끄트머리에 다다랐을 즈음, 급기야 상대는 시야 바깥으로 달아나고 말았고,

하지만 그래도 단념하지 않고 그 반도를 이루고 있는 좁다랗고 긴 산의 꼭대기를 땀투성이가 되어 올라가니, 다시금 쫓고 있던 물건을 뚜렷이 시인視認할 수 있었으며,

거기에도 또한 똑같은 규모의 만灣의 풍경이 펼쳐져 있으나, 인상은 크게 달랐고, 그 조용한 바다에는 찻잔을 엎어놓은 것 같은, 유방을 연상시키는 동그란 형태의 작은 섬이 여럿 점재點在해 있었으며,

변비邊鄙**라는 사실에는 하등 다를 바 없어도, 섬들과 바다와 정선汀線***의 절묘한 배치와, 또한 소나무를 위주로 한 나무들이 심겨진 모습에서 무엇이라 형용할 수 없는 색기色氣가 느껴졌고, 독특한 질서가 잡혀 있었으며, 이 구석 저 구석에서 살아 있음을 무상의 환희로 여기는 생명이 북적거렸고, 별천

지로서의 극적인 색깔마저 띠고 있는 것이었다.

육지와 바다를 가리지 않고, 거기에는 얼마든지 취소가 먹혀들 것 같은 시원한 재생 부활의 바람이 살랑살랑 분다.

그렇지 않으면 좋아하건 좋아하지 않건 관계없이 상궤로부터의 일탈이 얼마든지 가능한, 여하한 정의正義에도 우위優位하는 의미심장한 공기와, 극한까지 단순화된 관능과 도취, 게다가 최후의 희망이 넘실넘실 넘쳤으며,

그렇다고 해서 방일放逸한 욕망과 부세浮世의 부패에 몸을 맡기고, 지금을 어찌 살 것인가로 경황이 없는 야비한 대중에게 어울리는 장소라는 이야기는 절대로 아니며,

구태여 말하자면, 인생에 고통을 받은 자가 좋아하는 자기탐닉에 안성맞춤인, 즉석에서 결과를 바라지 않는 지고至高의 혼이 안주하는 땅이라고 할 만했고,

무묘마루는 첫눈에 그 풍경의 포로가 되었으며, 세 개의 낭떠러지를 낙하하여 바다로 곧장 통하는 삼단 폭포를 발견했을 때는, 영원이란 것을 이미 파악했다는 듯한 광경에 자신도 모르게 숨을 삼켰고, 벌써 오랫동안 가슴 밑바닥에 달라붙어 꼼짝도 하지 않았던 감동이 단숨에 치솟아 오르는 것을 느꼈다.

*온 나라의 영토 안 **벽촌 ***해면과 육지가 맞닿은 선

눈동자를 물들이는 육지의 녹색과 바다의 청색이, 결백하게 살아가는 자신의 일신一身으로 점점 침투해 들어간다.

정신을 차리고 조각배 쪽으로 냉큼 시선을 돌린 무묘마루는, 섬 사이를 누비며 해변으로 접근해가는 여자로부터 눈을 떼지 않은 채 급사면을 미끄러져 내려가, 둘 사이의 간격을 순식간에 좁혔고,

그 별세계로 깊이 들어감에 따라 세속적인 유혹에서 멀어져가는 스스로를 절절히 느꼈으며, 이어서 있을 것만 같지 않은 귀속감을 맛보았고, 땅의 일부가 되어 녹아 들어가는 듯한, 착각치고는 너무 생생한 실감에 감싸였으며,

하얀 모래에 뚜렷이 남겨진 맨발의 흔적을 따라서 폭포 쪽으로 향하자, 인공물 따위는 있을 리 없다고 지레짐작했던 장소에, 세 방향이 조그만 동산으로 둘러싸인 양지 쪽에, 난데없이 집이, 그것도 진한 쥐색의 높다란 담벼락을 장방형으로 둘러친 저택이 보였고,

그렇지만 슈고다이의 저택만큼 광대하지도 위압적이지도 않았으며, 또한 대사원大寺院 정도로 장엄하지도 않았고, 암석과 거목처럼 아주 오랜 옛날부터 거기에 존재했었다는 듯이 주변과 잘 어울리는 모습이어서, 아무런 위화감을 던져주지는 않았다.

여닫이로 된 문은 그때까지 꼭 닫혀 있었음에도 불구하고, 여자가 다가가자 가만히 열린다.

문지기는 일단 그럴싸한 차림새를 하고 있었는데, 손에는 창을 들고, 허리에는 짧은 칼을 찼으며, 놀랄 만한 일은 그것이 남자나 동자童子가 아니라, 여자라는 사실을 멀리서도 확실히 알아차릴 수 있었고,

두 사람이 주거니 받거니 하는, 끊어졌다 이어졌다 하는 말과 새된 웃음소리로 볼 때, 두 사람이 동성同性이라는 사실은 의심의 여지가 없었으며, 그와 같은 삶이 잘 어울린다는 점도 확실했고,

너무나 허물없는 태도와, 차림새에 두드러진 차이가 없는 탓으로, 상하관계에 관해서까지는 읽어낼 수 없었으며, 크면서도 그다지 위압감을 느끼게 하지 않는 대문이 다시금 닫힌 다음에도 담벼락 바깥에까지 희미하게 웃음소리가 흘러나왔고, 그것이 온 산을 뒤덮고 있는 매미 소리와 어우러져 한낮이 막 지난 오후의 나른함이 한층 짙어져갔다.

저택 주민들의 생활수단이 무엇일까 하는 것에 대해 상상의 나래를 펴면서, 무묘마루는 단단하게 다져진 땅바닥 위를 걷는다.

어부를 통솔하는 마름이라고 하기에는 조각배가 한 척밖에 눈에 띄지 않았고, 또한 널어놓은 그물도 없으며, 그 무엇보다 생선 비린내나 남정네의 기색이 전혀 떠돌지 않았고, 단속적으로 들려오는 담소는 모조리 여인의 그것이며, 더구나 엉뚱한 상상을 불러일으킬 것 같은 교성嬌聲은 절무絶無했고,

여하한 나쁜 짓이라도 저지르는 건달들의 소굴이라고도, 현재를 주름잡는 쇼군 지배 아래 들어가는 것을 꺼려하는 반골 호족의 근거지라고도, 또한 앞선 전쟁에서 도읍을 적수에게 넘겨주고 말아, 다음 기회를 호시탐탐 노리는 패잔병 사무라이들의 은신처로도 여겨지지 않았고, 도통 아무것도 알아내지 못한 채 불안한 심정으로 좀 더 접근해 가려니까, 드디어 대문 앞까지 다가서고 말았으며,

그렇다고 해서 틀림없이 안에 있을 문지기를 불러낼 용기는 없었고, 어정쩡해진 주된 이유는 스스로가 그럴싸한 차림새를 하고 있지 않은 것 때문인데, 몸에 갖춘 물건 가운데 제대로 남에게 드러낼 수 있는 것은 고작 칼뿐이었고, 나머지는 거지든가 거지 이하였으며, 별견瞥見*한 것만으로 비렁뱅이로 오해를 받아도 어쩔 도리가 없을 만한 꼬락서니였다.

한참 망설인 끝에, 높은 곳에서 저택 안을 들여다보자는 마음을 먹고, 폭포로 이어지는 좁은 길을 따라 올라간다.

가파른 길을 올라가면 갈수록 폭포가 안겨주는 물소리와 멈추지 않는 땅의 울림에 압도당했고, 그래도 매미와 작은 새의 지저귐이 지워지는 법은 없었으며, 물보라와 나뭇잎 사이로 비치는 햇살이 마주치는 곳에서는 작은 만큼 더욱 선명한 무지개가 보였고, 제비 떼가 선뜩한 공기를 가르며 화살처럼 날아다녔으며, 너무나도 깨끗한 울음소리는 그곳이 정토淨土에 필적하는 공간이라는 사실을 단적으로 상징했고,

용소龍沼**에 직접 입을 대고 마시는 물맛과 그 차가움 또한 각별했으며, 이제까지 무묘마루가 마셨던 그 어느 물보다 달콤했고, 그리고 애달팠으며, 목마름보다도 먼저 마음의 갈증을 치유해줄 정도였고, 사방으로 튀는 물방울을 흡수하여 무성하게 자란 초목 하나하나까지가 구제救濟의 짙은 녹색으로 물들어 있었으며,

용소의 물가 일부가 파인 곳 언저리에서 물은 세류細流로 바뀌어 완만한 사면斜面을 타고 흘러내렸고, 다 흘러내린 곳에서 이번에는 토담의 제일 밑바닥 부분에 뚫어놓은 주먹만 한 크기의 구멍을 통하여 저택으로 흘러 들어갔으며, 번쩍번쩍 빛나면서 사행蛇行하여 마시는 물과 빨래하는 물과 측간의 물로 사용된 뒤에, 다른 구멍을 통하여 건너편 숲으로 빨려 들어가는 것이었다.

*흘깃 봄 **폭포수가 떨어지는 바로 밑에 있는 깊은 웅덩이

땀이 완전히 가시고, 온몸의 피로가 단숨에 사라지는 상쾌한 기분을 즐기면서, 무묘마루는 만사萬事에 눈길을 던진다.

어쩌면 괴이한 것에 속고 있지나 않은가 하는 의심이 들어, 뺨을 꼬집거나 손뼉을 쳐보기도 했지만, 주위의 상황에는 아무런 변화가 일어나지 않았고, 사방이 온통 고분고분 마음을 통하게 해주는, 속세를 떠난 짙은 색의 자연이었으며, 평소의 조심성조차 잊어버리고 실컷 편히 쉴 수 있을 듯한, 실로 한가로운 분위기에 충만한 저택이었고,

가지가 낭창낭창한 키 작은 나무들만 심어져 있었으며, 본 적조차 없는 아름다운 가지각색의 화초들이 흐드러지게 피어 있는 정원에는, 색색가지 가금들이 땅바닥을 쪼거나 날개를 퍼덕이거나 알을 낳거나 하고 있었고, 노송나무 껍질로 이은 큰 지붕이 얹힌 건물은 너무나 시원스러웠으며, 기다란 복도를 오가는 자들의 발자국 소리는 한없이 가벼웠고,

그리고 시야에 들어오는 것은 어찌된 영문인지 여인들뿐으로, 그것도 나이가 비슷한 또래들로 보였으며, 다시 말해 노파나 동녀童女의 모습은 전혀 보이지 않았고,

또한 그 여인들의 옷차림에서 두드러진 차이를 찾아낼 수 없었으며, 호화롭지 않으면서 수수하지도 않은, 청결하고, 기품 있는, 활동하기 편한 옷을 걸치고 있었고, 긴 머리카락은 바로 여인의 증거에 틀림없었으나, 어린아이처럼 끈으로 꽉

묶었으며, 그로 인해 있기 마련인 울도鬱陶*한 마음에서는 완전히 해방되어 있었다.

어느 여인이나 다 얼굴과 혈색이 좋고, 허황된 꿈을 품은 눈이나 슬픈 눈을 가진 자는 단 한 명도 발견되지 않는다.

쉴 새 없이 환한 미소가 목도目睹되고, 그 웃음 띤 얼굴의 그늘에 극단적으로 과혹한 처지가 숨겨져 있는 것으로는 도저히 여겨지지 않았으며, 뿐만 아니라 불합리하기 짝이 없는 강자의 감독 하에 놓여 있는 따위의 처지는 전혀 엿볼 수 없었고,

몸을 가누지 못할 정도로 깔깔대고 웃으면서도 각자의 일을 솜씨 있게 처리해 나가는 여인들 사이를 비집고 들어갈 만한 불행 따위는 도무지 상상조차 하기 어려웠으며, 희생을 강요하는 자의 그림자도, 죽음에 이르는 병의 기미도, 한 치의 빈틈도 없는 규정이나, 외부와의 연락이 두절되어버린 숨 막히는 일도, 음습하고 복잡한 인간관계도, 선철先哲의 가르침에 무작정 따르려 하는 견고함도 느껴지지 않았고,

거기에 있는 것은, 사람 사귐을 즐길 뿐인 청순한 유대와, 서로를 찾는 마음과, 정연한 하루하루의 삶과, 흔들림 없는 친밀함뿐이어서, 호기심 어린 눈길을 던지는 무묘마루는 관찰하

*궁금하고 답답함

면 할수록 수수께끼만 더욱 깊어질 따름이었다.

생명의 정精이라는 대역大役을 짊어진 지 오래인 일륜이 제법 기울어졌을 무렵, 무묘마루는 엄격한 양자택일을 요구당한다.

쓸데없는 풍파를 일으키지 않도록, 그냥 이대로 살짝 떠나 버릴까, 그도 아니라면, 수수께끼를 풀자며 저택의 문을 두드릴까, 그 가운데 끼어, 무묘마루는 고뇌에 빠져, 수평선 바로 곁에까지 접근해온 월륜의 기색을 느꼈을 때는 드디어 뜻을 굳혔으며,

위대한 낮과 밤이 서로 자리를 바꾸기 직전에 심정心情을 통해 나온 답을 내렸고, 될 대로 되라며 결연히 문 앞에 서서, 주먹으로 문짝을 두드리면서 외쳐 불렀으며, 가슴을 두근거리면서 반응을 기다렸으나 전혀 대답이 없었고, 아무리 소리를 질러도 반응이 없었으며,

불안의 그림자가 드리우기 시작했을 때 해가 지고, 그러자 여인들의 담소가 한꺼번에 멀어졌으며, 저택이 통째로 사라져 버리는 것이 아닌가 하는 상상이 꼬리를 물었고,

그렇다고 해서 그와 같은 기괴한 일이 일어났느냐 하면 그렇지도 않았으며, 이윽고 저택 안의 등불이 일제히 켜짐으로써 간신히 안도하며 다시 문을 두드리려고 하자, 그것이 갑자기 활짝 열렸다.

거기에 있는 것은 칼을 차고 창을 손에 쥔 문지기 여인 따위가 아니라, 물 건너에서 온 호화로운 비단으로 몸을 감싼 맵시 좋은 아가씨이다.

달빛에 잘 비치는 요염한 차림새의 상대에게 가 닿은 무묘 마루의 눈길이 헤엄을 쳤고, 미리 준비해두었던 말은 송두리째 잊어버렸으며, 게다가 확실히 이국異國의 것으로 여겨지는 언어로 상대가 이야기를 걸어오자 단숨에 눈앞이 아득해졌고,

잇달아서, 역시 요마妖魔 무리의 소굴에 발을 디밀고 만 게 아닌가 하는 공포심이 치밀어 올랐으며, 발걸음을 돌려 달아나려고 했지만 상냥한 손짓을 도저히 거스를 수 없었고,

도리 없이 아랫배에 단단히 힘을 주고 그 초대를 받아들여, 백 년, 천 년을 파도에 의해 미끈미끈하게 갈린 동글동글한 돌이 깔려 있는, 티끌 하나 떨어져 있지 않은 작은 길을 걸어가, 꽃들과 그 향기에 파묻힌 정원을 주뼛주뼛 가로질러 가는 사이에, 어쩐지 번화한 길거리라도 어슬렁거리고 있는 듯한 들뜬 기분이 들었으며,

그러나 경계를 게을리 하지 않았고, 오른손은 칼자루를 꽉 쥐었으며, 언제, 어디서 습격해올지 모르는 적이나, 느닷없이 퍼부어질 화살의 비나, 죽창을 빈틈없이 꽂아둔 함정을 상정했고, 시선은 바람에 의해 풀들이 살짝 흔들리는 것에도 예민해져 있었다.

별안간 위해를 가할 것 같은 기색은 어디에서도 느껴지지 않았고, 갑자기 살기에 감싸일 것 같은 분위기도 아니다.

 당풍唐風*으로 휘어진 합각合閣 구조의 지붕으로 된 건물로 다가감에 따라 안도감이 들었고, 처마 밑에 줄지어 놓여 있는 화톳불과 더불어 튀어 오르는 여인들의 담소는 무묘마루의 경계심을 절반이나 녹여버렸으며,

 조명과 벌레 퇴치를 겸한 화톳불 너머, 굵은 기둥을 아낌없이 사용하여 지어진 튼튼하면서도 우아한 모양의 건물 아래에서는, 스윽 한 번 훑어본 것만으로도 십여 명의, 낮과는 완전히 다른 옷차림의 여인들이 빙 둘러앉았고,

 지금 한창 저녁밥을 먹는 중이었으며, 산해진미가 누구라도 간단히 손만 뻗으면 닿는 곳에 수북하게 쌓였고, 사방팔방에서 잇달아 긴 젓가락이 나오는 색다른 식사 풍경은 무애 그 자체의 색깔로 잘 물들여졌으며, 그것만으로도 이미 태도를 연화軟化시키기에 충분한 광경을 드러내는 것이었다.

 마치 작은 새의 지저귐을 방불케 하는 이국의 언어가 일제히 그치고, 무묘마루에게 슬한 눈길이 쏟아진다.

 그렇지만 그 자리의 모두가 호각互角**으로 어깨를 나란히 한 여인들의 침묵은 결코 싸늘한 것이 아니었고, 그 바람에 어

색한 분위기를 띠지도 않았으며, 그렇기는커녕 누군지도 모르는 괴상한 진객珍客을 환대하는 빛이 모두의 눈동자에 넘쳐흘렀고, 그렇다고 해서 성적인 호기심에서 촉발된 번뜩임은 없었으며,

흡사 무묘마루의 방문을 예기했다는 듯한, 와야 할 자가 사전에 입을 맞추어둔 대로 와주었다고 하는 듯한, 그런 다정함으로 채색된 눈길뿐이었고, 그 평온한 표정에서 의념疑念은 눈곱만큼도 찾을 수 없었으며, 하물며 위험한 함정으로 유인하기 위한 연극 따위는 결단코 아니었고,

그 증거로 무묘마루의 손은 어느 결에 칼에서 벗어나 축 늘어뜨려졌으며, 입은 아무렴 어떠랴는 투의 풍정風情으로 크게 떡 벌린 채였고, 한마디 감사의 뜻을 전하고 싶었다고 하는 방문 취지가 떠오른 것은 한참 시간이 흐른 다음이었다.

자신의 말이 전혀 이해되지 않는다는 사실을 각오하고 대충 용건을 들려준 다음, 공손하게 일례一禮한다.

그러자 그때, 귀에 익은 말이 들려왔다고 여기자마자, 한 명의 여인이 빙 둘러앉은 자리에서 빠져나왔고, 자세히 보니 그녀는 물에 빠져 허우적거릴 때 조각배를 저어와 살려준 여

*중국 스타일 **백중함

인이었으며, 옆으로 다가온 그녀는 충고로써 무묘마루를 만류하려 했는데,

이 근처에서는 제대로 된 잠자리를 확보하기가 우선 무리이고, 어두워지면 광포한 짐승이 수시로 출몰하므로, 하다못해 하룻밤이라도 저택 내에서 지내야 하지 않을까 하고 권했으며,

그런 친절한 이야기의 토씨 하나에까지 진실이 담겨 있음을 알아차린 무묘마루는, 저택 주인의 승낙도 없이 뻔뻔스럽게 신세를 질 수야 없다면서 저택 안쪽으로 눈길을 던졌고,

그렇지만 상대는 공겸恭謙한 태도를 지키면서, 여기에는 주인이라고 불리는 자는 없고, 굳이 말하자면 이 자리에 얼굴을 내밀고 있는 여인 전원이 주인이며, 그 위에 군림하는 자도 그 아래에 엎드린 자도 없다면서, 제법 자랑스럽게, 다시 말해 사내 따위에게는 기대지 않는다는 자부가 살짝 묻어나는 어투로 말했다.

그렇다면 더욱더 머물 수야 없지 않겠느냐고 무묘마루가 대답하고, 즉시 떠나려 한다.

비구니 사찰로서는 쉬 납득이 가지 않는 점이 너무 많았고, 무엇보다 옷차림이나 음식물이나 언어나 태도에서 중 냄새가 도통 나지 않았으며, 그렇다고 해서 이런 숨겨진 마을과 같은 외진 장소에 한결 같이 빼어난 미모의 여자들을 모은 창가娼家

따위가 있을 리도 없었고, 본시 유녀들이라면 늘어뜨린 머리에, 만든 눈썹에다, 이빨을 검게 물들이는 것이 상식임에도 그녀들은 전부 민얼굴 그대로였으며, 이빨은 하얗게 반짝였고, 싱싱하고 건강한 미를 뽐냈는데,

그러니까 수수께끼 풀기는 일단 접어두고 이탈하는 것이 가장 낫다는 답을 내렸으며, 아무것도 보지 않은 것으로 하자면서 좁은 길을 되돌아나가기 시작했으나, 그녀가 이내 뒤쫓아 와서 앞길을 가로막았고, 무묘마루의 허리에 팔을 감는가 싶더니 애원의 빛이 담긴 눈동자로 물끄러미 쳐다보았으며, 쳐다보면서 두 자루의 칼을 허리와 등에서 풀어버렸고,

그렇기는 하나 무장을 해제시켜 바람직하지 않은 짓을 꾀하는 것 같은 대목은 털끝만큼도 없었으며, 칼을 어린 아기처럼 품에 안고 사뿐사뿐 걸음을 옮기면서, 당장은 여로의 피로와 더러움을 털어낸 뒤, 그리고 저녁식사를 하라고 권했고, 어쩔 줄 몰라서 허둥대기만 하는 이방인을 다짜고짜 안내했다.

속사정이 무엇인지 곰곰 따져볼 겨를조차 얻지 못한 무묘마루는, 이제 잠자코 여인의 말을 따를 뿐이다.

인질이나 마찬가지가 된 칼의 뒤를 쫓아서 여인을 따라가자, 창고치고는 상당히 큰, 더구나 꽤 튼튼하게 지어진 조그만 가옥으로 안내되었고, 두 번째 판자문을 열자, 더운 김이 물씬 피어

오름으로써 거기가 훌륭한 증기 목욕탕임을 알아차렸으며,

　여인은 발 언저리에 칼을 나란히 살짝 놓더니, 채종유茶種油를 사용한 등을 켜고, 아직 열을 충분히 간직하고 있는 불에 달군 돌〔燒石〕에 듬뿍 물을 뿌려 신선한 증기를 가득 피어올린 뒤 종종걸음으로 밖으로 나가버렸으며,

　우선 칼이 수중에 남겨진 것에 다소 믿음을 갖게 된 무묘마루이긴 했으나, 과연 이 같은 대접을 순순히 받아들여도 될 것인지 아닌지 헷갈렸고, 마침내 상대의 뜻대로 따라하는 것은 절대로 상책이 아니라고 판단하여, 어쩌면 혹시 갇혀버리는 게 아닌가 버럭 의심이 들어, 시험 삼아 문짝에 손을 대보니 판자문은 둘 다 열고 닫기가 가능했으며,

　웬만큼 기분이 풀어질 즈음, 이번에는 증기 욕탕 전체에 자욱이 끼어 있는, 정욕의 근간에 직접 닿아 있는 것 같은 멋진 냄새가 의식되긴 했으나, 암컷 특유의 고혹적인 향기라는 사실을 금방 알아차리지 못한 것은, 도검 공방에 있던 증기 욕탕에서는 남녀의 체취가 마구 뒤섞임으로써 이취異臭로 바뀌어버리고 만다는 불쾌한 기억에 방해를 받았기 때문이다.

　젊고 싱싱한 여인들의 살갗에서 흘러나온 땀은, 고약한 냄새가 아니라 용이하지 않은 향기로운 냄새, 거기에 빠지다.

　순수하고도 탐미적인 방향芳香은 순식간에 덧없는 이런저

런 불안을 싹 씻어버렸고, 강렬한 관능에 지배된 무묘마루는, 그토록 깊은 조심성을 깨끗이 버렸으며, 칼을 놓아둔 장소조차 확인하지 않은 채, 벌거숭이가 되자마자 증기 속으로 깊숙이 헤치고 들어가, 바로 여기라고 짐작되는 장소에 이르자 미끈미끈한 판자 사이에 드러누웠고,

그러자 거의 순식간에 찰나주의의 권화權化로 화하여, 정신은 점점 결여되었으며, 빈말이라도 이성이 또렷해지는 일은 없었고, 실제로 그 일물—物은 벌써 소유자의 의지를 완전히 무시하는 양상을 띠면서 으뜸가는 번뇌를 깊이 암시했으며, 단연코 분별 따위의 자유가 주어지지 않을 것임을 강하게 드러내었고,

눈이 감긴 마음은 조악한 칼처럼 무디어졌으며, 여인의 부드러운 살갗에 실제로 닿아 있는 것 같은, 이성異性의 죄스러운 샘물에 몸 전체가 빨려 들어가는 것 같은, 혼까지 유혹당하고 만 것 같은, 그런 격변이 전신으로 파급되어, 그것을 오랫동안 즐기고 싶다는 생각을 할 겨를마저 없이, 쾌감에 부수하는 바라지도 않았던 경련이 덮쳐와, 단말마의 비명과도 닮은 희열의 절규를 터트렸다.

잠깐 동안의 생명은, 무궁한 시간의 흐름으로부터 크게 벗어나고 말아, 느릿느릿한 움직임으로 아슬아슬한 경계를 휘청거리며 떠돈다.

증기의 열기와, 허탈감과, 바다에서 받은 감격과, 여로의 피로가 한 덩어리가 되어 무묘마루의 의식을 아득하게 만들었고, 신념이 모호한 자들과 한 패거리가 되어, 고립 속에서 활로를 찾을 줄 아는 인간으로서의 미질美質을 여지없이 빼앗아 갔으며,

오인의 폭풍에 휩쓸렸다고 여기자 꿈과 생시 사이를 끊임없이 오갔고, 혹은 성적인 온갖 상념에 푹 빠져서, 농염한 기분에 격렬하게 좌우되고 육욕에 구워 삶겨서,

진짜로 이루고자 했던 것이 이것이었던가, 여기에 비하자면 다른 원망願望이나 욕구 따위야 아지랑이나 마찬가지가 아니었던가, 독도 약도 되지 않는 목적이지 않았던가 하는, 그런 단순명쾌한 답이 튀어나왔다.

무묘마루가 꽉 끌어안고 맹렬하게 달라붙어 있는 것은, 결코 자기 자신의 고환에서 투영된 그림자 따위가 아니다.

양팔 양다리를 단단히 얽어매고 있는 그 상대는, 육욕에 호응하여 망상이 낳은 여체가 아니라, 확고하게 실태實態를 동반한, 참되고 거짓 없는, 싱싱한 이성異性 그 자체였으며, 분명 조금 전 눈앞에서 모습을 감추었던 그 여인에 다름 아니었고,

그 증거로, 흡사 천녀天女의 속삭임이라도 듣는 듯한 교성과 더불어 뜨거운 혀가 자신의 입으로 미끄러져 들어오는 것

을 또렷하게 알았으며,

　더군다나 상대는 혼자가 아니라 주위에 여럿이 우글거렸고, 그들이 연달아 교대하면서 감겨드는 사이에 능욕을 당하고 있는 것 같은 기분이 들어, 아무리 해도 그 자리를 어름어름 얼버무리고 넘어갈 수 없는, 난륜亂倫이 극에 달한 현실이라는 사실을 인정하지 않을 도리가 없어졌으며,

　그런 한편으로는, 응분의 희생을 치러야 할지 모른다는 식의 걱정이 사라졌고, 아주 인심이 후한, 극락정토를 훨씬 뛰어넘는 대우에 하도 기뻐서 어찌할 바를 몰랐으며, 철저하게 기개가 다 빠져나가는 것이었다.

어지러운 정욕의 날들을 무한히 이어가고 싶다는 절망切望에서 오는 응보는, 목하 어디에서고 눈에 띄지 않는다.

 환희에 충만한 편안한 기분에 사로잡혀 벌써 세 번째 여름을 맞았음에도 불구하고, 열일곱 명의 여인 전원이 비트는 몸놀림, 흥분의 도가니, 절정의 목소리를 세세하게 기억하면서도, 결코 권태에 빠지는 일은 없었고,
 그렇기는커녕 이미 청년기의 한복판에 도달해 있던 무묘마루가 보는 이성들은 언제나 신선한, 음식이나 공기 이상으로 빠뜨릴 수 없는 존재였으며, 매일 밤 한숨 돌릴 틈도 없을 만큼 공세에 시달려도 그것을 당당히 받아들일 힘을 온몸에 철

철 넘치도록 채우고 있었고, 집요한 요구도 싫증내는 법 없이, 기피하는 법도 결단코 없이, 수컷으로서의 멋들어진 면을 얼마든지 보여줄 수가 있었으며,

그런 다음 빙 둘러앉아서 식사를 할 때, 산해진미를 안주로 담담히 술을 마실 때, 그때마다 의기양양하고 우쭐한 고양감에 감싸였고, 지배욕의 어딘가를 자극받아 흠뻑 술에 취하여 침실로 옮겨질 때는, 반영구적인 행복을 붙잡은 것 같은 착각에 빠지지 않고는 배겨나지 못했다.

증기 욕탕에서의 언어도단의 무절조無節操와 연야連夜의 음주가 원인이 되어 몸을 망치는 것 같은 일은 생겨나지 않는다.

누구로부터 강요받는 것이 아님에도, 여인들은 풍요로운 자급자족의 삶을 유지하느라 실로 부지런히 일했고, 밭일을 주로 하는 한편 논농사에도 정성을 쏟았으며, 해변에서는 해초와 조개를 줍고, 강 낚시도 하러 다녔으며, 수제手製의 큰 통에 술과 된장을 담갔고,

더군다나 어느 여인이든 아주 건강하여, 아파서 들어 눕는 자는 물론, 환절기를 맞아 감기에 걸리는 자도 없었으며, 일하는 도중에 입은 가벼운 상처 따위는 약초로 치료해버렸고, 암컷이라는 사실을 알려주는 날조차도 건강하여, 저택 내에는 화기애애한 분위기에 물을 끼얹는 것 같은 일이 절대로 없었으며,

또한 여인들만의 모임에 흔히 있을 법한 음습한 질투가 전혀 느껴지지 않았고, 굴러들어온 이성을 전유專有하고자 하는 욕심에서 비롯되는 말다툼 따위는 들어본 기억조차 없으며, 뒤통수를 치겠다는 공기가 흐른 적도, 십칠인분의 마음에 부자연스런 틈이 생겨나 분열의 위기에 직면한 적도 없었고, 있는 것은 너무나 해맑은 웃음소리와 노랫소리와 교성嬌聲뿐으로,

그렇다고 해서 서로가 스스로를 억제하고 있는 것 같은 기색은 터럭만큼도 없었고, 획일적인 면도 없었으며, 그래서 무의식중에 물건처럼 다루고 싶은 여인은 단 한 사람도 없었다.

두 종류의 언어가 발랄하게 오가면서 융합하고, 의사소통을 정확하게 꾀하여, 서로의 마음이 통하는 역할을 다한다.

무묘마루와 똑같은 언어를 아는 오직 한 명의 여인은, 그로 인해 우위에 있다고는 도저히 여겨지지 않았고, 여느 여인들이나 동등하게 받아들여졌으며, 다시 말해 아무런 차별을 느끼지 못했고, 지배와 복종의 역학관계를 노릴 만한 빈틈을 드러내지 않았으며,

상찬하기에 충분한 그 정신은 단 한 명의 남자인 식객에게도 미쳐, 귀중하고 편리한 애완愛玩으로로밖에 간주하지 않아 무릎을 꿇리려고도 들지 않았고, 반대로 자신들의 위에 올려놓고 받들어 모시며, 통제와 비호를 청하여 안심을 얻고자 하는

기분은 애당초 없었고,

무엇보다 타자에게 기대려고 하는 연약함이 일순간도 얼굴에 드러난 적이 없으며, 더구나 무묘마루가 식객이 될 작정을 한 것은 아니었지만, 그럭저럭 너무 오래 묵었다고, 그렇게 말하면서 이별을 고한다고 하더라도, 붙잡으려는 자는 없었으리라.

객인에서 동거인으로 이행해가는 단계에서, 무묘마루는 조금씩 어떤 종류의 부담을 느끼게 된다.

진종일 빈둥거리며 지낼 수도 없고, 바다와 작은 섬과 산과 폭포와 하늘을 바라보면서 보내는 삶에도 이윽고 진저리가 나기 시작하여, 꿈을 꾸듯 황홀한 기분의 너머에서 영락零落의 조짐이 언뜻언뜻 스치게 되었으며,

그래서 여인들이 교대로 근무하는 문지기 역할을 자진하여 떠맡고 나서자 몹시 기뻐하긴 했으나, 아쉽게도 문지기답게 일할 기회가 도통 주어지지 않았고,

즉 방문자가 단 한 명도 없었으며, 가도로 통하는 좁은 길조차 없는 탓으로 지나쳐가는 행인의 모습도 전혀 보이지 않았고, 이따금 멧돼지나 사슴 무리가 다가올 뿐이며, 그마저도 토담으로 에워싸인 저택으로 침입하는 경우는 아예 없었고, 호기심이 많기로 소문난 원숭이로 말하자면, 어찌된 영문인지

가까이 다가오려고조차 하지 않았으며,

저택 내를 자유로이 드나들고 있는 것은 새들뿐으로, 그것도 밭에 해를 끼치거나, 귀에 거슬리는 지저귐으로 잠을 방해하거나 하는 종류가 아니었고, 드물게 커다란 매가 급강하해 온 적은 있었지만, 그 또한 작은 새를 노린 게 아니라 바깥에서 침입한 뱀을 날카로운 발톱으로 움켜쥐자 즉시 상공으로 자취를 감추고 마는 것이었다.

지루하게 이어지는 과도한 따분함은, 마음을 소모시키고 정채精彩를 잃게 하며, 그 반동으로 초조함을 불러일으킨다.

이곳에서 사는 이들 중 누군가가 다른 지방으로 볼일 보러 가는 모습을 본 적이 없었고, 마치 거기가 세계의 전부이기라도 하듯이, 그렇지 않으면 그곳 이외는 죽음의 세계라고 믿고 있는 것인지, 아름답지만 좁고, 견디기 쉬우면서도 폐쇄적인, 한정된 공간에 진심으로 아주 만족하는 눈치였으며,

거기로 옮겨 살 때까지의 성장 내력이나 경위를 말이나 태도로 슬쩍 드러내는 수는 가끔 있었지만, 자기의 배경을 적극적으로 전하려 들지는 않았고, 또한 장래의 처신이라는, 해답 없는 문제를 고민하는 눈길로 하늘을 올려다보는 적도 없었으며, 불가해한 여인들은 오로지 현재를 즐기며 살았고,

그 바람에, 흡사 그곳만이 인간의 운명을 좌우하는 신불神佛

이 간과해버린 것처럼 여겨졌으며, 적어도 세상에서 완전히 격절隔絶되어, 권력의 영향에서도 사각지대가 된 것 또한 의심의 여지가 없는 사실이었다.

여인들을 본받아 무묘마루 또한 묻지 않고 말하지 않는 자세를 지켜나갔고, 그저 상상과 억단臆斷과 향락에 신바람을 낼 따름이다.

진귀한 모양새와 염색한 의상도 그렇고, 들일에 필요한 이런저런 도구들도 그렇고, 한 아름이나 두 아름의 나무를 벌채할 수 있는 도끼도 그렇고, 숲 깊숙한 곳에서 잘라낸 통나무를 톱질하는 큰 톱도 그렇고, 저택 여기저기를 장식하고 있는 장식물도 그렇고, 그들은 모두가 대륙에서 가져온 물건들임에 틀림없었고, 더군다나 정식 거래를 통해 들여온 것으로는 도저히 믿어지지 않았으며,

실제로 한 명을 빼면 여인들은 이국의 언어로 이야기했고, 별 것 아닌 몸짓에도, 예를 들어 젓가락질 하나만 해도 미묘한 차이가 났으며, 정을 나누는 방법만 하더라도 점잔을 빼거나 소극적이지 않았고, 증기 욕탕에서의 몸부림에 이르면 항상 대담하여 성의 솔직한 표현에 열중했으며, 들일을 잠시 쉬면서 맑은 물로 마른 목을 축일 때는, 저절로 홀딱 반하고 말 만큼 이국 정서가 넘치는 너글너글한 풍채를 자아내었고,

그와 같은 매력의 진수를 철저하게 파 들어가면 수수께끼의 핵심이 드러나리라는 것쯤은 잘 알지만, 무묘마루는 어디까지나 무관심을 가장하면서, 위안거리로서의 방만한 분위기를 끊임없이 풍기면서, 여인들에게 장단을 맞춘 미소를 보내느라 애를 썼다.

아무 짝에 쓸모가 없어진 찰은, 이미 무묘마루의 허리춤에도 등에도 없었고, 둘 다 침실 한쪽 구석에서 나뒹군다.

문지기의 역할을 상징하고, 저택 내에 준비되어 있던 유일한 무기이기도 한 창만 하더라도, 전혀 의미 없는 성가신 도구로 전락해버렸으며,

무묘마루는 아예 문을 떠나 정원 손질을 하게 되었고, 풀 뽑기에서 시작하여 나무들의 전정剪定으로 옮아가, 급기야는 정원석 배치의 흥미로움에 매료되어 본격적으로 덤벼들게 되어, 용소까지 가서 바위산 그 자체를 방불케 하는 잘 빠진 돌을 짊어지고 돌아오는 일까지 생기게 되었을 무렵, 언어가 통하는 오직 한 명의 여인이 달려와, 항의하는 대신 자신이 창을 들고 문으로 가 멈춰 서면서 그 필요성을 몸으로 드러내었고,

그래서 무묘마루는 처음으로 시험 삼아 질문을 던져볼 마음이 우러나, 상대의 맑은 눈동자를 똑바로 쳐다보면서, 그 이유가 알고 싶다는 뜻을 솔직하게 털어놓았으나, 그러나 납득

이 가는 대답은 얻지 못했으며, 여인이 문에는 문지기가 있는 게 당연하지 않느냐는 하나 마나 한 대답으로 얼버무리는 바람에, 그 이상 사정 해명이 진전되지는 않았다.

부슬부슬 줄기차에 내리는 빗속에서, 창을 지팡이처럼 끌어안은 무묘마루는, 앵초의 꽃필 시기가 지난 정원을 물끄러미 바라본다.

마침내 고뇌에 푹 빠져, 스스로 자신의 값을 매겨보기에 이르렀고, 지복至福에서 절망으로 후퇴해가는 흐름을 막아낼 술책을 일체 지니고 있지 않다는 사실을 뼈저리게 깨달았으며, 억누르지 못할 만큼 높았던 의기意氣 따위는 이제 이미 바랄 계제도 아니었고,

급기야는, 아이를 밴 여인이 한 명도 없다는 사실로 해서 종마種馬만도 못한 수컷이 아닌가 스스로를 비하하기에 이르렀으며, 좋은 대접과 비뚤어진 육욕에 져도 괜찮은가 하는 초조감을 느끼면서, 이대로 가다가는 제대로 된 사내라면 누구 하나 거들떠보지조차 않을 존재가 되어,

몸도 마음도 여인들에게 에워싸여, 암컷의 먹이가 되어, 극락이 지옥으로 둔갑하고, 혼까지도 다 닳아 없어지며, 살아가면서도 소멸해버리고 마는 게 아닐까 위구危懼스러워졌으나, 사람을 죽이는 죄 많은 인간이 되는 것보다야 낫지 않을까 하

는 또 한 명의 자신의 목소리에 대꾸해줄 말이 없어서, 그 시점에서는 다른 세계를 갈구하는 의지의 움직임이 완전히 멈춰 버렸다.

심심하면 이것을 읽으라면서 여인이 가져온 것은, 아름다운 가나(仮名)* 문자로 엮어진 책이다.

읽고 쓰기를 할 줄 모른다는 사실을 간파하고서도 권한 까닭은 창피를 주자는 따위가 아니라, 가르치자고 진심으로 마음먹은 데 따른 친절에 다름 아니었고,

실제로 같은 민족으로 여겨지는 그 여인은 오후의 한때를 무묘마루를 위해 제공하기에 이르렀으며, 나무토막을 연필, 땅바닥을 두루마리 종이 대신으로 사용하여 상당히 근기根氣를 필요로 하는 가르침이 시작되었고,

그러자 당초에는 단순한 시간 때우기에 불과했던 공부가, 사흘이 지나자 배우는 기쁨을 불러와, 도구로서의 문자가 익숙해짐에 따라 점점 통찰을 가하기 위한 듬직한 무기로 바뀌었으며, 감정에만 매달려 있던 자의식이 객관성을 띠게 되었고, 그런 만큼 심모원려가 작동하는 횟수가 늘어나, 지적인 발견이 안겨주는 얼굴의 홍조에 이르면 증기 욕탕에서의 그것과 비교조차 되지 않는 높은 차원이었다.

시대에서 시대를 넘어 달려온, 정신의 높이를 유지하기 위해서는 불가결한 수많은 서책들이, 무묘마루의 정신을 더욱 연마한다.

한 권을 독파할 때마다 무묘마루는 사색의 우주로 이끌려가, 가고 오는 계절의 변환이 몹시 빠르게 느껴졌고, 단풍을 누비며 도달하는 달빛의 귀엣말이 확실히 들리게 되었으며, 한자만으로 적힌 서책에도 손길이 뻗자, 무묘마루의 정신은 무르익는 방향으로 꾀어들었고, 그 지성의 씨앗은 두드러지게 성장하여, 마침내 스스로의 품격에 모자라는 약점을 망설이지 않고 명쾌하게 지적하는 것이 가능해졌으며,

그리고 겨울치고는 너무나 온난한 몇 개월이 경과하는 사이에, 제법 장관인 일몰 풍경 가운데에도 하나의 운명으로 맺어진 인연과 정리情理의 힘이 생생하게 느껴지고, 이 세상에서의 존재가 잠깐 동안의 만남이 아닐까 싶은 기분이 들었으며,

그러자 이제까지 가슴속의 절반을 가득 채워온 울굴鬱屈이, 마지막에는 실망으로 끝날 수밖에 없는 얼토당토않은 일뿐이라는 사실을 깨달았고, 우연이 지배하는 세계에서 버둥거려보았자 소용이 없다는 답이 튀어나왔다.

*일본어

춘효春曉˚가 지체 없이 일륜을 되돌리고, 야로夜露˚˚에 흥건히 젖은 풀이 마를 무렵, 무묘마루는 마음의 껍질을 벗어던진다.

만인萬人의 의지를 지배하는 상스러운 도덕 감정에 휘둘리는 법 없이, 번뇌에 대한 복종에 만족하는 법 없이, 적어도 한 개의 독립된 사내로서 독자의 판단을 즉석에서 내릴 수 있게 되었고, 자신이 스스로의 값을 매길 수 있게 되었으며,

그리고 색욕에 귀의하는 삶은 이제 지긋지긋한 기분이 들어서, 안정의 나날이 반드시 바람직한 상태는 아니라는 사실을 알아차렸고, 완전히 궤도에서 벗어나버렸다는 사실을 깨달았으며, 앙망해야 할 미래나, 만강滿腔˚˚˚의 경의를 표하며 대하고 싶어질 만한 상대는, 여기서 이대로 머물러서는 절대로 만날 수 없다는 깊은 확신에 불탔고,

이따금 잘못하는 수가 있더라도, 이따금 악덕과 연을 끊지 못하는 경우가 있더라도, 이따금 다정함이 넘치는 눈길을 잊는 한이 있더라도, 이따금 참화에 휘말려 이러지도 저러지도 못하는 순간이 있더라도, 드넓은 외계를 향하여 과감하게 자기 전달을 시도해보아야 하며, 그것이야말로 살아가는 증거에 다름 아니라는 결의가 시시각각 굳어져가는 것이었다.

짙은 보랏빛 가지 색깔의 대기에 물든 하늘에 불쑥 솟은 달이, 기만적인 웅변으로 무묘마루의 의지를 꺾는다.

구제할 도리가 없을 지경으로 짓무른 색깔의 보름달은, 연면히 이어지는 번뇌의 흉벽胸壁은 난공불락이라고 믿게 만들었으며, 저열한 성향에 근거한 어련무던한 이런저런 속설에 가담하여, 이성理性의 힘을 대수롭지 않게 치부해버렸고, 그렇게까지 자신을 허무하게 하여 대관절 어떤 득이 있느냐고 격렬하게 덤벼들었으며,

 그 바람에 출가 득도하려는 자에 필적할 만한 중대한 결의도 증기 욕탕에 불이 들어갈 무렵에는 잠깐의 연기가 되어버렸고, 한없이 부드러우며, 한없이 뜨겁고, 한없이 기분 좋은 소리를 내는 여체의 바다로 막상 끌려 들어가버리자, 입술을 부르르 떨었고, 콧구멍을 벌름거렸으며, 자신의 이빨 형태나 손톱자국을 남기겠노라면서 경쟁하는 이성에게 스스로를 동화시켜버리자,

 수컷으로서의 확고한 사랑을 과시하지 않으면 안 된다는, 너무나도 원시적인 업業이 강하게 작용했고, 그것이야말로 남녀 사이의 법칙 중의 법칙이 아닌가 하는 확신이 고개를 쳐들었으며, 정신의 움직임에 치명적인 정체停滯가 빚어지면서, 자기 자신을 나무라는 고색창연한 소양素養 따위는 대번에 어딘가로 사라져버리는 것이었다.

*봄날 새벽 **밤이슬 ***가슴속에 꽉 참

철썩철썩하면서 온종일 낭떠러지를 씻는 바다를 졸리는 표정으로 바라보면서, 무묘마루는 침체에 몸을 내맡길 따름이다.

그렇다고는 해도 녹음綠陰에서 위대한 관념론자가 지은 책에 몰입하고 있을 때는, 확 하고 얼굴이 빛나는 일순간이 분명히 있었고, 그 직후에 번뜩이는 시선을 머나먼 하운夏雲으로 옮기면, 불현듯 용기를 북돋우어 숱한 시련에 가득 찬 여로로 전환해가는 의지가 기세를 되찾았으며,

그 찰나만이라도 낙담의 기색이 멀어졌고, 영육의 다툼이 그 형세를 역전시킨 것 같은 착각이 생겨나 기분이 풀렸으며, 오늘은 어쨌거나, 또 설령 내일이 아니어도, 언젠가 머지않아 진로를 바꿀 날이 반드시 찾아올 것임에 틀림없다는 반응을 확연하게 감지했고,

어쩐지 즐거워져 자신도 모르게 손가락을 입 안에 넣고 새된 소리를 요란하게 내자, 떼 지어 날던 갈매기들 사이에 대혼란이 발생했으며, 하얀 새들은 죽음의 춤을 추는 망자亡者와 같은 양상을 드러내면서 뿔뿔이 흩어졌고, 그 우스꽝스럽고 무의미한 광경에 무묘마루는 배를 끌어안고 웃었으며, 실컷 한바탕 웃고 나니 다시금 기울氣鬱의 상태에 빠져버리는 것이었다.

모양만 남은 무딘 창과 금욕을 찬미하는 서책에서 일단 벗어나, 무묘마루는 오랜만에 애도愛刀를 손에 쥐어본다.

들불로 생겨난 쇳덩이를 담금질하여 자신이 만든 '풀의 칼'도, 하늘에서 불길의 꼬리를 끌며 지상으로 낙하한 운철을 소재로 자신을 길러준 아비가 만든 '별의 칼'도, 장기간에 걸쳐 손질을 게을리 했음에도 불구하고 어찌된 셈인지 전혀 녹이 슬지 않았으며, 또한 사람의 피를 맛보고 만 것에 의한, 지워버리기 어려운 음기陰氣 서린 어두움도 나타나지 않았고,

그렇기는커녕 세월이 지난 만큼 저마다 다른 매서움이 더해졌으며, 쌍방 모두 그래봤자 고작 광물에 지나지 않는다고 깎아내리지 못할 생생함을 지녔고, 대담하게 의인화하여도 이상하지 않을 만한 존재가 되어 있었으며,

말끄러미 숙시熟視하는 것만으로 가슴속에 맑디맑은 바람이 살짝 불었고, 엉망진창으로 헝클어졌던 자신의 생각이 슬쩍 하나로 정리되는 것을 느꼈으며, 혼의 격格을 상승 발달시키고 싶다는 광적인 욕구가 치밀어, 그러려면 열화烈火와 같은 생명의 소유자가 되어야 한다는 엄숙한 목소리가 어디에선가 들려오는 것이었다.

어느 칼에나, 인간의 힘으로는 제어할 수 있을 것 같지 않은 의욕과 원대한 의지가, 넘칠 정도로 담겨 있다.

무묘마루는 먼저 '풀의 칼'을 손에 쥐고 머리 위로 쳐든 채, 그다지 도발적인 태도를 취하지 않고 폭포의 물을 상대로 살짝 내려치면서, 안한安閑하고 무난한 삶 그 자체를 베어버리려고 했으나, 잘린 것은 차가운 물보라와 공기뿐이었으며,

그런 다음 '별의 칼'로 바꾸어 쥐고 똑같은 자세를 취해보았으나, 공교롭게 조그만 무지개조차 흔들지 못했고, 눈보라로 인해 쩔쩔 매던 때와 흡사한 황당함과 조바심에 짓눌릴 뿐이었으며, 밤마다 펼쳐지는 술과 성性의 향연을 능가할 만한 기쁨은 어디에서도 찾아내지 못했고,

보편적인 상징이라고 해야 할 걸출한 칼을 제각각 검소한 칼집과 화사한 칼집에 집어넣었으며, 형편없는 목적과 더불어 빈둥빈둥 허송세월하는 범부와 같은 몸놀림으로, 혹은 언제나 화난 표정을 짓는 벽창호 같은 표정으로, 저택 쪽을 향하여 산길을 터벅터벅 걸어가자, 산악지대에 너무 다가선 탓으로 변형된 장대불멸壯大不滅의 일륜이, 오늘의 마지막 빛으로 자부심이 판치는 물질세계를 골고루 비쳐주었다.

잔조殘照 속에서 번쩍 빛난 것은 해변에서 몸을 뒤트는 금파金波은파銀波도 아니거니와, 여인들이 익숙한 손놀림으로 사용하는 풀베기 낫도 아니다.

바다와 저택 사이에 있는 넓은 소나무숲 속으로 조심스러

운 발걸음으로 가로질러 가는 것은 분명히 성인 남자로, 무묘마루는 몇 해 만에 눈에 띈 동성에게 즉시 긴장의 빛을 감추지 못했고, 아무리 한여름이라고는 해도 훈도시 한 장을 달랑 걸친 벌거숭이나 다름없는 이상한 차림새의 타인이 무시무시하게 신경질적인 걸음걸이로 대문을 향해 다가온다는 사실을 알아차리자, 즉각 긴급사태를 직감하여 전속력으로 내달았으며,

가속이 한계에 도달할 즈음 복잡해진 머릿속을 식히면서 적동색으로 햇볕에 그을린 상대를 자세히 관찰하자, 온몸이 흠뻑 젖었다는 사실을 알아냈고, 모래밭에 남겨진 족적을 거꾸로 거슬러 가자 곧장 바다로 통한다는 사실이 판명났으며, 다시 말해 그자가 바다에서 왔다는 사실은 일목요연했고,

그러자 이내, 시선을 바다 쪽으로 던지자마자 엄청난 광경에 간담이 서늘해져 버리는데, 작은 섬과 작은 섬 사이에 걸터앉은 것처럼 바다에 떠 있는 것은 이제까지 한 번도 본 적이 없는 커다란 배로, 대형 어선을 한 다발 묶어도 근방에조차 가지 못할, 대해원大海原을 끝없이 건너가기 위한 굉장한 배가, 바로 눈과 코 앞에서 돛을 접고 정박해 있었다.

살기등등한 반사광이 번쩍인 것은, 바다에서 온 사내가 등에 맨, 이제까지 한 번도 본 적이 없는 모양의 칼을 빼들었기 때문이다.

멀리서도 보통내기가 아님이 드러났고, 기분이 내키면 내키는 장소에서 내키는 대로 악당 짓을 해왔음에 틀림없는, 이국의 영역에서 빈번하게 발생한다는 해적 행위에 발을 담근 무리들의 한 패는, 말을 교묘하게 잘 타는 산적과는 어딘가 다른, 그러면서도 수생 생물과 같은 미끈미끈한 분위기를 풍겼으며,

따라서 어디를 어떻게 살펴도 호의적인 상대가 아니라는 사실은 확실했고, 무언가 쓸데없는 나쁜 짓을 기도하고 있음이 분명했으며, 아마도 저택을 습격하기 위한 염탐 때문에 달려온 똘마니이리라는 것쯤은 파악할 수 있었지만,

그러나 긴박해진 위험을 무슨 수로 저택 내에 알려야 하는가가 문제였고, 다행히 여인들 전원이 점심 식사 후에 하듯이 한숨 쉬느라 담장 바깥으로는 한 명도 나와 있지 않았으며, 제각각 저녁나절의 시원한 바람이 살랑대는 툇마루에 드러누워 편한 시간을 보내는 중이었다.

문지기 역할의 필요성과 중요성이 비로소 납득이 되었다고는 하나, 이미 때늦은 형국이다.

아니, 반드시 그렇지도 않은 듯, 무묘마루 대신 문지기를 맡아주는 여인의 모습이 언뜻 보였는데, 그것은 읽고 쓰기를 가르쳐준 바로 그 여인으로, 더군다나 벌써부터 이변을 눈치챈 모양이었고, 그 증거로 몸을 구부린 채 대문에 난 옹이구멍

에 눈을 붙이면서, 살금살금 다가오는 해적의 모습을 진지하게 살피고 있었으며,

또한 더 자세히 보니 툇마루에 드러누워 있는 다른 여인들의 태도도 약간은 이상했는데, 언뜻 편히 쉬는 것 같은 인상을 던지지만, 사실은 도저히 떨쳐내지 못하는 긴장감을 드러내고 있었으며, 실제로 이따금 목을 빼고 대문 쪽을 살피는 따위의 행동을 끊임없이 되풀이했고,

말하자면 위기에 처했을 때의 마음가짐이 이미 갖추어져 있음이 분명했으며, 필경 가까이 오게 한 다음 어떻게 하겠다는 술책으로 여겨졌고,

그렇지만 그렇다고 해서 무기가 될 만한 낫이나 식칼 따위의 금속물을 숨겨 지니지는 않았으며, 뜻밖에도 문지기조차 예의 그 창을 들고 있지 않았고, 손이 닿을 만한 곳에 숨긴 것 같지도 않았다.

이래서야 여지없이 진다고 여긴 무묘마루는, 무슨 수를 쓰지 않으면 안 된다고 판단하여, 고갯길을 나는 듯이 달려 내려간다.

척후의 역할을 맡은 것으로 믿어지는 똘마니 해적은 어떤가 하면, 의외로 똑똑한 녀석인 듯, 느닷없이 대문을 부수거나 담을 타고 넘거나 하는 거친 행동은 피했고, 슬그머니 모든 체

중을 실어 문짝을 밀쳐서 생겨난 틈 사이로 저택 안을 들여다보면서 신중하게 살피는 눈치였는데,

만약 여인들밖에 없으며, 상대하기 버거운 사내들은 한 명도 없다는 판단을 내리기만 하면, 그 즉시 배로 돌아가서, 밤이 이슥해지기를 기다리지 않고 패거리들과 더불어 대거 몰려와, 그야말로 한바탕 난리법석을 피울 것이 틀림없었고,

그렇게 하도록 내버려둘 수야 없다며, 직무태만을 만회하기 위해서라도 효과적인 대책을 강구하지 않으면 안 된다고 안달이 난 무묘마루는, 무시무시한 기세로 녀석의 배후로 육박했고,

그런데 상대가 지닌 무기가 칼 따위가 아니라, 저것이야말로 옛날 도검 공방에서 수시로 화제가 된 적이 있었던 청룡도에 분명하다고 확신할 수 있는 거리까지 다가갔을 때, 적이 갑자기 뒤돌아보았으며, 반사적으로 맞받아칠 태세를 갖추는가 했더니, 땅바닥을 박차자마자 볼품은 없었으나 중량감 넘치는 박력 만점의 칼을 내리치면서, 예상보다 훨씬 높은 공중에서 덤벼들어왔다.

아차 하여 발도拔刀를 제때 못한 무묘마루로서는, 일단 맨손으로 위기를 모면하는 수밖에 없다.

이번에야말로 인생의 끝장인가 하고 체념하면서도, 청룡도

가 뇌천腦天*을 파고들 아슬아슬한 순간에 간신히 몸을 피할 수 있었고, 큰 도끼를 방불하는 무지막지한 칼날이 모래밭에 깊숙이 처박히면서 불똥이 튀는 것을 노려 다리걸기로 상대를 눕혔으며,

그 조그만 역전을 계기로 날렵한 몸놀림을 잇달아 선보였고, 상당히 불리했던 형세를 마침내 뒤집어버렸으며, 적을 깔고 앉아 상대의 필사적인 저항을 봉쇄하자마자 '별의 칼'을 스윽 빼내어, 칼날의 끄트머리에서 끄트머리까지를 후두부를 겨냥하여 단숨에 휘둘렀고, 왈칵 뿜어져 나오는 핏방울을 피해 얼굴을 돌리면서 대머리를 몸통에서 어려움 없이 잘라내었으며, 바로잡을 길 없는 악과 더불어 수십 년 동안 이어져 내려온 생명 하나를 순식간에 말소했고, 주의에 주의를 기울여 심장을 단번에 푹 쑤셔 도려내면서,

내친 김에 처음 보는 청룡도를 사자의 손에서 빼앗아, 너무나 무겁고 폭이 넓은 데 놀라면서도 내리쳐서, 아직 선혈을 흘리고 있는 신선한 사자의 몸통을 겨냥하여 베었으나, 베는 맛도 나쁘고 다루기도 힘들다는 사실을 알아차리자 휙 던져버렸고, 그 후로는 두 번 다시 흥미를 드러내지 않았으며,

이제 막 사투를 벌인 상대의 얼굴이나 봐두자며 발아래에 구르고 있는 머리를 수박처럼 발로 차서, 벌써부터 빛을 잃어

*정수리

버린 눈초리와 전혀 무반응인 감정을 확인한 다음, 찰나의 순간에 완결시킨 승리의 여운에 젖는 법도 없이, 팔딱팔딱 뛰면서 즐거워하는 법도 없이, 대문 문짝을 힘껏 두드리면서 일몰을 맞았다.

이내 문을 열어준 여인은, 처참한 광경을 바라보고도 전혀 동요하지 않는다.

무서워서 입이 얼어붙은 것이 아니라, 어디까지나 침착 냉정한 태도를 유지하면서, 무묘마루의 성급한 대응에 대해 몹시 나무랐고, 지나친 조치를 취한 것이라는 의미의 한숨을 거듭 몰아쉬면서,

왜 그러느냐고 묻는 무묘마루를 쳐다보며 화가 치민 듯한 말투로 이야기하기를, '모처럼 꾸민 계책이 이로써 물거품이 되었다'고 했으며, 그 뒤를 이은 설명은 일절 없었고, 달려온 동료 여인들과 힘을 합쳐 사체를 소나무숲 속으로 질질 끌고 가서, 거기에 깊은 구멍을 파서 청룡도와 함께 묻어버렸으며, 선혈을 빨아들여 얼룩이 진 땅바닥에 모래를 뿌린 다음 빗자루로 쓸었고,

무묘마루를 이방인 취급하며 멀리했고, 여인들끼리 한데 모이자 이국의 언어로 활발하게 논의를 시작했으며, 서로 이야기를 나누는 사이에 다들 얼굴이 지금까지 단 한 번도 본 적

이 없을 정도로 험악해져 갔고, 짙어지기만 할 따름인 어둠 속에서 귀녀鬼女들의 집회를 연상시키는 것이었다.

신변의 안전을 기하느라 일단 저택에서 도망쳐, 해적이 돌아가는 것을 지켜보다가 돌아온다.

그처럼 가장 무난하게 여겨지는 안이 검토될 낌새는 전혀 보이지 않았고, 상당히 능동적인 결론을 내린 것 같은 여인들은, 즉시 그것을 실행에 옮겨야 한다며 행동에 나서서, 달밤의 해변에 마른 소나무 가지를 산처럼 쌓아올려 불을 질렀으며, 불길을 더욱 높이느라 바싹 마른 유목流木을 던져 넣었고,

그것은 아무리 봐도 앞바다에 정박해 있는 배로 보내는 신호에 다름 아니었으며, 만약 그렇다면 아무리 생각해도 해적들과 적지 않게 기맥氣脈이 통하는 사이로밖에 여겨지지 않았고, 무묘마루는 자신이 도외시되고 있는 사실에 불만을 호소하면서 그것을 따져 물었으며,

가령 신호가 아니라 위협의 의미를 담은 시위 행위라면, 좀 더 화톳불의 숫자를 늘려서 이쪽의 사람 수가 많다는 사실을 알려주는 편이, 그들이 물러나게 만들 가능성을 높여준다고 진언했으나 일언반구도 들어주지 않았고, 또한 그 같은 대처 방법의 이유조차도 말해주지 않았으며,

두터운 유목에 불이 완전히 옮겨 붙어 거대한 화염이 안정

되었을 즈음, 여인들은 한 명을 해변에 남겨둔 채 말없이 종종 걸음으로 저택으로 돌아갔다.

 말이 통하는 여인이 남아주었기에, 무묘마루로서도 그리 간단히 화톳불에서 벗어날 수는 없다.

 부질없는 짓을 했다고 한다면 진심으로 빌고 그 보상도 하겠으며, 이제까지 먹고 지내게 해준 보답으로 몸을 던져 돕고 싶은 심정이라며, 그렇게 말했고, 그 기분은 맹세코 거짓이 아니라고도 이야기했으나, 신경을 바짝 곤두세운 채 바다를 물끄러미 응시하기만 하는 여인의 귀에는 전혀 들어가지 않는 것인지 대답을 들을 순 없었으며,
 어쩌면 숫자에도 포함시켜주지 않는 것인지도 몰랐고, 그렇다고 해서 방해가 된다면서 쫓아버릴 정도의 기색도 없었던지라, 여하튼 예사롭지 않은 사태가 벌어지면 힘을 빌려주리라고 작정했으며, 경우에 따라서는 모조리 죽이는 것도 사양하지 않겠노라고 작심했고, 그만한 의리는 있다면서 몇 번이고 스스로에게 다짐했으며,
 이 세상의 극락이라고 해야 할 식食과 성性의 접대를 받았고, 한없는 쾌락을 실컷 맛보게 해준데다 읽고 쓰기까지 가르쳐준 은혜를 갚는 일이라면, 오늘밤에 죽음을 초래하는 것 같은 일이 생겨도 후회하지 않는다, 또한 마음에 지知의 바람을

넣어준 서책에서 배운 것 역시 굳이 말하자면 그와 같은 일이 아닌가 하고 지레짐작하여, 아직 한 명밖에 모습을 드러내지 않은 강적을, 밤이 되어서도 등불을 켜지 않고 앞바다에 정박해 있는 기분 나쁜 거선巨船을, 똑바로 째려보았다.

불길이 터지는 소리가 훼방 놓는 바람에 다소 시간이 걸렸으나, 틀림없이 배후에서 사람의 기색이 난다.

소나무 한 그루에 한 사람씩 굵은 나무줄기를 이용하여 몸을 숨기고 있었으며, 생김새야 얌전한 여인의 그것이긴 했으나, 그러나 대관절 그와 같은 무기를 어디에 감춰두었던지 몰라도, 전원이 짧은 창과 수렵용이면서도 살상 능력이 대단히 뛰어난 활 가운데 어느 하나로 무장한 채 숨을 죽이며 추이를 지켜보았고,

그런데 불 앞에 당당하게 몸을 드러내고 있는 여인만큼은 바늘 하나 지니지 않았으며, 칼 한 자루를 빌려주겠다는 무묘마루의 제안을 쌀쌀맞게 거절했고, 한층 긴장이 높아지자 사내들의 모습이 목격될 때는 만사 끝장난다면서, 그렇게 말하면서 어딘가로 가서 숨도록 재촉했으며, 어둠 저편에서 여러 개의 노 젓는 소리가 들려오기 시작하자, 어안이 벙벙해져 있는 무묘마루의 등을 와락 밀면서 다시 재촉했고,

그때서야 사정을 절반 가량 이해한 무묘마루는 서둘러 화

톳불에서 떨어졌으며, 다른 여인들을 흉내 내어 소나무 그늘에 숨은 뒤, '풀의 칼'을 뽑아 달빛에 비치어 들통나고 말지 모를 시퍼런 칼날을 등 뒤로 감추고, 조각배에 분승하여 쳐들어오는 적을 기다렸다.

조각배의 수효는 단 네 척으로, 더구나 인간보다 짐 쪽이 훨씬 많다는 사실이 분명히 드러난다.

더 가까이 해변에 접근해오자 정확한 인원수가 판명나, 노 젓는 네 명 외에는 오직 세 명밖에 없었고, 세 사람 가운데 한 사람은 멀리서도 늙은이라는 사실이 드러났으며, 그 노야老爺를 따르는 두 사람도 진즉 젊은 시절이 지났음을 몸매에서 알아차릴 수 있었고,

무장을 했더라도 고작 칼을 손에 쥔 정도이지, 창이나 활이나 철포 따위는 어디에서고 눈에 띄지 않았으며, 투구는 물론 히타이아테나 하라아테도 차지 않았고, 다시 말해 습격의 의도가 전혀 없을뿐더러 신용하고, 안심하고, 방심하고 있음에 분명했으며,

성급한 이야기인지 모르나, 녀석들만을 상대로 싸운다면 이쪽이 압도적으로 유리할 것이며, 조각배의 밑바닥이 모래를 사각사각 긁으면서 움직임이 멈출 때를 노려 마구 화살을 퍼붓고, 그런 다음 파도에 발을 담근 채 상륙해오는 순간 일거에

습격하면, 비록 여인들뿐이라고 해도 질 리 없다는 판단을 무묘마루는 내렸고, 설사 막상 그럴 때가 닥쳐 여인들이 공포에 떨면서 살육을 포기해버린다고 하더라도, 빈틈을 보이지 않도록 움직이면 혼자서도 적 일곱 명의 사명死命을 제압하는 것쯤이야 가능하지 않을까 하는 자신이 용솟음쳤다.

비범한 의지의 힘을 뚜렷이 자각한 무묘마루는, 자기를 버리려고 작정한 기세 좋은 고양감에 젖는다.

주위는 드디어 거무칙칙한 살벌함에 지배되어갔으나, 조각배에 분승하여 다가오는 해적들은 여인들이 숨어서 기다린다는 사실 따위는 꿈에도 모른 채, 뿐만 아니라 오랜만의 전투 없는 상륙에 제법 신바람이 난 것처럼 보였고, 이따금 주고받은 짧은 대화는 모두가 들떠 있었으며,

해변 근처의 얕은 바다에 닿은 조각배를 물가에까지 밀어붙이는 노 젓는 자들도, 대량의 짐과 함께 해변으로 접근하는 나이든 사내들도, 바닷바람에 그을린 호탕한 목소리로 웃었고, 질 낮은 욕망을 통째로 드러낸 그 웃음소리는 교정 불능인 악을 끝없이 상징하여 주변의 공기를 획 바꾸어버렸으며,

활시위를 잡아당길 때의 팽팽한 소리가 여기저기에서 조심스럽게 들려오자, 기습을 펼칠지 모르는 우리 편의 이만저만이 아닌 각오가 마음 든든하게 전해져와, 여인들의 실전 능력

에 대한 의심이 대번에 날아가버렸다.

중국풍의 호사스러운 의상을 걸친 노인의 관록은 예사롭지 않아, 보름달의 기세를 제압하고도 남는다.

그렇다고 해서 존경스럽기만 한 거한巨漢이라는 뜻은 아니고, 또한 원념怨念의 그림자를 미간에 새긴 괴이한 모습이라는 뜻도 아니며, 오히려 몸집 작고 유화한 얼굴의 마음씨 좋은 노인이라는 느낌의 인물이었음에도 불구하고, 그 일거수일투족에서 뿌려지는 위엄은 비범하기 이를 데 없었으며, 화톳불에 다가선 것만으로 꺼져가던 불길이 다시 타오를 정도였고,

획득욕獲得欲의 권화權化와 같은 노인을 목격한 무묘마루에게 엄청난 전율이 휘몰아쳤으며, 어쩌면 이 사내야말로 전설이 되어 동네방네 이야깃거리에 오르는, 스스로를 해적 대장군으로 자칭하면서 대선단을 이끌고 대륙의 풍부한 항구와 무역선을 습격하여, 물건뿐 아니라 때로는 인간까지 붙잡아 노예로 팔아치운다는 왜구의 두목이지나 않을까, 아니, 그런 게 틀림없다는 결론을 내렸고, 그런 자가 상대여서는 결사의 돌격도 대번에 반격당하고 마는 게 아닐까 하고 순식간에 맥이 풀려 저절로 눈을 아래로 깔았으며,

제정신을 되찾은 다음, 그런데 여인들은 어떤가 하고 주위를 둘러보니, 아니나 다를까, 그래서 그런지 의기가 사라져버

린 것처럼 여겨졌고, 활시위에 팽팽하게 담겨 있던 살기가 반감되었으며, 생기를 잃어가는 옆모습이 달빛과 화톳불 불빛에 여지없이 드러났다.

노 젓는 자와 직속 부하들이 짐 부리는 작업을 하는 사이에, 노인은 마중 나온 여인의 어깨를 끌어안고 재회의 기쁨을 나눈다.

여인은 매력 있게 웃으면서 왜구의 두목으로 여겨지는 사내에게 오랜 노고를 위로하는 말을 했으며, 혹은 이날이 닥쳐오기를 얼마나 목을 빼고 기다렸는지 모른다며 콧소리로 속삭였고, 여생을 조용하고 편안하게 지낼 만반의 준비가 갖추어졌다는 뜻을 자신 넘치는 말투로 몇 번이나 고했으며,

그러자 바다의 패자覇者는 찰과상 하나 입지 않고, 폭풍에 의해 바다 밑으로 가라앉는 일도, 이국의 관리들 손에 떨어져 맞아죽는 일도 없이, 유능한 후계자에게 뒷일을 맡기고 무사히 철수할 수 있어서, 황제나 마찬가지로 분에 넘치는 은자隱者가 될 수 있다는 기쁨을 전하는가 싶더니, 갑자기 여인의 혀를 빨며 가슴을 마구 주물럭거렸고,

오랜만의 달콤한 만남이 일단 성공한 것처럼 비치긴 했으나, 거괴巨魁*의 흉중은 짐작조차 못하며, 실제로는 순식간에

*거물인 괴수

위험한 모든 상황을 간파하고 있는지도 몰랐고, 당장은 속는 척하면서 상대에게 장단을 맞춰주는 것뿐으로, 이제 곧 수수께끼를 던지는 듯한 말투로 시작하여 은혜를 모르는 배신자 전원에게 그에 상응하는 엄벌을 내리자는 속셈을 감추고 있는지도 몰랐다.

늙은이와 여인의 관계를 알아버리고, 대륙의 진귀한 물건들이며 산더미 같은 재보財寶를 목격한 무묘마루는 숨이 막힌다.

이제는 자신이 나설 자리가 어디에도 없고, 뿐만 아니라 오히려 일각이라도 어서 이곳을 떠나지 않으면 안 되는, 이곳 여인들의 노리개로서의 역할은 벌써 끝이 난, 그다지 보탬이 되지 않는 존재라는 사실을 절절히 깨닫게 되었고, 별안간 마음이 조급해져, 지금이야말로 몸을 뺄 때가 아닐까 하고 고민했으나,

그렇다고 해서, 만약 그렇다고 한다면, 지금의 이 잠복에는 대관절 무슨 의도가 있는가 의심하지 않을 도리가 없어져, 실은 벌써 오래전부터 기도해온 반역이며 봉기가 아닐까 의아스러워졌고,

다시 말해 자신들에게는 받들어 모실 가치가 있는 주인 따위는 일절 무용하다는 답을 내렸으며, 여인을 계속 우롱하는 사내에게 알랑거릴 만큼 알랑거린 다음 단숨에 그 입장을 뒤

엎어주고, 장애물을 말살해버려, 여태까지 쌓아 지켜온 현세의 정토$_{淨土}$라고 말하지 못할 바도 없는 세계의 하나부터 열까지를, 모조리 내 것으로 만들어버리자며 가만히 기회를 엿보아, 그날 그때가 오기를 인내심 강하게 기다리면서, 일 년 내내 문지기를 두고, 밤새 등불을 켜온 것도 다 그 때문이 아닐까 하고, 그렇게 추측하는 것이 타당했다.

짐의 반입은 우리에게 맡겨 달라면서, 여인은 수하의 인간들을 그 자리에서 바다로 돌려보내려고 한다.

밤도 늦었으며, 바닷물의 흐름도 바뀌려 하고, 두목도 오랜 해상생활로 피로가 쌓여 있을 것이며, 급작스러운 일이라서 잔치 준비도 미처 못했으니까, 오늘은 일단 이쯤해서 끝내자는 말을 남기고, 노인은 껴안듯이 하면서 해변을 뒤로하는데,

그러나 그때 노 젓는 자들이 안부를 염려하여 입에 올린 이름은, 필시 선발대로 보냈던 바로 그 정찰역의 사내임에 분명했고, 아직 배로 돌아오지 않은 녀석이 지금 어디에 있을까 하는 의심이 순식간에 부드러운 공기를 가라앉히고 말았으며,

그러자 여인은, 노인의 손을 살짝 쥐고 유방에서 떼더니, 옷깃을 여미면서, 미리 준비해두었던 것으로 여겨지는 변명을 시작하는데, 그 척후는 신호의 화톳불 준비를 마치고 나자 어느 결에 모습을 감추었고, 산으로 일하러 갔다가 돌아온 자의

이야기에 따르면, 반도의 남쪽으로 통하는 비탈길을 도망치듯이 기어 올라가는 것을 목격했다고, 그렇게 물 흐르듯한 말투로 이야기했다.

동료의 탈주라는 느닷없이 생겨난 배신에 대해, 해적들 사이에서 한바탕 활발한 의견이 교환된다.

바다야말로 안주의 장소라고 큰소리치던 자가 육지생활에 미련이 남았으리라고는 믿어지지 않는다—아니, 사람의 기분은 변하기 쉽고, 실제로는 훨씬 이전부터 호기를 엿보았을지 모른다—그렇다면 지금까지 부지런히 모은 돈을 가지고 갔을 게 아닌가—그런 무거운 물건을 등에 지고 수영할 수는 없지 않았을까—땡전 한 푼 없는 몸으로 육지에 올라가보았자 굶주려 말라죽을 것임은 불을 보듯 하다—, 산적이 해적은 되어도 해적은 산적이 되지 못한다—왜냐하면 해적은 깊이 잠든 때를 노려 습격해오는 추격자에 익숙하지 않으니까—,

돈이니 하는 것보다 누구로부터도 지시를 받지 않는 무애가 절실하지 않았을까—고작 일 년에 몇 번밖에 품어보지 못하는 여자에게 매일 밤 욕심이 난 게 아닐까—바다는 넓지만 배 안이 쥐구멍처럼 좁아서 지긋지긋해진 게 아닐까—아무리 거친 세상이더라도 흔들리지 않는 침상이 그리워진 게 아닐까—죽을 때는 흙에 묻히고 싶다고 바랐던 게 아닐까—,

그와 같은 추량推量의 이야기들은 단적으로 말해서 해적 모두에게 공통으로 정착한 원망願望이며, 부정하기 어려운 본심임에 틀림없었고, 실제로 패거리들의 두 눈이 꿈과 희망으로 가득 차는 일순이 있었으며, 홀연히 사라진 동료로 인해 넋을 놓고 이런저런 상상을 하는 일순이 분명히 있었던 것이다.

수하들의 동요를 재빨리 찰지한 노련한 두목은, 최후의 명령으로서 육지에서의 잔치 중지를 단호하게 명한다.

이별의 잔치는 배 위에서 사흘 밤에 걸쳐 연 것으로 충분하며, 자신의 뒤를 이을 자의 사기에 지장을 초래해서는 안 되니까, 또한 다행히 배 안에는 물도 식량도 충분히 보급되어 있으니까, 당초의 미련스러운 계획은 취소하고, 지금 여기서 결별해버리자고 말하면서,

아직 수명이 긴 너희들에게는 남겨진 일이 얼마든지 있고, 주변 바다에서 이름을 떨치고 그 용맹함을 근린제국에 떨쳤다고는 하나, 무한히 너른 바다 전체에서 보자면 극히 일부의 영향력에 지나지 않으며, 구우일모九牛一毛 정도의 해역에서 제아무리 설쳐본들 어린아이들의 힘자랑이나 그리 다를 바 없으리라고 단정했으며,

인간의 일생은 너무나 짧고, 이 나이가 되고서야 그런 사실을 절절히 깨달았으며, 헛되이 보내온 세월이 얼마나 많았는

지 후회스럽기 짝이 없고, 하다못해 천축天竺*의 바다까지는 제패하고 싶었으나, 눈 깜짝할 사이에 오늘을 맞고 말았다고 이야기하면서,

자신은 이미 그림자가 옅어져 갈 따름인 일개 늙은이에 지나지 않고, 앞으로는 병고病苦의 해협과 고독의 난관을 통과할 뿐으로, 그다음에 기다리고 있는 것은 지옥과 직결된 죽음의 세계밖에 없다고 말했다.

바다로 돌아가는 자와 육지에 남는 자라고 하는, 실로 단적이며 이해하기 쉽고, 그리고 깔끔한 금생의 이별이다.

해안에 올려진 네 척의 조각배가 바다로 되돌려지고, 세상을 마주할 낯이 없는 현역 왜구로 되돌아가는 여섯 명의 사내는, 흔들리는 발판을 얻는 순간 내적인 이완弛緩을 떨쳐냈으며, 활동범위를 넓히기 위한 야만의 의기意氣를 단숨에 끌어올려, 화상을 입을 만큼 뜨거운 상상을 천축 바다로 뻗치면서, 그 너머에는 짐승의 마음을 한없이 매혹시키는 낮과 밤이 줄지어 늘어서고, 엄청나게 다른 인종이나 문화나 습관이나 풍속이나 신들로 꽉 들어찬 호기심의 세계가 무수히 점재한다는 사실을 떠올려 가슴이 두근거렸으며,

다른 한쪽, 즉 속세와 격절된 아름답고도 좁은 공간에 자기 자신을 칩거시키고, 한없이 펼쳐온 비도非道의 적악積惡에 의

해 모은 재물과 수집蒐集한 너무나 아름다운 여성들에게 에워 싸여, 거친 마음을 여봐란듯이 부드럽게 만들어, 살그머니 안온한 생애의 막을 닫으려고 하는 늙은이는 어떤가 하면, 바로 조금전까지 그토록 뽐내던 관록과 위엄을 모조리 홱 벗어던졌으며, 거드름을 피우던 말씨도 그쳤고, 마음속으로 엉큼한 생각을 품고 요염하고 아리따운 여인에게 노체老體를 기대면서, 충성심의 덩어리였던 자들에게 손을 흔드는 그 꼬락서니는, 갓난아기의 숨결 한 번에도 넘어지고 말 것처럼 흐느적거렸고,

조각배가 제대로 파도를 타고 노 젓기가 수월해지면서 양자兩者의 간격이 확연하게 벌어지기 시작하자, 소나무숲을 가득 채웠던 긴장이 제법 누그러졌으며, 활이나 창을 손에 쥔 모습의 여인들이 조심스레 뱉어내는 한숨 소리가 바다가 내는 소리를 누비고 귀가 예민한 무묘마루에게 뚜렷하게 들려왔다.

남은 것은 허리에 찬 조그만 칼을 뽑을 수 있을지 없을지조차 의심스러운, 비실비실 대는 늙은이 단 한 명이다.

그러자 그때, 별안간 흔들릴 리가 없는 지면地面이 해면海面처럼 흔들리기 시작했고, 너무나 진폭이 큰, 아주 헐거운, 한

*현재의 인도를 가리킴

가롭다고 표현해도 하등 이상하지 않은 흔들림 탓으로, 그것이 지진이 안겨주는 흔들림이라는 사실을 알아차릴 때까지는 제법 시간이 걸리긴 했으나,

그래도 예상보다 몇 배나 길게 이어지면서, 더구나 흔들림이 차츰 세어져서, 소나무 가지까지 근들근들 흔들리기에 이르자 과연 낭패가 전염되었고, 여인들은 긴박한 현상을 잠깐 동안 잊어버렸으며, 어떻게 되는가 하고 서로의 얼굴을 쳐다보면서 사방팔방으로 시선을 던졌지만, 지진의 힘도 결국은 거기까지여서, 얼마 지나지 않아 진정화의 방향을 향하여 대지가 신뢰를 회복하자, 숨소리마저 죽이고 위축되어 있던 노인이 불쑥 무기적無機的인 고함을 질렀으며,

그러자 배에서 배로, 배에서 육지로 의사를 전하느라 오랜 세월에 걸쳐 단련한, 잘 배양된 해적 특유의 목소리는, 아직 그리 멀리 가지 않은 조각배가 있는 곳까지 쉽사리 닿아, 여섯 명의 수하가 일제히 얼굴을 해변 쪽으로 되돌렸다.

지면이 크게 흔들리고, 소나무까지 흔들리며, 창과 화살촉과 칼까지도 흔들려, 달빛을 받아 난반사한다.

그로 인해 이제 막 이별을 통고했던 두목이 터트린 절규의 의미를 즉각 이해한 수하들은, 절대 복종의 나쁜 버릇에 따라 서둘러 뱃머리를 다시 해변 쪽으로 돌리더니 전력을 다하여

노를 저었고, 직속 수하였던 나이든 두 명은 잽싸게 칼을 뽑아, 적을 위협할 때의 동물적인 으름장을 놓으면서 돌진해왔으나,

그러나 유감스럽게도 뜻하지 않은 일로 인해 비밀이 들통나고, 모처럼의 고심이 물거품이 되어버린 데 따른 여인들의 동요는, 해적들이 얕은 해변 가에 조각배를 끌어올리기 전에 진정되었으며, 서로 크게 외치고 질타 격려함으로써 이내 응전 태세를 갖추었고, 화살을 매긴 활시위는 팽팽하게 당겨졌으며, 창은 언제라도 찌를 수 있도록 창끝을 일렬로 나란히 세웠고,

그러는 사이에 무묘마루는 전력으로 질주하여, 여인의 팔에서 빠져나가려고 필사적으로 버둥거리면서 허리에 찬 칼의 손잡이에 손을 대고, 무슨 수를 써서든 그것을 뽑으려 하는 늙은이에게로 달려갔으나, 막상 베어버리려고 하기 직전에, 그 자는 별안간 얼이 나가버린 상태에 빠져들어, 맥없이 풀썩 주저앉더니 그냥 그대로 축 늘어져버렸다.

여인은 숨겨두었던 단도短刀로 장년長年의 후원자이자 억압자였던 노인을 마구 찌른 뒤, 다음의 적에 대비한다.

적을 충분히 다가오게 만든 작전이 주효하여, 한꺼번에 쏜 화살의 절반은 겨냥한 목표에 명중했고, 두 번째 화살, 세 번

째 화살 또한 상당한 전과를 올려, 치명상을 입혔는지 아닌지는 어쨌든, 여섯 명 가운데 네 명까지가 제대로 움직이지 못하게 되었으며, 남은 두 명 역시 예상외로 적이 강하다는 사실에 깜짝 놀라 벌벌 떨었고, 한 명은 동료의 응원을 구해야 한다는 듯 모선母船으로 돌아가려 했으며, 나머지 한 명은 거의 자포자기가 되어 바다로 뛰어들어 허리춤까지 물에 잠긴 채 무턱대고 돌진해왔으나, 즉각 여러 명이 일제히 겨눈 창의 절묘한 먹잇감으로 변하고 말아, 전신에서 피를 뿜으며 구멍투성이의 뱃가죽을 아름다운 밤하늘을 향해 드러낸 채 한동안 둥둥 파도에 떠 있었고,

무묘마루는 어떤가 하면, 화살을 맞아 조각배의 뱃전에 매달리는 게 고작인 부상자들이 있는 곳으로 헤엄쳐 가서, '별의 칼'을 거꾸로 쥐고 잇달아 네 명을 결단냈으며, 그런 다음 조각배에 올라 달아난 한 명을 뒤쫓으려 했으나 노 젓는 방법을 잘 몰랐고, 어깨너머로 바라본 기억을 더듬어 어설프지만 간신히 노를 젓게 될 즈음에는, 상대가 이미 단념하지 않으면 안 될 만큼 멀리 가버리고 말았다.

한층 악화된 것처럼 여겨지는 사태와, 현실을 대표하는 선혈을 눈앞에 두고, 능력 이상으로 활약한 여인들도 어쩔 도리 없이 망연자실의 모습이다.

반격당하기 전에, 동료의 복수를 위해 해적들이 떼 지어 몰려오기 전에, 내륙 깊숙이 달아나는 수밖에 없다는 무묘마루의 끈질긴 설득도 무위로 돌아가고, 가치 있는 충고에 전혀 귀 기울이지 않았으며, 뿐만 아니라 마치 그 자리에 존재하지 않는 것 같은 취급을 당했고, 조금전의 분전奮戰에 대한 감사의 인사조차 받지 못하는 가운데, 여인들은 여전히 피비린내 나는 해변에서 꼼짝도 하지 않고 위기 모면의 변변찮은 승리에 도취되어 있었으나,

잊어버릴 뻔했던 앞서 발생한 지진의 여진을 느끼자마자 현실로 되돌아와, 불길이 잦아든 화톳불 옆에 빙 둘러서서 다시금 논의의 원을 그리면서, 이국의 언어에 의한 평정評定이 시작되었고, 반드시 맞아야 할 역습에 어떻게 대처할지를 의논했음이 분명했으나, 무기를 손에 들고 궐기하여, 물건이나 다름없는 가치밖에 인정할 수 없었던 사내들을 피의 축제의 제물로 삼았다는 사실로 해서 그 말투는 이미 여인의 그것이 아니었으며, 누구의 얼굴이나 다 굳은 신념에 의해 목숨을 건진 사실로 인한 부동의 표정을 나타냈고,

특히 왜구의 두목을 처단했을 때 튄 피를 흠뻑 뒤집어쓴 여인의 눈초리는 창보다 날카로웠으며, 위세 좋게 떠들 때마다 더욱 번뜩거리더니, 마침내 그때까지 각양각색이었던 의견을 하나로 정리하기에 이르렀다.

손쉬운 탈출이 아니라, 목전의 사실을 조목조목 따져본 다음 그냥 머무르기로 결정 내린 여인들은, 아무래도 철저 항전의 태세이다.

그리 쉽게 생각해서는 이기지 못할 뿐만 아니라, 다음에는 싸움의 태세를 갖추기도 전에 분쇄되고 말며, 설령 견고한 성채에 틀어박힌다고 하더라도 지금의 인원수로는 도저히 맞붙을 수 없다는 무묘마루의 진지한 건의는 전혀 먹혀들지 않았고, 완전히 무시당해도 여전히 도망치는 것 외에 살아남을 방법이 없다는 사실을 거듭거듭 강조했으나,

하지만 너무 만심慢心한 여인들은 완강하게 거부했고, 흡사 달리 안주의 땅이 없다는 듯이 계속 버텼으며, 사수死守를 결단했고, 제정신으로 내린 것으로는 여겨지지 않는 각오를 드러내는 눈동자는 화톳불과 달빛에 젖었으며, 그 시선의 끝을 더듬어 가보니, 허둥지둥 달아났던 한 명의 수하가 가져온 얼토당토않은 비보를 접한 뒤, 해적선이 벌겋게 등불을 켜 비상소집을 내리고 반격의 준비로 갑판을 우왕좌왕하는 자들의 그림자가 선명하게 보였고,

그래도 여인들은 겁먹지 않았으며, 유체遺體에서 칼을 빼앗아 같은 편의 무기로 삼았고, 몸통에 꽂힌 화살을 뽑아 다시 써먹을 준비를 하는 그 얼굴 표정에 이르러서는, 함께 기거해 온 지난 몇 년 동안 처음 보는 생뚱맞은 표정이었으며, 무묘마

루는 마치 전혀 다른 집단을 대하는 것 같은 착각에 사로잡혀 무슨 수를 써도 아무 소용이 없음을 통감하면서, 이런 경우에는 단념하는 수밖에 달리 방법이 없다는 답 쪽으로 기울어갔다.

떠나기 전에, 하다못해 십정의 요구에 따라 조금이나마 힘을 빌려주는 것이 인의仁義가 아닐까.

시든 소나무 가지와 마른 유목을 잔뜩 긁어모아 해안선 여기저기에 불을 나누어 피웠으며, 그 숫자를 점점 늘여가면서, 무묘마루는 다시금 방심放心으로 되돌아가버린 여인들의 침묵을 이용하여, 이 화톳불은 적의 눈을 속이기 위한 공작이라고 설명했고, 이쪽 인원수를 정확하게 파악하지 못한 저쪽은 해안에 늘어놓은 불의 숫자를 중요시하여 작전을 세울 것임에 틀림없으며, 다시 말해 많으면 많을수록 복수심이 후퇴하기 마련이고, 이미 은퇴한 두목과 불과 몇 명 되지 않는 동료를 애도하는 싸움 따위에 목숨을 거는 어리석음을 깨닫지 않을 리가 없다고 설명해준 다음,

이 다음다음쯤에 '해적 대장'의 지위가 자신에 돌아올 것을 즐거운 마음으로 기다리는 간부 무리는, 뜻하지 않은 사태의 전개에 내심 웃음을 금치 못할 것이고, 그 변덕스러운 충성심은 타산打算으로 가득 차서 이게 웬 떡이냐면서, 이것은 쇼군의 명령에 의한 토벌작전이며, 사무라이 집단의 대규모 매

복에 틀림없다는 결론을 내릴 것이고, 복수는 뒷날로 연기하고 지금은 일단 후퇴하자면서, 막부幕府의 선단船團에 포위당하기 전에 돛을 올리고 난바다로 나가기를 진언할 것이라고 말하면서,

잘만 되면 밤이 새기도 전에 먼 외해外海로 사라질 것이고, 이곳은 두 번 다시 접근해서는 안 될 위험지대로 영구히 경원敬遠할 것이라는 무묘마루의 제법 그럴싸한 예측이 마침내 여인들의 가슴에 가 닿았다.

정선汀線을 따라 죽 늘어선 어마어마한 수의 불이, 해상에 묵직하게 드러누운 어둠을 비춘다.

그렇지만 왜구는 도통 닻을 올릴 기색을 보이지 않았고, 그렇다고 해서 조각배에 분승하여 쳐들어올 기미도 없었으며, 한때는 그토록 왁자지껄했던 선상의 움직임도 어느 결에 진정되었고, 이국 제품으로 여겨지는 등만이 휘황하게 빛났으며, 그 정숙이 의미하는 바가 확실하게 이해되지 않은 채 밤이 점점 깊어갔고,

그래도 아름다운 낙원을 죽음을 각오하고 지켜내리라는 여인들의 정복하기 어려운 기개는 조금도 흔들리지 않았으며, 문득 제정신을 차리는 일순의 덕택으로 외고집으로 뒷받침된 신념이 두려움으로 새파랗게 질려버리는 일도 없었고, 파도치는

물가의 화톳불 숫자는 늘어나기는 해도 줄어들지는 않았으며,

또한 앞서 자신들의 손으로 묻어준 적의 유해를 파도가 갖고 노는 광경에도 익숙해진 모양으로, 어느 여인이나 다 냉담한 혼을 통째로 드러내면서 적개심을 한층 더 불태웠고, 아무리 기다려도 공격해오지 않는 적에게 안달을 내는 바람에 최고조에 달한 투쟁 본능이 처치 곤란했으며,

급기야는, 가족을 학살당하고 고국에서 쫓겨나 현재에 이른 여인들은, 그 원한을 풀어야 한다면서 빼앗은 칼을 사용하여 사자의 다리를 싹둑 잘라버렸고, 그것을 창으로 마구 찌른 다음 바다에 던져버렸으며, 그것이 하나씩 바다 속으로 가라앉을 때마다 너무나 밉살스러운 환성을 일제히 지르는 것이었다.

무묘마루에게 읽기 쓰기의 첫걸음을 가르쳐준 여인만 하더라도, 지배자의 목숨을 빼앗은 것만으로는 성에 차지 않는 스스로를 깨닫고 만다.

벌써 숨이 끊어졌음에도 불구하고, 죽은 그 얼굴이 숭고하고 편안한 곳으로 향한다는 사실에 분통이 터진 그녀는, 약탈과 살육에서 정말이지 귀신의 재각을 발휘했고, 하늘의 태양을 뒤덮는 흑운黑雲과 다름없는 기세로 바다의 영토 확장에 일생을 바쳤으며, 짐승의 방식에 따라 원하는 것을 싹쓸이했고,

남의 운명마저도 자기 마음대로 좌지우지해온 노인 곁에 멈춰 서자, 부스럼딱지가 잔뜩 붙은 혼을 들여다보듯이 몸을 숙이더니,

단도를 칼집에서 빼내어, 우선은 오른쪽 귀를 싹둑 도려내었으며, 고막으로 통하는 구멍에 입을 대고 원념怨念의 웃음소리를 왕창 불어넣더니, 키들키들 웃으면서 다른 한쪽의 귀도 절단하여 그것을 콧속으로 쑤셔 박았으나, 그런 것으로는 도무지 성에 차지 않았고,

이번에는 발로 차서 허벅지를 크게 벌려, 하얗고 쪼글쪼글한 털에 뒤덮인 빈약한 일물을 잡더니, 유희를 즐길 때의 표정으로 그것을 싹둑싹둑 잘라 백사장에 던진 다음, 모래 묻은 그것을 다시 집어 들었다가 내던져버리는 행동을 되풀이함으로써 마음의 공허를 채웠으며,

이어서 그 사자가 마치 완전한 상태의 생자이기라도 하듯 격렬하게 몰아붙였고, 학대당한 쪽에 선 자로서의 적년積年의 원한과 고통을 모조리 퍼부으며 두드려 패서 스스로 귀신이 됨으로써, 이상한 천분天分의 소유자이자 악의 절대자였던 사내를 지옥이란 곳으로 밀어붙였다.

여인들의 그 같은 행동을 목격하고 관능의 나날이 종극에 도달했음을 예기한 무묘마루는, 이제 여기까지라는 다짐을 늦게나마 하지 않을 수 없다.

어차피 자신은 스쳐 지나가는 남자의 한 명에 불과하며, 어차피 언젠가는, 혼자서 수많은 암컷들의 무제한적인 성적 욕구에 응하지 않으면 안 될 늠름한 수컷으로서의 임무도 다하지 못하게 될 것이고, 그렇지 않으면 성벽性癖과 그 기교를 남김없이 다 알아낸 단계에서 질려버려, 고심참담한 무묘마루의 새로운 시도에도 도통 희열을 느끼는 눈치를 보이지 않을 것이며,

그런 터에 훨씬 젊고 대단히 농밀한 정력을 지닌, 어떤 여인이나 공평무사하게 대하는, 아주 이채를 띤 사내가 출현하기라도 한다면, 순식간에 버림받고 바꿔치기 될 것임은 필정必定이었고,

쫓겨나는 것만이라면 그나마 다행이겠으나, 이 저택의 존재가 세상에 알려지는 것이 두려워 입을 봉할 대상으로 간주하여, 깜깜한 증기 욕탕 속에서 화살 세례를 받아 비업非業의 죽임을 당하여 끝장나고 말지도 몰랐으며,

그런 것을 고민하는 사이에, 달아난다면 지금이라는 목소리가 가슴속에서 자꾸 소용돌이치기 시작했고, 사실인즉 분명히 그렇게 될 것이라며 고개를 주억거리는 자신이 전면으로 밀려나왔다고 여기자, 그것을 전후하여 무묘마루의 관심은 불길의 빛이 닿지 않는 불가시不可視의 영역으로 옮아갔으며, 너른 세상으로 돌아가서 신선한 외기外氣를 들이마시고 싶어졌고, 만약 수상하게 여기고 따져 물을 경우에는 용변을 보는 척

하자고 작정한 다음 한 발 한 발 뒷걸음질치기 시작했다.

급히 서둘러 저택으로 돌아가, 쓸 기회조차 없이 소중히 간직해두었던 돈을 몽땅 품에 넣는다.

그로부터 말이 통하는 여인이 만들어준 아주 질기기만 한, 멀리서 보기에는 사무라이 복장으로 착각할 수도 있는 쪽빛 물을 들인 옷으로 갈아입고, 상투를 두건으로 가린 다음, 어찌 된 영문인지 아무리 신어도 닳지 않는, 여로의 수행승으로부터 얻은 바로 그 짚신으로 발을 감싼 채, '별의 칼'을 등에 지고 '풀의 칼'을 허리춤에 차면서, 정이 들었는지 아닌지 지금도 판연하지 않은 불가사의한 저택을 뒤로했으며,

폭포에서 폭포로, 폭포에서 계곡으로, 계곡에서 산등성이로, 산등성이에서 세상으로 이어지는 험로를 따라 올라가면서, 잊어버리고 먹을거리를 챙겨오지 않았음을 후회했고, 혹은 해적선이 물러날 가능성이 전혀 없지 않다는 예상에 자신을 잃었으며, 땅을 울리는 폭포 소리가 가까워옴에 따라 그리 쉽사리 뜻이 이루어지지 않으리라는 우려가 농후해졌고,

귀를 막막하게 만드는 물소리에 '붓, 보, 소!'라고 지저귀는 야행성 새의 울음소리가 파묻혀버렸으며, 최초의 폭포를 눈앞에 두었을 때, 붉은빛을 띠기 시작한 달빛 속에 두둥실 떠오른, 파과기破瓜期*를 맞은 처녀의 유방이, 혹은 비구니 절의

범종을 연상시키는 형상의 여름산과 작은 섬이, 깊이 숨을 쉬는 큰 바다와 졸음이 쏟아지게 만드는 밤하늘을 배경으로, 풍양豊穰**과 요염을 무리 없이 화합시키는 광경을 조망할 수 있었다.

흐르는 물이 길을 안내해주는 험로를 따라 부지런히 올라가는 무묘마루에게, 겁나怯懦라는 두 글자가 집요하게 달라붙는다.

그렇다고 해서 결코 붙잡히지는 않으며, 설령 그렇게 되는 경우에도 분연히 되받아줄 말에는 부족함이 없었고, 어떤 변명으로라도 불리함을 일격에 파쇄하기가 가능하며, 여인만으로도 유유자적 지낼 수 있는 저택과, 해변을 빙 둘러친 무수한 화톳불과, 이국에 도달하는 뱃길을 잘 아는 해적선 따위가 분재盆栽와 닮은 존재로 왜소화되어감에 따라, 눈곱만큼의 은의恩義와 의리와 정 때문에 자기 방기의 답을 선택하지 않아서 다행이다. 물러서기에는 알맞은 물때〔潮時〕였다고, 그렇게 절절히 생각했으며,

그러자 이내 적이 이렇다 할 움직임을 보이지 않는 이유를 알아차렸고, 그 표고標高가 아니면 얻어지지 않는 결론에 도달

---

*여자가 월경을 처음 시작하는 열예닐곱 무렵 **풍요롭게 곡식이 여묾

했으며, 다시 말해 왜구들은 눈부신 빛으로 뒤덮일 아침을 기다렸다가, 원안경遠眼鏡으로 확실한 정보를 알아낸 다음에 습격을 가하겠다는 속셈임에 틀림없었고,

아니, 그런 게 아니라 그 같은 단순하고 고식적인 전법을 취할 필요 따위가 애당초 없다는 사실이, 좀 더 올라가 두 번째 폭포가 있는 곳까지 갔을 때 똑똑히 드러났으며, 너무나 예상외의 장관에 몹시 놀란 무묘마루의 입에서는, 자신도 모르게 저절로 금속성의 목소리가 자꾸자꾸 새어나오는 것이었다.

해적선이 떠 있는 너머에, 작은 섬들의 모습이 사라진 외해에, 헤아릴 수조차 없을 만큼 수많은 대선단이 파도를 누르고 있다.

'해적 대장'의 이명異名에 걸맞은, 백 척에 달하는 배와 수천이 넘는 수하를 거느린 왜구 두목의 위신은 사후에도 여전히 미동조차 하지 않았고, 살해당한 정도로 그리 간단하게 버림받을 것 같은 가벼운 존재가 아니었으며, 절명이 알려진 다음에도 그 다대한 영향력은 변함없이 유지되었고,

실제로, 악한 자들은 반격의 준비를 착착 진행시키고 있었으며, 모든 배로부터 조각배가 잇달아 내려질 즈음, 등불이나 횃불로 해면이 점점 더 빛나기 시작했고, 야반夜半의 바다로는 도저히 믿어지지 않는 환한 광경이 전개되었으며, 육지보다

바다에 순응한 사내들이 손에 쥔 무기의 반사광과 달빛이 녹아 합쳐져 다채로운 번쩍거림을 일으켰고,

하지만 눈에 힘을 주고 자세히 관찰하자, 이제부터 대거 밀어닥칠 것이라는 예상이 커다랗게 빗나갔다고까지는 말하지 못할지 몰라도 절반밖에 들어맞지 않았다는 사실을 깨달았으며, 시선을 해상에서 육상으로 옮기자, 사람의 눈길이 닿지 않는 만灣의 끄트머리에 접안한 조각배 수십 척이 보였고, 소나무숲 때문에 눈에 들어오지 않는 먼 해변에서는, 쥐를 노리는 고양이와 같은 자세로 몸을 움츠린 채, 발소리를 죽이면서 전진하는 무장 집단이 눈에 띄었다.

그래도 화톳불의 숫자를 늘리자는 작전은 멋지게 들어맞았고, 해적들이 적을 높이 사는 것은 명백하다.

선견대를 보내 후방을 교란시킨 다음 협공한다는 정석대로의 작전이겠으되, 머지않아 녀석들은 적의 숫자가 너무 적다는 사실과, 더구나 모두가 여인이라는 사실에 어안이 벙벙해질 것이고, 두목이 수집한 여인을 방패로 세운, 황제가 몸소 내린 명을 받은 쇼군 직할의 대군단을 상대로 하는, 죽느냐 사느냐의 싸움이라는 대사大事를 상정했던 긴장이 일시에 풀려 버리게 될 것이며,

그런 기막힌 사실에 직면하게 될 때, 위대한 제왕으로서 오

랜 세월 떠받들고, 수많은 동료와 더불어 그 무릎 아래 머리를 조아려온 상대의 비참하면서도 어딘가 얼빠진 생애의 종언을 목격하게 될 때, 위장 전술로 피워둔 화톳불에 고소苦笑하는 것만으로 매듭짓지 못한다는 사실은 필지必至일 것이며, 두 귀와 입물이 잘려나간 늙은이의 어디를 어떻게 뒤져보아도 그토록 강했던 비인격적인 매력은 전혀 느껴지지 않을 것이고, 그로 인해 따르는 자들 모두가 창연悵然하게 탄식을 터트리기에는 이르지 않을 것이며, 그 이완弛緩의 반동은 상당하여 하얀 모래가 아름다운 해변에서 무참하기 이를 데 없는 광경이 전개되리라는 것은 상상하기 어렵지 않았고,

소나무숲을 은폐물로 이용하여 드디어 여인들의 배후로 들이닥친 해적들이 주고받는 무언의 목소리가 들려오는 것처럼 여긴 무묘마루는, 마지막까지 지켜볼 필요는 없다고, 일부러 악몽으로 직결될 것 같은 추억을 만드는 것에 의미가 없다고, 그렇게 판단했으며, 가능하면 언어도단의 아비규환이 도달하기 전에 산등성이를 넘어가버리자고, 어둠을 좋아하는 벌레라도 된 것 같은 기분으로 짐승들이 다니는 산길을 부지런히 기어올랐다.

그때 실로 무시무시한 바람이, 아직 미처 경험해본 적이 없는 것 같은 괴기한 바람이 산으로 휘몰아쳤다.

단순히 바람이라고 단정해버리기에는 너무나도 이상한 현상이었으며, 부분적인 공기의 흔들림과도 달랐고, 대기 전체가 한 덩어리의 개체가 되어 일제히 바다에서 육지로 이동해 온 것처럼 느껴졌으나, 어찌된 영문인지 풍압 그 자체는 그다지 세지 않아 고작 우듬지에 매달린 잎사귀를 살랑거리게 하는 정도밖에 되지 않았고,

그러나 가슴이 꽉 졸리는 것 같은, 사람을 미치게 만드는 것 같은, 혼이 공간 바깥으로 내던져져버리고 말 것 같은, 그런 인지人知가 미치지 않는 저항하기 어려운 힘이 감추어져 있었으며, 게다가 강렬한 살기를 품고 있어서, 등이 오싹해지는 것을 느끼고 뒤돌아보면, 거기에는 이제 막 예상했던 대로 진행되어 참극으로 다가가는 시간의 흐름이 있을 따름이었고,

소나무 한 그루 한 그루에 몸을 숨긴 선견대의 해적은 발걸음을 멈추었으며, 배후에서 적을 자세히 관찰하여, 드디어 이제부터 더 이상 잔인할 수 없는 기습을 가하려 하는 중이었고, 더 이상의 변화가 일어날 듯한 조건은 어디에서도 찾아낼 수 없으리라 예상하고 있자니까, 산등성이에 잔뜩 자라난 잡초가 한꺼번에 부스럭부스럭 소리를 내면서 흔들거렸으며,

보아하니, 그 원인은 생물들의 집단이 몰고 온 것으로, 토끼로부터 사슴으로부터 멧돼지로부터 여우로부터 뱀으로부터 개구리로부터 버러지로부터, 주변에 서식하는 사람에게 길들여지지 않은 야생동물이 다른 곳을 향하여, 산등성이 방향을

겨냥하여, 이 세상의 최후가 찾아오기라도 하는 것처럼 필사적으로 달아났고, 또한 밤하늘에는 모든 종류의 새들이 수천, 수만의 숫자로 무리 지어 날아다녔으며, 저마다 얼토당토않은 위험에 처했을 때의 소리를 터트리고 있었다.

그때 느닷없이 귀가 멍멍해진 것처럼 느껴진 까닭은, 결코 새들의 날갯짓이나 우는 소리 탓 따위가 아니다.

바다가 내는, 소리라고 할 수 없는 소리에 의해 고막이 마비된 사실을 알아차린 무묘마루는, 몹시 당황하면서도 침착냉정한 척했으며, 수평선의 위치가 대번에 위로 치솟은 듯이 보이는 것은 착각에 틀림없다고 여겼고, 그래도 혹시 싶어 눈을 자꾸 비볐으나, 아무리 다시 보아도 평소의 바다로 돌아가는 법은 없었으며, 도대체 무엇이 어떻게 돌아가는지 알 수 없어 멍청하게 지켜보고 있자니, 이윽고 거대한 파도가 벽처럼, 구릉지대처럼, 산맥처럼 솟구쳐, 서서히, 아니, 터무니없는 속도로 이쪽으로 밀어닥친다는 사실을 깨달았고,

믿기 힘든 규모의, 만사를 파멸로 몰아가려는 그 거대한 놀은, 즉각 선단이 정박한 해역까지 도달했으며, 닻을 내리고 있었던 게 화를 불러 모든 배가 부상浮上의 원리에 의해 거대한 파도를 피할 도리가 없어 제대로 삼켜져버렸으며, 순식간에 파도에 휩쓸린 채 두 번 다시 모습을 드러내지 않았고,

하물며 해변을 향해 노 저어 가던 조각배들 따위야 한 주먹 거리도 되지 않아, 잔뜩 분승分乘해 있던 해적들과 함께 물의 지옥으로 끌려들어가고 말았으며, 흡사 수면에 떨어진 나뭇잎이 돌풍에 의해 싹 쓸려 가버린 것처럼 자취를 감추었고,

그와 같은 꿈이 아닌 현실을 확인할 겨를조차 없이, 커다란 해일은 움직임을 멈추지 않았으며, 조류를 역류시켜 후미진 해안을 향해 정통으로 돌입하자마자 높이와 기세를 두 배, 세 배로 늘렸고, 오직 한 척 남은 해적선을 직격하여 순식간에 소멸시켰으며, 이어서 이번에는 만 내에 점재한 섬들에 대해 이빨을 드러내어 거칠게 해안을 휩쓸었고, 나무들을 뿌리째 쓰러트렸으며, 바다를 더럽혔고, 공포 속의 공포로 세계를 점령했다.

도가 지나친 파괴력은 후미진 해안 전체를 비등沸騰 상태로 빠뜨렸고, 높은 곳에서 그 광경을 내려다보는 무묘마루의 마음은 꽁꽁 얼어붙었다.

화톳불도 꺼지고, 여인들도 자취를 감추었으며, 상륙했던 해적들도 없어졌고, 해변 그 자체가 사라졌으며, 그래도 여전히 해일의 위력은 줄어들지 않았고, 기세는 멈출 줄을 몰랐으며, 우렁찬 굉음을 터뜨리면서 횡포한 움직임으로 가는 곳마다 파국을 불러일으켰고, 순식간에 저택 역시 위기에 처하더니 형체를 알아보지 못할 지경으로 맥없이 휩쓸려버렸으며,

밀려들 만큼 밀려든 바닷물은 일전一轉하여 빠져나가기 시작했고, 그 폭위暴威 또한 실로 처참했으며, 이국의 여인들이 이국땅에서 차곡차곡 쌓아올린 행복한 영위營爲*를 눈 깜짝할 사이에 해안으로 쓸어가버렸고, 이제는 사람의 목소리는 들리지 않았으며, 비명이나 절규도 일절 들려오지 않았고, 바다는 몸부림을 쳤으며, 가는 곳마다 물거품이 일었고, 도저히 있을 수 없는 높이의 거대한 파도가 서로 밀고 밀리는 굉음만이 세력을 넓혔으며,

착란의 와중에서 무묘마루는 가슴이 메슥거릴 정도의 공포에 꼼짝달싹 못하게 칭칭 얽매이면서도, 승려들이 걸핏하면 입에 올리는 세계의 종말이 드디어 찾아온 게 아닐까 하고 수상쩍어하면서도, 종생終生 잊지 못할, 너무나 불가항력인, 미증유의 사태를 확실하게 눈으로 보았고, 가슴에 새겼으며,

그렇지만 그런 한편에서는 언어로 형언하지 못할 불가사의한 감동에 충만했고, 자신의 마음속에 있는 바다, 그 해변을 씻어내는 또 하나의 해일을 실감했으며, 삶의 한복판에 존재한다는 사실의 의미를 찾아낸 것 같은 도취를 느꼈고, 그것이 절정에 달하자 웬일인지 하늘을 향해 주먹을 내지르면서 희열의 목소리를 힘껏 짜내는 것이었다.

집념 강한 해일은 그 뒤에도 제2파, 제3파가 되어 밀어닥쳤으며, 육지는 철저히 박살이 나고, 심각한 패배를 맛본다.

높은 파도에 부딪쳐 무너져 내린 막대한 양의 토사土砂 탓으로, 바닷물은 엄청나게 흐려져 마치 흙탕물 바다로 바뀐 것처럼 보였고, 해면 위로 대관절 무엇과 무엇이 떠다니는지 식별할 수 없었으며, 바로 조금전까지 살아 있는 자로서 서로 죽이려고 으르렁거리던 인간들은 밤의 어둠에 휩쓸려갔고, 대선단은 일찌감치 유령선으로의 길을 걷기 시작했음에 틀림없었으며, 악과 손을 잡은 것에 의한 수많은 죄는 한 점의 얼룩도 남기지 않은 채 지워졌고,

 그리고 운명에 짓밟혀, 사로 환원된 생은, 이 또한 현세의 일환이라는 해석 아래 포기해버린 것인지, 원한의 말은 일절 남기지 않았으며, 언젠가 다시 긴 고뇌의 입구에 설 때까지 혼이 쉬도록 하자면서 내세라는 곳으로 길을 나섰는지도 몰랐고, 그렇지 않으면 혼 그 자체를 귀신들의 손에 의해 영구히 매장당하도록 하느라 지옥의 문으로 들어서고 있는 중인지도 몰랐으며,

 오직 홀로 내버려진 듯한, 사자의 나라에 자신을 버려둔 채 잊어버린 듯한, 그런 기분에 사로잡힌 무묘마루는, 사라져가는 찰나에 몸을 맡기면서, 서서히 해일의 위협이 없어지고, 좀처럼 있을 리 없는 비상사태가 진정되어가는 가운데, 정신의 고동鼓動을 분명히 자각했고, 영원의 일순 일순을 살아가는 스

---

*일을 경영함

스로를 생생하게 감지했다.

얼마나 길었는지조차 잘 파악되지 않는 시간이 경과한 뒤, 어쩔 줄 몰라 허둥거리던 생물들의 움직임도 진정되었고, 바다도 진정되었으며, 절대의 정숙이 찾아온다.

과연 내일로 이어질지 어떨지 의심스럽게 여겨지는 기분 나쁜 정밀靜謐*은, 의지의 힘을 여지없이 응결시켜 감추어진 격정을 동결시킨 채, 생자와 사자의 중간적인 존재가 된 무묘 마루를 제법 오랫동안, 흡사 날개를 가진 것 같은 비극이 먼 난바다로 날아가버릴 때까지 그 자리에 못 박았으며,

끝없는 잠을 심화시킬 것 같은 편안함 속에서 뜬눈으로 밤을 지새우고 기괴한 새벽을 맞은 오직 한 명의 생존자는, 느닷없이 가슴속에서 작열하는 무엇인가가 치밀어 오른다고 여기자, 자신의 몸속 깊숙한 곳에서 벌겋게 열을 띤 생명의 근원을 문득 깨닫고, 거기로 평소의 삶 가운데 헐떡거리던 온갖 상념이 파고 들어오는 바람에 정신을 차렸으며,

그런 다음, 이미 정상적인 조류潮流의 들고남과 아름답고 거룩한 광경이 부활하기 시작했음을 알게 되자, 기력을 불쑥 되찾아 천천히 일어서더니, 효광曉光에 이끌려가듯이 남은 비탈을 단숨에 뛰어올랐고, 분수령의 일부이기도 한 산등성이에 우뚝 서자, 하얀 달과, 음미淫靡한 세월과, 끝나버린 삶에 단호

하게 이별을 고했으며,

　수백 년에 한 번 있을까 말까 한 거대한 해일을 보내온 해원 저 너머에, 아주 완전하고도 당당한 일륜이, 얼빠진 생자의 혼에 대한 고무鼓舞로서 노호怒號하는 태양이 단숨에 솟아올랐고, 그러자 천변지이天變地異에 의해 완전히 주눅 들어 밀폐되어 있던 마음이 대번에 활짝 열렸으며, 지금까지의 인생에서 빠져 있던 모든 것이 선명하게 보이는 것이었다.

　만물은 생과 사의 두 가지에 의해 멋지게 나뉘고, 운명도 또한 그 두 가지에 의해 잔혹하게 나뉜다.

　아침부터 뜨거운 일광이 등 뒤로 내려쬐는 가운데 산등성이를 따라 걸어가는 무묘마루는, 간신히 난難을 모면한 기적을 곱씹으면서도, 그것이 도대체 무슨 소용이 있느냐는 자문自問을 도저히 억누르지 못했으며, 욱일보다 높이 솟구치고 만 눈부신 허무를 동반한 채 각일각刻一刻 산야를 스쳐가는 여름을 실로 기분 좋게 느끼면서 나아갔고,

　약간은 분노를 띤 것 같은 그 얼굴은, 열린 세계의 상징인 도읍을 감싸고 있는 저 먼 곳을 똑바로 바라보았으며, 이름조차 없는 조그만 산의 꼭대기에 도달할 때마다 천공天空의 바람

*세상이 조용하고 태평함

을 맞으면서 미혹에서 깨어난 것 같은 심정이 되었고, 들판으로 내려가 푸른 풀을 밟으며 걸을 때에는, 술회述懷 따위 결단코 하지 않으리라고 스스로에게 맹세하지 않고는 견딜 수 없었으며,

행운이 존속하는 한 살아가리라는 새로운 각오는, 공간이 너무 넓어 괴로워하는 육체에 극기의 힘을 부여했고, 나아가 영원의 길을 거니는 변덕스러운 방랑을 권했으며, 거기에 따라붙지 못하는 혼은 내버려두어도 무슨 상관이 있겠느냐고 잘라 말했고,

상체를 획 굽혀서 등에 맨 '별의 칼'을, 허리를 재빨리 틀어 '풀의 칼'을 뽑아서, 두 손에 쥔 번뜩이는 칼날을 예리한 기합과 더불어 사방으로 휘두르자, 순식간에 자존自存의 정신이 되살아나서, 잘려나간 과거가 들판에서 흔들리는 아지랑이 속에서 꼬리를 물고 쓰러져가는 것이었다.

긴 생애에서 한시도 잊을 수 없었던 거대한 해일의 광경을 구도의 일부로 삽입한 병풍화이다.

그러나 그 그림은 죽음의 냄새를 바람결에 띄우는 것 따위는 절대로 없었고, 바닷물을 갈색으로 흐려놓지도 않았으며, 익사체나, 배와 저택의 잔해나, 사람의 삶과 연관되는 물건들처럼 마음이 울적해지기만 하는 것은 하나도 눈에 띄지 않았고, 소나무숲이나 조그만 섬이 거친 파도에 할퀸 흔적도 일체 그려져 있지 않았으며,

또한 마치 응보는 즉효가 난다고 말하는 듯한 표정으로 끝까지 입을 다물고 있는, 천상계에 있으면서 인간계의 사명死命

을 제어한다는 높은 자의 거룩한 모습도 없었고,

 험상궂은 존재는 절무絶無했으며, 감상하는 자에게 혼의 부조不調를 느끼게 하는 조건도 절무했고, 동일 공간에 해와 달이 동시에 솟아올랐으며, 춘하추동이 동거했고, 존재와 가상 사이의 경계는 어디에서도 느껴지지 않았으며, 따라서 마음속을 위협하는 듯한 요인도 없었고, 막막한 서러움의 그림자도 느껴지지 않았으며,

 그것은, 신불神佛에 매달리지 않고는 견디지 못하는 처지에 있는 사람들에 대해 그럴싸한 인상을 던져주었고, 빛에 녹아드는 아름다운 순간을 훌륭하게 포착했다는 식의 그림이 아니었으며, 동경을 듬뿍 담아 극락정토의 표상을 겨냥한 그림도 아니었고, 단연코 그 정도와 한통속이 아니었으며,

 잔물결 하나 치지 않는 고요한 마음으로 바라볼 때, 찰나를 넘어, 시간을 초극하여, 언외言外의 의미를 풍부하게 담은, 영겁의 약동 속에서 살아가는 실체 세계 그 자체였고, 장단이 잘 맞는 사계四季의 추이 속에서, 존재의 핵심에 있는 수수께끼 풀기가 인식될 것만 같은, 그림을 초월한 그림으로 완성되어 있었다.

 자전自轉하는 고뇌니 혼의 깊은 갈증이니 하는 따위로부터 마침내 놓여난 무묘마루는, 반쯤 멍청해진 풍정風情이다.

관념의 혼란을 좋아라 하는 활짝 핀 벚꽃과, 잡목의 파릇파릇한 어린잎의 얼룩덜룩한 무늬 사이를 누비고 흐르던 봄 아지랑이도 어느 결에 깨끗이 증발되었고, 작은 산꼭대기에 얽어 지은 초암은 이따금 불어오는 미풍에도 살짝 떨었으며, 팔십 년을 지나 간신히 육체를 따라붙을 수 있게 된 혼 역시 행복에 황홀해하면서 떨었고,

늦어도 오늘이 지나기 전에 무無의 저 너머로 사라져갈 생명은, 급기야 내면의 한없는 무엇인가가 다했음을 알게 되어 절망에 매달릴 일이 없어진 편안함을 실감하면서, 드디어 흙 속에 드러누울 때가 닥쳐왔음을 깨달았고,

그러므로 명계冥界에 자신이 머물 장소를 찾아낼 수 있었는지 없었는지, 영혼을 구원하는 손길이 나타났는지 말았는지, 그런 것들을 고민하지 말고 회고적인 이 하루에 철저하게 순응하리라고 작정한 순간, 확실하게 죽음을 불러들이고 있는 뇌는 흘러간 생애의 모든 추억을 복습이라도 하듯이 다시금 펼쳐 보이는 것이었다.

과혹한 가뭄이 이어져 완전히 말라비틀어진 산을 헤치고 들어가는 무묘마루의 주위에서는 유랑의 하루가 가만히 막을 내려간다.

엄청나게 지친 발걸음이기는 해도 그 움직임이 멈추는 법

은 없었고, 생김새는 뚜렷한 원인도 없이 허급지급 살아가는 자의 그것이었으며, 인생을 허망스럽게 만드는 성장 내력으로부터 달아나려는 자의 그것이었고, 먼저가 펄펄 날리는 가도의 네거리에 접어들었을 때는 급기야 한 걸음도 발을 떼지 못할 지경에 이르고 말았음에도 불구하고, 마음은 더욱더 조급해져 눈길이 다음에 가야 할 길로 던져졌으며,

그렇기는 하나 체력의 결핍은 어떻게 할 도리가 없었고, 하다못해 한 모금의 물이라도 마실 수 있다면 하고 시냇물 소리에 이끌려서 강 쪽으로 가려고 했으나 뜻대로 되지 않았으며, 이빨을 꽉 깨물고 용을 써보긴 했으나 서 있을 수조차 없었고, 한번 쪼그리고 앉아버리자 두 번 다시 일어날 수 없게 되었으며,

태양은 이제 막 서쪽으로 기울 단계에 들어갔을 뿐임에도 느닷없이 새까만 어둠이 몰려왔고, 무묘마루는 기분이 나빠지면서 의지에의 신뢰감이 대번에 낮아지더니 그냥 그대로 앞으로 꼬꾸라졌으며, 말라비틀어진 뱀처럼 축 처져 길게 엎드리는가 싶더니, 의식이 아무런 저항을 드러내지 않고 가물가물해져갔다.

손길을 뻗어주는 자가 아무도 나타나지 않는 대신, 품속의 물건이나 칼을 노리고 뒤를 밟아오는 자도 나타나지 않는다.

행려병자가 하등 이상할 게 없다는 이유에서가 아니라, 행인지 불행인지, 쓰러진 장소가 사람 눈길이 닿기 어려운 울창하게 풀이 우거진 덤불이었다는 사실에 의한 것으로, 완전히 정신을 잃은 사이에 이번에는 진짜 어둠이 덮쳐와, 여기저기가 온통 밤의 색깔로 칠해져버렸으며, 낮의 무더위가 공중으로 사라져갔고, 그러자 자아의 지배자 격인 두부頭部가 식으면서 무묘마루는 정신을 차렸으며,

그러나 서늘함과 벌레 소리와 눅눅해진 밤기운이 회복의 실마리를 풀어준 것이 아니라, 암울하게 울려 퍼지는 비파 소리가 끊임없이 이어지면서 살짝 가슴에 내려앉아 녹았기 때문이었고, 그 효능은 신불의 입김에 필적할 정도였으며, 드러누운 채 듣는 것만으로도 골수에까지 스며들었고,

결코 억누를 수 없는 기쁨이 넘치는 것 같은 음률은 아니었으며, 힘없이 고개 숙인 자의 마음을 포근히 감싸줄 것 같은 음색이었고, 스스로를 탄핵하여 존재로부터 자기를 말소하고 싶어질 것 같은 충동을 안겨주었으며, 찰싹 달라붙어 있는 정情의 그물로 혼까지 포박하려 했고, 이 세상은 관棺 그 자체라는, 예를 들어 그런 답 쪽으로 이끌어가려 했다.

자신은 지금까지 진짜로 살아온 것인가 하는, 자기 자신을 애처롭게 여겨도 괜찮은가 하는, 덧없는 상념을 하나하나 진실로 받아들인다.

비파 도사 道士가 입에 담는 이야기*는, 그 자리에서 사라져 버릴 여구麗句 따위가 아니라 한 소절마다 눈물을 자아내었으며, 자칫하면 자기 폐쇄에 빠져들게 했고, 시체에 들끓는 구더기로라도 전락하여 터무니없이 하등한 세계에 파묻혀버리고 싶은 기분이 들게 만들었으며,

 얼마 지나지 않아, 이제 인간은 지긋지긋하다고 혼잣말을 중얼거리게 된 무묘마루는, 무상無常의 어둠 속으로 끝없이 떨어져 내렸고, 오로지 여로에 몰두하던 낮에는 물론이고 풀을 깔개 삼아 엎드려 있을 때조차 가슴속을 계속 차지하던, 살아가는 것을 배우라는 질타가 뚝 끊어졌으며,

 철저하게 부정적인 기분이 된 한편으로, 자신만이 현세의 참된 열쇠를 쥐고 있는 것 같은 우월의 마음이 싹텄고, 그것이 과잉의 자기애를 불러들이려 하여 휘청휘청거리면서 일어서자, 흉몽이라도 꾼 듯한, 전면적인 패배를 인정해버린 듯한, 그런 어두운 표정을 한 채, 점점 공소황막空疎荒漠의 선율로 이끌려갔으며,

 발바닥에 죽음을 예감하면서 강변으로 내려가, 극단적으로 수량이 줄어든 물줄기를 따라 앞으로 나아가니, 꺼져가는 불의 색깔을 닮은 달빛이 허술한 다리를 비추었고, 다 낡아빠져 위험한 다리 밑에서 비파를 연주하고 있는, 마치 독초를 먹어버린 산양처럼 여위어서 피골이 상접한 사내를 비추었으며, 이제까지 맛보아온 슬픔이 얼마나 되는지를 여실히 드러내는

비참한 풍모를 비추어주었다.

실명한 지 오래된 사내의 청각은 실로 예민하여, 발자국 소리와 숨소리로 무묘마루의 몸 상태를 알아버린다.

바치[撥]**를 쥔 손을 멈추고, 비파의 현을 손바닥으로 누르며 애절한 곡조의 노래를 중단한 도사는, 우선 물을 마셔 목을 적시고, 그런 다음 무언가를 먹어야 하지 않겠느냐고 권하면서, 대나무 껍질로 싼 주먹밥을 꺼내어 냄새를 가만히 맡아본 뒤 아직 충분히 먹을 만하다며 내밀었으나,

하지만 그것이 선의의 발로가 아니라는 사실을, 만일의 재난에 대비한 행위라는 사실을, 부디 장사 도구만은 빼앗아가지 말라는 간원懇願이라는 사실을 무묘마루는 이내 간파했고, 빨리 안심시켜주느라 강도가 아니라고 말했으며, 휴대에 편리한 소형 비파가 아닌 정식 비파를 쓰는 까닭을 물었고, 돈을 낼 테니까 좀 더 들려달라고 부탁하면서, 너덜너덜해져 본래의 모습이 사라진 옷 위에 한 움큼의 돈을 내려놓았으며,

그런 다음 강바닥에 엎드려 강물을 마시고, 소금을 친 좁쌀로 뭉친 주먹밥 하나를 얻어, 혹시 해서 냄새를 맡아본 뒤 볼이 미어지게 입 안에 쑤셔 넣고 먹으면서, 다시 돈을 지불했

*비파를 뜯으면서 읊조리는 사설 같은 것 **비파를 켜는 도구

고, 약간 떨어진 곳에 드러누워서 또 한 번 들려주지 않겠느냐 며 거듭 부탁했다.

비파 도사의 내부로부터 현현顯現한 음音과 성聲은, 전율이 뒤섞인 열락의 싸움을, 유락愉樂에 뒷받침된 공포의 싸움을, 실로 멋지게 재현한다.

날아다니는 화살 소리 — 몸통에 화살을 맞은 말의 울음소리 — 찔러오는 창을 잘라버린 칼날이 윙윙거리는 소리 — 목이 잘린 유명한 무장의 단말마 — 불똥을 튀기면서 부딪치는 칼과 칼 — 큰 소리로 외치는 용장勇壯한 호령 — 쇠몽둥이로 한 번 내려치자 깨져버리는 초승달 모양이 새겨진 호화로운 투구 — 전투의 폭풍 속에 터져 나오는 승자의 너털웃음 — 패주해가는 자들이 내는 필사의 발자국 소리,

너무나 포학한 정념情念의 격발激發 — 혼 속에 용솟음치는 열광적인 탄미嘆美 — 당장이라도 꺼질 것 같은 생명의 불꽃 — 사람의 목과 바꿔치기하는 비천한 보상 — 행위와 사유 사이의 차이가 줄어든 표한剽悍한 전투 집단 — 길게 이어지는 너무나도 강렬한 현재 —,

이것을 듣고 무감동의 태도로 있을 수 있는 자 따위는 없다고 여긴 무묘마루는, 정신없이 귀 기울였으며, 마음을 다하여 들었고, 여름밤의 적막한 강가에서 전개되는 병사들끼리의 살

육을 공유할 생각 따위는 애당초 없었음에도, 들으면 들을수록 다소나마 거짓말이 섞인 전기물戰記物의 세계로 휩쓸려 들어갔으며,

그리고 어느 결에, 생 속의 생을 살아가는 것 같은 멋들어진 착각에 젖어, 타오르는 듯한 원망願望을 느꼈고, 정의情意는 급기야 무질서가 되어, 마침내 낙루하고 말았다.

음률도 좋고, 목소리도 좋고, 이야기도 좋고, 연주자도 좋고, 그 전체 또한 각별하여 무묘마루는 정신없이 도취경을 떠돈다.

마음속에서 타오르는 전화戰火는, 견개狷介*의 그림자 속에 살아 있는 도사와 비파가 완전히 침묵한 뒤로도 꺼지는 법이 없었고, 황량한 여름밤과 일체가 되어 무수한 유한遺恨과 더불어 어둠 속을 떠다녔으며, 전사자들의 영혼은 불국佛國을 찾아 우왕좌왕했고, 혹은 이 시기에 이르러 생명의 은총을 그리워했으며,

소금으로 맛을 낸 주먹밥 하나를 다 먹고, 또한 강물을 꿀꺽꿀꺽 마신 청자聽者는, 진지한 존경을 담아 주자奏者를 뚫어져라 쳐다보았으며, 닿을 듯이 가까이 다가가 맹안盲眼을 들여

---

*괴팍하여 의지를 굽히지 않고 화합하지 않음

다보았고, 싸움은커녕 자신의 손발조차 볼 수 없는 몸이면서도, 어째서 그토록 상세히, 그토록 깊이, 이 염리예토厭離穢土*를 표현할 수 있느냐고 물었으며,

하지만 이후로 비파 도사의 침묵이 깨어지는 법은 없었고, 하루하루의 양식을 얻기 위한 귀중품을, 마치 조강지처처럼 대수롭지 않게 꽉 껴안은 채 모래 위에 드러누워, 이내 꾸벅꾸벅 졸더니, 이윽고 헛잠이라고는 도저히 믿어지지 않게 코를 크게 골기 시작하여, 그림자 하나조차 보이지 않는 빛의 세계로 길을 나섰다.

무묘마루의 가슴을 꿰뚫은 한줄기 감명은, 인생의 도상途上에서 발견해낸 하나의 보물이 되고도 남는다.

칼도 그 하나였으나, 어떤 경위가 있었는지 그것을 사용할 때마다 가책의 염念에서 벗어나지 못했으며, 수중에 남은 것은 모래를 씹는 듯한 기억뿐으로, 혹은 도저히 입으로 말하지 못할, 염라국의 주민이라도 된 것 같은 기학적嗜虐的인 쾌감뿐으로, 그럴 때마다 혼의 후퇴가 뚜렷이 느껴졌고,

그런데 죽을 때까지 자신의 그림자 속에 웅크리고 있을 수밖에 없는 비파 도사가 펼쳐 보여준 세계는, 아무리 피비린내가 나고, 아무리 잔혹해도, 철저하게 가슴을 아프게 하는 데까지 이르지는 않았으며, 불운의 씨앗에마저 미美와 구원이 대

수롭지 않다는 듯이 들어차 있었고, 좌우 균등의 정사正邪에 언제까지나 착오는 없었으며, 가치관의 소실은커녕 전편全篇에 걸쳐 그 반대의 작용이 이뤄졌고,

실제로 지금도 이처럼 행복한 경우에 처한 것 같은 기분에 젖어서, 안타까우면서도 상쾌한 밤에 너무나 만족하며, 바람직한 의미에서의 정신의 분기점에 서 있음을 자각하지 않을 도리가 없었다.

어딘가 불안을 지닌 번개가, 중첩한 봉우리들을 쉴 새 없이 어둠에서 드러나게 하고, 밤은 무수한 별똥별로 장식되어간다.

어떠한 운명이더라도 기꺼이 몸을 던질 각오를 다진 무묘마루는, 하룻밤을 강변 한구석에서 보낼 작정을 한 뒤, 칼을 사용하여 베어온 키가 큰 풀을 모래 위에 두텁게 깔고, 그 위에 대자로 몸을 눕히기는 했으나, 감동이 꼬리를 끄는 탓으로 그리 쉬 잠을 이루지 못했고, 또한 잠을 자야겠다는 기분이 조금도 들지 않았으며,

눈물에 젖은 천체天體를 우러러보면서, 깊은 생각에 잠긴 달맞이꽃의 향기로운 방향芳香에 흠뻑 취하여 있는 사이에 자신이 바라는 것의 정체를 알아차렸고, 즉 위로와 구원의 양쪽

---

*지긋지긋하여 벗어나고 싶을 만큼 더러운 땅, 곧 이 세상

을 다 바란다는 사실을 알았으며, 마음의 매듭을 풀려면 그것밖에 없다는 사실이 판명되었고, 멈출 줄 모르는 방황의 여로는 오로지 그것을 위한 것이 아니었던가 하고 깨닫기에 이르렀으며,

어쩌면 생애에 걸쳐 한 곳에 정착하는 일은 없고, 흘러가는 자신을 아무리 해도 제어하지 못하는 채, 유적幽寂의 골짜기든가, 죽음의 도시로 변한 쓸모없는 공간의 한쪽 구석에서 병적인 발작과의 치명적인 접촉이 생겨나, 누구도 눈치 채지 못할 만큼 아주 딴판으로 모습이 변해가리라는 기분이 드는 것을 어쩌지 못했다.

비파 도사의 코 고는 소리가 점점 들쑥날쑥해지더니 급속히 잦아들었고, 급기야는 숨소리마저 끊어진다.

피골이 상접한 몸으로는 언제 절명해도 이상할 게 없으며, 드디어 수명이 다했는가 하고 여긴 무묘마루는, 그렇다면 아까 그것이 인생 최후의 연주였던가 하고 생각하기 시작할 즈음, 또다시 비파 소리가 끼어들었으며,

하지만 이번은 이야기가 포함되지 않았고, 바치와 네 현의 실이 격렬하게 부딪치면서 전투에서의 시끌벅적한 함성을 표현하지도 않았으며, 즉흥으로 여겨지는 묘한 음률은, 결코 읽어낼 수 없는 마음처럼 어디까지나 섬세했고, 현상과 본질 사

이를 조용히 헤치고 나아가, 이윽고 감미로운 오열嗚咽로 바뀌더니, 모든 감각을 저주하는 울림이 되어, 더불어 태어나 더불어 죽어가는 사람의 혼을 깊은 꿈속에서 현실로 끄집어내어, 그 사람이 져야 할 벌을 대신하려 했으며,

그러자 무묘마루의 눈에 가득 찬 것이 한 방울 떨어져 내렸고, 자타自他가 함께 상처받지 않을 수 없는 그 선율에 견디지 못하게 되어 그만두게 하려 했으나, 눈물로 인해 말이 나오지 않아 한마디도 할 수가 없었으며, 고작 작은 돌멩이밖에 던지지 못하는 형편이었다.

그래도 비파 소리는 그치지 않았고, 숱한 슬픔을 짊어진 가슴 구석구석까지 침투해가서, 사람의 목숨을 빼앗아버린 죄를 옹호한다.

이윽고 이상한 시선이 자신에게 던져진다는 기색이 무묘마루의 온몸을 감쌌고, 그것도 다리 아래가 아니라 바로 곁에서 느껴졌으며, 저절로 그쪽으로 고개를 돌린 순간 사람의 얼굴이 눈을 파고들었는데,

그렇지만 비파 도사는 아니었고, 야위기는 했으나 행각行脚으로 단련된 오체는 강건 그 자체였으며, 죽음에 의해 사라지고 마는 날이 오는 것은 아직 한참 더 지난 다음의 일에 틀림없었고,

땀냄새와 때에 전 더러운 유행遊行*의 성자聖者는 쪼그리고 앉아 무묘마루를 말끄러미 쳐다보았으며, 불길과 같은 시선으로 가슴을 쑤셨고, 상대의 불안을 알아챘으면서 소위所爲**에 대해서는 일체 묻지 않았으며, 오로지 눈동자를 지긋이 들여다보고 있을 따름이었으나, 너무나도 투시력 넘치는 예리한 눈초리에 자애가 가득 담겼고, 그 때문에 가장 고귀한 존재를 연상시켰으며,

갑자기 터져 나오는 웃음을 참는 듯한 표정이 되는가 했더니, 크게 입을 벌리고 두 개의 손가락을 목구멍 깊숙이 쑤셔 넣어 빙글빙글 돌리다가 단숨에 뽑아낸 충치를 달빛에 비추어 보더니, 곁에서 흐르는 강물에 그것을 던져버렸고, 피가 섞인 침을 퉤하고 뱉고서는, 잠시 뒤 아무리 퍼올려도 다 퍼올리지 못할 생기 넘치는 말을 터트렸다.

  해에게서 달아나서는 안 된다.
  달을 쫓아가서는 안 된다.
  칼을 남겨두어서는 안 된다.

제아무리 머리를 굴려보아도 속 시원히 풀리지 않는 의미 탓으로, 무묘마루의 가슴에서 커다란 한숨이 새어나온다.

되물어보려고 했을 때, 그리고 가르침을 청하려고 했을 때,

행각승은 호쾌한 일발의 방귀를 터트림과 동시에 휙 발꿈치를 돌려, 한 켤레의 아주 새로운 짚신을 어깨너머로 던졌고, 건너편 강가를 향하여 계속 달빛을 반사하고 있는 찬란한 수면 위를 미끄러지듯이 건너더니, 순식간에 자취를 감추고 말았으며,

꿈이 아니었던가 하는 의심은 배 위에 놓인 짚신에 의해 사라졌고, 일어나서 그것으로 갈아 신어보니 지금까지 마음을 옥죄고 있던 무언가가 깨끗이 없어졌으며, 뿐만 아니라 고원高遠한 이상理想이라도 얻은 것 같은 충실감이 느껴지면서, 어느 결에 자신도 모르게 육체를 쫓아온 혼이 뚜렷하게 의식되었고,

어슴푸레한 빛으로 젖은 눈에 비친 비파 도사는 어떤가 하면, 날마다 고통스러운 노력을 거듭하여 생명의 실을 필사적으로 기워온 자로는 도저히 여겨지지 않는 수연愁然한 태도를 유지하면서, 자신들 두 사람 외에 누가 없었느냐는 무묘마루의 물음을 단호히 부정했다.

*승려가 포교와 수행을 위해 떠돌아다니는 것   **행동

헤매는 몸이긴 하지만 물결치는 마음에 힘이 넘쳐흐르고, 감춰둔 희망이 살그머니 싹터서 그 발걸음은 실로 가볍다.

새벽녘의 어슴푸레함 속에 비파 도사는 안면安眠의 세계에서 떠밀려나왔고, 눈을 뜨자마자 늘 붙어다니는 부정하기 어려운 이런저런 현실을 음미하면서, 호장虎杖* 줄기를 반찬 삼아 남은 주먹밥을 입에 넣고 우물거리더니, 다 먹고 나자 이번에는 흘러가는 물에 직접 궁둥이를 담그고 용변을 봤으며, 기대하지 않았던 먹이를 보고 떼 지어 몰려드는 물고기의 움직임을 귀를 씻고 한동안 즐겼고,

그런 뒤, 독을 타놓은 것 같은 스스로의 생애를 끊임없이

지탱해온 비파를 등에 지고, 무묘마루에게는 한마디 인사조차 없이, 다리 밑 잠자리를 떠나 몹시 늙어 보이는 모습을 가도街道로 옮겨, 아직 서늘할 동안에 서두르자는 듯이 발걸음을 내디뎠고, 긴 지팡이에 의지하여, 뒤틀린 마음을 견인력으로 삼아, 아사 직전인 자를 꼭 닮은, 그것이 또한 동정을 불러일으키는 야윈 몸으로 허탈한 태도를 지었으며, 마치 허공에 둥둥 뜬 듯이 휘청거리는 발걸음으로 앞으로 나아갔고,

부질없는 걱정은 눈곱만큼도 없는, 무시무시한 운명의 전기轉機 따위 상상조차 해본 적 없는, 신불에 대해 결정적인 물음을 던진 적 따위 한 번도 없는, 그런 낙관적인 공기를 뿌리면서, 있는 그대로의 스스로를 통째로 세상에 내던져서, 성가시게 달라붙는 파리 떼 따위에는 조금도 신경을 쓰지 않고, 오늘도 또한 임기응변의 나날을 방랑하는 것이었다.

자, 무묘마루는 어떤가 하면, 점점 솟아오르는 태양을 등 뒤에 느끼면서, 남하하는 맹인을 잠자코 배웅한다.

얼마 지나지 않아, 갈 곳이 정해지지 않은 채, 분명한 이유도 없이, 여하튼 비파 도사의 뒤를 쫓기로 작정했고, 상대에게 눈치 채이지 않을 정도의 간격을 두었으며, 기침 소리 하나에

*감제풀

도 바짝 신경을 곤두세우면서 발걸음을 재촉하긴 했으나, 얼마 가지 않아 즉각 상대가 알아차리고 말았으며,

그렇다고 해서 도사가 이것 봐라 하는 투의 태도를 취하지는 않았고, 멈춰 서지도 않는가 하면 뒤돌아보지도 않았으며, 종종걸음으로 북쪽을 향하던 중국인 엿장수를 불러 세워 돈만 치를 뿐이었으나,

약藥과 백분白粉과 빗도 파는 그 엿장수는 무묘마루가 있는 곳에 다가오자 척척 잽싼 동작으로 가느다란 대오리에 물엿을 둘둘 감아 그것을 건네주면서, 누구에게 부탁을 받았노라는 의미를 담아 오늘의 첫 손님 쪽으로 턱을 치켜들어 보였고, 대관절 어디가 마음에 들었는지 모르지만, 이토록 좁고 거친 풍습으로 가득 찬 이국땅에서 오래 살아남아야 한다는 듯이, 뒤뚱뒤뚱한 걸음걸이로 한여름 깊숙한 곳으로 헤치고 들어갔다.

해가 높아짐에 따라 오가는 행인의 수도 늘어났고, 먼지가 펄펄 나는 가도는 온갖 다양한 직종職種으로 뒤덮여간다.

농경용의 어린 말 세 마리를 끌고 가는, 정말이지 하비下卑한 인상의 거간꾼은, 톡톡히 한몫 보는 흥정이라도 성사시켰는지 식전부터 기분이 좋아서 오래된 마부가馬夫歌를 읊조리면서, 얼굴과는 닮지 않은 미성美聲으로 매미 소리를 물리쳤고,

활줄을 팔고 다니는 삿갓 쓰고 복면 한 장사치는, 남정네로

부터 생명의 증거를 몸에 받아들인 것으로 여겨지는 불쑥 튀어나온 배를 한 소금장수 여자와 나란히 걸어가면서, 달착지근한 이야기와 낭랑한 웃음소리를 서로 주고받았으며,

쉴 새 없이 지나가는 짐마차들에는 모두 특산품이 산더미처럼 쌓였고, 솜이나 낫, 종이나 먹, 돗자리나 자반고등어, 떡이나 가지, 쌀이나 오이, 때로는 비단이나 등자鐙子와 같은 고가의 물건이 경호 사무라이와 함께 달려갔으며, 혹은 예민한 시대감각을 갖추고, 더 많은 부귀를 바라마지 않는 벼락부자와 한패가 되고자 하는 야심가가 발걸음을 재촉하며 도읍으로 향했으며,

그런가 하면 이제부터 께름칙하기 짝이 없는 전쟁터로 떠나는 것 같은 소규모 군단이 보였고, 몇 명의 기마 무사가 수십 명의 병사를 거느리고 북상했으며, 장비와 무기를 찰깍거리며 진군하는 그 모습에서는 벌써부터 살기가 묻어나왔고, 땀범벅의 얼굴에는 비장감과 공명심이 잔뜩 배어 있었으며, 높이 솟구치는 흙먼지는 영원히 사라지지 않을 폭력과 비극을 생생하게 표상하고 있었다.

그렇다 하더라도 승려의 숫자가 이상하게 많았고, 진짜인지 가짜인지는 제쳐두더라도 여행자 다섯 명 중 한 명은 먹물 들인 옷을 걸쳤다.

그러나 승려는 겉으로 드러나는 것일 뿐 그 실태는 거지와 조금도 다를 바 없었고, 대다수는 경문 한 구절을 외는 정도밖에 되지 않았으며, 나머지는 무지한 농부들의 푸념을 들어주거나, 죽은 아이를 애도하여 회향回向*을 바치고, 애련의 거짓 눈물을 흘려주는 것만으로 겨우 그날그날 입에 풀칠할 거리를 확보하여, 간신히 아사자 대열에 끼지 않고 넘어가는 밥줄 끊어진 자들임에 틀림없었으며,

사생관이나 죄업관罪業觀이 흐리멍덩해지고 만 세상을 만나 내심 괴로워하고 고뇌하는 자는 늘어나기만 할 뿐이었으나, 그 신음은 한도에까지 도달하면 단숨에 반전하여, '죄도 업보도 후세도 잊으면 그뿐이야'라고 하는 태도 변화를 초래함으로써 일체의 번민을 지워버렸고, 무상無常이라는 이름의 홑옷을 몸에 걸치고 혼의 해체와 구제를 제정신으로 바라는 승려 따위는 드물게 있을 따름이었으며,

어느 종파의 신도들도 유암幽暗**한 세상에서 사벽邪僻한 마음을 바로잡을 수는 없었고, 무지를 회피할 수도 없었으며, 필경은 어느 누구 가릴 것 없이 시의심猜疑心 덩어리였으며, 배덕적인 숱한 행위에 빠져, 악념에 사로잡혀 선을 제거하는 것 같은 삶을 살았고, 정색을 하고 나서지 못할 지경에까지 빠져들어 세계의 종말을 바라는 광신자들은 어떤가 하면, 자신의 빈약한 혼을 힘들이지 않고 존재와 무無의 경계 너머로 보내는 것 외에는 아무것도 염두에 없는 꼬락서니였다.

무묘마루는 의연히 무묘마루다운 무묘마루이며, 무묘마루다운 무묘마루라는 사실에 더욱 박차를 가한다.

여하한 명암도 딛고 넘어가며, 여하한 사태도 빈틈없이 지켜보고, 여하한 침체에도 염오厭惡의 정신을 살려서 양심을 휴지休止시키는 법이 없고, 악의 길에 갈피를 잡지 못하는 일도 없으며, 벌거벗은 자기를 당당히 세상에 내놓아, 불길한 사건에 휩쓸려 의기저상意氣沮喪***하는 법이 없고, 수심에 잠겨 울적해지는 법도 없으며,

우수에 젖은 광야를 곁눈질하지 않고 똑바로 달려나가, 외연하게 솟구친 산등성이 위를 상쾌한 기분으로 건너가, 고요히 빛나는 해원을 만끽하면서 유유히 거닐어, 깊은 숲속에서 이름 없는 묘墓와 딱 마주쳐도 자신도 모르게 권염倦厭의 공기를 느껴 쩔쩔 매거나 하는 일도 없고,

또한 지나가버린 지복을 그리워하는 법이 없으며, 행복의 환상을 뒤쫓은 일도, 불행을 막연히 예감하는 일도 없고, 그것이 아무리 고귀한 신분의 상대라고 하더라도 꿀리는 일은 절대로 없으며, 그것이 여인이더라도, 그것이 아이이더라도, 그것이 비인이더라도, 그것이 들개이더라도, 언제나 아무 거리낌 없는 태도로 대하고, 만난 순간에 자신의 마음을 있는 그대

*죽은 사람의 명복을 빎 **어둠침침함 ***의기소침

로 다 주어버리며,

설령 의아스러운 눈으로 바라보고 수상쩍은 사내라는 의심을 사더라도, 화가 치밀어 변명하거나, 밉살스러운 웃음을 머금고 남을 얕잡아보거나, 한심해서 참지 못할 세상의 흐름을 느꼈을 때 일일이 심우深憂를 품거나 한 적은 없었다.

대관절 더러운 비파 도사의 어느 구석에 배울 점이 있겠느냐는 것이야 차치하고, 따라갈 가치는 있을지 모른다.

태어난 뒤 지금까지 늘 배척당하는 측으로 몰려서 심란한 날들을 보냈고, 지옥과 같은 고초를 늘 맛보아왔으며, 태양을 그 열로밖에 느끼지 못했고, 달을 글깨나 읽는 자들이 어쩌다 흥이 돋을라치면 입에 담는 찬탄으로밖에 이해하지 못하는 처지는 앞으로도 계속 이어질 것이며,

극히 하찮은 희망조차도 매장당하고, 수중에서 걷어 올릴 수 있는 것이라고는, 연민의 정에 의지하여 얻는 몇 푼 되지 않는 돈과 보잘것없는 주먹밥밖에 없으며, 모든 빛에 등을 돌림으로써 모든 사람들로부터도 등을 돌리게 되고 말아, 툭하면 눈물을 흘리는 세월을 늘 보낸다고 해서 본심을 밝힐 상대는 언제까지 기다려도 나타나지 않고, 뱀이나 말똥을 밟은 다음에야 비로소 그런 사실을 알았으며,

그러나 그렇기에 더욱더 영묘靈妙한 음률과 박진迫眞으로

넘치는 교묘한 이야기를 익힐 수 있었고, 사람의 진심이 무엇인지를 회득會得*할 수 있었던 것이며, 어쩌면 아무 짝에 쓸모없는 눈의 안쪽에는 또 한 쌍의 눈이 번쩍번쩍 타오르고 있을지 모르며, 그로 인해 뛰어난 시력의 소유자보다 훨씬 유리한 견지에 서서 이토록 잘 보이지 않는 세계를 바라보는 것이 가능한지 몰랐다.

더위가 점점 심해지고, 여름의 야산은 육리陸離한 색채로 뒤덮여가며, 늦게 핀 꽃은 점점 고개를 숙인다.

바싹 건조한 가도를 왕래하는 자들은 샘솟는 물이 있는 곳에서 반드시 발걸음을 멈추었고, 나무그늘을 발견하면 땀이 완전히 마를 때까지 거기서 움직이려 들지 않았으며, 쇼군처럼 횡포한 항성恒星을 원망스럽게 올려다보면서 벌써부터 해질 무렵의 소나기를 그리워했고,

그렇다고 해서 맹서猛暑로 녹초가 되어버린 자는 아직 없었으며, 앞길의 불안을 강하게 느끼는 것 같은 의지 약한 자도 눈에 띄지 않았고, 너무나 촌부자村夫子**연하는 백발의 나루터지기 따위는 거만한 말투로, 지나친 맹서는 흉조라고 서슴없이 잘라 말했으며, 가뭄으로 인한 곡물의 흉작은 도읍을 반

*알아차림 **시골 선비

란의 불길로 몽땅 태우리라고 세상 물정 다 아는 사람처럼 단언했지만,

그러나 누더기 같은 배를 타고 대안對岸으로 건너가는 나그네들의 관심사는 오로지 강물 위로 불어가는 시원한 바람 하나뿐이었으며, 멍한 표정으로 눈을 가늘게 뜬 얼굴에는 국력의 한없는 신장과 온난한 기후의 지속을 굳게 믿는다고, 그렇게 확실하게 적혀 있어서, 고명한 불사佛師가 어린 시절부터 기른 제자라고 자랑스레 자만하는 젊은 사내는, 도읍이 큰불에 휩쓸릴 때마다 일이 많아져서, 생활이 풍족해지리라고 큰 소리를 칠 지경이었다.

배에서 내린 비파 도사는 낭창낭창한 목소리로 나루터지기에게 길을 물어본 뒤, 가도를 벗어나 나무숲의 샛길로 간다.

무묘마루를 뿌리치기 위한 것인지, 근처 마을에서 한바탕 돈벌이를 할 요량인지, 혹은 그 양쪽 모두인지, 서럽고 한탄스러운 삶에 휴식을 고한 지 오래인 맹인은, 마른 나뭇가지 같은 오체를 뒤뚱거리면서 무릎까지 자란 여름풀을 헤치며 나아갔고, 벌의 날개 소리가 가까이 들려올 때마다 아무 도움이 되지 않는 눈을 들어, 지팡이를 휘휘 저으면서 욕지거리를 퍼부었으며, 일부러 들으라는 듯이 후생後生이니까 따라다니지 말라고 고함질렀고,

그렇지만 무묘마루는 조금도 개의치 않았으며, 너무 따라 붙지도 너무 떨어지지도 않는 거리를 유지하면서 뒤따랐고, 결코 이야기는 걸지 않았으며, 쓰러진 나무가 길을 가로막고 있어도 일러주지 않았고, 물이 많은 탓으로 오히려 가뭄을 환영하는 잘 사는 촌락의 동구 밖에서 마음씨 상냥해 보이는 농부의 딸에게서 산 우렁이조림과 식은밥은 나누어주려 들지 않았으며,

이윽고 그렇게 하는 것이 하늘로부터 부여받은 사명이기라도 하듯이, 혹은 그만두려야 그만두지 못할 기분에 휩싸이는 것처럼 느껴져서, 땅 끝까지 동행하여도 괜찮겠다고 작정하기에 이르렀다.

비파 도사는 덧없는 인간 세상을 가로질러, 비교적 유복해 보이는 촌락을 잇달아 통과하면서도, 도통 장사할 마음을 먹지 않는다.

해가 있을 때는 농부들이 밖에서 일하고 있었고, 또한 비파는 칠흑의 대기를 관통함으로써 비로소 그 효과를 충분히 발휘한다는 이유로 밤이 오기를 기다리고 있었는지도 몰랐으며, 주간晝間의 배회는 그저 마을의 형편을 살펴두자는 것뿐이었는지도 몰랐고,

그런데 그 같은 상상이 빗나갔음을 알았을 때는, 산속에 파

묻힌 높은 지대에 진을 친 군단의 주둔지가 바로 눈앞에 다가왔으며, 문장紋章을 새긴 여러 개의 깃발이 펄럭펄럭 나부꼈고, 막사가 덜컥덜컥 소리를 냈으며, 울타리 안에는 말들이 난폭한 추억에서 달아나려고 의미도 없이 뛰어다니거나 여름풀을 먹거나 했고, 요소요소에 세워져 번쩍번쩍 빛나는 것은 창과 칼 따위의 살상용 도구에 틀림없었으며,

그렇다고 해서 낡아빠진 저택과 벼락치기로 지어서 훅 불면 날아가버릴 것 같은 막사를 합친 것뿐인, 거의 성채로서의 형태를 이루지 못한, 일시적인 용도에 지나지 않는, 더구나 지금까지 한동안 전투다운 전투를 하지 않았는지 긴박감은 털끝만큼도 느낄 수 없었고, 살기등등한 분위기 따위는 어디에도 떠돌지 않았다.

형태뿐인 한가로운 막사 주변에서는, 근처 마을에서 놀러 온 아이들이 광장을 이용하여 씩씩하게 뛰어다닌다.

일단 고용된 다음에는 설령 상대가 육친이더라도 망설이지 않고 칼날을 겨누고, 또한 보상 여하에 따라 언제라도 배신할 수 있는 그런 농부 출신의 하급 병사들은, 빙 둘러앉아 술잔을 채우거나, 일순간에 승부가 갈리는 간단한 도박에 신바람을 내거나, 낮잠을 자거나, 이 잡기에 몰두하거나, 전리품으로 여겨지는 멋진 도우마루〔胴丸〕˚를 손질하거나 하면서, 께느른한

오후를 지루하게 보내고 있었으나,

하지만 그 인원수는 아주 적었고, 현저하게 정한精悍함이 모자라는 풍모로 봐서 자연발생적인 어설프기 짝이 없는 산적 무리들과도 호각互角으로 싸울 수 있을지 어떨지조차 의심스럽게 여겨졌고, 만약 슈고다이묘〔守護大名〕**를 드러내는 깃발을 세워놓지 않았더라면 농민 반란군의 근거지로 의심받아도 도리가 없으리라고, 그렇게 무묘마루는 생각하면서, 비파 도사야 어쨌거나, 칼을 두 자루나 몸에 지닌 자신 쪽을 상대가 어떤 눈으로 바라볼지 약간 걱정이 되었으며,

그렇다고 해서 이미 자신의 모습이 사람들의 눈에 띄고만 이상, 여기서 되돌아간다면 더욱 의혹을 짙게 할 뿐이라고 여겨서 에이, 될 대로 되라, 어떻게든 되겠지 하는 배짱으로, 비파 도사의 뒤를 따랐다.

다행히 미지의 맹인과, 비파라는 악기와, 굽 높은 나막신의 딸깍딸깍하는 소리 쪽에 시선이 집중된다.

진객珍客이 찾아왔다는 누군가의 비웃음이 담긴 한마디가 진영 내에 재빨리 전해져, 한가하게 여가를 보내던 병사들이

---

*통처럼 둥글게 만든 간편한 옛날 갑옷의 하나 **각 지역 행정 담당관으로 있다가 지역 영주의 자리에 오른 사람

슬금슬금 밖으로 몰려드는가 했더니, 이내 비파 도사를 불러 세우고 빙 둘러서서, 살아 있는 시체와 같은 풍채의 맹인을 빤히 쳐다보면서, 우선은 조롱하는 말과 멸시의 말을 두루 섞어 가며 낄낄거리면서 웃더니,

한바탕 웃고 나자 싸움터에 나가기는커녕, 싸움을 구경하고 싶어도 구경할 수 없을 것 같은 자가 싸움 이야기를 한다는 것은 가소롭기 짝이 없다느니, 소가 웃을 노릇이라느니 하면서 야유한 뒤, 실제의 싸움이라는 것은 비파 소리에 맞추어 이야기하는 따위의 겉치레만 그럴듯한 일이 아니고, 실력 있는 자와 운이 강한 자와 같은 편의 숫자가 많은 자만이 살아남을 수 있는, 도저히 입으로 말하지 못할 축생도畜生道의 세계라고, 그렇게 큰소리를 치더니,

그래도 아직 성에 차지 않는지, 약한 자를 향한 증오와 혐오를 노골적으로 드러내었고, 세상의 동정에 기대어 살아가려는 것은 자연의 섭리에 반하는 삶이며, 따라서 하루라도 빨리 객사客死하는 편이 세상을 위해, 남을 위해 좋은 일이라며 진지한 표정으로 잘라 말한 다음, 마지막에는 창으로 나막신의 높은 굽을 쿡쿡 찌르는 식이어서, 콧물을 질질 흘리는 아이들까지가 그 흉내를 낼 판이었다.

비파 도사는 비실비실 비틀거리면서도 결코 용서를 빌지도 않았고, 하염없이 눈물을 흘리지도 않는다.

그렇기는커녕 느닷없이 요설饒舌로 바뀌어, 대관절 그토록 부자유한 몸의 어느 구석에서 그런 정열이 솟구쳐 오르는지 무묘마루로서는 어리둥절하기 짝이 없었으나, 현실과 이야기 세계의 차이에 관해 또박또박 말하기 시작하여, 허구가 현실에 미치지 않을 수 없는 놀라운 영향력에 대해 장황하게 까발렸고, 놀라움으로 가득 찬 이 세상에 만족한다면, 어째서 술을 마시고, 어째서 노래를 부르며, 어째서 거짓투성이의 전설을 즐기고, 어째서 투구나 갑옷이나 칼을 필요 이상으로 요란하게 갖추느냐고 반론하니까,

급소를 찔려 끽소리도 못하게 된 우락부락한 자들은, 한동안 말문을 닫고 있었으나 이내 정신을 차렸고, 생떼거리를 쓰면 제명대로 못 산다고 공갈치더니, 뒷산에 수총首塚*이 있는데 오랫동안 새로운 목을 묻지 못하는 바람에 망령들이 쓸쓸해한다고 위협했으며, 이제 막 새로 간 칼날을 도사의 목덜미에 찰싹 갖다대면서, 상대가 겁에 질려 돌처럼 굳어지자 다들 일제히 웃음을 터트렸고,

그러는 사이에 무묘마루는 어떤가 하면, 의분義憤을 느끼지도 않았으며, 그러니까 눈을 딱 부릅뜨고 덤벼드는 것 따위는 꿈도 꾸지 못할 일이었고, 오로지 방관자로 일관했으나, 결과로서는 그쪽이 원만하게 일을 처리하는 데 도움이 되었으며,

*죽은 자의 목을 베어 묻은 곳

적어도 닭과 같은 가느다란 목이 허공으로 날아오르는 식의 비극에 이르지 않고 끝났다.

 바깥에서의 소동을 알아차리고, 제법 사무라이 나부랭이라고 해도 그다지 어색하지 않을 것 같은 사내가 나타난다.

 몸집이 작으면서도 상당히 멋진 턱수염하며, 예리하면서도 아주 맑은 안광하며, 소박하면서도 청결한 옷차림하며, 무슨 일에도 서두르지 않을 것 같은 침착한 태도하며, 싸잡아서 한 패거리로 몰아세울 인물이 아니라는 사실만큼은 분명했고, 적어도 무리들 가운데에서는 가장 괜찮은 인간이라는 사실은 틀림없었으며,
 그 증거로, 그자가 대관절 어떻게 된 일이냐고 묻기만 했을 뿐인데도, 다들 입 언저리에서 일제히 웃음이 싹 가셨고, 아주 쩔쩔 매면서 길을 텄으며, 아이들과 개마저 긴장했고, 그 주변 일대의 느슨한 분위기가 대번에 확 변했으며,
 사무라이 대장이라고까지는 말하지 못해도, 그에 상응하는 지위를 지녔으리라 여겨지는 그 사내는, 약한 자를 놀려먹음으로써 울적함을 떨쳐버리려 하는 수하들을 일갈한 다음, 이번에는 눈앞의 비파 도사를 머리 꼭대기에서 발끝까지 차분히 관찰했고, 휴대하기에는 불편한 크기의 비파를 등에 매고 있다는 사실을 알아차리자 예사롭지 않은 인간이라고 깨달았는

지, 갑자기 말투를 바꾸어, 예전에 슈고다이를 수행하여 도읍에 올라갔을 때, 어느 귀족의 저택에서 기특무쌍奇特無雙*의 고수로 평판이 난 겐교〔檢校〕**의 헤이케모노가타리〔平家物語〕***를 들은 적이 있으며, 당시의 감동은 여태 식지 않을 정도이고, 그로부터 몇 해가 흘렀음에도 불구하고 아직 혼이 포박당한 그대로라고 말했다.

그날 밤의 감격을 재생하는 것이 바람직하지 않다는 정도야 잘 알지만, 그래도 한번 연주해주기 바란다.

마대에 꽉 찬 전비戰費의 일부로 여겨지는 돈이 짤그락거리는 소리를 들으면서, 그럴듯하게 성의를 표하면서 부탁해오자, 비파 도사는 오히려 자신이 바라마지 않았던 제안이라 군말 없이 즉시 유쾌하게 승낙했고, 이토록 햇볕이 내리쬐는, 정서고 나발이고 없는 분위기 속에서 연주해도 괜찮겠느냐고 물어보면서, 아이들과 개 짖는 소리가 들리지 않는 장소로 안내해주기 바란다며 지팡이를 내밀었고,

그 지팡이 끝을 스스로 쥔, 몸집은 작으나 거물의 풍격을 갖춘 사무라이는, 그것을 쓱 끌어당겨, 사마귀를 떠올리게 하

---

*특이하여 겨룰 상대가 없음 **옛날 맹인에게 주던 최고의 벼슬 ***헤이케 일문의 영화와 멸망을 그린 옛 소설

는 상대의 얼굴에 이목구비가 번듯한 자신의 얼굴을 갖다대면서, 별안간 표변하여 높은 기품을 과시했고, 모두에게 들릴 것 같은 목소리로, 시골 사무라이라고 깔보다가는 큰코다칠 것이라고 말했으며, 만약 너무 형편없고 성질 더러운 길거리의 매춘부가 내지르는 것처럼 진심이 담기지 않은 새된 목소리나 다를 바 없을 경우에는, 목이 몸통에서 떨어져나갈 것을 각오하는 편이 나을 것이라고 다짐을 두었고,

그러자 비파 도사는 일순 긴장으로 몸이 굳어지더니, 고개를 숙이듯이 하면서 모든 신경을 귀에 집중했으며, 동시에 뺨에 닿는 바람의 온도를 확인하듯 하는 자세를 취하는가 싶더니, 이제 곧 뇌우가 내릴 것이라고 단언하면서, 이어서 소중한 비파가 젖으면 이도 저도 다 망치게 되니까 일단 비를 피할 수 있는 곳으로 이동하고 싶다고 말했다.

비가 새지 않는 지붕이라면 이 막사도 괜찮으니까, 자 들어가자면서 다시 지팡이를 쓰윽 끌어당긴다.

그러나 친절심으로 그렇게 말한 게 아니라, 그 사무라이에게는 비파 도사가 도망칠 구실을 주지 않으려는 의도가 있었고, 다시 말해 훌륭한 장사 도구도 어차피 허세에 지나지 않는다고 판단하여, 도읍에서의 감동의 재래再來는 깨끗이 단념했으며, 이제는 상대를 창피하게 만드는 즐거움밖에 남아 있지

않다고 생각하여, 조금 전까지 갖추었던 군단을 통솔하는 사무라이로서의 품격을 반감시켜버렸고, 부랑배나 다름없는 부하들의 성근性根에 다가섰으며,

그때 누군가가 다른 장소 쪽이 낫지 않을까 하고 진언하면서, 너무나도 의미심장한, 너무나도 악의가 담긴 말투로 '오중탑五重塔'이라는 단어를 입에 올렸으며, 그 순간 기학적인 웃음과 탄식이 번져갔고, 전원일치로 그곳으로 결정하긴 했으나, 길 안내자로 뽑힌 병사는 상당한 위장부偉丈夫였음에도 불구하고 어찌된 영문인지 뒷걸음질 치면서, 누군가 한 명 더 딸려줄 수 없겠느냐고 간원懇願하면서, 그렇지 않으면 나서지 않겠노라고 떼를 썼고,

결국 비파 도사는 칼 외에 창으로 무장한 두 명의 병사들과 함께 뒷산으로 이어지는 언덕길을 올라가게 되었는데, 출발에 즈음하여 몸집이 작은 사무라이는 싱글벙글 웃으면서 비가 그치면 마중하러 가겠노라고 말했고, 그때는 물론 돈을 지불하겠으며, 밥도 배불리 먹여주겠노라고 약속했다.

잊어버리고 이야기하지 않은 것이 있었던지, 막사의 통솔자는 무묘마루가 멈춰 서서 추이를 지켜보고 있던 곳까지 세 사람을 뒤쫓아온다.

그러나 비파 도사에게 말하고 싶었던 것이 아니라, 그가 불

러 세운 것은 수하의 부하들 쪽으로, 목청을 낮추어 소곤소곤 전했음에도 불구하고 남들보다 갑절이나, 어쩌면 맹인보다 더 귀가 예민할지 모르는 무묘마루에게는 이야기 내용이 그대로 죄다 들렸고,

소나기가 내리지 않을 때는 오중탑에 가둬버리고 돌아오라는 명령을 받은 두 사람은, 허리춤에 차고 있는 질겨 보이는 가죽 끈을 가리키면서, 이것을 사용하여 문이 열리지 않도록 하겠다고 대답했으며, 누런 이빨과 빠진 이빨을 드러낸 채 싱긋이 웃었으나, 그 얼굴의 어딘가에 일말의 불안이 느껴졌고, 발걸음에도 어딘가 허세가 느껴졌으며,

세 사람의 모습이 나무숲에 가려지자, 배웅한 자들 사이에서 '요마妖魔'니 '식인귀'니 하는 예사롭지 않은 단어가 천연덕스럽게 속삭여졌고, 과연 눈이 보이지 않는 자가 그것에 겁을 내겠느냐고 말하거나, 머리로부터 통째로 잡아먹힐 순간이 되어서야 비로소 그걸 알아차리리라고 말하거나, 뼈와 껍데기뿐이니까 먹을 것도 없지 않을까 하고 말하거나, 한동안 그런 농담으로 왁자했다.

그야 어쨌거나, 그 오중탑에서 하룻밤을 보내고 살아서 아침을 맞은 자는 단 한 명도 없다.

그런 기괴한 이야기를 하면서 병사들이 막사로 돌아가자,

무묘마루는 슬쩍 그 자리를 벗어나 자신에게 쏠리는 시선이 하나도 없다는 사실을 충분히 확인한 다음, 비파 도사가 사라져 간 쪽으로 발걸음을 옮겨, 발에 밟혀 짓눌린 여름풀에 기대어 뒤를 쫓았고,

울창한 나무들로 뒤덮인 길 없는 길을 더듬어가자, 어느 결에 울연한 숲으로 들어서버렸으며, 주위에는 미처 수를 헤아릴 수 없이 많은 삼나무 고목이 우뚝우뚝 치솟아 있었고, 좀 더 깊숙이 들어가자 차츰 경사가 완만해지는가 싶더니, 마침내 걷기 수월한 평지로 바뀌었으며,

그래도 숲의 깊이에는 전혀 변화가 없었고, 제대로 하늘조차 보이지 않을 지경이었으며, 그로 인해 날씨를 살필 수도 없었고, 청랑晴朗*하다고 여기면 청랑, 운천曇天**이라고 여기면 운천으로 보였으며, 과혹한 여행으로 단련된 맹인의 직감이 어느 정도의 힘을 지녔는지 알 수 없게 되고 말았으며,

말은 그렇게 해도, 뇌우의 예고가 괴로운 나머지 순식간에 입에서 튀어나온 발뺌의 핑계라고는 도저히 여겨지지 않았고, 왜냐하면 혼을 매료시키기에 충분한 그 연주 솜씨가 있으니까, 횡포한 손님이 생트집을 잡는다고 해서 일일이 엉거주춤할 필요 따위는 전혀 없었기 때문이다.

*맑고 명랑함 **흐린 하늘

낮임에도 어두운 울창한 숲의 일각이 별안간 열리는가 싶더니, 무시무시하고 거대한 덩어리가 길을 막는다.

도저히 인공물로는 여겨지지 않을 만큼 주위의 나무들과 잘 어우러진 오중탑은, 낡을 대로 낡아, 지붕 여기저기가 크게 찌부러져 있긴 했으나, 그래도 축 그 자체가 기울지지는 않았고, 삼나무 우듬지에 걸린 구륜九輪은, 어느 사이인지 모르게 떼구름이 몰려 엉킨 하늘을 푹 찌르며 위압적인 위용을 드러냈으며,

더구나 마치 생명을 받아 숨을 쉬는 것처럼 생생한 분위기를 풍겼고, 그도 아니라면, 분해와 재생을 되풀이하면서 수천 년, 수만 년이나 살고 있는, 아직 세상에 알려지지 않은 진종珍種의 거대 생물로 여겨졌으며, 당장이라도 우레 같은 포효를 터트리면서 쫓아올 것같이 여겨져, 요마니 식인귀니 하고 불리던 것이 실은 이 오중탑 자체가 아닐까 하고 의아스러웠고,

태어나서 처음 보는 건조물 앞에서 공포로 그 자리에 못 박힌 무묘마루는, 흐려지기만 하는, 소나기가 확실해져 어두컴컴해지는 천공天空을 올려다보면서 쏜살같이 도망쳐오는 두 명의 잡병雜兵을 알아보자 서둘러 덤불 속으로 몸을 숨겼고, 완전히 허둥대는 얼빠진 자들을 보내주었다.

그때 잔뜩 흐린 하늘 아래에서, 오중탑이 눈을 빛내며 한마디 호통을 터트려 숲과 산의 구석구석까지지 떨리게 한다.

그것이 천둥이며, 그것이 벼락이라는 사실을 알았던 것은, 굵은 빗방울이 두드리듯이 내리기 시작했기 때문이며, 우박이 섞인 폭우는 즉각 온 산을 뒤덮었고, 그러자 얼마 안 가서 여기저기서 낙뢰가 발생하여, 그럴 때마다 불길과 같은 색채의 빛이 번쩍였고, 몸을 타고 쿵쿵 울리는 땅울림이 전해졌으며,

흠뻑 젖음으로써 오중탑은 점점 더 이채로운 생기를 띠었고, 그 전체에 나쁜 욕망이 어른거리는 것처럼 여겨짐을 어쩔 수 없었으며, 당장이라도 느릿느릿 움직이기 시작하지나 않을까 걱정이 되어, 송연悚然하여 몸이 부르르 떨릴 지경이었으나,

하지만 갑자기 눈앞의 거목이 낙뢰의 직격을 받아, 가지에 불의 띠가 신속하게 번지는 것을 발견했을 때, 무묘마루는 잽싸게 사냥꾼의 품으로 뛰어드는 꿩으로 바뀌고 말아, 시커멓게 타서 절명할 정도라면 숲의 요마에게 잡아먹히는 편이 차라리 낫다고 여겨, 두 자루의 칼을 몸에 지닌 사나이로서 체면이 깎이는 따위는 걱정조차 하지 않고 오중탑을 향하여 무턱대고 달려갔다.

*불탑의 노반 위에 아홉 개의 고리가 끼어 있는 장식 기둥

도달하기까지 눈과 코앞에 거대한 불기둥이 몇 개나 치솟았고, 찌릿찌릿한 저림이 전신을 관통한다.

그렇지만 쏜살같은 전격電擊의 노림은 너무나 부정확하여, 솜씨 좋은 사수가 과녁을 맞히는 경지에는 이르지 못했고, 그 바람에 그럭저럭 오중탑으로 피난할 수 있었으며, 삐거덕삐거덕거리는 계단을 뛰어올라 여닫이에 손을 대자, 끈으로 묶여 있지 않은 그것은 간단히 열렸고, 그와 동시에 벼락의 섬광에 의해 구석 쪽에 앉아 있는 비파 도사가 확연히 드러났으며,

미동조차 하지 않는 그 모습은, 흡사 염불을 외면서 미라가 되어가는 승려처럼 오중탑에 동화되어 있었고, 혹은 스스로의 기술력의 한계를 깨달은 지 오래인 칠漆 장인처럼 조용했으며, 또한 혹은 지옥에서 성불하지 못한 망자亡者와 닮았고, 자신도 모르게 압도당한 무묘마루는 들어가도 괜찮을지 어쩔지 망설여져, 낙뢰의 굉음에 등을 떠밀리자 간신히 문짝 안으로 몸을 들이밀었으나,

그렇지만 앉을 때까지는 안절부절못했고, 가슴이 두근거렸으며, 어째서 지금까지 벼락이 오중탑을 비껴갔는지가 의아스러웠고, 나무에 떨어질 정도라면 이쪽이 훨씬 손쉽지 않을까 고개가 갸웃거려졌으며, 오랫동안 소실燒失을 면해온 것이 실로 이상야릇한 일이라고 여겨짐을 어쩔 수 없었다.

방만한 벼락은 마구 엉터리 도약을 거듭한 끝에, 줄기차게 쏟아지는 비만 남겨두고 물러간다.

비는, 마치 벼락이 빠진 자리만큼 벌충이라도 하듯 기세를 더하여, 오중탑에 겹쳐진 지붕을 격렬하게 두드리는 빗소리가 귀를 멍하게 했으며, 그것은 몹시 화가 난 것처럼 거칠었고, 더욱 나쁜 것은 여기저기의 계곡에 홍수와 산사태를 계기繼起시키는 모양으로, 땅울림이 전해올 때마다 흡사 오중탑이 웃고 있는 것처럼 느껴졌으며,

이윽고 반쯤 얼이 빠진 상태에 놓여 있던 무묘마루는, 주위의 변화에 일일이 신경 쓰는 것을 포기해버렸고, 무엇이든 자명自明의 일로 받아들였으며, 무적의 호우와의 긴장관계를 풀었고, 아니, 깨끗이 항복한 뒤 문짝에 가까운 구석에 웅크리고 앉아 단단히 응축된 시간을 보냈으며, 말하자면 정신의 가사 상태에 한동안 빠져 있었으나,

그러는 동안 웬일인지 부드러운 잠 속으로 잠겨들어, 절대로 그 반대가 아닌 깊은 편안함이 밀물처럼 출렁출렁 밀려들어, 가슴속에 퇴적된 오래된 상처 딱지를 일거에 쓸어버려줄 것 같은, 만사에 밝은 빛을 던져줄 것 같은, 그런 바람직한 꿈의 단편에 순식간에 싸여가는 것이었다.

빗소리가 가늘어짐에 따라 바람 소리가 드세어지고, 한참

지나자 그 바람 소리에 비파 소리가 감겨든다.

마음에 내맡긴 채 연주하는 늠름하고 해맑은 음률은, 망념을 떨쳐내주었고, 거기에 더하여 마음을 정화해주었으며, 그렇다고 해서 잘못을 힐난하는 법도 없었고, 올바른 답을 모색하게 하는 법도 없었으며, 그 근저에서 작용하는 것은 구제救濟에 다름 아니었고, 하물며 이 세상에서 배척하기 위한 반주伴奏로 여기는 것은 분명히 헛짚은 생각이었으며,

성화聖化된 파동波動을 전신에 뒤집어씀으로써 무묘마루는 잠을 홱 팽개쳤고, 한바탕 기지개를 켠 다음 몸과 마음 양쪽의 근육을 충분히 풀어주고 나서, 비파 소리의 근원을 찾아, 도사가 탑 안에 없다는 사실을 확인하자 바깥으로 나갔으며,

계단 앞에 앉아 있는 맹인이 여름치고는 선뜩하게 차가운 달빛을 받으며, 이따금 숲을 우수수 스치며 불어 닥치는 강풍을 맞으면서, 선율이 솟구치는 대로, 때로는 섬세하게, 때로는 선열鮮烈하게 바치를 조종하는, 흡사 무언가에 홀려버린 것처럼 몰두하는 모습에 한동안 눈길을 앗기고, 그리고 소리에 빠졌으며,

이제 막 시작된 밤 속에 가만히 서서, 만상萬象의 위로 내리는 달그림자와 어둠이 겹쳐져 고요히 녹아가는 광경을 멍하니 바라보면서, 만물 가운데 있으면서 오직 단 하나, 영원으로 여겨지는 것은, 풍우風雨에 저항하며 수없는 춘추春秋를 지나온

이 오중탑뿐이 아닐까 하고, 그런 기분으로 기울어가는 것이었다.

얼마 지나지 않아 바람은 딱 그쳤고, 비파 음색에 올빼미와 쏙독새가 호응하여 울었고, 점점 밝은 밤이 정착되어간다.

그 밝음이 천체의 번쩍임이 안겨주는 것만이 아니라는 사실을 마침내 깨달은 무묘마루는, 달과 별 외에 광원光源이 있는 게 아닌가 궁금해져 부근을 돌아다녀보기로 했으나, 특별히 이렇다 할 원인은 찾아내지 못했고, 그래도 숲 전체가, 형체 있는 것 모두가 희미하게 빛났으며, 누런 밤을 자아내는 것의 정체가 파악되지 않아 안타깝게 여기면서 되돌아오려고 했을 바로 그때,

발꿈치를 돌린 순간 숨을 삼켰고, 끽경喫驚*할 수밖에 없는 현상을 목격하게 되자 앗 하고 외치고 싶어도 외칠 수 없는 상태가 되어버렸으며, 그도 그럴 것이, 오중탑 전체가 인광燐光을 뿌리고 있었고, 쇼군의 위광을 드러내느라 도읍에 건립했다는, 건물 전체에, 안이건 밖이건 금박을 입혔다는 사원寺院을 방불케 했고, 정의定義 불능의 미에 압도당했으며, 매사 꿈에 부풀었던 시절로 단숨에 되돌려졌고, 뒤틀린 감동이 샘솟

*몹시 놀람

아 올랐으며,

그리고 현란하고 장엄함에 이끌려, 신불이라는 요지부동의 정의를 근저에서부터 정정해도 개의치 않을 만큼의 기분이 들었고, 오로지 감사함으로써, 담담하면서도 아름다운 그 빛이 자신의 고통스러운 과거의 어둠을 지워줄 후광으로 바뀌지나 않을까 하고 기대하면서, 너무나 황송스러운 걸음걸이로 수수께끼 같은 분위기의 거대한 덩어리 쪽으로 주뼛주뼛 다가갔다.

자기 자신이 너무 비소한 존재로 여겨져, 치유하지 못할 상처를 입은 마음 여기저기가 쑤시고, 머리가 빙글빙글 돈다.

생득生得의 불신심不信心인 무묘마루로 하여금 무릎을 꿇고 절하게 만드는 오중탑은, 천상계와 지상계 사이에 아무런 모순도 느끼지 못하는 농밀한 영향을 끼쳤고, 사람이 쇠퇴일로의 나날을 살아가는 가련한 무리가 아니라는 사실을 일깨워주었으며, 화가 치밀기도 하고 몹시 슬퍼지기도 하는 아침을 믿는 정열을 되찾게 하여, 성스러운 밤의 밑바닥에 어디까지나 거룩하게 흘립屹立해 있었고,

지옥의 입구를 상상시켰던, 어둠과 그림자를 무한 연쇄시켜가는 깊은 숲이, 일전一轉하여 우연한 내방자를 위한 휴식의 뜰로 바뀌었으며, 절호의 보금자리가 되었고, 멋지게 꼬리를 끌면서 끊임없이 상공을 스쳐가는 유성군流星群은, 그 하나하나

가 구원의 빛을 인간계에 던졌으며, 세상살이를 위한 심로心勞로 인해 눌려 으깨어져 완전히 흐리멍덩해진 눈을 갓난아기 때의 징명澄明한 눈동자로 되돌려주었고, 타자에게 사랑을 바치는 기쁨을 기억하게 만들었으며,

이상하게도 조급한 상태에 빠져든 무묘마루는 어떤가 하면, 비에 젖어 무거워진 풀잎에 이마를 부비면서, 인지人知를 넘어선, 자질구레한 배려를 이 세상 구석구석까지 베풀어줄 참된 주역임에 틀림없는, 눈에는 보이지 않는 상대를 향하여, 부끄러운 줄도 모르고 무조건 복종을 맹세해버리는 것이었다.

예전에 없이 청명淸明을 향하여 나아가는 의식이, 신불에 얽힌 전설을 납득이 가는 이야기로 받아들인다.

그런데 땅바닥에 대고 있던 머리를 서서히 들어 올리면서, 새삼스럽게 오중탑을 우러러보고, 다시 한 번 존엄의 덩어리라고 해야 할 빛을 자신의 눈으로 확인하고자, 시선을 조심스럽게 각 층마다로 이동시켜 양식미의 극치를 상징하는 최상층에 눈길을 던졌을 때, 인광이 한층 더 응축된 일각一角이 시야에 들어왔는데, 세로로 길쭉한, 빛의 거울로 비유할 수밖에 없는 그것은 난간 바로 앞에까지 튀어나왔으며, 너무나 눈이 부셔서 한동안 아찔해질 뿐이었고,

드디어 인간을 훨씬 초월한 존재와의 조우라는 기적이 찾

아온 것인가 하고, 송구스럽긴 하지만 어떤 탁선託宣*을 받을 것인가 하며, 그렇게 기대하여 자세를 바로잡고, 심장이 내는 소리가 또렷이 들릴 만큼 가슴을 두근거리면서, 여전히 응시를 계속하고 있자니, 아주 불가사의한 빛에 에워싸인 것의 형체가 조금씩 식별 가능해졌는데,

그것은 인간의 모습을 하고, 게다가 여인의 모습을 닮았으며, 달리 말하자면 항간에서 소곤거리던, 수많은 경이가 달라붙어 있는, 존재할 리 없는 그분이라고 가정해도 괜찮을지 몰랐으며,

아니, 분명히 신임에 틀림없었고, 현란하고 호화로운 주니히토에(十二單)**의 의상이 무엇보다 그 사실을 증명하고 있었으며, 단풍이 물든 산 너머로 가라앉는 태양이나, 은색으로 물든 보름달 달빛으로 인해 생겨난 밤의 무지개에 취했을 때의 수만 배나 되는 감동을 받아 할 말을 잊었고, 하마터면 정신마저 잊어버리고 말 지경이었다.

진짜로 상심해버리지 않았던 것은, 그 상대의 세상에서도 무서운 면상 뒤에 감추어진 깊은 슬픔을 읽어냈기 때문이다.

공포로 인해 제자리에 못 박힌 채 꼼짝을 못하고, 악연실색하면서도, 무묘마루는 극도로 회의적으로 바뀌어, 자꾸 바라볼수록 만들어진 것으로 느껴지는, 허풍스러운 허수아비든가,

그도 아니라면 축제용으로 만든 꼭두각시로 여겨지는 그것을 한참 관찰하고 계속 응시하는 사이에, 신도 아니며, 신과 닮지도 않았다는 사실을 깨달았고, 얼마 지나지 않아 살아 있는 인간 여자에 틀림없다는 사실을 확신하게 되지만,

그렇다고 해서 세상의 통념에 반할 정도의 거체巨體까지 인정하기에는 이르지 않았고, 무엇보다도 예사롭지 않은 그 몸의 크기에 대해 부정의 기분이 먼저 들었으며, 남자라면 혹시 몰라도 여자니까 더욱 그래서, 외견으로 추측하는 한 사람을 닮았으되 사람은 아니라는 답밖에 낼 수 없었고,

탐람貪婪스러운 큰 입을 쉴 새 없이 쩍쩍 벌리고 있는 것은 필경 말을 하는 것으로 보였지만, 비파 소리의 방해를 받아 무슨 소리를 하는지 도통 알아먹기 힘들었으며, 혹시 어쩌면 짐승의 언어를 꽥꽥 소리 지르고 있는지도 몰랐고, 간단히 말해서 잡아먹겠다는 선전포고를 하는 것인지도 몰랐으며,

만약 이 여자야말로 아래쪽 막사에서 들은 식인귀인지 뭔지 하는 것이라면, 세상을 위해 사람을 위해 퇴치할 수밖에 없다는 지나친 의지의 발동에 의해, 허리춤의 칼을 스윽 빼긴 했으나, 그 이상의 움직임으로는 이어지지 않았고, 탑의 최상부까지 뛰어올라갈 만큼의 배짱이 생겨나지 않았다.

*신탁 **옛날 여관女官들이 입던 정장

눈곱만큼이라도 불리한 상황에서는 싸우고 싶지 않다는 이유에서, 무묘마루는 제자리에서 움직이지 않는다.

그리고 어쩌면 하늘을 나는 기술이라도 가졌을지 모르는 강적이, 순식간에 눈앞으로 뛰어내려와, 당장이라도 불을 뿜어낼 듯이 새빨간 입을 벌리고 덤벼드는 것을 상정하여 빈틈없이 태세를 갖추었고, 그렇다고 해서 철석같은 각오를 굳힌 것은 아니었으며, 오들오들 떨리는 무릎은 이러지도 저러지도 못했고, 그런지라 언제라도 싸움을 포기할 수 있도록, 등 뒤에 나 있는 길을 어떻게 가야 하는지도 확실하게 기억을 더듬어 두었지만,

그와 같은 긴박한 상황이 점점 무르익어가자, 다시금 대지가 움직이기 시작하여, 숲 여기저기에서 강풍이 휘몰아쳤고, 무더위를 날려버리는 바람이 불어 닥칠 때마다, 오중탑과 여자를 뚜렷하게 드러내주던 빛이 차츰차츰 희미해져갔으며, 금박이 한 장씩 벗겨지듯이 엷어짐에 따라 밤으로 녹아들어갔고, 주변에서 보이는 것은 흔해빠진 달빛과 별 그림자만 남았으며,

요마로 믿어지는 상대는 어둠에 삼켜져 그림자를 능가하는 그림자로 변했고, 그런데 그럼에도 불구하고 조금 전보다 두 배나 되는 초인적인 존재감을 풍겼으며, 여전히 무묘마루를 혼란에 빠트리는 괴물임에는 아무 변화가 없었다.

비파의 음률은 점점 더 음울陰鬱에 빠지고, 나무들은 튀어 올라 서로 간섭하면서 칼바람과도 닮은 신음소리가 생겨난다.

그런 뒤 다시 바람이 딱 그치고, 엄숙한 순간에 이어서 비파 소리와 올빼미 울음소리에만 지배되어가는가 하고 여긴 것도 잠시, 이번에는 다른 소리가 섞여서, 벅찬 혼돈 속으로 던져진 채, 가만히 귀 기울이고 있자니 그것이 탑의 꼭대기에서 흘러 내려오는 소리라는 사실을 알았고, 아니, 사람의 목소리라는 사실을 알았으며,

어마어마한 골격에서 터트려지는, 어중간한 사내보다 굵직한 목소리가 허희歔欷*라는 사실을 알아차릴 때까지는 꽤 시간이 걸렸고, 여자의 것으로는 도저히 믿어지지 않을 만큼 우렁찬 오열이긴 했으나, 그러나 그래도 마음의 상자에 밀폐되어 있는 서러움이 섬뜩섬뜩 전해져와, 이윽고 칼을 휘둘러 목숨을 노릴 기분이 사라져버렸으며,

그렇다고 해서 물러날 기분도 들지 않았고, 도깨비 여자의 흐느낌이 도달하는 곳에 타락의 단말마가 대기하고 있지나 않을까 싶어 진짜로 마음이 아팠으며, 그러는 사이에 모든 것을 감추지 않고 털어놓는다면, 설령 상대가 사람이 아니더라도 더불어 흔쾌히 의논해줄 수 있다고 여겼고, 칼을 칼집에 집어

*흐느껴 욺

넣으면서 오중탑 쪽으로, 피로를 모르는 비파 도사 쪽으로 신중하게 걸음을 옮겼다.

무묘마루의 눈길을 끌기에 충분한 거구의 여자는, 어째서 통곡하느냐는 물음에 별안간 입을 다물어버린다.

울기를 멈추었을 뿐 아니라, 거기에 비파 도사 이외의 사람이 있다는 사실을 처음으로 알아차린 것처럼 일순 움찔하더니, 그런 다음 난간을 벗어나 구석에 틀어박혀버린 채, 두 번 다시 모습을 보이지 않았으며,

마치 그 움직임에 맞추기라도 하는 것처럼 비파 소리가 그쳤고, 바치를 품에 넣은 주자奏者는 움직이지 않는 사람으로 변했으며, 그로부터 깊은 정적이 여운을 억누르면서 그 일대의 어둠이 사실은 아무 일도 아니었다고 주장하기라도 하듯이 여름밤은 깊어갔고,

자, 이게 어찌된 노릇인가 하며, 탑의 꼭대기까지 올라가 전율의 수수께끼를 해명해야 할까 말까, 그 눈물에는 그럴만한 이유가 있으리라고 호되게 따져야 할까 말까 하고, 그렇게 자문하는 무묘마루는, 시험 삼아 2층, 3층으로 계단을 올라갔으나 너무나 어두워 4층까지 가자 전진을 단념했으며, 만에 하나의 확률이더라도 암흑세계에서 식인귀의 희생이 되고 마는 것은 얼토당토않다는 두려움도 분명히 있었고, 우선은 날

이 새기를 기다려 햇빛을 한편으로 끌어들이는 것이 득책이라고 여겼으며, 일단 태도를 유보했고, 1층의 문에서 아주 가까운 곳에서 쉬기로 했다.

맹인은 비파와 허무를 끌어안고, 장자壯者는 두 자루의 칼과 허기진 배를 끌어안고, 각자 마루방에 드러눕는다.

제일 위층에 서식하는 존재를 아는지 모르는지 비파 도사는 이내 코를 골기 시작했고, 그 코골이에는 흡사 지옥에서 탈출할 수 있었던 자와 비슷한 안도의 음향이 스며 있었으며, 완전하게 인격을 잃어버린 잠은 생에 종지부를 찍을 정도로 깊었고, 어떤 잠꼬대도 흡족한 생명을 상징했으며, 어떤 꿈도 생애의 마지막 황홀을 안겨주고 있는지 몰랐고,

한편 무묘마루는 어떤가 하면, 5층에 사는 이상한 주민의 그림자로 인해 마음의 거울이 흐려지고 말아 뜬눈으로 밤을 새웠으며, 오감에 슬금슬금 다가오는 정체 모를 기색에 공포를 느끼면서, 마침내 자신의 눈에 선명하게 비친 것이 과연 사실이었는지 아닌지 의심스러워졌고, 이 세상에 있는 모든 것이 다 환멸이 아닐까 의아스러워지는 방향으로 휙 기울어졌을 무렵, 귀기가 서렸다고밖에 할 수 없는 목소리가 별안간 계단을 미끄러져 내려와 비파 도사의 코골이를 중단시켰으며,

그러자 무묘마루는 메뚜기처럼 벌떡 일어나 대비 자세를

취하긴 했으나, 아무리 기다려도 울음소리의 주인이 무시무시하게 등장하는 그런 장면은 벌어지지 않았고, 따라서 요마를 목격하여 도리 없이 퇴각하지 않을 도리가 없다는 식의 꼴사나운 사태에 직면하지 않고 끝났으며,

얼마 지나지 않아, 비파 도사가 잠꼬대의 연장인 듯한 말투로, 넓은 세상에는 자신보다 더 슬픈 신세가 있노라고, 그렇게 우두커니 중얼거릴 뿐이었다.

한창 날이 샐 무렵, 하얀 나비와 더불어 잠을 자는 꿈이 느닷없이 깨는가 싶더니, 궁지의 한복판이다.

 방심이 사태를 야기시켰다고 깨달았을 때는 벌써 늦었고, 그토록 꼭 껴안고 있었던 칼이 사라졌으며, 하물며 그 칼이 생판 본 적도 없는 남의 손에 쥐어져 있었고, '별의 칼'의 칼끝이 자신의 목에 닿아 있는 형편이어서 움직이려고 해도 움직일 수 없었으며, 하물며 절체절명의 처지를 교묘하게 회피할 수 있는 수단 따위가 있을 리 없었고, 무묘마루로서는 그저 상대를 가만히 노려보면서 뒷걸음질 치는 수밖에 없었으며,
 그렇다고 해서 일방적으로 피를 뿜어내는 식으로 사태가

전개되지는 않았고, 가슴 답답한 침묵의 눈싸움이 제법 오래 이어졌으며, 그러는 사이에 양자兩者는 한마디도 입을 여는 법이 없었고, 입을 꽉 다문 채 서로 상대를 쳐다보기만 할 뿐으로, 그러는 동안에도 시간의 흐름은 점점 나아가 마침내 날이 새었으며,

그러자 드디어 상대에게 움직임이 생겨났고, 바뀐 시간을 점점 빨리하는 태양빛을 등지고 한 걸음 한 걸음 다가오는 것은 사무라이에 틀림없었으며, 그것도 행동거지나 기색 등을 통해 순수한 사무라이라는 사실을 간파하기란 손쉬웠고, 아울러 만부득이한 상황이 아니면 그 형세를 역전시키기는 일단 불가능하다는 사실도 알았으며,

그러므로 최후의 희망은 목숨을 구걸하는 것뿐이었으나, 그러나 필사의 탄원이나 절원切願이 통할 인간인지 어쩐지 아직 확실치 않았고, 아침 해의 눈부심으로 인해 생김새조차도 짐작할 수 없었으며, 가진 돈을 몽땅 내줄 마음이 있음을 드러내는 것 외에는 달리 뾰족한 방법이 없었다.

비파 도사는 우선 벽에 달라붙음으로써 난을 피하고자 했고, 거친 숨결로 봐서 상황을 알아차린 모양이다.

하지만 우격다짐으로 저세상으로 보내버릴 속셈이었다면 벌써 그랬으리라는 사실을 깨달았고, 설사 무자비하게 혼쭐을

낸 다음 목숨을 빼앗을 요량이라면, 슬슬 공포의 말을 한두 마디쯤 터트려도 무방할 무렵임에도 상대의 입은 무거웠으며, 무묘마루가 후퇴한 만큼 칼을 앞으로 내미는 것에만 전념했고,

그런 행동을 되풀이하는 사이에 드디어 비파 도사의 앞을 통과하여 방을 빙그르 일주했으며, 그리하여 등이 여닫이 문짝에 닿는 순간 바깥으로 굴러버렸고, 그 기세를 이용하여 간신히 일어선 것까지는 좋았으나, 휘청거린 순간 계단을 헛디뎌 벌렁 나자빠지는가 싶더니 후두부를 세게 부딪쳐 눈에서 튀어나오는 불똥에 잠시 동안 홀려버렸으며,

다행히 거기가 풀밭이라서 아무 탈 없이 넘어갔으나, 극히 살짝 위치가 빗나가 바닥에 깔린 돌에 부딪쳤더라면 그냥 넘어가지는 않았으리라는 사실을 알아차리자마자, 통증과 더불어 분노가 온몸을 관통하여 태도를 단숨에 획 바꾸는 계기가 되었다.

폭발적이라고 말할 수 있는 엄청난 분노의 순간을 기점으로 하여, 잃어버렸던 투쟁 의지가 단숨에 되살아난다.

그렇기는 하나 맨손으로 맞서 싸울 만큼 울컥해버리지는 않았고, 고작 허리를 펴고 당장이라도 달려들 태세를 취한 정도였으며, 반역적인 의지력을 태도로 드러내는 선에서 그치고, 결코 있는 힘을 다하여 칼을 되찾으려는 것 같은 우거愚擧

에는 나서지 않았으며,

그것을 간파한, 아무래도 도리에 어긋나는 적은 표정을 전혀 바꾸지 않고 한마디 말조차 없이, 무묘마루의 발아래에 빼앗아간 '별의 칼'과 칼집을 휙 던졌으며, 뿐만 아니라 '풀의 칼' 쪽마저 돌려주었고, 잇달아 빙글 몸을 돌리더니 이쪽으로 등을 돌린 채, 이슬에 젖은 무거운 풀잎을 밟으면서, 신선한 빛으로 가득 찬 드넓은 광장까지 당당한 발걸음으로 이동했으며,

철저하게 모멸당하고만 도발과, 부딪친 머리의 아픔에 비례하는 격노로 제정신을 잃은 무묘마루는, '별의 칼'을 거머쥐자마자 슬금슬금 도움닫기를 하면서 뒤를 쫓아가, 상대가 되돌아보기만 하면 허리의 물건을 뽑아 치명적인 일격을 가한다는, 상투수단인 줄 번연히 아는 방법을 써먹고자 점점 거리를 좁혀갔다.

그런데 드디어 땅바닥을 차고 공중으로 떠올라, 높은 곳에서 대번에 베어버릴 지경이 되었으나 상대는 뒤돌아보지 않는다.

적의 뒤통수를 싹둑 베어버리려고, 모든 체중을 실은 시퍼런 칼날이 가차 없이 호弧를 그으면서 습격해 가서, 어깻죽지까지 도달하여 튀어나오는 선혈을 확실하게 느끼리라 여긴 찰나, 순식간의 이동으로밖에 무어라 표현할 수 없는, 도무지 믿어지지 않는 재빠른 몸놀림으로 살짝 피하는 바람에, 자신 넘

치는 필살의 일격은 요란한 헛손질로 끝나버렸고,

발아래의 풀을 베고 땅속으로 파고든 칼을 뽑아내어 다시 그것을 휘두르며 덤벼들었으나, 놀랍게도 상대는 아직 자세를 바꾸지도 않은 채 등을 뒤로 돌린 모습 그대로 두 번째 공격, 세 번째 공격을 피했으며, 어깨로부터 비스듬히 베려고 해도, 가로로 똑바로 베려고 해도, 낮은 위치에서 위로 올려치려고 해도, 옷깃조차 스치지 못했고,

그것이 우연이나 행운의 덕택이 아니라, 단련에 의해 체득한 무예가 보여주는 기技라는 사실이 확실해지자, 비로소 무묘마루는 자신의 모자라는 힘과 창피함을 동시에 깨달았으며, 제아무리 용을 써본들 단 한 차례도 건드리지 못하는 미숙함을 절실하게 알아차렸고, 지금까지 아수라장을 그럭저럭 빠져나온 것만으로 길러진 자신감이 일격에 무너져 내리는 것을 뚜렷이 느꼈다.

자기류自己流*의 단계에 머무른 채, 아직 그 영역을 벗어나지 못한 칼 솜씨를 알아차린 무묘마루는, 칼을 던져버린다.

그리고 땅바닥에 풀썩 주저앉자 완패의 의사표시를 했고, 어떻게 하든 내키는 대로 하라는 의미의 말을 던지면서 그

---

*자기 주관이나 관습, 취미대로 하는 방식

자리에 대자로 드러누워 상대의 처분을 기다렸으나, 한참 지나자, 칼에 베여 죽는 쪽이 차라리 낫다는 자포자기의 심정이 되어, 그렇게 하려면 좀 더 저항하는 편이 낫지 않을까 생각하여, 혹은 어쨌거나 포기하지 말고 하는 데까지 해보자는 기분이 들어,

다시 한 번 칼을 손에 쥐자, 아직 이쪽을 돌아보지 않는 간 큰 상대에게 결사의 돌격을 감행하여, 이번에는 단 한순간이라도 적의 움직임을 놓치지 않겠다며 눈을 크게 부릅뜨고, 좌우 어느 쪽으로 피하더라도 대응할 수 있도록 작심하고 돌진했으나,

하지만 결과는 역시 마찬가지여서, 칼이 베거나 찌르거나 한 것은 여름날 아침의 상쾌한 공기뿐으로, 아니, 그뿐만 아니라 별안간 하늘과 땅이 상하로 뒤집혔다고 여겼더니, 어느 결에 몸이 허공에 붕 떠 있었고, 도저히 믿어지지 않는 괴력에 의해 상대의 머리 위로 높다랗게 들렸다는 사실을 알아차린 순간 아래로 내던져져 공중제비하더니 벌렁 뒤집어졌고, 세차게 등을 강타당하여 숨이 끊어질 듯했으며, 그래도 아직 여력이 남아 있는 사무라이의 얼굴을 일별하면서, 급작스럽게 전후불각_{前後不覺}으로 떨어져갔다.

양풍_{涼風}과 청수_{淸水}의 힘에 의해 간신히 의식을 되찾은 무묘마루였지만, 금방 또다시 의식이 가물가물해져버린다.

그도 그럴 것이, 눈을 뜨자 현실세계에서 일어나는 사상事象의 하나로는 도저히 믿기지 않는 광경이 별안간 시야로 들어왔기 때문으로, 다시 말해 부조리한 것의 특권으로 채색된 명백한 귀녀鬼女가 덮을 듯이 다가오는 것을 확실히 보았기 때문으로,

어젯밤 틀림없이 목격한 그 도깨비가, 그 요마가, 그 거녀巨女가 바로 옆에 있었으며, 말대가리보다 긴 얼굴은 화장을 한 만큼 더 요상했고, 분이나 연지나, 그리고 향을 뿌린 주니히토에도 오로지 무서움을 더하느라 사용한 것으로밖에 여겨지지 않았으며, 극단적인 거체巨體의 구석구석에 고동치는 것은 파멸과 파괴뿐인지도 몰랐고,

하지만 고맙긴 해도 당혹스럽게도, 오늘 두 번째로 상심喪心에 끌려들어가려는 무묘마루를 아슬아슬한 대목에서 구해준 것은, 끊임없이 불어오는 양풍과, 대나무 통에서 입으로 흘러드는 차가운 청수와, 그 물을 마시게 해주는 앞서의 사무라이, 그가 지닌 온후한 얼굴과 상냥한 이야기였다.

방을 칸막이하느라 늘어뜨린 색색가지 비단이 미풍에 흔들거리며 살랑살랑 나부끼고, 장려壯麗한 샤덴〔社殿〕*을 아주 닮았다.

*신전이나 신사의 본 건물

그렇기는 하나 주위에 붉은 칠을 한 두리기둥(圓柱)이 늘어선 회랑이라도 있을 것 같은 아취 있는 분위기는 어차피 착각에 지나지 않았고, 거기는 비파 도사와 함께 하루를 보낸 다 허물어져가는 오중탑의 꼭대기 층에 지나지 않았으며, 게다가 자신의 처지야 붙들린 인간 이외의 아무것도 아니었고, 뿐만 아니라 산 제물로서 바쳐지려 하는, 바람 앞의 등불 같은 목숨인지도 몰랐으며,

실제로도 눈앞의 엄청나게 덩치 큰 여자는 어떤 종류의 어류魚類를 연상시키는 두툼한 입술을 칠칠치 못하게 벌린 채 침을 질질 흘리고 있었고, 만약 그것을 일일이 닦아주며 수발 드는 노파가 없었더라면, 무지개로 오인할 만큼 현란한 의상을 망쳐버리고 말았으리라 여겨졌으며,

그런데 꽤 기품과 지성을 갖추었음에도 불구하고, 어딘가 원숭이를 떠올리게 만드는 그 노파는 어떤가 하면, 일을 척척 해치우는 잽싼 동작으로 기괴하기 짝이 없는 거녀의 시중을 세심하게 드는 모습이 실로 바지런했고, 그 눈동자는 아주 맑았으며, 더구나 자애에 가득 차 있었고, 살아 있는 인간을 잡아먹는 광경을 수없이 보아온 눈으로는 도저히 여겨지지 않았다.

거녀가 쉴 새 없이 흘리는, 목소리라고도 그냥 소리라고도 하지 못할 신음은, 소용돌이를 일으키는 것 같은 눈동자와 연동連動한다.

눈동자의 신축은 결코 외부에서 비치는 빛의 정도에 의한 것이 아니었고, 거의 야수적인 감정에 반응하여 변화하는 듯했으며, 필경 그 정신은 완전한 무질서가 차지하고 있으리라고밖에는 말할 수 없었고, 백보 양보하여 사람의 동료라고 해도 일찍이 인간성에 눈뜬 적 따위는 있을 리가 없었으며, 그 마음은 하루 종일, 일 년 내내, 안개 자욱한 밤을 헤매고 있을지도 몰랐고, 뿐만 아니라 이 세상에 등장했을 때부터 혼을 지니지 못했을지 모르며,

그렇게 말은 하지만, 생육生肉을 먹기 위한 치열齒列로도 보이지 않았고, 개 이빨보다 한층 길고 날카로운 것 같지도 않았으며, 또한 상체를 비비꼴 때마다 소매 끝으로 불거져 나오는 손만 하더라도, 보통의 부채가 나뭇잎 한 장으로밖에 여겨지지 않을 정도로 조그맣게 느껴질 만큼 컸고, 더구나 씨름꾼은 저리 가라 할 정도로 투박했는데, 그렇다고 해서 내장을 갈기갈기 찢을 것 같은 갈고리 손톱이 달려 있지는 않았으며,

그러나 거의 깜빡거리지 않는, 상어 같은 눈으로 자신을 쳐다볼 때마다 무묘마루는 소름이 돋았고, 죄가 깊은 것 따위와는 전혀 상관없이, 웬일인지 자신의 피로 속죄하지 않으면 안 될 처지로 내몰리고 만 듯한 부담을 느꼈으며, 만약 그렇게 될 경우에는 친절하며 실의實意가 있어 보이는 사무라이의 눈길에 매달리는 수밖에 없었다.

거녀와 사무라이의 관계를 머릿속으로 더듬어보자니, 미처 날뛰는 말과 침착 냉정한 마주馬主를 연상하지 않을 도리가 없다.

벌벌 떨기를 멈춘 무묘마루는, 이번에는 천연덕스러운 태도로 탈출의 기회를 엿보기 시작했고, 언제라도 벌떡 일어날 수 있는 상태로 되돌아와 있음에도 불구하고 드러누운 채 이곳저곳으로 시선을 던져, 먼저 계단의 위치를 확인했으며, 이어서 자신의 칼을 찾아보았고,

그러자 계단을 내려가는 입구는 거기서 몇 걸음밖에 떨어져 있지 않았으며, 칼은 두 자루 다 바로 옆에 놓여 있었지만 설령 칼을 거머쥐는 데 성공하더라도, 사무라이가 길을 막아버리면 만사 끝장으로 꼼짝달싹 못한다는 사실은 이미 증명되었고,

하물며 거체의 도깨비를 무슨 수로 따돌릴 수 있을지 도통 묘안이 떠오르지 않았으며, 거녀의 분기공噴氣孔을 닮은 콧구멍에 눈길이 닿은 것만으로도 기력이 꺾여버렸고, 무엇보다 그런 터무니없는 상대가 바로 곁에 존재한다는 사실이 지금껏 믿어지지 않으며, 사실은 기절한 것이 아니라 죽어서 지옥으로 떨어지고 만 것이 아닐까 하는 의문이 도무지 지워지지 않았다.

조심스러운 몸놀림으로 슬슬 일어난 무묘마루는, 엄청난 거구에 다시금 경악한다.

그러자 사무라이는 물이 든 죽통을 내밀며 한 모금 더 마시라고 권했고, 스스로도 한 모금 마신 뒤 얼굴에 떠오른 고뇌에 가득 찬 표정을 억눌렀으며, 그런 다음 천천히 사정을 털어놓기 시작하는데, 우선은 거녀의 정체가 매우 고귀한 신분의 규수라는 사실을 고했고, 도저히 믿어지지 않을 것이라고 전제하면서, 불과 몇 해 전까지는 여기저기서 다들 군침을 흘리던 명화名花였으며, 쇼군으로부터도 혼담 제의가 들어올 정도로 아름다웠다고 말했고,

그것이 어느 날 밤, 열병을 앓아 생사의 경계를 헤매다가, 돌연 열이 내렸다고 여겼더니, 기이하게도 이튿날부터 키가 쑥쑥 자라나기 시작했으며, 그 기세는 흡사 대나무 죽순이 자라는 것 같았고, 손발과 몸뿐만 아니라 얼굴까지 늘어나, 제아무리 바짝 말라비틀어진 운명이라도 당장에 윤기가 흐르도록 해주겠다는 고명한 음양사陰陽師에게 부탁해도, 무릇 구제받지 못할 자는 없다고 큰소리치는 고승을 초청해도, 황금을 두 배나 주고 거래한 남만南蠻*에서 건너온 약으로 시험해도 전혀 소용이 없었을뿐더러, 몸이 커짐에 따라 지혜 쪽은 줄어들어

*동남아에 식민지를 가졌던 포르투갈과 스페인을 가리킴

서 짐승이나 마찬가지 꼬락서니로 전락했으며,

그러자 그때까지는 그토록 종애鐘愛하던 부모였음에도, 이런 도깨비와 함께 살다가는 혈통을 의심받아 유서 있는 가문에 먹칠을 할 뿐만 아니라 출세에 방해가 된다는 이유로 급기야 제 자식을 내버릴 결단을 내렸고, 이제 더 이상 꼴도 보기 싫다고까지 내뱉으면서, 은근히 죽음을 바라는 듯한 어투로 어디 먼 곳으로, 스스로의 발로는 돌아오지 못할 산속 깊숙한 곳에 버리고 오라고 명하여, 그 역할을 다한 다음에는 계급을 높여서 사무라이 대장으로 올려주겠다는 언질까지 주었다.

네 마리의 소가 이끄는 특별 제작한 달구지를 준비하여, 캄캄한 어둠을 틈타 살짝 길을 나설 때, 누구 하나 전송하는 자가 없다.

바람 통하는 조그만 구멍 하나가 뚫렸을 뿐인 형편없는 상자 안에 갇힌 채 나선 긴 여로는 규수의 몸과 마음을 더욱 갉아먹었으며, 보행 곤란의 상태가 악화될 뿐만 아니라 혼을 송두리째 잃어버리고 말 위험마저 있어서, 사실 인기척이 없는 장소에서 밖의 공기를 마시게 해줄 때마다 인간을 벗어난 존재로 바뀌고 있음이 명백해졌고, 어느 결에 언어 대신 무시무시한 포효를 터트리게 되었으며,

먹는 양을 줄였음에도 불구하고 몸의 팽창만은 멎지를 않았고, 도읍을 나선 지 열흘째, 드넓은 들판을 내려다보는 고개에 접어들었을 무렵에는 짐의 무게를 견디지 못한 소가 힘이 다 빠져서 잇달아 죽었으며, 그것을 보고 이제야말로 결단을 내려야 할 때임을 깨달아, 살려두는 편이 훨씬 죄가 깊다는 사실을 감득感得하여, 낭떠러지에 바위처럼 지쳐서 주저앉아 있는 규수의 등 뒤로 살그머니 다가가 칼로 단숨에 해치우자고 급소를 노린 바로 그 순간에, 유모로서 오랜 세월 뒷바라지를 하고, 몸종으로 일해온 노파가 죽이려는 자와 죽임을 당하려는 자 사이에 끼어들어, 두 손을 벌리면서 베려면 함께 베어달라고 외쳐, 결국은 늙은 그 눈에 맺힌 눈물에 마음이 흔들려 칼을 도로 거두고 말았으며,

유모의 변辯으로는, 이상한 성장에 몸이 따라가지 못하게 되었고, 실제로 날마다 쇠약해지고 있어 죽음이 닥쳐왔음은 분명하니까, 여기서 서둘러 평생 후회해 마지않을 뒷맛 개운치 않은 일은 하지 않는 편이 현명하며, 이 세상을 떠날 때까지 곁에 있다가, 사후에는 묘를 지키며 여생을 보낼까 한다는 것이었다.

유모가 흘리는 눈물에서 순사殉死의 각오를 분명히 읽어낸 다음에야, 혼자서 도읍으로 돌아갈 수도 없다.

그렇게 말을 이은 사무라이는, 본시 비정한 주인 곁으로 되돌아갈 생각은 터럭만큼도 없었고, 약속받은 지위에도 미련은 없으며, 본래 이와 같은 일은 사무라이에게 주어질 책무 따위가 아니고, 아니, 사무라이의 처지에 제아무리 긍지를 품어본들 어차피 살육에 홀린, 수많은 죄에 빠져드는 나날을 대수롭지 않게 여기는 광열狂熱의 무리가 몸을 담은 세계에 지나지 않으며, 또한 절대적 복종의 의무를 지고 의지와 이성이 없는 것이나 마찬가지로 바뀌어가는 스스로를 그냥 내버려둘 수도 없는 노릇이었고,

그러므로 아마도 가을이 끝날 즈음까지밖에 목숨을 유지하지 못할 규수를 여기서 병구완하고, 그 다음은 시계視界 저 너머의 한낱 점으로 모습을 감추고 잊혀진 존재가 되어, 일체의 인간적 교류를 피하고, 정신의 완전한 고독을 벗 삼아 독거獨居 속에서 구원을 찾으며, 야수의 세상에 태어난 자신을 짐승이 아닌 인간으로 풀어놓는 일에 전념할 수 있을 것 같은, 그런 조용한 곳에 자리를 잡고 칼에 모든 것을 기대지 않는 삶을 살고, 운명을 시간에 맡겨,

망령이 나서 죽을 날이 닥쳤을 때는, 죽음의 너머에 영원한 삶이 있다고 실감할 수 있을 것 같은 미소를 입가에 머금으면서, 자기의 심혼心魂을 태양이라 여기면서, 이끌어주는 자 없는 황천길을 느릿느릿 걸어가는 것이라고, 그렇게 이야기했다.

사무라이가 갑자기 품속에서 돈을 꺼집어내는가 했더니, 넙죽 엎드리듯이 고개를 숙이고 뜻밖의 당부를 입에 올린다.

자신이 식품 조달을 위해 외출하여 자리를 비운 사이에, 시중드는 사람이 노파뿐이어서는 아무래도 마음이 놓이지 않으니 여기 머물면서 두 사람을 지켜주면 좋겠노라고 말하면서, 그렇게 해준다면 더 이상 옛 전쟁터에서 주운 사람 뼈를 침입자를 향해 던지는 것 같은 짓은 하지 않아도 될 것이라면서,

그렇다고 해서 특별한 일은 하지 않아도 상관없고, 1층에서 자고 일어나는 것만으로도 충분하다면서, 그동안 먹을거리에는 불편함이 없도록 할 것이고, 꼭 원한다면 술도 준비할 테니 한동안 오중탑을 떠나지 않았으면 좋겠다고 부탁했고,

그런 뒤 비파 도사에 대해 언급하여, 정감에 호소하는 그 음색과 이야기를 규수가 대단히 마음에 들어 하고, 어젯밤, 발병 이래 처음으로 가슴속의 평정을 느낀 듯하며, 뺨을 타고 줄줄 흘러내리던 그 눈물을 보았을 때, 완치는 바라지 못한다고 하더라도 인간으로서 이 세상을 떠나는 것은 가능할지 모르겠다는 기대가 샘솟아 올랐다면서,

그런지라 비파 도사에게도 머물러주기를 간절히 원하여 이미 쾌락을 받았고, 규수의 정신이 사나워지는 초저녁부터 심야에 걸쳐 매일 밤 연주해주기로 했으나, 듣고 싶어 하는 것은 자신도, 그리고 유모도 마찬가지여서, 한 번 들은 것뿐임에도

무거운 짐을 지고 있다는 가슴 답답함이 확 줄어들어, 벌써부터 없어서는 안 될 위안거리가 되고 말았다고 말했다.

인간의 인간다운 정에 이끌린 무묘마루는, 천천히 돈을 되돌려주고 새로운 교환조건을 간명 솔직하게 제시한다.

검술을 가르쳐준다면 받아들이겠다는 뜻을 전달받은 사무라이는, 예상외이기는 했으나 듣고 보니 납득이 가는 제안을 앞에 두고 한동안 망설이다가, 자기 혼자의 목숨을 지키기 위한 것이라면 지금의 솜씨로도 충분하고 남으리라고 말했고, 특히 재빠른 측면에서는 맞설 적이 우선 있을 리 없으며, 그런데다가 명품인 칼을 두 자루씩이나 지니고 있으므로 상대에 따라서는 대번에 세 명을 물리치는 것도 가능할지 모른다면서,

만약 그 이상의 기예를 습득한다면, 본래 갖추어진 신체 능력 외에도 천일회봉千日回峰*의 힘든 수행을 열 번이나 거듭할 정도의 돌출한 기력이 필요하며, 다시 말해 좌절은 필지必至이고, 병이나 부상으로 몸이 엉망진창이 되고 마는 것을 감수해야 할 판이며, 설사 잘 된다고 쳐도 커다란 성취라는 형태로 매듭지어지지는 않고, 사람 베는 명수名手로서 경원당할 것이 불을 보듯 뻔하며, 마침내는 마물魔物의 동료가 되어, 자신의 족적을 되돌아볼 때마다 배후에 쌓인 어마어마한 숫자의 묘지에 정신이 아득해질 따름이라면서,

급기야는 죽어가는 혼에 의해 자신을 압박당하고, 천상에 계신 신불을 업신여기는 교만함에만 매달려서 살아가지도 못하게 되며, 현세의 육체에 매몰되어버린 가련하고 조포粗暴한 생물로서 종언을 맞게 되리라고, 그렇게 이야기하며 말리는 것이었다.

그 같은 지당한 설득에도 버티고 응하지 않는 무묘마루는, 그렇다면 필살의 검법을 하나만이라도 좋으니 전수해달라고 부탁한다.

여하한 강호強豪이더라도, 여하한 상황 아래에서라도, 일단 그 기예만 발휘하면 절대로 패하지 않는다고 한다면, 앞으로 얼마나 마음 든든하게 살아갈 수 있을지 모르지는 않을 것 아니냐고 말하면서, 만약 직접 전수해준다면 불침번을 서서라도 규수를 지켜줄 것이고, 게다가 이쪽에서 돈을 지불해도 상관이 없다면서, 고향을 떠난 이래 거의 줄어들지 않은 돈을 슬쩍 보여주었고,

그래도 떨떠름한 표정을 지우려 하지 않는 상대에게, 만약 누군가가 이 지역의 소문을 듣고 오중탑에 쓸데없이 관심을 드러내고, 식인귀를 퇴치하여 이름을 떨치고자 획책하여, 제

---

*천 일에 걸쳐 수행하는 것

법 실력에 자신이 있는 자가 들이닥칠 경우에는 어떻게 할 것인가, 한 명이나 두 명이라면 또 모르나, 떼를 지어 몰려올 경우에는 어찌해볼 도리가 없지 않느냐, 가령 산기슭의 막사에서 우글거리는 부랑배들이 술에 취한 여세를 몰아, 혹은 심심파적과 담력 단련을 겸하여, 한꺼번에 쳐들어온다면 잠시도 버티지 못하고 여지없이 패하지 않겠느냐고 어깃장을 놓았으며,

그러자 사무라이는 무묘마루 곁으로 가만히 다가와서, 유모가 들을까봐 무서워 목소리를 죽였고, 그렇게 되어버릴 경우에는 둔주遁走*하는 수밖에 없다고 조금도 망설이지 않고 내뱉었으며, 어차피 규수의 목숨은 그리 길지 않으니 몸을 던져서까지 감쌀 필요는 없고, 막상 그런 경우가 닥치면 자신도 달아날 작정이라고 잘라 말했다.

아직 정식으로 서로 통성명을 하지 않았고, 또한 그럴 마음도 없는 두 사람은, 서로 상대의 얼굴과 마음속을 들여다본다.

쌍방 모두 타협하지 않는다며 한참 동안 버텼으나, 얼마 지나지 않아 사무라이 쪽이 굽혔고, 필살의 검이니 하는 따위의 에둘러 하는 말은, 어차피 신기루이거나 시라누이〔不知火〕**나 다를 바 없으며, 실제로는 있을 수 없는 환상에 지나지 않고, 제아무리 뛰어난 검객이라 하더라도 사소한 방심이나 상상을

초월하는 반격에 깨끗이 지고 마는 경우가 적지 않다고 하는, 아주 당연하기 짝이 없는 단서를 먼저 단 다음, 막상 서로 칼을 휘두르게 되었을 때를 대비하여 항상 유리한 입장을 얻기 위한 두세 가지를 가르쳐줄 수는 있다고 말했으며,

이렇게 해서 교섭은 성립되었고, 맹세의 술잔을 겸한 점심식사를 하자고 하여 무묘마루와 사무라이와 유모 등 세 사람은 규수를 남겨둔 채 4층으로 내려갔으며, 거기에는 취사에 필요한 물건이 죄다 갖추어져 있었고, 산나물과 산비둘기를 넣어 된장으로 맛을 낸 잡탕 죽이 큰 냄비에 가득 담겨 있었으며, 그것은 규수가 한 번에 먹어치우는 양과 같았고, 하루에 네 번에서 다섯 번이나 먹으려 한다는 너무나 당연한 설명이 따랐으며,

뜨거운 잡탕 죽을 나무 그릇에 듬뿍 담아주는 유모는 어떤가 하면, 묵묵히 시키는 대로 하기만 하는 잔심부름꾼의 표정과는 달리, 그런 비굴한 표정은 어느 구석에서도 느낄 수 없었고, 어쩌면 사무라이보다 고귀한 지조와 명석한 지성의 소유자일지도 몰랐으며, 다시 말해 진짜로 경의를 표해야만 할 상대일 가능성을 충분하고도 남을 만큼 간직하고 있었던 것이다.

*도망쳐 달아남 **여름밤 일본 규슈 앞바다에 무수히 보이는 불빛으로. 야광충 탓인지 고깃배 불빛인지 모른다고 함

숲에 둥지를 튼 새들의 지저귐이 감미로운 평화라는 착각이 들게 만들어 현실을 보기 좋게 샛길로 쫓아낸다.

오중탑을 빙 둘러싼 울창한 숲은 한여름의 환희의 광경을 드러냈고, 근원적으로 살아가는 소동물小動物들의 막을 길 없는 목숨의 빛은 실로 멋졌으며, 그 모두가 생생한 색채로 속속들이 물들어 무심한 자태를 보였고, 아울러 강자强者 생존이라는 절대의 진리는 감출 도리가 없었으며, 멍청히 보금자리 바깥으로 나가버렸던 도마뱀붙이는 순식간에 맹금류의 먹이가 되었고,

그리고 잠자코 잡탕 죽을 후룩후룩 마시던 세 사람은, 내력도 신분도 전혀 무관계라고 할까, 모든 경우를 몰각沒却한, 부지런히 먹음으로써 생명의 실을 이어가는 수밖에 없는 사려분별 모자라는 존재에 지나지 않았고, 대나무 젓가락을 쓰는 손의 움직임이나, 등줄기에서 목에 이르기까지의 곡선에서, 때와 장소에 제약당한 생물로서의 비유할 수조차 없는 고독과 비애가 배어나오고 있었으며,

그러나 배가 부르자 또다시 자의식이 높다랗게 고개를 쳐들어, 나야말로 세계의 전부라는 투로 자신감을 회복시켰고, 유모는 다시금 두려워 조심조심하면서도 대하지 않을 수 없는 주인 곁으로 돌아갔으며, 무묘마루와 사무라이는 이제 막 교환한 계약을 이행하느라 재빨리 계단을 내려갔다.

3층은 식료의 저장고와 유모의 침실을 겸했고, 2층에는 칼 외에도 창이나 활과 큰 칼까지 갖추어진 무기고이다.

1층 회랑에는 이미 배불리 실컷 먹은 비파 도사가 고통스러운 운명을 베게 삼아 낮잠에 빠져 있었고, 당장의 밥과 잠자리가 확보되었다는 사실로 인한 안도감 때문에 크게 코를 골았으나, 무묘마루와 사무라이의 발자국 소리가 다가가자 코고는 소리가 딱 그쳤으며, 흐리멍덩한 눈을 부릅뜨고 자꾸 고개를 갸웃거리면서 내적인 시력을 높여갔고, 더위와 햇빛 가운데로 나가는 두 사람의 동향을 탐색하면서, 이어지는 발도拔刀 소리와, 응시凝視를 주고받으면서 숨길이 멎을 때의 희미한 살기를 감지하자마자 벌떡 일어났고,

하지만 그것이 죽느냐 죽이느냐의 진짜 대결이 아니라는 사실을 즉시 알아차리자, 다시 벌렁 드러누워 어찌될지 흥미롭다는 듯이, 두 사람을 조롱하는 듯이, 그런 표정을 지으며 서서히 비파를 끌어안고 손에 쥔 바치를 한 번 핥더니 가장 굵은 현에 세차게 힘을 가하면서, 히쭉히쭉 웃으면서, 가상의 싸움을 부채질하는 것처럼 도발적인 소리를 뿌리기 시작했으나, 흉내로나마 쨍강쨍강 맹렬하게 칼싸움할 때의 효과음에는 이르지 못했고,

가르치는 자와 가르침을 받는 자 사이에 쉴 새 없이 오가는 평이한 언어는 어디까지나 부드러웠으며, 타격을 주고 싶어

하는 울림은 어디에서도 느껴지지 않았고, 이따금 터트리는 우렁찬 기합만 해도 결국은 입 언저리에서 맴돌았을 뿐이며, 간단한 내용의 착의着意*의 말이 몇 번씩이나 되풀이되었고, 똑같은 몸동작을 반복하는 것으로 여겨지는 단조로운 소리가 길게 이어질 따름이었으며, 급기야는 비파의 여하한 소리와도 맞지 않는다는 사실을 알아차렸고,

   그러자 천애 고독의 맹인은, 버릇이 된 안타까운 추억에서 달아나느라 또다시 잠에 빠져들었다.

   살육 방법을 전수하는 일체의 움직임이 그친 것은 해가 기울어지기 시작할 무렵으로, 쌍방 모두 숨결이 가쁘다.

   그렇지만 온몸이 눈으로 바뀌어 습득하느라 용을 쓴 무묘마루의 낙담은 감출 길이 없었고, 다시 말해 전수받은 필살기로는 도저히 만족할 수 없었으며, 이 사무라이를 스승으로 우러러본 것이 과대평가가 아니었을까 하고 뉘우쳤고, 너무나 불만스런 말투로 고작 이것뿐이냐고 중얼거리자 검술의 달인이 대답하여 말하기를, 단순한 기예일수록 효과가 높으며, 다음은 응용하기 나름이라는 것 외에는 아무런 설명조차 하지 않았고,

   그 뒤 사무라이는 숲속을 사행蛇行하여 흐르는 세류細流**에 드러누워 땀을 씻으면서, 무묘마루의 눈으로 볼 때도 상당히

잘 들 것 같은 칼을 씻었고, 가루처럼 부드러운 모래를 움켜쥐고 정성스레 칼날을 닦았으며, 다 닦은 칼을 칼집에 넣은 다음 다시 입을 열더니, 자신과 어깨를 나란히 하는 동등한 적을 만났을 경우에는 싸움을 피하는 것이 상책이라고, 그렇게 진지한 표정으로 이야기하자 큰 칼과 작은 칼을 저녁 바람이 불어 하늘하늘 흔들리는 풀 위에 아무렇게나 던지더니, 이런 것에 의지하는 한 몸이 오그라드는 것 같은 심정에서 평생 벗어날 수 없다고 덧붙이면서,

그런 다음, 자조적인, 어딘가 데면데면한 웃음을 네모난 얼굴에 띠더니, 내 칼이 나의 하루하루를 걷어차버리고 가는 것이라면서, 몸가짐을 바로잡기 전에 칼을 버려야만 한다고 말했으며, 그런 터에 자신은 다시금 두 자루의 칼을 허리춤에 차더니, 며칠 동안 이곳을 비울 테니 뒷일을 부탁한다는 당부를 남기고, 분홍색으로 물든 낙양落陽의 햇살 속을 종종걸음으로 가로질러 어둠이 엷게 깔리는 숲속으로 자취를 감추고 말았다.

소나기도 한줄기 내리지 않은 채 해가 저물었고, 낮의 무더위가 그대로 밤으로 넘겨져, 제 차례가 된 양 올빼미가 운다.

*주의를 줌 **가늘게 흐르는 시냇물

식인귀나 요마 따위가 불을 사용할 리 없다는 이유에서인지, 아직 날이 밝을 동안 만들어둔 저녁식사를 달빛 아래에서 먹는 무묘마루와 비파 도사와 유모는, 일몰과 동시에 시작된 최상층 주민의 포효가 점점 커져가고, 영맹獰猛한 성질을 띠어감에 따라 말수가 줄어들었고, 특히 신참자 두 사람은 쿵쿵거리는 진동이 높아져, 마침내 탑 전체가 흔들흔들 기우뚱거리기 시작하자 무너져 내리는 게 아닌가 하는 불안을 얼굴에 그대로 드러내었으며, 저절로 저작詛嚼을 멈추고 젓가락을 놓을 지경이었고,

도깨비 여자를 다루는 데 익숙해진 유모 쪽은 놀랄 만치 침착한 태도를 유지하면서, 규수는 지금 벽에 몸을 부딪쳐 오체의 팽창을 막으려 하고 있는 것이며, 이런 일이 밤새도록 이어지는 경우도 결코 드물지 않다고 해설했고, 그 어투는 어디까지나 부드러웠으며, 편언척구片言隻句*도 표독스러움을 느끼게 하지 않았고, 그로 인해 거인을 꼼짝달싹 못하게 하는 비극이 도리어 선명해지면서,

자신이 해야 할 역할을 깨달은 비파 도사는, 눈이 멀지 않은 사람보다 빠른 걸음으로 가파른 계단을 척척 내려가더니, 그런 뒤 장사 도구를 품에 안고 1층 회랑으로 나아가, 현의 팽팽한 상태를 미묘하게 조절하면서, 수천 년 후세에 남을지 모르는, 이루 말로 다할 수 없는 매력 넘치는 기나긴 이야기를, 억제가 잘 먹히는 소리와 타인에게 바치기 위한 목소리로 유

유히 풀어나가기 시작했다.

오중탑을 극심하게 흔들던 힘이 서서히 약해져가고, 그에 따라 굵고 탁한 목소리도 희박해져간다.

머나먼 천체에서 발산된 빛으로 충만한 여름밤에 울려 퍼지는 비파 소리가 한없이 삼출渗出**시키는 것은, 결코 인심을 지배하고 싶어 하는 유의 소리 따위가 아니었고, 혹은 각각의 약자弱者를 똑같이 분기奮起시키는 소리도 아니었으며, 또한 혹은 헛되이 정서情緖의 위력을 과시하기 위한 소리도 아니었고, 하물며 영원의 희열과 밑바닥 모를 비탄으로 억지로 끌어들이는 소리는 단연코 아니었으며,

그것은, 대지의 고동에 파장을 맞추려는 타협의 정신이 넘치는 음률이었고, 번뇌로의 예종隸從을 용인하는 너그러운 목소리였으며, 흡족한 정조情操를 간단없이 불러들이는 묘한 음악이어서, 건강한 귀를 가진 수많은 사람들의 마음에 재빨리 침입하여 더 이상 고원高遠할 수 없는, 이 세상의 것이 아닌 듯한 무엇인가를 만들어내었고, 동일한 상냥스러운 감개에 젖어들어, 그 자리에서 죽어가는 생명을 재확인시키면서도 회전하는 현세에 새로운 가치를 대수롭지 않게 덧붙여, 비소卑小하고

*짧은 한마디의 말 **스며 나옴

덧없는 존재에 지나지 않는 자기 자신을 조금이나마 만열滿悅시켜주는, 그 같은 예藝 중의 예였으며,

얼마 지나지 않아 최상층의 회랑으로 거구를 옮긴 규수는, 붉은빛으로 물든 위성을 향하여 포효했고, 아니, 흐느껴 울었으며, 그 통곡은 비파 소리와 아주 잘 어울렸고, 미덥지 않은 세계에 약간의 사랑을 주입하면서 방황하는 달빛에 유혹되어, 제아무리 강인한 날개를 부여받은 새라도 도달하지 못할 높은 하늘로 미끄러지듯 스르르 빨려 들어가는 것이었다.

무묘마루 역시 자신의 임무를 기억하여, 칼의 부정자否定者가 될 것 같지도 않은 스스로를 재확인하고 바깥으로 나간다.

'별의 칼'을 등에 메고, '풀의 칼'을 허리에 차고, 아무리 신어도 닳지 않는 짚신으로 발을 단단히 싸고, 그것은 언제라도 침입자를 쫓아낼 차림새이면서 동시에 언제라도 출분出奔 가능한 도망칠 준비이기도 했으며, 어느 쪽을 선택할지는 오로지 상대의 숫자와 세기에 의해 결정할 일이었고,

하지만 다소 불리한 처지에 놓이더라도 반격이 가능하다는, 오늘 막 전수받은 평범하게 여겨지는 기예를 시험해보고 싶은 욕구가 치미는 것 또한 사실이었으며, 어쩌면 산기슭에 있는 막사의 무리들이 반쯤 재미 삼아 돌아가는 형편을 살피러 오지나 않을까, 다소나마 고귀한 성격을 지닌 것으로 비쳐

지는 바로 그 사무라이 대장의 명을 받아 비파 도사를 맞이하러 오지나 않을까 하는 그런 예감이 꼬리를 물었고,

그러자 비파와 도사 양쪽에 갑자기 침묵이 찾아왔으며, 정신이 아뜩해지는 이야기의 전개를 자극하기 위해 짐짓 젠체하며 뜸 들이는 시간치고는 다소 길다는 사실을 알아차린 무묘마루는, 눈이 등잔만 해져서 부근을 둘러보았으나 그 시선은 맹인이 있는 곳에서 딱 멈추고 말았다.

예민한 귀와 마찬가지로 예민한 코를 벌름벌름거리는 도사의 모습은 멧돼지나 사냥개의 동작과 아주 닮았다.

동물적인 후각은 아무래도 탑 내부를 향하여 발동하는 모양으로, 이윽고 계단을 천천히 내려오는 발자국 소리가 들렸으며, 삐걱삐걱대는 소리가 아래로 아래로 내려옴에 따라 무묘마루도 이상한 냄새를 맡게 되었고, 냄새의 정체가 완전히 드러났을 즈음에, 크고 무거워 보이는 물통을 든 유모가 나타나, 내용물이 흘러넘치지 않도록 신중한 걸음걸이로 나아가는 그 모습은 몹시 서글프면서도 어딘가 우스꽝스러웠으며,

작은 냇물에 쏟아 부은 거녀의 일회분 배설물은 풍부한 수량의 빠른 흐름에 실려 산을 단숨에 흘러 내려갔고, 그래도 한동안 주변에는 악취가 떠돌았으며, 완전히 사라지기까지 비파 도사도 잠자코 있었고, 쑥을 이용하여 깨끗하게 씻은 통을 들

고 탑으로 돌아가는 유모로부터 왜 중단했느냐고 야단맞을 때까지 잠잠한 그대로였으며,

아니, 그게 아니라, 완전한 정적에 감싸여 있었던 것이 아니라, 이내 탑 위쪽에서 들려오는 소름이 쫙 끼칠 울음소리가 재촉을 담은 거칠고 사나운 소리로 바뀌더니, 정情을 통해 흐르는 이야기의 재개를 졸라대며 머리카락을 헝클어뜨렸고, 눈꼬리를 치켜 올렸으며, 큰 입을 쩍쩍 벌리면서 노하여 날뛰는 거녀를 제아무리 사정을 잘 아는 자가 보더라도, 식인귀나 요마 이외의 무엇인가가 머리에 떠오르는 일은 절대로 있을 수 없었다.

비파 소리와 맹인의 이야기가, 반드시 서글픈 결말로 끝나지만은 않는 장대한 줄거리를 따라 시작된다.

그러자 규수의 내면에서 외면을 향하여 발휘되던 격정의 방향이 거꾸로 바뀌어, 즉 사람이 사람으로 바뀌기 위한 마음을 급속히 회복해가서, 헤이케〔平家〕집안 대대로 길러진 관대한 자애慈愛가 싸움으로 인한 죽음이 쇄도하는 단계*에 이르자 외포畏怖**로 전율하며, 눈물의 비를 뿌렸고,

소정所定의 위치에 도달하여, 있는지 없는지 분명치 않은 침입자를 향해 눈초리를 번뜩이던 무묘마루의 목덜미에도 그 한 방울이 똑 떨어졌으며, 자신도 모르게 몸을 젖히며 올려다

보자 5층 회랑의 한 모퉁이에 점점 황홀경으로 빠져드는 규수의 울어서 퉁퉁 부은 얼굴이 있었고, 그것은 밤이었던 탓도 있어서 종종 수묵화의 제재가 되는 용이나 기린의 얼굴을 방불했으며, 바라볼수록 지금 당장 퇴치해버리지 않으면 두고두고 후환을 남기지나 않을까 하는 걱정에 사로잡히게 했고, 자기 몸의 일부분이라 믿고 손을 대지 않는 무지렁이 사무라이를 대신하여 처분해주어도 상관없으리라고 여길 만큼 주제 넘는 기분이 들었으나,

하지만 일단 비파 도사의 솜씨에 경도되어 위안을 느끼기에 이르고 만 마음은, 그런 짓을 해보았자 얻을 수 있는 것은 비탄뿐이라는 답밖에 나오지 않았으며, 한층 더 죄가 깊어져 가는 스스로를 제어할 수 없어진다고 하는, 그런 어두운 기분에 잠길 따름이었다.

이리하여 목숨이 있다는 사실을 위안으로 삼을 수밖에 없는, 현상 유지의 색깔로 물들여진 비파 도사의 밤이 깊어간다.

어찌되었건 일단 평온한 마음을 찾을 수 있게 된 규수는 유모의 어깨에 기대어 방으로 들어갔고, 무묘마루는 괴물의 눈물로 흠뻑 젖은 풀밭을 밟으며 주위를 둘러보러 나갔으며, 동

*비파 연주에 곁들어진 헤이케모노가타리(平家物語)의 내용을 가리킴 **공포

화 같은 소설의 세계로부터 따분한 현실로 되돌아갈 때의 허망함을 곱씹으면서도, 자신의 핏속에 선심善心을 회복하는 힘이 맥맥이 흐른다는 사실을 뚜렷이 느꼈고, 그와 같은 처지를 좋아하는 자라는 사실에 안도하면서, 또한 영원히 그랬으면 좋겠다고 바랐으며,

그렇다고 해서 도저히 칼을 내버릴 기분은 들지 않았고, 만약 침입자를 발견한다면 그것이 누구이든, 쩨쩨한 좀도둑이든, 잔학한 산적이든, 냉혈한 말단 관리이든, 가차 없이 덤벼들어 치명상을 입히기 위한 모든 수단을 동원하여 싸우고, 빈틈없이 숨통을 끊어놓고 말겠다는 결의를 번복하는 일은 결코 없을 것이며, 그것이야말로 제대로 된 삶의 제대로 된 증거에 다름이 아니라는 신념에 눈곱만큼의 동요도 없었고,

그런데 다행히 주변에는 수상한 기색이 전혀 느껴지지 않았으며, 한 치 앞의 어둠 속에 살기를 품은 운명의 전개가 기다리는 일도 없었고, 들려오는 것은 살랑살랑 부는 바람 소리와 졸졸 흘러가는 물소리, 게다가 낮에는 현명한 침묵을 지키던 벌레 소리와 야행성 새소리뿐으로, 옛 전쟁터에서 주워 모아서 여기저기 던져둔 뼈 주위에 상처투성이, 피투성이 병사들의 망령이 헤매는 일조차 없었으며,

무묘마루는 자기 자신의 정신의 정도에 따라 호흡하는 스스로를 생생하게 자각하면서, 숙달했는지 어떤지야 어쨌든, 배운 지 얼마 되지 않은 필살기를 재확인하겠다면서 느닷없이

땅바닥 가까이까지 상체를 낮추는가 했더니, 거의 동시에 발도拔刀하여 가상의 적의 정강이를 베어 꼼짝 못하게 한 다음, 칼을 되돌려 몸통을 베었고, 손을 뒤로 돌려 창과 필적할 만큼 날카롭게 칼을 쑤셔 넣었다.

날이 새고 이튿날 아침, 오중탑은 어느 결에 무장한 잡병들에게 이중삼중으로 포위되어버렸다.

최초로 그런 사실을 알아차린 것은 비파 도사로, 판자벽에 귀를 바싹 갖다대면서 무묘마루를 손짓하여 불렀고, 입술을 벌벌 떨면서 그 사실을 전하면서, 도망친다면 지금밖에 시간이 없지 않겠느냐고 속삭이더니, 일단은 장사 도구를 챙겨 일어서려고 했으나, 이미 상대의 시야에서 벗어나지 못할 상황에 빠져버렸다는 것을 깨닫자 이번에는 엉금엉금 기면서 2층으로 이동했으며,

그러자 무묘마루가 도사의 뒤를 쫓아 4층까지 올라갔고,

자신이 어떻게든 해볼 테니까 유모와 함께 여기서 가만히 있으라고 지시했으며, 유모에게는 아침식사 준비를 중지시킨 뒤 무슨 일이 벌어지더라도 규수가 소동을 피워서는 안 된다는 충고를 했고, 그런 다음 다시 한 번 눈을 크게 뜨고 바깥의 상황을 살폈으며,

분명히 돌파구가 어디에도 없다는 사실을 알아차렸고, 전투에 사용하는 이런저런 무기가 숲의 사방팔방에서 번쩍번쩍 빛났으며, 포위망이 슬슬 좁혀져옴에 따라 한 명 한 명의 인상이 식별되기에 이르렀고, 그것은 산기슭 막사에 진을 친 졸개 병사들로, 인정머리 없는 무리라는 사실은 추악한 생김새가 확실히 드러내주었고, 그래도 약간은 쓸 만한 사무라이 축에 끼일지 모를 통솔자의 모습도 보였으며, 녀석의 지휘 아래 우락부락한 수하들은 종자從者처럼, 수족처럼 움직이면서 오중탑 쪽으로 다가오고 있었다.

녀석들이 노리는 것이 요마의 처치인가, 그렇지 않으면 비파 도사의 안부 확인인가, 혹은 단순한 기분전환인가.

그야 어쨌든, 막 솟아오른 태양의 원호援護를 받아 전원이 허세에 넘쳤으며, 적어도 엉거주춤하는 자는 한 명도 없었고, 대단히 이례적인 싸움이 될 것 같은 전개이더라도, 다시 말해 사람을 닮았으되 사람이 아닌 무시무시한 적을 상대로 해야

할 지경이 되더라도, 절대로 겁을 집어먹지 않겠다는 감투敢鬪의 결의와 각오의 정도가 긴장감 속에서 엿보였으며, 벌써부터 활시위에 매겨진 화살은 오중탑을 과녁으로 정하고 있었고,

통솔자가 위엄을 갖추려고 열심히 애를 쓰는데도 위엄이 갖추어지지 않는 이유는, 필경 풍문 그대로의 모습을 한 식인귀를 상정하여 간이 쪼그라들어 있는 탓이리라고, 그렇게 파악한 무묘마루는, 순간적인 재치와 지나친 의지의 움직임에 충동받아 여닫이문을 활짝 열자마자 가슴을 딱 펴고 늠름한 태도로 일동 앞에 당당하게 자신의 몸을 드러냈으며, 너무 공포스러운 나머지 자신도 모르게 활을 쏘고만 풋내기의 화살 두세 개가 바로 앞 땅바닥에 꽂혀도 전혀 신경을 쓰지 않았고,

아무리 적게 계산해도 백 명 아래는 아닌 수의, 소규모 전투에 숙달된 녀석들을 상대로 말로써 싸우기로 작정했으며, 개구일성開口一聲, 발아래를 살펴보라고 고함을 지르며 재촉하여 전원이 거의 동시에 무수히 흩어져 있는 사람 뼈를 알아차렸을 즈음, 이번에는 한바탕 거짓말을 늘어놓으면서 이미 녀석들의 머릿속에서 팔할 가량 만들어져 있던 괴담을 완성시켜 주었다.

귀녀鬼女가 비파 도사를 습격하여 머리부터 와작와작 씹어 먹고, 뼈를 내뱉었다는 가짜 목격담을 피로披露한다.

오중탑에 다가선 자는 누구라도 그 먹이가 되고 말며, 여태까지 하룻밤의 잠자리를 찾아 이곳을 찾아온 나그네나, 비를 피하여 들른 나무꾼이나, 아내 이외의 여인과의 밀회 장소로 삼으려 한 호색한들이 죄다 여지없이 희생자가 되었고, 앞으로도 영원히 똑같은 일이 되풀이될 것임에 틀림없으며,

게다가 자신의 몸 크기를 자유자재로 바꿀 줄 아는 도깨비는, 이따금 탑보다 더 키가 커져서, 설령 대규모 병력이 몰려와 총공격을 가하더라도 그 거대한 발로 짓이겨버릴 것이며, 또한 화살 외에 철포를 사용하더라도, 이 세상에 있으면서 이 세상의 것이 아닌 귀녀에게 찰과상 하나 입힐 수 없을 것이고, 낮 동안에는 모습을 바람에 녹여버린 탓으로 어디를 어떻게 뒤져보았자 발견해낼 수 없을 것이라고, 그렇게 무묘마루는 흡사 진짜인 것처럼 이야기했으며,

그러자 푹푹 찌는 갑옷으로 몸을 감싸고, 상대를 말(馬)과 더불어 베어버릴 수 있을 듯이 긴 칼을 손에 쥔 통솔자가 숲속에서 바깥으로 나서더니, 그러면 어째서 너는 거기서 무사히 지낼 수 있느냐는, 너무도 당연한 의문을 따지고 들었다.

비파 도사가 통째로 먹히고 있을 동안에는, 나무 그늘에 몸을 숨기고 있었으므로 간신히 무사할 수 있었노라고 대답해 준다.

본대로, 있는 그대로 전했을 뿐이라면서 무묘마루는 눈 한 번 깜빡이지 않고 잘라 말했고, 그래도 귀녀의 거처를 뒤지고 싶으면 좋을 대로 하라면서, 덩달아 화를 당하는 것은 딱 질색이라고 말하자마자 오중탑을 벗어나, 지휘하는 사무라이 곁을 스치고 지나가 숲속으로 사라지는 척했으며, 아니, 실제로도 그렇게 하려고 했으나,

그러나 바로 그때, 밤중에만 들려온다고 믿었던 거녀의 굵고 투박한 목소리가, 아침 해를 산 너머로 도로 밀어 넣을 정도의 어마어마한 기세로 범종처럼 우렁우렁 울려 퍼졌고, 숲 전체를 와들와들 떨게 만들었으며, 무지하면서도 비속한 잡병들의 용맹심에 찬물을 끼얹자 개중에는 기급을 하여 서 있지 못하게 된 자와 눈을 하얗게 까뒤집고 쓰러지려는 자도 있었고,

하지만 몽땅 무너지는 데까지 이르지 않았던 것은, 두 번째 규수의 목소리가 인간의 그것이 아니었음은 다르지 않았으나, 어딘가에 비애의 느낌이 담겨 있었다는 사실과, 비록 골목대장 같은 존재일망정 그래도 다수의 수하를 결속시키고 있던 사무라이가 그 지위에 어울리는 의지를 드러내었기 때문이다.

요마 무리는 산짐승이나 마찬가지로 극단적으로 불을 두려워한다고 들었으니, 오중탑을 겨냥하여 불화살을 쏘아라.

일단 이치에 맞는 명령을 받아 그럭저럭 두려움을 떨칠 수

있게 된 잡병들은, 그 준비에 열을 냄으로써 공포심을 잊었고, 불을 지펴서 화살 끄트머리에 채종유菜種油를 듬뿍 적신 헝겊 조각을 감아 거기에 막 불을 붙이려던 찰나, 그리고 팔짱을 끼고 그런 광경을 지켜보던 무묘마루가 이로써 모든 게 끝장이라면서 체념의 한숨을 토하려던 바로 그때,

다시금 여닫이문의 안쪽에서 누군가가 불쑥 나타났는데, 하지만 그것은 비파 도사도 아니거니와 유모도 아니었고, 하물며 혼자서는 계단을 오르내리지도 못하는 거구의 소유자일 리도 없었으며, 저런 자가 대관절 오중탑의 어디에 몸을 숨기고 있었던가 하고 크게 의아스러워진 무묘마루는, 상대의 정체를 알아내고자 응시凝視에 응시를 거듭했고,

그런데 보면 볼수록 황당무계한 신화에라도 등장하는 인물로 여겨졌으며, 그렇다고 해서 결코 공허한 환영幻影 따위는 아니었고, 헤아리기 어려운 존재감과 설명하기 힘든 신비한 부조리를 두루 갖추었으며, 그 차림새로 보아 행각승이라는 사실은 명백했고, 그것도 아무리 질척거리는 길을 걸어도 닳아 없어지지 않는 짚신을 두 번에 걸쳐 던져주었던 바로 그 운수승雲水僧*에 틀림없다는 사실이 판명되었으며,

그러자 새로운 등장자의 마음을 압도하는, 무엇이든 꿰뚫어보는 안력眼力을 지녔으리라 믿어지는, 자신들과 상반되는

---

*탁발승

엄숙한 풍모를 접한 부랑배들은, 당장 불화살을 활시위에서 내려놓았고, 혹은 손에 익은 무기를 놓아버렸으며, 그래도 여전히 식인귀인지 뭔지가 둔갑한 게 아닐까 의심하여 다가가려고 하는 자는 없었다.

유서 깊은 오중탑에 불을 지르려는 행위는 헛짚어도 보통 헛짚은 짓이 아니며, 반드시 천벌이 내릴 것이라면서, 그렇게 떠돌이 성자가 목청을 높여 고함지른다.

그런 천박한 짓을 하면, 저주받은 숙명을 짊어진 귀신이 갈 곳을 잃고 말아 세상을 제 마음대로 떠돌아다니게 되며, 누구도 감당하지 못할 괴물이 되어, 우선은 자신을 그렇게 만든 자들에게 한을 품고 한 명씩 잡아먹을 것임에 틀림없고, 이어서 인근 마을을 차례차례 습격하며, 여세를 몰아 방방곡곡에 괴멸적인 재액災厄을 미치고, 급기야는 도읍까지도 멸망시킨 다음 마침내 짐승들만이 서식하는 무인無人의 나라로 만들 것이며,

그러나 오중탑이 존재하는 한 귀신은 이곳을 마지막 거처로 삼아, 혹은 의지할 요새로 삼아 움직이지 않고, 따라서 이곳에 다가서지만 않는다면 아무런 문제도 생기지 않을 테니, 숲 출입을 엄하게 금하는 표찰을 내걸어 사람이 접근하지 못하도록 하는 것이 중요하다면서, 그렇게 만인일치萬人一致의 확신과도 같은 이야기를 한 행각승은, 이승은 여하한 지혜자知慧者이더

라도 영원히 풀지 못할 천고千古의 수수께끼에 가득 차 있다고 큰소리를 치면서, 잡병들 쪽으로, 아니, 무묘마루 쪽으로, 너무나 유기적有機的인 체취를 풍기면서 성큼성큼 다가오는가 싶었니.

곁을 스쳐가면서 또다시 새로운 짚신을 던져주며 긴장으로 꽁꽁 얼어붙은 무묘마루의 옆얼굴을 힐끗 쳐다본 뒤, 잡병들에게는 들리지 않을 정도의 저성低聲으로, 또한 인상적인 말투와는 거리가 먼 무뚝뚝한 말씨로, 그 주제에 한평생 영향을 미치지 않을 리 없는 몇 마디 말을 던져주는 것이었다.

해와 함께 있으라.
달을 따르라.
칼의 혼잣말에 귀를 기울이라.

그런 말을 남긴 행각승은 사행하며 흐르는 조그만 강을 따라 숲속을 헤치고 들어가, 깊은 녹음 속으로 사라져갔다.

무묘마루 또한 오중탑에는 더 이상 신경을 쓰지 못하도록 하느라, 그 외에는 아무것도 모르는 척, 이런 유의 건件에 관해서만은 스님의 말대로 따라야 한다고 일부러 들으라는 듯이 중얼거리면서, 스스로 재빨리 그 자리를 떠나 산을 내려가기 위해 숲을 가로질러 가자, 무지한 채 남겨진 것 같은 비참하고

불안한 기분에 빠진 잡병들은, 지저분한 방랑자로부터 퍼부어진 충고를 무비판으로 송두리째 받아들였으며,

 그러자 그토록 엄중했던 포위망이 즉시 풀렸고, 자신의 격하格下를 고민하기 시작한 통솔자를 선두로 대열을 이루었으며, 또다시 요마의 포효를 듣자 일제히 침착성을 잃었고, 간신히 유지하던 한 조각 이성理性마저 팽개치면서, 불사不死의 악령으로부터 저주받을까 진심으로 두려워하여, 한층 더 발걸음을 재촉하면서 이내 전원이 잠자코 달리기 시작하더니 급기야는 무묘마루를 추월했고, 뒤를 돌아볼 만한 배짱을 지닌 자는 단 한 명도 없었으며,

 그렇게 말은 하면서도, 무묘마루로서도 자신이 바라던 대로 따라준 유상무상有象無象*을 향해 조소를 던질 여유는 없었고, 그도 그럴 것이 독력獨力으로 의도를 성공시켰기 때문이 아니라, 그 개입자가 없었더라면 약속한 임무를 다하지 못했을 것이며, 규수도 유모도 비파 도사도 오중탑과 함께 통째로 불에 타버렸을 것임에 틀림없었고, 그렇게 생각하자 도저히 무턱대고 기뻐할 수야 없는 노릇이었으며,

 게다가 또한 듣는 순간 마음속에 깊숙이 뿌리내리고 만 행각승의 말에 휘둘려 안절부절못했고, 아울러 짚신의 의미에 대해서도 답을 내지 못했으며, 겨우 아직 정처 없는 여로를 멈추어서는 안 된다는 정도의 해석밖에 내리지 못한 채, '저 엉터리 중놈이!'라며 얼굴이 붉으락푸르락하여 중얼거리는 게

고작이었다.

 여봐란듯이 당당한 태도로 막사 앞을 지나간 다음, 오게 우회하여 오중탑으로 돌아갈 요량이다.

 그런데 그런 속셈을 가진 무묘마루를 기다리다가 말을 걸어온 자가 있었으며, 약간 께름칙한 예감을 느끼며 뒤돌아보자, 거기에는 아직 안색이 풀리지 않은 바로 그 몸집 작은 사무라이가 자신의 얼굴만큼 큰 주먹밥을 볼이 미어지도록 입 안에 쑤셔 넣어 오물거렸고, 먹고 가지 않겠느냐고 권하면서, 게다가 긴히 할 이야기도 있다면서 망설이는 무묘마루를 억지로 막사 안으로 끌어당겼으며,
 척안隻眼이면서도 역전의 맹자猛者임에 틀림없는 것으로 여겨지는 수하에게 명하여 인기척 없는 방에 막 지은 밥과 뜨거운 국과 구운 민물고기와 탁주를 가져오게 한 뒤, 사양할 필요는 없다, 실컷 먹으라고 자꾸 권하면서, 객인의 호담豪膽함에 관해 칭찬의 말을 주절주절 늘어놓았고, 잘도 그 귀신 소굴 같은 곳에서 하룻밤을 넘겼노라고 거듭 감심感心했으며, 그렇게 한참을 치켜세우더니 본론으로 들어갔는데,
 농민들이 반란을 일으킬 기색이 농후해졌다고 전제한 다

*어중이떠중이

음, 오른팔이 되어 일해주지 않겠느냐고 권하면서, 이쪽에서 부탁하는 한에는 물론 나름대로 대우해줄 생각이며, 그 언저리의 밥줄 끊어진 사무라이와 같은, 사실은 닭을 목 비틀어 죽인 경험밖에 없는 농부 출신의 얼치기 사무라이와 같은, 그런 소홀한 대접은 절대로 하지 않겠다면서 녹봉과 신분을 보증했고, 당장 준비 자금의 의미를 담은 돈을 건네주려고 했다.

주먹밥 하나를 먹는 동안 마음을 정리한 무묘마루는 서서히 그것을 입에 올린다.

융통무애融通無碍를 최고의 신조로 삼고 있기 때문에 남을 모시고 싶지는 않다, 그렇지만 귀신이 눈독 들일 정도의 지역이라면 반드시 얻을 것이 있음에 틀림없고, 설령 그렇지 않더라도 도움 따위보다는 자극이 넘칠지 모르니, 한동안 이곳에 머무르는 것도 나쁘지 않으리라고,

그렇게 대답한 무묘마루에게는 나름대로의 생각이 있었으며, 자신의 조건을 분명히 제시하여 받아들여주지 않으면 즉시 물러날 것임을 암시하면서, 다른 자들과 함께 막사에서 먹고 자는 것은 사양한다면서, 이 근방에서 내키는 대로 돌아다닐 테니 만약 볼 일이 생기거든 동라銅鑼*라도 둥둥 울려주거나, 그렇지 않으면 화살 두어 개를 하늘 높이 쏘아 올려 신호를 보내주거나 하면, 사냥개만큼 재빠르지는 않더라도 즉시

달려와 행동을 함께할 작정이라고 장담하면서, 면전에 놓인 돈을 그냥 그대로 내버려두었고,

 똑같은 길이의, 그러나 모양새가 다른 두 자루의 칼에 관해 물어올 것 같은 기분이 들 즈음 훌쩍 자리를 털고 일어나, 말 붙일 틈조차 주지 않겠다는 몸놀림으로 무덥고 먼지투성이의 길로 나섰으며, 이로써 언제라도 오중탑으로 돌아갈 수 있고, 더구나 공공연하게 이 부근을 돌아다니는 것이 가능해졌다는 만열滿悅에 젖으면서, 돈 대신 대나무 껍질에 싼 주먹밥을 얻어, 흡사 그림처럼 아름다운 산동네의 여름을, 생명력 왕성한 농민들의 영역을 천천히 가로질러 갔다.

*징

여름벌레들의 피곤한 울음소리가 가을벌레들의 서글픈 울음소리로 이행함에 따라, 초목의 푸르름이 시들시들해져간다.

모든 신들까지도 태워 죽이리만치 터무니없이 강력한 존재였던 바로 그 태양도, 이제 와서 오만한 태도를 다소 누그러뜨렸고, 매일 밤의 잠 못 이루는 무더위에 의해 완전히 흐물흐물해졌던 달도, 어느 결에 서늘한 빛을 뿌리게 되었으며, 숲에서 숲으로 불어가는 바람만 하더라도, 높은 봉우리에서 낮은 산으로 흩날리는 비만 하더라도, 어찌된 영문인지 침착함을 드러내게 되었으며,

즉 밤마다 오중탑을 감싼 비파의 음색과 도사의 이야기가

점점 해맑은 계절이 도래하고 있음을 알렸고, 그 초절하면서도 묘한 파동은 이따금 허무로 전화轉化했으며, 이따금 덧없는 생명을 어루만졌고, 또한 이따금 정신의 방탕을 부채질하면서 대기가 말라감에 따라 지금까지보다 먼 곳으로 퍼져갔으며, 병으로 찌든 늙은이와, 나날의 중노동에 의해 형편없이 찌부러진 농부와, 몸에 배인 모든 교태를 드러내어도 손님을 끌지 못하는 떠돌이 매춘부와, 신앙의 우열을 알아차리고 만 우직한 승려와, 언젠가는 사무라이의 세상이 오리라고 예상하여 모반을 꾀한 패거리의 잔당으로 몰려 쫓겨나 미래가 아득해져 버릴 지경이 된 하급 벼슬아치와, 짚으로 만든 요 위에 아무렇게나 나뒹구는, 태어나면서부터 정상적인 몸이 아닌 어린아이 등등, 박해의 표적이 되리라는 사실이 뻔히 드러나는 자들에게 깊은 위로와 감사를 침투시켰고,

게다가 도저히 유랑의 여로를 멈추지 못하는 무묘마루에게는, 생애를 관통하는 무수한 계단에 대해 넌지시 일러주었으며, 내일이 불확실하니까 더욱 살아갈 가치가 있다고 논하였고, 잘못의 얼룩이 늘어나면 날수록 이 세상에 잘 길들여진 셈이며, 자신 속에 날마다 모습을 드러내는 단조로운 본능이 인간적인 광명의 핵을 이루는 것에 다름 아니라고, 그렇게 단정하는 것이었다.

행복과는 인연이 먼, 이상한 삶에 안주하며 몸을 내던진 유

모는, 불모의 싸움에 묵묵히 몰두한다.

　영화榮華에서 순식간에 전락한 뒤, 동물적인 예종隸從이라 말할 수 있을 정도의 태도로 요괴처럼 바뀐 규수를 보살피고, 흙탕물에 자빠트려진 상태를 그저 참고 견디며, 반석磐石의 끈기를 발휘하여 재난의 연속인 후반생後半生을 어떻게 해서든 살아보려 하고, 그것은 다기지다는 표현을 훌쩍 뛰어넘어버렸으며,
　그렇게 말은 해도, 출구도 없고 종말도 없는 세계에 완전히 갇혀버린 것은 아니었고, 아무렇지도 않은 몸짓에서도 기품을 엿보게 하는 유모의 운명이 지쳐 다하기 전에 답답한 문제가 해결될 것은 필지必至였으며, 주인인 거녀의 몸 상태가 살과 뼈의 팽창에 반비례하여 악화되고 있다는 설명에 잘못은 없었고, 너무나도 애절한 비파 소리에 이끌려 밤이면 밤마다 최상층 회랑으로 나오는 그 모습은, 규수에게 남아 있던 희망이 드디어 밑바닥을 드러냈다는 사실을 한층 명확하게 했으며, 그리 머지않아 죽음이 찾아오리라는 기대를 불러일으켰고,
　설사 그 시기가 자꾸 늦추어지더라도 가을이 끝나고, 겨울이 끝나고, 반년이 흐르고, 일 년이 흘러도 오중탑에서 벗어나지 못하는 상황에 변화가 없다고 하더라도, 여차하면 내버려두고 둔주遁走하는 최후의 수단이 있으며, 어쩌면 무묘마루에게 실전용의 검술을 전수해준 덥수룩한 수염의 사무라이는, 벌써 그 비장의 방법을 써버렸는지도 몰랐다.

비축되어 있는 쌀이나 된장의 양이 상당히 줄어들었으나, 그래도 유모는 회의에 빠지는 법이 없다.

식량을 보탤 수 있다면 하는 생각에서, 또한 스승으로 받드는 사무라이의 호적수가 되고 싶다는 원망願望에서, 무묘마루는 칼을 사용하여 산짐승을 쓰러뜨렸고, 나무 위에 잠복했다가 아래를 지나가는 멧돼지와 토끼를 소리없이 덮쳤으며, 숨소리를 죽이고 계류溪流에 가만히 멈춰 서서 단 한 차례의 내지름으로 곤들매기를 잡는 식의 일을 되풀이하면서 낮을 보냈고,

밤에는 포획물을 처리하여, 산기슭 막사에 있는 패거리들의 눈에 띄리라는 사실을 잘 알면서도 까놓고 불을 피웠으며, 숲속으로 식욕을 자극하는 냄새를 퍼트리면서 다들 배부른 한나절을 즐겼고, 낳아준 부모에게 버림받은 저런 도깨비의 뒷바라지를 하는 것에 어느 정도 값어치가 있겠느냐고 유모를 향해 악담을 퍼붓기도 했으며, 비파 도사에게는 자신보다 비참한 줄 알면서도 그 내력을 집요하게 물어보곤 했으나, 도리어 수자豎子* 취급하는 것 같은 시선을 던지거나, 앞으로 아직 더 오래 살아가지 않으면 안 될 몸이 큰일이라는 의미의 비웃음이나 사기 안성맞춤이었고,

그럴 때, 죽음을 마치 믿음의 대상처럼, 혹은 지상至上의 희

*풋내기

열처럼 여기면서 기다리는 노파와 장님 두 사람이 약간은 부럽게 느껴졌으며, 어차피 자신에게는 경험의 도움을 빌려 그런 양자兩者를 웃어넘길 힘이 없다는 사실을 절절히 깨닫기만 하는 무묘마루였다.

원기를 잃은 파르스름한 번개가, 밤하늘에 길게 꼬리를 끄는 깨알처럼 많은 별들이, 그 빛을 지상으로 쏟아 내릴 때마다 거구의 여자를 광란으로 꾀어낸다.

일단 그렇게 되어버리면 비파 도사의 주옥같은 기예도 전혀 먹혀들지 않았고, 어렵사리 끌어당겨놓았던 정심靜心의 끈이 마구 날뛰는 정념情念에 의해 최후의 한 가닥마저 절단되었으며, 만 하루는 갈 것 같았던 편안함이 최후의 한 조각까지 파쇄破碎되었고,

거녀가 그을려 문드러진 큰 입을 크게 벌리고 숲을 향해, 세상을 향해, 이승을 향해 터트리는 포효는 무시무시했으며, 육체를 훨씬 초월하는 그 큰 음성은, 바로 내적인 자아의 현현에 다름 아니었고, 떠받드는 것밖에 모르는 이승에 내동댕이치는 원념怨念의 용솟음에 다름 아니었으며, 드디어 인간을 벗어나더라도 그 소리가 귀에 익는 경우는 결코 생겨나지 않을 것이고, 웬만큼 관대하고 강인한 혼의 소유주라 하더라도 참지 못하게 될 것은 필정이었으며,

도사는 자신의 힘으로 어떻게든 해보고자 다짜고짜 비파를 울렸으나, 가장 자신 있는, 어떠한 고뇌까지도 가슴속에서 지워버릴 수 있는 1절에만 초점을 맞추어 거듭거듭 이야기를 늘어놓았으나, 도통 체면을 세우지 못했고,

뿐만 아니라 불에 기름을 끼얹은 것 같은 결과가 되었으며, 목덜미가 뻐근해질 만큼 최상층을 올려다보던 무묘마루도, 그대로 밤새도록 흥분해서는 예삿일이 아니라고 걱정했고, 당사자보다 주변 사람들의 머리가 어찌되어버리지 않을까 진심으로 염려했다.

지금 당장 어떻게 하지 않으면 안 된다고 판단하여 오층탑으로 되돌아가려 했을 때, 신음에 가까운 규환叫喚의 질이 확 급변한다.

굵직하고 탁하며 거친 목소리에는 아무런 변화가 없었으나, 그러나 광포 그 자체였던 날선 울림이 순식간에 잦아들었고, 그러자 표정까지 훨씬 부드러워졌으며, 암석 같던 풍채 전체가 실로 둥글둥글해졌고,

얼마 지나지 않아 규수는 감정을 질식시키는 바람에 난간을 붙잡고 서 있을 수도 없어졌으며, 무릎과 양손을 회랑 바닥에 댈 때의 쿵쿵거리는 소리가 잇달아 들리는가 싶더니, 발정한 소나 말을 닮은 동작으로 거대한 허리를 격렬하게 흔들기

시작했고,

그것이 비속한 정애情愛에서 생겨난 교접 시에 새어나오는 종류의, 그 소리라는 사실은 쉽사리 알아차릴 수 있었으며, 조금 지나 그 사실을 깨달은 비파 도사의 얼굴에 안도의 빛이 떠올랐고, 옛날의 모습이 완전히 사라져버린 외모야 어쨌거나, 한창때의 여자이기에 거쳐야 할 필연의 과정이라는 득심得心의 미소를 입 언저리에 머금으면서, 그런 음탕한 목소리에 일일이 음률을 맞춰줄 까닭이야 없다는 듯이 목숨보다 소중하게 다루는 악기를 재빨리 보자기에 싸버렸고,

그리고 상대가 없음에도, 또한 너무 살찐 육체가 방해가 되어 손이 거기까지 닿지 않을 텐데 어떻게 할까 하는 비열한 호기심을 억누르지 못하게 된 무묘마루는, 계단을 하나씩 올라가, 도중에 유모의 모습이 보이지 않는다는 사실을 매우 이상하게 여기면서 마침내 5층에 닿았다.

유모는 모습도 흔적도 없었고, 발정한 거녀는 콧구멍을 최대로 벌름거리며 소처럼 침을 질질 흘리고 있다.

살아 있으면서도 지옥의 낙인이 찍힌 규수는, 전신을 휘감는 저항하지 못할 쾌감에 감각의 힘을 완전히 빼앗겼고, 지금만큼은 과거와 미래에 고통받는 일도 없었으며, 자신을 에워싼 온갖 제약이나 거기에 부수하는 마음의 갈증에 고통받는

일도 없었고, 그저 강렬한 도취만을 중시했으며, 황홀한 관능을 생의 절대적인 증거로, 고뇌를 모조리 묻어줄 오직 하나의 지복至福으로 받아들였고,

거기에 난데없이 나타난 무묘마루를, 생기 넘치는 이성을 시야에 담자마자, 확 뜨인 두 눈동자를 오만 가지 색깔로 물들이면서 엉금엉금 기는 자세로 다가오려 했으며, 당사자로서는 완이莞爾*로써 웃고 있을 터였지만 결코 그렇지는 않았고, 미소 띤 얼굴과는 영 딴판이자 놀랍고 당혹스럽기만 한 무시무시한 형상에 다름 아니었으며, 무구無垢한 만큼 추악한 정욕을 전면에 내세우며 덮쳐오는 괴물로밖에 여겨지지 않았고,

쩔쩔 매면서 벽으로 밀려난 무묘마루는, 이미 인간의 동료가 아닌 상대에게 무거운 철추를 내려야만 하지 않을까, 마침내 때가 무르익은 것이 아닐까 하고 생각하긴 했으나, '별의 칼'과 '풀의 칼'의 어느 쪽을 사용하여 그것을 실행에 옮겨야 하는지 망설여져서 멈칫거리는 사이에, 흥분한 멧돼지조차 당해내지 못할 것 같은 거친 콧김을 흠뻑 뒤집어쓰고 말았으며, 그것은 토해낸 입김이나 썩은 고기가 풍기는 악취 정도가 아니었고,

이토록 추악한 존재를 인정해서는 안 된다. 그리고 존재하게 해서는 안 되니까 일각이라도 빨리 말살해야만 한다는 확

*빙그레 웃는 모양

신에 이끌려, 급소의 위치를 살피면서 허리춤의 칼에 손을 대고, 한 발을 반걸음 앞으로 내밀고 꽉 세게 밟으면서, 혼신의 힘을 최초의 한 칼을 위해 집중한 것까지는 좋았으나, 이렇게 상상을 초월한 거대한 자가 상대여서는 어떠한 명도名刀도 둔도鈍刀로 전락해버리지 않을까 하는 불안이 가슴을 스쳤다.

모든 운명은 치명적이라는, 그런 하늘의 목소리와 같은 것이 분명히 귀에 들려온 듯한 기분이 든다.

폭압의 날실과 착취의 씨실로 짠 현란한 주니히토에를 통해 적열赤熱하는 성性이 뚜렷이 들여다보였고, 그것은 결코 국부적인 문제가 아니었으며, 좋은 일이든 궂은 일이든 목숨의 핵을 이루는 것에 다름 아니었고, 도가 지나치면 짐승이 아니라 인간이기를 바라마지 않는 자의 마음을 현저하게 속여 길을 크게 벗어나게 만드는 주인主因이 되었으며, 그로 인해 원래 흐지부지하게 대했어야 할 성질의 것이지만,
그러나 다언多言을 필요로 할 것조차 없이, 지성을 거체에 유린당해버린 이 도깨비에게서 그것을 바라기는 무리한 일이었고, 그런지라 이런 자를 베어버린다고 해서 두고두고 양심의 가책을 받을 일은 절대로 없으리라고 하는 것이 무묘마루가 사량思量하는 점이었으며,
그 결의가 막상 동작으로 바뀌려는 찰나, 여자 외에는 내지

못할 귀청을 찢는 소리가 절정에 달했고, 황홀해진 눈초리가 한바탕 허공을 떠돌았으며, 용이나 기린의 그것을 방불케 하는 길고 무거운 얼굴이 풀썩 앞으로 숙여지더니, 그 바람에 녹은 떡처럼 늘어난 침의 일부가 반쯤 뽑힌 칼의 칼날에 찰싹 달라붙어버렸고,

허를 찔린 꼴이 된 무묘마루는 막연한 싸움에 엮이면서, 눈앞에 엉덩이를 높다랗게 내밀고 넘어진 거녀가 아직 숨을 헐떡거리며 황홀의 여운에 젖어 있는 모습을 내려다보면서, 잠시 동안의 꿈을 꾸듯한 심정을 훼방놓아서는 안 된다면서, 그것만을 염두에 두고 긴장하여 몸이 굳어졌고,

이윽고 흥분의 숨결이 차츰 잦아들면서, 솟구칠 만큼 솟구쳤던 어깨와 등의 지방脂肪이 서서히 출렁거림을 진정시켜가자, 이번에는 숨 막히는 침묵이 세력을 넓히게 되었고, 그리고 오중탑을 애달픈 바람이 휘익 불고 가자, 그 뒤를, 누구든 어차피 임시의 삶에 지나지 않음을 알려주는, 구원이라고 여기면 구원이 될 수 있는, 차가운지 따뜻한지 분명치 않은 바람이 뒤쫓아갔다.

어느 결에 숲은 상량爽凉한 가을 기운에 지배되었고, 모든 존재가 종말 있는 존재라는 사실을 강조하는 분위기가 깊어져 간다.

그때 규수의 엉덩이를 몇 겹이나 감싸고 있던 옷이 굼실굼실 이상한 움직임을 드러내었고, 그러면서 살의 일부가 분리되려는 것처럼 기이한 인상을 던졌으며, 한 마리가 두 마리로 분열하는 게 아닐까, 혹은 분신을 낳으려고 저러는 게 아닐까 하고, 급기야 진짜 귀신이 되어가는가 하고, 그런 미로에 빠진 무묘마루는 새삼 칼자루를 꽉 쥐었고, 거녀의 배후로 돌아가 이 세상에서 생기生起하는 모든 운동과는 분명히 다른, 지극히 불가사의한 움직임을 지긋이 노려보았으며,

긴장과 경계가 정점에 달했을 때, 특권적인 수익자밖에 몸에 걸치지 못하는 옷의 옷자락이 잇달아 벗겨지더니, 속에서 두 개의 팔이 불쑥 삐져나왔고, 그 손에는 두텁고 긴 통나무가, 아니, 목제의 양물陽物이, 반질반질 갈리고 미끈미끈해져 검게 번들거리는 마라가 들려 있었으며, 그 생생함은 실물과 비교하여 전혀 손색이 없었고, 오히려 진짜 이상으로 얕잡아 볼 수 없는 대물로 비쳤으며,

뒤이어 나타난 유모의 얼굴이 어떤가 하면, 갑자기는 믿기 어려운 임무를 완수하여 몹시 상기되었고, 그럼에도 불구하고 묘하게 기품 있는 풍채에 약간의 흐트러짐도 느껴지지 않았으며, 아무런 보증도 하지 못할 주인에 대해 자신의 모든 존재를 바치는, 필요하다면 무슨 일이든 해치울 각오가 어느 정도인지 확실히 드러내고 있었다.

눈에 멸시의 빛이 조금이라도 떠오르는 것을 염려한 무묘마루는, 반사적으로 유모로부터 시선을 돌린다.

그리고 아무 말도 하지 않고, 아무것도 묻지 않고, 일례—禮 한 뒤 그 자리를 떠났으며, 늙고 젊은 두 여인에게서 빙글 등을 돌리자, 여태까지 맛본 적이 없는 측면을 지닌 감동과 손을 잡고 계단을 내려가, 마치 숭고한 추억에 젖어들기라도 한 것 같은 비파 도사의 잠든 얼굴에 선망의 눈길을 던진 다음, 밤마다 푸른 기가 더해지는 달빛 속으로 나아갔고,

풀 위에 털썩 주저앉아 의미 불명의 긴 탄식을 한 차례 내쉬었으며, 이제 막 목격했던 광경을 서둘러 망각으로 빠뜨리고자 애를 썼으나 좀처럼 마음먹은 대로 되지 않았고, 그도 그럴 것이 기묘한 감동이 꼬리를 물기 때문임에 틀림없었으며, 나아가서는 사람을 위요圍繞*하는 슬픔의 높다란 봉우리들을 알아차리게 됨에 따라, 다시금 정신의 미망이 시작되었기 때문에 다름 아니었고,

이내 있지도 않는 무언가를 추구하여 방황에 빠져드는 스스로의 어리석음을 뼈저리게 느끼게 되었으며, 이윽고 그 같은 자기 혐오는 유모한테서 새어나오는 숨죽인 소리와 귀뚜라미 소리에 끼여서 야기夜氣 속으로 호물호물 녹아들어가는 것이었다.

*빙 둘러쌈

극락정토의 한 모퉁이를 잘라낸 것 같은 초가을의 양지에서 살짝 잠이 든 무묘마루의 귀에, 처음에는 징소리가, 이어서 신호 화살 소리가 들린다.

 두 소리 다 확실히 들렸고, 또한 그 의미가 무엇인지를 분명히 파악했으며, 막사에 틀어박혀 있는 저 통솔자가 부른다는 사실을 알았지만 몸 쪽이 금방 반응하지 않았고, 정식으로 사육하는 개가 되지는 않았으니까 급히 서둘러 주인에게 달려가지 않으면 안 될 의리는 없다면서, 그렇게 생각하여 좀처럼 일어나려 들지 않았으며,
 그러나 그 호출을 분연히 거부할 마음은 없었고, 두 번째

화살이 새파란 창공으로 치솟았으며, 전투 개시의 신호로 자주 사용되는, 광기 어린 정열을 감춘 그 소리가 고막을 통해 가슴 깊숙한 곳까지 유입되는가 싶더니, 어찌된 영문인지 순식간에 마음의 권유를 따르자는 기분이 들었고,

다시 말해 나를 버리고 고도의 무애無碍에 대한 집착을 버려도 아무 상관이 없다는 기분이 들었으며, 운명의 한줄기 흐름에 따라 나아가는 것이 능能이 아닐까 여겨졌고, 변덕에 따라 옆길로 새는 것도 흥미롭지 않을까 하는 새로운 욕구의 부추김을 받았으며,

아니, 그런 것보다 시간의 묘지와도 같은 오중탑에서 그저 밥만 축낼 따름인 나태한 나날에 질려 있던 터에, 근자에는 추모醜貌를 부끄러워하거나 슬퍼하거나 하는 의식조차 희미해져 버린 거녀에게도, 규수에게 한없는 충성과 헌신을 바치는 유모에게도, 모든 허무를 무릎 꿇릴 정도의 역량을 지닌 비파 도사에게도 다소 질려버려, 얼굴을 마주할 때마다 우울해지는 것이었다.

무묘마루가 바라마지 않는 것은, 이것이야말로 실재 세계라고 잘라 말할 수 있는, 난전亂戰에 이어지는 난전의 상황에 다름 아니다.

규수에게도, 유모에게도, 그리고 비파 도사에게도 간절히

바라는 것은 없었고, 행복에 굶주린 것도 아니었으며, 언젠가는 고향으로 돌아가고 싶다는 최후의 바람도 없었고, 남은 것은 객사하는 일뿐이었으며,

실제로 자신들의 처지를 너무 잘 아는, 나머지 인생을 다 써버린 세 명의 얼굴에 이미 생기는 없었고, 주체와 대상이 구별되는지 마는지도 의심스러웠으며, 그렇다고 해서 자아의 포로가 되어버릴 정도도 아니었고, 그렇기는커녕 오장육부를 자신의 소유물로 간주할 기력마저 잃어버린 꼬락서니여서, 정신은 고사하고 혼 그 자체까지도 완전히 망쳐버린 상태였으며,

값싼 정서情緖로 가득 찬 그들의 머리를 차지하고 있는 것은 남의 눈길을 피하자는 것뿐으로, 그런 세 사람의 고독의 그림자를 대신 떠맡아줄 의무는 없었고, 또한 그들 속에 애석해할 가치가 있을 정도의 죽음이 있으리라고는 도저히 믿어지지 않았으며, 더러운 말로가 드러누워 있을 따름이었고, 비의秘儀라고밖에 무어라 말할 수 없는 초절의 비파 음색만 하더라도, 결국은 꿈을 쥐어뜯는 효과밖에 없는 것처럼 느껴졌으며,

구륜九輪*의 가르침을 따라 상공을 가로질러 가는 달은 어떤가 하면, 어딘지 어둡고, 모든 원망願望을 침식당해, 전비前非를 뉘우치는 것밖에 용납되지 않는 빛을 뿌렸으며, 숲에 떼 지어 몰려 있는 크고 작은 생물들만 하더라도, 나뭇가지 사이로 비치는 햇살에 씻긴 그 움직임은 실로 활발했으나, 그러나 생명의 자유로운 약동이라는 것은 도통 전해져오지 않았고,

또한 태양만 해도 본래의 교만한 색깔을 완전히 잃어버렸으며, 혼돈의 한낮을 담담하게 비출 따름이었고, 결코 동식물들의 냄새를 소용돌이치게 만들 것 같은 빛이 아니었으며, 어서 물러나 어둠에게 자리를 물려주고자 하는 혼담魂膽이 두드러졌고, 달과는 대극對極에 선 존재로서의 자각이 현저하게 모자랐다.

산기슭 막사 바로 위에는, 파천황破天荒**을 좋아라 하는 금홍색의 태양이 자기 귀환의 광망光芒을 눈부시게 비춘다.

그리고 그 광휘 아래 들개 무리처럼 삼삼오오 모여 있는 병사들은 어떤가 하면, 자신들이 어차피 여기저기서 모여든 잡병에 지나지 않는다는 사실을 잘 알면서도, 혹은 싸구려 무구武具와 같은 소모품에 지나지 않는 처지를 잘 인식하면서도, 고참이건 신참이건 가리지 않고 흡사 천하 공인의 존재이기라도 하듯이 행동했고, 오늘도 인간성의 빈곤을 송두리째 드러내는 삶을 보내고 있었으며,

통통하게 살찐 뱀을 구워 반찬 삼아 밥을 먹거나, 너무 숙성한 생된장을 안주로 탁주를 권커니 작커니 하면서 푼돈을 건 도박에 일희일비하거나, 나무 그늘에서 빈둥거리는 만두

---

*불탑의 노반 위, 앙화와 수연 사이에 있는 아홉 개의 테 장식 **미증유, 전대미문

장수를 겸한 매춘부들의 홍소哄笑*에 흥분을 느끼거나 하면서, 명확한 오늘과 명확하지 않은 내일을 잊었고, 다하지 않는 욕망에 만신창이의 오체를 맡겼으며, 무엇이건 깨끗이 잊어버리는 버릇에 마음을 맡기고 있었으나,

그러나 세 번째의 신호 화살을 특제의 강궁强弓으로 쏘아 올리려던 졸병만은, 다가오는 무묘마루를 발견하자 알려주느라 달려갔고, 즉시 되돌아오더니 손짓을 하여 통솔자가 기다리는 안쪽 방으로 안내했다.

친밀한 눈길과 음식의 환대를 받아도, 추호도 마음을 내주어서는 안 된다는 속삭임이 자꾸만 들려온다.

이런저런 전리품으로 가득 찬, 다른 방보다는 다소 나은 정도의 다다미방으로 안내를 받은 무묘마루는, 인사치레로라도 술이나 밥에는 일체 흥미를 보이지 않았고, 먹을수록 다변多辯이 되어 꾸밈없는 성격을 그대로 드러내는 상대의 주저리주저리 이어지는 이야기를 한쪽 귀로 흘려듣고 있었으나, 마침내 지쳐 못 견디게 되자 긴급한 용무가 아니라면 일일이 부르지 않도록 해주기 바란다고 잘라 말했으며,

그러자 옆에 대기하고 있던 겉보기에도 독한 인상의 부하가 '기어오르지 말라!'고 으름장을 놓는 듯한 표정을 지으면서 몸집 작은 주인이 나무랄 때까지 무묘마루를 노려보았는

데, 이내 경쟁의식을 송두리째 드러내는 거친 발자국 소리를 내면서 긴 복도를 걸어 사라지더니, 금방 다시 나타났을 때는 그 손에 두루마리가 들려 있었고,

그것을 잠자코 받아든 통솔자는 방바닥 위에 펼치더니 가는 붓을 사용하여 상세하게 그려진 지도를 보여주면서, 우선은 막사와 농민 반란이 빈번히 발생하는 지역과의 위치관계를 설명했으며, 이어서 얼마나 상황이 악화되어가는지에 대해 언급했고, 이대로 방치해두면 단순한 반란으로 끝나지 않을 대사大事로 번질 것은 필정이며, 그도 그럴 것이 인국隣國**이 뒤에서 몰래 조종하고 있기 때문이고, 언젠가는 일촉즉발의 위기에 빠져 본격적인 싸움으로 발전할 것은 틀림없으며, 막을 방법은 지금 당장 쳐부수는 길 외에는 없다고, 그렇게 말하는 것이었다.

골똘히 궁리하는 상대의 눈동자 속에서, 무묘마루는 자신이 바라는 종류의 자극을 즉시 읽어내었고, 자신도 모르게 끌려 들어가고 만다.

그렇지만 설레는 심정을 얼굴에 드러내는 것 같은 얼간이 짓은 하지 않았고, 지역의 일국一國을 통치하는 측과 통치당하

---

*떠들썩하게 웃어댐 **이웃나라. 여기서는 다른 영주가 지배하는 이웃 지방을 가리킴

는 측에서 발생한 뿌리 깊은 여러 문제에 관한 따분한 해설은 듣는 둥 마는 둥 하면서, 이제부터 자신에게 부여될 역할이, 일부러 떠돌이를 기용할 일이 대관절 어떤 내용인가 의아해하면서, 한참 의아해하던 끝에 마침내 화가 치밀고 안달이 나, 도대체 한마디로 무엇을 시키려 하는가 하고 대번에 다그쳐 물었고,

그러자 아무래도 벌써 오래전부터 사무라이의 왕도王道에 따르기를 포기해버리고 만 것 같은 상대는, 그들에게 얼굴이 알려지지 않은, 더군다나 상당히 담력 있는 자 외에는 해내지 못할 일이라고 전제한 다음, 막사 앞에 가로놓인 광대한 강변 대안對岸에는 비옥한 땅 덕분으로 유복한 마을이 있고, 거기의 우두머리가 상당히 수상한 자인데, 겉으로 드러나는 얼굴은 순종하며 겁 많고 온후한 농부의 전형인데, 한 번 까뒤집어보면 농민 반란의 가담자, 강력한 지원자, 아니, 인간 덜 된 반역자라는 또 하나의 얼굴을 지니고 있다면서,

그가 노리는 것이 어디까지인지조차 도통 짐작할 길이 없고, 어쩌면 이 나라 자체를 욕심내고 있는지도 모르며, 그도 아니라면, 자신이 연공年貢을 바치고 있는 나라와 합친 두 개의 나라를 수중에 넣는 것이 비원悲願인지도 모르고, 그로 인해 쌍방을 부채질하여 소동이 끊이지 않도록 만들어, 양쪽 모두를 피폐하게 하여, 그 틈을 타서 무슨 일을 저지르려는 것인지도 모르며, 여우와 이리를 합쳐놓은 것 같은, 자금 면에서도

인근의 마음은 말할 나위도 없고, 어지간한 영주보다 훨씬 윤택한 이 촌장이 급사해주기만 한다면, 부질없는 다툼이 대폭 줄어들며, 큰 충돌이라는 너무나 험악한 상황으로부터도 벗어날 수가 있고, 그 결과 얼마나 많은 생명이 구원받을지 모른다면서 아퀴를 지었다.

도읍이 가까워짐에 따라 사람의 마음이 더 추해져간다는 실감이야 어쨌든, 무묘마루는 스스로의 눈앞에 걸린 목표에 취한다.

그것이 자기 자신에게 부여된 사명이라면 얼마나 신바람 나는 일인가 하는 가슴 벅찬 생각은 일단 속으로 꿀꺽 삼킨 다음, 양식良識을 찾는 사람들로부터 어떻게 해서든 많은 찬동을 얻을 수 있는 표현이 무엇일까 궁리하면서, 모살謀殺은 본래의 취지에 어긋나는 행위라고 말하면서 일단 난색을 표했으나,

기실은 흥미진진한 무엇인가를 느꼈으며, 어쩐지 피가 들끓는 기분에 휩싸였고, 제법 큰 위험을 도외시하더라도 한 발자국 들여놓고 싶은 충동을 느꼈으며, 지금까지 보낸 여섯 명의 자객이 보기 좋게 당하고 말았다는 이야기를 듣고 나자 더 이상 젠체하고 있을 수 없게 되었고, 최종 대답은 훗날 해주어도 괜찮다는 지극히 당연한 조건이 제시되었음에도 불구하고 오만한 격정에 충동질되어 자신도 모르게 즉답할 기분이 들었

으며,

 물론 이번만은 너무 무모하고, 일곱 명째의 희생자가 되어버릴 확률이 대단히 높다는 현실에 압도당함으로써 파생한 망설임을 느끼기는 했으나, 그러나 이 세상에 존재한다는 사실의 환희는커녕, 행복의 잔해조차 눈에 띄지 않는 저 오중탑의 암울한 삶으로 되돌아갈 생각을 하니, 의지에 반하여 승낙의 대답이 거침없이 입에서 튀어나왔다.

 돈이라는 형태로 내민 다액多額의 보수를 잠자코 받은 것은, 오중탑의 주민을 보호해주지 못하는 죄송함의 표시로 쓰기 위해서다.

 상대의 인상이나 평소의 거처를 묻자, 되돌아온 답은 '설사 맹인이더라도 가면 금방 알 수 있다'는 한마디뿐이었고, 단지 그 만만찮은 자는 항상 조심 또 조심을 게을리 하지 않으며, 잘 모르는 남은 두말할 나위도 없고 집안사람들에 대해서도 방심하는 법이 없으며, 치명적인 틈을 찾아내려면 반년에서 일 년쯤은 참고 기다려야 할지 모르며, 그렇다고 해서 오래 머물면 머물수록 그쪽의 의심을 사 발각될 가능성이 높아져버린다고 했으며,

 단기간에 파고들어, 정체가 밝혀지기 전에 사소한 방심을 포착하여 잽싸게 처치해버리는 수밖에 없으리라는 조언을 등

뒤로 들으면서 일단 다다미방을 나갔고, 그냥 그대로 막사를 떠나는 것처럼 꾸민 다음 몰래 살금살금 되돌아와, 아직 같은 장소에서 떠들고 있는 몸집 작은 사무라이와 그 수하의 대화를 구석에 몸을 숨긴 채 엿들었으며,

그렇지만 일을 그르쳐서 어쩌고저쩌고, 만에 하나라도 해치워준다면 횡재라느니 하는 따위의 소리밖에 들려오지 않았으며, 다시 말해 설치한 올가미에 감쪽같이 걸려들었다고 하는 악의의 말이나 조소嘲笑가 전무하다는 사실을 확인했고, 그러자 더욱더 의욕이 솟구쳐 다시 발소리를 죽이며 그 자리를 떴으며, 돈이 가득 담긴 자루를 어깨에 메고 막사를 벗어났고,

도중에 잔서殘暑가 예사롭지 않은 길거리에서 마주친 지저분한 모습의 허무승과, 나이를 숨기지 못하는 뜨내기 매춘부에게 아무 보답도 요구하지 않고 한 움큼의 돈을 쥐어주었으며, 멍청해진 두 사람의 얼굴을 곁눈질하면서 낯익은 산길로 들어서서, 낮임에도 어두운 삼림지대를 헤치며 걸어갔다.

당초는 수직 상승에 따르고자 하는 이념의 순수한 구체화로서 건립된 오중탑이었지만, 지금은 무자비한 운명의 거처로 영락했다.

거기에는 암담한 전도前途가 있을 뿐이었고, 파멸과 죽음이 손에 손을 잡고 닥쳐올 뿐이었으며, 절대적인 고립에 유폐된

규수의 어디에도 신비스러운 점은 없었고, 주인의 사후에도 함께 따르고자 작정한 유모는, 후의厚意 넘치는 세세한 배려로 날을 보내면서 천천히 일생을 마칠 작정이었으며, 이 세상에 태어난 이래 계속 어둠에 파묻힌 채 살아온 비파 도사는 어떤가 하면, 격렬한 색채의 저세상을 떠올리면서, 거기서 비로소 눈이 밝아지는 날을 진심으로 기다리고 있었고,

그렇지만 무묘마루에게 이승이라는 것은, 일시적이고 유한함을 잘 알고 있었으며, 전부이면서 유일한 것이었고, 또한 있는 그대로의 이 세계에서 자립하여 존재하는 것에서밖에 의의를 끌어내지 못했으며, 다시 말해 그것은, 인간의 명예를 걸고라도 신불의 존의尊意에 의지할 수야 없는 노릇이었고, 그렇지 않으면 그렇게 언제까지나 정에 얽매일 만큼의 호인好人으로 지낼 수야 없는 노릇이었으며,

게다가 산기슭의 막사에 웅크린 병사들의 체험담에 의해 식인귀라는 소문이 한층 더 신빙성을 띤 지금, 굳이 이곳으로 다가오려는 취광자醉狂者가 있으리라고는 도저히 여겨지지 않았고, 설령 세상에 자신의 이름을 알려 시세時世의 화사한 무대에 단숨에 뛰어오르고자 하는 모험심 넘치는 자가 덤벼든다고 하더라도, 무시무시한 용자容姿의 실물을 일단 보자마자 달아날 게 뻔했다.

자신의 필요성이 사라져버렸다는 사실을 깨달은 무묘마루

는, 이제 막 받아온 돈을 통째로 유모에게 넘겨주고 이별을 고한다.

그러나 이유도 가는 곳도 말하지 않았고, 쌀이나 된장이 부족할 경우에는 사들이도록 권하면서, 돈만 있으면 수명 이외의 물건은 무엇이든 입수할 수 있는 세상이 되었다고 타일렀으며, 충의스러운 가신인 그 사무라이가 조만간에 반드시 돌아올 것이라면서 안심시켰고,

그리고 비파 도사에게는, 여기에 있는 한 먹고 자는 것에 불편하지 않을뿐더러 무리하게 신경을 쓰지 않아도 괜찮으며, 개에게 쫓겨 다니지 않아도 되고, 약한 자만 골라 손대는 좀도둑에게 장사 도구나 품속의 물건을 털리거나, 도검에 지나치게 조예가 깊은 이상한 자가 칼이 잘 드는지 시험하느라 베는 상대가 되지 않아도 된다고 말했으며, 나아가서는 이것을 능가할 만한 의의 있는 일은 전무후무할 것이라고 덧붙였고, 왜냐하면 최량最良의 청중을 만났기 때문으로, 여기서의 체재滯在는 정체 모를 탁월함에다 몇 배의 연마를 이루게 해주리라고 치켜세웠으며,

최후의 저녁밥을 시작했을 무렵에는 다들 한결같이 마음의 정리를 했고, 어제와 오늘을 이어주던 것이 내일에는 없어진다는 자각이 굳어졌으며, 일몰 후 얼마 지나지 않아 미칠 듯한 혼에서 터트려지는 청정무구한 포효가 최상층에서 퍼져나왔

으나, 무묘마루는 가슴의 통증을 느끼지 않았다.

어슴푸레한 비파 소리에는 정애情愛가 몽땅 집약적으로 응축되어 있었고, 그 하나하나가 몸 깊숙이 스며들어 냉기 속으로 가라앉는다.

도사의 설득력 넘치는 이야기에는 한 점의 어두움도 없었고, 가만히 귀 기울이는 자의 마음을 거의 똑같은 수준으로까지 높여주었으며, 고매한 희구로 꾀어들였고, 결코 눈에는 보이지 않는 결정체로서 숲속으로 쏟아져갔으며, 때로는 자연을 다스리는 여래의 탁선처럼 엄숙했고, 때로는 천상天象에 의해 점쳐진 미래처럼 잔혹했으며, 또한 어떤 때는 실제의 풍광이나 다름없이 심미적이었고, 바라지도 않았건만 깊은 편안함을 얻은 거녀의 목소리가 서서히 낮아지더니 이윽고 침묵했으며,

그사이에도 장대하고 비극적인 서사시는 더욱 앞으로 나아갔고, 헤이케의 승리가 마침내 적진으로 옮아가자 순식간에 일족의 번영이 붉게 물들어갔으며, 노인이나 여자들은 물론, 순진한 동자까지 어쩌지 못하여 투신자살하는 도리 없는 상황에 몰릴 즈음이 되자 애절한 오열이 어둠과 미풍에 녹아들었고, 기괴한 숙아宿痾*에 걸린 규수의 주위에서 충실하고 고귀한 혼이 부활한 것 같은 분위기가 풍겨났으며,

슬슬 별리別離의 시간이 온 것으로 판단한 무묘마루는, 딱

한 번 오중탑을 되돌아보았고, 목우木偶**를 연상시키듯 어색하게 행동하는 규수를 딱 한순간 쳐다보았으며, 가련한 세 사람에게 평안平安이 있으라고 가슴속으로 빌면서, 시선을 이내 나전螺鈿***의 상감세공과 같은 밤하늘로 돌리니, 거기에는 청룡도와 닮은 곡선을 그리면서 흘러가는 별이 있었고, 그것이 떨어진 것으로 여겨지는 방향을 향하여 숲을 빠져나가 산을 내려갔다.

*지병 **망석중이 ***자개

날이 새기 시작하는 동쪽 하늘의 번쩍임에 의해 대지는 다시 숨을 쉬었고, 돌멩이투성이의 강변을 지나가자 그곳은 이미 나무 그림자 짙은 비옥한 타국他國*이다.

　발 디딜 곳마저 마땅찮은 길 없는 길을 밤새도록 걷고, 그런 다음 광야에 펼쳐지는 잘 다져진 길을 가자, 흠뻑 내린 밤이슬을 맞아 전신이 물에 빠진 생쥐 꼴이 되고 말았지만, 도저히 초가을의 것으로는 믿어지지 않는 빛나는 태양이 출현하자마자 즉각 말랐으며, 더구나 기분 좋은 산들바람이 가슴에 청신淸新한 입김을 불어넣어주었고,
　'어차피 스쳐가는 그림자 하나에 불과한 나, 과연 무엇을

그렇게 바라는가' 하는 따위의 골똘히 고민한 끝에 던지는 자문自問도, 구천九天의 드높은 곳에서 쏟아져 내리는 광선과 열선熱線에 의해 처절하게 구축驅逐되었으며, 더하여서, 평소보다 더 생사의 고동이 충만한 세계가 강하게 의식되었고, 한 무더기 참억새 속에서도, 세류細流에서 남겨진 조그만 물웅덩이 속에서도, 알몸의 여인상을 방불케 하는 수피樹皮가 벗겨진 후목朽木** 속에서도, 저마다 대우주를 느낄 수 있었으며,

그러자 마음이 흔들린 무묘마루는 이미 어디에도 없었고, 타자로부터 주어진 것이 아닌, 스스로 찾은 것에 다름 아닌 목적의 완수를 위해서, 잠입한 여섯 명의 자객을 하나도 남김없이 해치운 난물難物을 멋지게 처단하고 싶다는, 상승 지향으로 가득 찬 사냥꾼과 같은 정열에 충동질 당했으며, 이성理性 따위는 전혀 안중에 두지 않는, 스스로의 기분을 재지 못하는 일 따위는 있으려야 있을 리 없는, 그런 무모한 판단을 내려도 그만이라는 행위에 점점 매료되어가는 것이었다.

보이는 모든 것이 목가적인 광경이었고, 과거로 이끌려 가 버릴 것 같은 기색은 어디에서도 느껴지지 않았으며, 모든 곡물이 풍작으로 돌진한다.

*다른 지방 **썩은 나무

소문으로 들은 것보다 훨씬 뛰어난 풍요의 대지는 지금, 전혀 표리가 없는 세계처럼 눈부시게 빛났고, 논밭에서도, 촌락에서도, 멧갓*에서도, 나무숲에서도, 강에서도, 끊임없이 고하루비요리〔小春日和〕**의 공기를 발산하고 있었으며, 절에서 들려오는 독경과 뇌사誄詞***조차도 음습하지는 않았고, 잔치 자리의 흥을 돋우는 밝은 노래와도 닮은 인상을 던질 정도였으며,

필경은 가는 곳마다 낙원의 양상을 짙게 드러내었고, 어디를 둘러보아도 수직으로 솟구치는 크고 작은 행복이 분명하게 느껴졌으며, 집 바깥에서 부지런히 일하는 자들 사이에 뼈를 깎는 고생을 하는 것 같은, 회한의 심정에 짓눌려 있는 것 같은, 근심으로 가슴이 답답한 것 같은, 그런 비참함과 울적함은 일체 감돌지 않았고, 적어도 불운한 삶이 안겨주는 박행薄倖****의 그림자가 드리운 인간과는 아직 마주치지 못했으며,

또한 이따금 지나쳐가는 나그네 가운데 악을 행하는 자들 특유의 냉혈한 인상은 없었고, 불가침의 권위를 등에 업고 으스대는 관리도 없었으며, 남자는 목우木偶를 조종하거나 사나운 말을 솜씨 있게 다루었고, 여자는 가무에 능했으며, 매춘을 하여 입에 풀칠하는 괴뢰 집단조차 묘하게 눈부시게 여겨졌고, 인생을 망쳐버린 자, 낮이건 밤이건 슬픔에 잠겨 있는 자, 이 세상에 존재해서는 안 될 자, 그와 같은 공허한 모습의 인간 따위는 단 한 명도 눈에 띄지 않았다.

강을 하나 건넌 것만으로 별세계에 당도한 것 같은 기분의 무묘마루는, 홀로 태어나 홀로 죽는 생명이라는 철리를 까맣게 잊는다.

이 땅에서는 일부러 어둠을 찢어 빛을 끌어들일 필요가 없었고, 그런지라 알지 못할 분노에 휩쓸린 나머지 하늘을 향해 독신瀆神의 고함을 지를 필요도 없었으며, 지배자의 무자비한 일격에 의해 버러지 떼처럼 우왕좌왕할 필요도 없었고, 그러므로 반란의 봉화를 올리지 않으면 안 될 이유도 없을 것 같았으며,

만약 이 부드러운 양상이 오늘 하루 종일 유지된다면, 세상에 대한 견해를 근본부터 뜯어고치지 않으면 안 되었고, 다시 말해 슬픔을 공유할 수 있는 짧은 순간이 있었다손 치더라도 최종적으로는 타자와 공존하지 못한다는, 그런 신념에 가까운 생각이 근들근들 흔들리기 시작했으며, 만약 이대로 길을 따라 어디까지라도 간다면, 그 누구도 아직 본 적이 없는, 마음이 평안으로 가득 찬 낙천지樂天地로 들어갈 수 있는 게 아닐까 하는 망상을 불러일으켰고,

절대로 있을 리 없는 기대를 크게 가진 무묘마루는, 어느

---

*목재 생산을 위해 가꾼 산림 **음력 시월의 따뜻한 날씨를 일컬음 ***죽은 이의 생전의 공덕을 칭송하고 그 죽음을 애도하는 말 ****불행

결에 죽음을 옮기기 위한 발걸음을 멈추었으며, 만난 적도 없는, 얼굴조차도 모르는 자를 죽이겠다는 목표를 망실해갔고, 어느 결에 그 지방의 온후한 공기에 젖어 만면에 미소를 머금고 걸어가는 꼬락서니가 되었으며, 그 들뜬 기분은 촌락으로 들어선 뒤에도 바뀌지 않았다.

풍요로운 마을이라는 사실을 일러주는 것은 결코 집들의 생김새가 아니었으며, 몸에 걸치고 있는 옷의 화려함이나 유통품의 윤택함도 아니다.

그저 떵떵거리며 살아가는 지방 정도라면 여태까지 여행 도중에 숱하게 지나쳐왔지만, 그러나 여기에 골고루 퍼져 있는 풍요로움은 물적物的 대상의 그것과는 분명히 종류가 달랐고, 외관은 어디에나 있을 듯한 마을의 하나에 지나지 않더라도, 살아가는 사람들의 표정에서 결정적인 차이가 났으며, 아이들로부터 노인에 이르기까지, 아니, 가끔이나 개나 고양이나 우마牛馬까지, 동종동근同種同根의 발랄함이 넘쳤고, 흡사 경쟁의식이나 악의나 불선不善이나 독설이나 권태나 침강沈降이 존재하지 않는 것 같은 인상을 던졌으며,

여기저기서 들려오는 한없이 밝은 담소는, 등과 허리 양쪽에 똑같은 길이의 칼을 찼고, 잔뜩 때가 낀 몸에 땀과 먼지 범벅인 옷을 걸쳤으며, 눈에는 의심의 눈초리가 가득 담겼고, 짐

승 같은 민활敏活함이 손가락과 발가락 끝까지 넘쳐흐르며, 몸의 내부에는 수단방법을 가리지 않고 살아남겠다는 생명력을 감추고 있는, 그런 골치 아픈 떠돌이가 다가와도 끊어지는 법이 없었고, 환영받지 못할 자의 냄새를 민감하게 맡아 짖어대는 신경질적인 개도 없었으며,

특히 남자 어른들의 외모는, 무묘마루가 지금껏 만나온 허망하고 서글픈 혼의 소유자이며, 수동적인 삶밖에 모르는 농부들의 그것과 똑같은 줄에 세워놓을 수 없을 만큼 훌륭하여, 어쩌면 침용沈勇이 넘치는 선량하고 고귀한 사무라이들과 필적할지도 몰랐다.

삼림지대나 산악지대를 닮은 숭고한 공간은 아니었지만, 하늘 높이 빛나는 별처럼 위대한 인물을 배출할 것 같은 지방색을 암시한다.

길을 똑바로 기억해두기 위해 모퉁이마다 돌아다녀보았지만 수상쩍은 눈길을 던지는 사람은 없었고, 멸시의 미소를 띠지도 않았으며, 네거리에 도달했을 때 떡과 경단을 파는 찻집을 발견하여, 몹시 번성하는 모습과 피로 얼룩진 자의 고뇌를 달래줄 것 같은 쾌활한 웃음소리에 이끌려 들러보았더니, 나그네뿐 아니라 단골로 여겨지는 현지 손님도 섞여 있다는 사실을 알아차렸고,

그래서 무묘마루는 세 종류의 떡 외에 경단도 주문하여, 그것을 시원한 나무 그늘 밑으로 들어가 덥석덥석 씹어 먹으면서 주변에서 오가는 대화에 귀를 기울였으며, 자신의 인상에 수정을 가해야 할 점이 있는가 없는가, 혹은 깨깨 말라빠진 고아가 어딘가에 숨어서 탐욕스러운 시선을 던지는가 아닌가, 궁핍한 나날에 억눌려 정신이 돌아버리고 말 지경이 된 자가 있는가 없는가를 열심히 살폈으나,

그러나 앞날을 비관시하는 따위의 눈초리는 일절 없었으며, 논이나 과수果樹로 에워싸인 집락集落의 어디에서도 생사를 가로막은 냉엄한 그림자 같은 것은 도통 발견되지 않았고, 들려오는 것은 마음을 편안하게 만드는 세상살이 이야기뿐으로, 또는 기상의 변화를 알아내기 위한 정보 교환뿐으로, 그러다 차 한 잔이 더 마시고 싶어졌을 무렵에는, 죽지 않고서는 도달 불가능한 세계로 잠입해버리고 말았을지 모른다는 심정이 한층 강해졌다.

그렇지만 도저히 오래 머물 수야 없는 노릇이었는데, 왜냐하면 정처 없는 잔혹한 세상 쪽이 무묘마루에는 더 어울리기 때문이다.

타고나면서부터 권위를 무효로 만드는 재각才覺을 갖춘 무묘마루의 성격에 맞는 것은, 타자로부터 받는 까닭 없는 경멸

이며, 거기에 앙심을 품는 일이며, 이런저런 비천하고 나쁜 습관에 등 돌리는 것이며, 증오로 멸망할 듯한 일이며, 외포畏怖를 가져야 할 존재에게 느닷없이 덤벼드는 일이며, 피투성이 정신을 끌어안고서도 어떻게든 살아남는 일이며, 그럭저럭 하면서 졸리는 혼을 두드려 깨워서 생의 의미를 조금이나마 설명해주는 일이며,

결코 마음 편안한 사람들로 가득 찬 피난소가 아니며, 꿈 하나 꾸지 않는 안도安堵의 낮잠이 아니며, 세습 재산을 쌓은 위에다 행복한 가정을 꾸미는 일이 아니며, 별빛이 달빛처럼 밝은 밤에 복스러운 상을 한 여인과 마음껏 즐기는 것이 아니며, 솜털이 보송보송 나고 이제 막 하얀 이빨이 돋아난 내 아이를 끌어안고 찰나의 행복을 만끽하는 것이 아니며,

그렇다고 해서 양팔을 활짝 벌려서 꽉 붙잡을 만큼 가치 있는 것과는 아직 만나지 못했으며, 그것이 어떤 것일까 하는 짐작조차 하지 못했으며, 어쩌면 육신의 속박에서 놓여날 때의 황홀을 바라는, 오직 그 한순간만을 위한 끝없는 방황일지 몰랐다.

광란하는 가을빛 속을 헤매면서 촌장의 집으로 여겨지는 저택을 찾아보지만, 그럴 성 싶은 집과 마주치지 못하고 진주노모리[鎭守の森]* 앞에 서다.

*그 지방의 수호신을 모신 숲

물어보면 금방 알아낼 수 있는데도 일부러 그렇게 하지 않았던 것은, 아직 아무것도 하지 않았음에도 노리는 상대가 경계할까 두려웠기 때문이며, 혹은 불과 반나절에 심경에 변화가 일어난 탓인지도 몰랐고, 그야 어쨌든 해야 할 일을 하기 위한 준비를 할 기분은 아직도 여전히 들지 않았으며, 어떻게 할지는 내일 아침에 결정하자, 오늘은 이 신사를 잠자리로 삼자고, 그렇게 작정하면서 신사 쪽으로 걸어가다가 등 뒤에서 들려오는 발자국 소리를 알아차렸으며,

그러나 긴박한 살기가 느껴지지는 않았던지라 재빨리 유리한 장소를 골라 순식간에 칼을 뽑는 식의 비상수단은 강구하지 않았고, 작고 오래되었으면서도 잘 손질된 신사 앞까지 뒤도 돌아보지 않고 걸어가, 복전함에 동전을 던져 넣은 다음 손뼉을 치고 고개를 숙였으며, 바로 거기서, 숨소리가 들려올 만큼 가까이에서, 이쪽의 태도를 살피는 것 같은 상대가 어떻게 나올지 기다렸으나, 결국 기다리다 지쳐 되돌아보고 말았는데,

그러자 거기에는 동안童顔의, 나이 오륙십 가량의, 중간 크기의 몸집과 중간 크기의 키를 가진, 평생에 걸쳐 머슴이 어울릴 것 같은 사내가, 어색하게 멈춰 서서 몇 번씩이나 행운이 겹친 자와 같은 얼빠진 미소를 머금고 있었으며, 간사한 장사치들이 손님 앞에서 하는 것처럼 두 손을 공손히 맞잡고 있긴 했지만 생김새는 농부 그 자체였고, 또한 남의 주머니 사정을 순식간에 간파하고 빈털터리라는 사실을 알아차린 순간 사람

을 바보 취급하여 깔보는 듯한, 그런 불성실의 덩어리와 같은 눈초리가 아니었고,

 그 사내를 특징짓는 것은, 무슨 일에도 서툴러 보이는, 곁에 있는 것만으로 졸음이 쏟아지고 말 것 같은 완만한 동작이었으며, 이마에 난 주름살만 하더라도 쓸데없이 시간만 잡아먹어 온 것 외에는 아무것도 나타내지 않았고, 극단적으로 흠잡을 데 없는 성격을 송두리째 드러내고 있을 따름이었다.

 여기서 하룻밤을 보내도 괜찮으냐고 물어보며, 불을 피우지는 않을 테니까 염려할 필요는 없다고 말했고, 이야기가 나온 김에 촌장의 거처를 물어본다.

 신체 쪽은 어엿한 한 사람분이어도 머리의 알맹이는 반사람분일지 모르는, 이런 사내가 상대라면 무엇을 따져 물어보아도 이상하게 여기지는 않을 것이라고 판단한 무묘마루였으나, 그래도 조심하는 것보다 더 나을 리가 있겠느냐고 생각을 고쳐먹었고, 다 털어놓은 다음의 입단속에 관해서도 머리를 굴려보았으나, 슬플 정도로 천진무구함과 숨김없는 멍청함을 간직한 상대를 바라보자니 부질없는 걱정이란 사실을 깨닫지 않을 도리가 없어졌으며,

 그런데 그 사내가 너무나 사람 좋은 미소를 띠면서, 상당히 심하게 말을 더듬으면서 대답한 것은, 상상을 초월하는 내용

의 답이었는데, 바로 자신이 이 마을의 우두머리라는 취지였고, 더군다나 자신을 찾아온 분이라는 사실을 알았기 때문에 이렇게 뒤를 따라왔다는 설명이 덧붙여지게 되자, 자객으로는 이미 말문이 막힐 수밖에 없었으며,

꿀꺽 침을 삼킨 무묘마루는, 자신의 해도 너무한 판단착오에 그저 어안이 벙벙할 따름이었고, 경계심이고 뭐고 모조리 내던져버린 채 쓴웃음만 지었으며, 안공眼孔*이 큰 사내의 얼빠진 얼굴을 대하면서 안절부절못하여 허둥거릴 따름이었다.

현재 진행 중인 위기에 관해 진지하게 고려하게 된 것은 한참 시간이 흐른 다음이며, 그래도 여전히 상태常態를 유지하지 못한다.

이해되지 않는 것은, 견디지 않으면 안 될 만큼 답답한 공기가 아무리 기다려도 밀려들지 않는다는 사실이었으며, 또한 맨손으로라도 쉽사리 비틀어 죽일 수 있을 것 같은 사내를 보살피며 신변을 경호하는 자들이 여기저기서 뛰쳐나오는 사태도 벌어지지 않는 것이었고,

그렇다면 이 촌장은, 가게무샤〔影武士〕**와 비슷한 역할을 맡은 다른 사람일지 몰랐으며, 그게 아니라면 자타의 구별마저 되지 않을 지경으로 뇌의 구조에 뒤틀림이 생겨난 광인인지도 몰랐고, 따라서 그런 자의 입에서 튀어나온 말을 일일이 곧이

곧대로 받아들일 수 없었으며, 그렇다고 해서 주변에 인기척이 없는 것을 기화로 목숨을 빼앗을 수도 없는 노릇이었고,

자, 이제 어떻게 해야 하느냐 하고 고민하는 사이에, 상대 쪽이 먼저 말문을 열었으며, 이미 여름이 아니니까 이런 곳을 잠자리 대신으로 하다가는 감기에 걸리기 십상이고, 우리 집으로 가서 자는 게 어떻겠느냐는 온정 넘치는 제안이었으며, 그것이 본심에서 우러난 권유라는 사실은 얼굴 어디에도 굳어진 곳이 없다는 점으로 볼 때 의심의 여지가 없었다.

그 사내는 새빨간 가짜이며, 머리가 살짝 돈 녀석이라고 판단한 무묘마루였지만, 그래도 올가미에 걸려들었다는 의심은 지우지 못한다.

이 녀석은 단순한 심부름꾼에 불과하며, 딴 속셈이 있을 것 같지 않은 풍모에 속아 어슬렁어슬렁 뒤따라가거나 하면, 거기에는 진짜로 속이 시커먼 촌장과, 더 이상 야만스러울 수 없는 추종자들이 몰래 기다리고 있어서, 즉시 붙잡히고 말아, 그 자리에서 목이 달아나면 그나마 괜찮겠지만, 죽고 싶어도 좀처럼 죽을 수조차 없는 상황이 연일연야連日連夜 이어지고, 급기야 짐승처럼 생가죽이 벗겨져, 토막토막 잘려서 분뇨 구덩

*눈구멍 **적을 속이기 위해 우두머리처럼 가장하여 내세우는 사람

이에 던져지는 게 아닌가 하는 상상이 단숨에 부풀어 올랐고,

그렇지만 설사 그리 되더라도 자포자기의 심정으로 한바탕 설치면 혹시 빠져나올 수 있을지도 모르며, 그것이 무리일 경우에는 자살하는 길도 있고, 그 어느 쪽이든, 낮에 떡과 경단 밖에 먹지 않은 배가 진즉 텅 비어서, 따뜻한 밥을 차려내줄지 모른다는 유혹을 도저히 이겨낼 수 없었으며, 말더듬이 사내에게 운명을 맡기기로 작정하고 발걸음을 옮기기 시작하자,

벌써 태양은 기울어지기 시작했고, 머나먼 요원遼遠의 옛날부터 되풀이되어온 아름다운 노을이 창공에 온통 펼쳐졌으며, 거기에 재앙의 빛으로 물든 구름은 한 조각도 떠 있지 않았고, 무시무시하기까지 한 부드러운 저녁이 그늘에 자욱한 밤을 불러내는 기색도 없었다.

하루의 들일을 마치고 집으로 돌아가는 농부들의 모습에서 주눅 든 태도는 터럭만큼도 찾을 수 없었고, 등 뒤로 무언의 비난을 터트리지도 않는다.

거기는 일과 물질뿐인 세계가 아니었고, 욕망을 비쳐내는 거울로서의 논밭 지대이거나, 끊임없이 권력자의 그림자가 평민들 위로 떨어지는 어두운 지역사회도 아니었으며, 육과 영, 인간살이와 자연의 섭리, 속된 것과 거룩한 것이 청징淸澄*한 저녁바람에 실려 조화와 미를 배태하고 있었으며, 둥지로 돌

아가는 새소리에조차 비극의 나날을 꺼려하고 기피하는 울림이 담겨 있을 정도였고,

그 같은 공간을 가로질러 가는 동안 어느 결에 무묘마루의 경계심은 풀렸으며, 나아가서는 지나쳐가는 농부들이 말더듬이 사내와 마주칠 때의 태도와 어투에서 공손하면서도 빈틈없는 경의가 담겨 있다는 사실을 알았고, 마치 교도자敎導者를 우러러보는 것 같은 눈길을 던진다는 사실을 알기에 이르자, 그때까지의 의심은 백팔십도 바뀌어 촌장에 틀림없다는 확신으로 변했으며,

그렇다고 해서 무슨 일을 당할지 모른다는 공포가 심해지지도 않았고, 또한 지금 당장이라도 띠고 있는 사명을 다하자는 기분이 들지도 않았으며, 그보다도 아는 한도 내에서 유일무이의 너무나 불가사의한 인물에 대한 호기심이 먼저 생겨나고 말았고, 그 정체를 알아내고 싶다는 억누르기 힘든 충동에 휩싸였으며, 그러면서도 구원받은 들개처럼 가슴을 쓸어내리는 안도감을 느끼면서 뒤따라가는 것이었다.

고개를 숙이기 시작한 벼 이삭 사이를 헤치고 나아가자 억새로 지붕을 이은, 가시울타리와 담벼락도 없는, 이 마을에서는 극히 평균적으로 지어진 집이 나온다.

*맑고 깨끗함

거기가 촌장의 주거라는 말을 들었음에도 불구하고 믿어지지 않았고, 자객을 불러들여 처치하는 절호의 장소로밖에 여겨지지 않았으며, 다시금 긴장을 높여 조심스러운 시선을 여기저기 던져보지만, 숨이 막힐 듯한 공기는 어디에도 흐르지 않았고, 다른 장소나 마찬가지로 거기에도 또한 개구리들의 천하태평의 울음소리가 넘쳐흘렀으며,

그건 그렇지만, 등불이 하나도 켜져 있지 않았고, 아이들이나 여자의 기색이 없었으며, 밥이나 된장국이나 반찬 냄새가 전혀 맡아지지도 않아, 역시 배신행위를 상정하지 않을 수 없게 된 무묘마루는, 허리에 찬 칼의 손잡이에 손을 대고, 칼집 아가리를 풀면서 만약의 경우에 촌장을 어깨로부터 비스듬히 벨 수 있는 간격을 재면서 다가갔으나, 문 앞에 서자 아무래도 집 안으로 들어가기가 망설여졌고,

하지만 촌장이 부싯돌을 사용하여 등불을 켜고, 창문으로 흘러나오는 불빛에 아무런 의심스러운 점이 없다는 사실을 알게 되자, 뜻을 굳히고 집 안으로 들어가 가만히 눈에 힘을 주고 사방을 구석구석 확인했으나, 고양이 한 마리, 쥐새끼 한 마리 눈에 띄지 않았다.

객인을 위해 또 하나의 등을 켠 촌장은, 이 나이가 되도록 아직 처자를 거느리지 못한 스스로의 신상을 자조적으로 이야기한다.

시중드는 여자를 고용하는 게 어떻겠느냐는 수차에 걸친 권유를 계속 거절해온 것은, 남을 부리는 것에 아무래도 저항을 느끼기 때문이며, 원래 누군가의 위에 서거나 아래에 놓이거나 하는 처지 그 자체에 익숙해지지 못하는 성격이어서, 사실은 선조로부터 지위를 물려받는다는 것에도 불합리함이 느껴져 안절부절못하고, 그로 인해 조상 전래의 저택을 뛰쳐나와, 남들과 똑같은 집에서 생활하게 되었다는 따위의 이야기를 하면서 밥 지을 준비를 시작했으나, 겉보기와는 달리 요령이 좋았고,

　무엇보다 부엌칼을 쓰는 솜씨에는 눈을 휘둥그레 뜨지 않을 수 없었으며, 아니, 깊은 감동을 느끼게 만드는 힘이 담겨 있었고, 채소를 썰 때는 그저 그랬으나, 어제 막 얻어왔다는 닭고기를 다루는 솜씨에서는 무예와 상통하는 무언가가 있을 정도였으며, 어쩌면 이 사내를 처음부터 끝까지 오해하고 있는 게 아닐까, 하나에서 열까지 정정을 가하지 않으면 안 되지 않을까 하고, 그렇게 여겨졌을 때 무묘마루는 가슴에 자리 잡았던 평안함을 획 벗어던졌으며,

　두 자루의 칼로서도 저 부엌칼 하나를 도저히 물리치지 못하는 게 아닐까 하는 의문이 들었고, 정체를 알 수 없는 상대가 그동안 태연함을 가장한 얼굴에 핏빛 미소가 떠오르는 순간이 자꾸만 연상되어서, 마음이 꽁꽁 얼어붙었다.

이제까지 파견했던 여섯 명의 자객은 촌장 한 사람에게 당했고, 낌새가 이상하여 고개를 갸웃거리는 사이에 당하고 만 게 아닐까.

 강력한 독을 먹이거나, 혹은 술에 완전히 취해버려, 또 혹은 잠들었다가 습격당하여, 잇달아 저승길로 가버렸는지 모른다고, 그런 것을 상상하는 사이에 식사 준비가 갖춰졌으며, 허름한 나무 밥상 두 개가 나란히 놓이고, 촌장이 술을 가지러 옆방으로 간 틈을 타서 무묘마루는 그 밥상을 재빨리 바꿔치기했으며, 따라준 탁주만 하더라도 상대가 입을 댈 때까지 마시려 들지 않았고,
 그러나 얼마 지나지 않아 모든 것이 사추邪推에 지나지 않았다는 사실을 알게 되었으며, 결국은 아무 일도 없이 저녁식사가 끝났고, 등불이 꺼지고 침상에 든 다음에도 두 사람 사이에 시끌벅적한 다툼은 생겨나지 않았으며, 방을 나눈 흙벽을 통한 대화 외에는 아무것도 날아다니지 않았고, 다시 말해 화살의 표적이 되는 사태로는 발전하지 않았으며, 개구리의 합창을 침묵시키면서 집의 사방으로부터 슬금슬금 다가오는 발자국 소리도 없었고,
 단지 불가사의한 것은 상대의 입에서 무묘마루의 이름이나 출신 내력을 묻는 질문이 전혀 터트려지지 않았다는 사실로, 흡사 너에 관해서라면 무엇이든 다 알고 있노라는 투였고, 촌

장은 오로지 인간으로서의 올바른 자세에 대해 열변을 토했으며, 그것도 결코 승려의 설법처럼 중 냄새나 잔뜩 피우는 어조가 아니었고, 내용만 해도 신불의 관리 하에 놓이는 기쁨과는 대충 정반대의 것이었다.

쇼군이나 제왕의 나라인 이상, 민초는 미래영겁未來永劫 사람 구실을 하지 못한다는 골자는, 한마디로 세상을 바로잡자는 의미에 다름 아니다.

촌장 스스로 몹시 초조해하는 것 같은 수미일관한 주의 주장은, 모든 욕망을 능가하는 이념으로 채색되었고, 과거를 바로잡는 힘이 넘쳐흘렀으며, 그것은 무묘마루가 여태까지 전혀 몰랐던 미문未聞의 사고思考였고, 그다지 엉뚱하지도 않았으며, 불가해한 무질서의 연속으로 끌려들어가 스스로를 파멸로 몰아버리는 것 같은, 그런 위험한 고양감에 감싸이지 않을 도리는 없었으나, 어찌된 영문인지 마음이 끌리고 마는 설득력으로 넘쳤고,

잠자코 귀 기울이는 사이에 가슴 일각에 하나의 구멍이 뻥 뚫리는가 싶더니, 이내 혼까지 융해融解를 시작하여, 더듬더듬 이어가는 그 평이한 말 한마디 한마디가 조탁彫琢의 극에 도달한 언령言靈*으로 느껴졌고, 포섭당한 성스러운 정열이 어둠을 찢는 벼락처럼 여겨졌으며, 숙명적인 나그네 길인 인생을 실

감하지 않을 도리가 없어졌고,

 이윽고 뇌옥牢獄**이나 다를 바 없는 나라에 유폐되어버린, 너무나 수동적인 존재인 자신을 재인식하기에 이르렀으며, 그런 굴욕적인 상황이 자연스러운 형태이며 세상의 관습이라고 믿었던 사실에 부끄러움과 분노를 느꼈고, 짐승으로 살아가는 것이 아니라, 정말이지 사람으로 살아가는 것의 급소가 거기에 있다고 통감했으며, 그와 같은 생각이야말로 조리에 맞는 것이라고 득심得心하여 신념이 일신될 즈음, 짧은 침묵 끝에, 세상 본연의 모습에 관한 평소의 소회가 무엇이냐고 물었다.

 살아가는 것에 경황이 없어서, 살아 있다는 사실 그 자체만으로 만족하고, 특별히 이렇다 할 명확한 생각조차 없는 무묘마루는 우물쭈물할 따름이다.

 현세의 모든 이해로부터 초연해 있는 것 같은, 그러면서도 고립감과는 일절 무연할 것 같은 상대의 마음속을 촌탁忖度***할 여유마저 잃어버리고 말아, 그런 세상에 익숙해질 수 있다면 얼마나 좋을까 말했고, 가슴속에서는 약육강식이라는 자연의 법칙을 무시하는 독단적인 설이 아닐까 하고 중얼거리긴 했으나, 정색하며 반박을 시도할 정도는 아니었으며,
 그렇기는커녕 산과 강이나 마찬가지로, 나라 또한 언제인지 모르는 옛날부터 끊임없이 형태를 바꾸어왔으므로, 산을

깎듯이 하여, 강을 막듯이 하여, 나라도 또한 바꾸지 못할 것이 아니라고 잘라 말해버리자, 아직 얼마 살지도 않은, 도읍의 공기조차도 마셔본 적이 없는, 몇 명을 베어 죽인 정도의 심리적 상처밖에 지고 있지 않은 풋내기로서는, 단지 그저 씨름판에서 떠밀려 나와 상대에게 질 수밖에 없었고,

그런 터에 자신은 이제부터 잠자리에 들겠으나, 그사이에 죽여버리고 싶은 생각을 품고 있다면 부디 사양하지 말고 그리 해달라, 처자를 거느리지 않은 것은 애당초 목숨을 버릴 각오가 있었기 때문이며, 설령 수면 중에 절명하는 사태가 벌어지더라도 그보다 나은 마지막은 없으리라고, 그렇게까지 툭 까놓고 털어놓으니, 도무지 헤아릴 수 없는 상대의 흉중에서 느껴지는 눈부신 번쩍임 앞에서, 군말 없이 넙죽 엎드릴 수밖에 없었다.

태어나서 처음으로 인간으로서 올바르게 살아가는 방법을 배우고 싶다는 절망切望이 솟구쳐 오른 무묘마루는, 정신의 밑바닥에 봉인되어 있던 것을 알게 된다.

머리맡으로 다가가 이마를 방바닥에 조아리면서 목숨을 뺏으러 왔다는 사실에 대한 용서를 구하면서, 안계眼界를 넓히기

*말에 담긴 이상한 영력靈力을 뜻함 **감옥 ***남의 마음을 미루어 헤아림

위한 가르침을 청하는 자객에게, 촌장은 자신의 침상으로 돌아가라고 상냥하게 말했고, 그런 다음 만약 갈 곳이 마땅치 않다면 당분간 이 지방에서 머무는 게 어떠냐고 권했으며, 마음에 들면 여기서 계속 지내더라도 전혀 상관없다고 말하면서, 나아가서 그럴 기분이 생기면 남아 넘치는 힘의 일부를 빌려줄 수 없겠느냐며 부탁했고,

그리고 지금까지 똑같은 사명을 지녀왔던 여섯 명에게도 동의를 구하여 한편이 되어주도록 했으며, 목하 저마다 각지에 흩어져서 활약 중이고, 민초를 공포의 지배하에 두고 그 인생을 짓밟으면서 남이 번 것을 가로채어 태평스럽게 지내는 무리들을 하나 둘 구축하여, 정직하게 살아가려는 한 사람 한 사람이 스스로의 혼의 우산 아래 여봐란듯이 존재할 수 있는, 그런 바람직한 세상을 일구기 위해 진력하는 중이라고 덧붙였으며,

그러자 무묘마루는 놀람과 무서움의 눈으로 상대를 쳐다보면서, 마침내 마음의 봉쇄가 풀려버린 듯이, 흡사 운기運氣가 상승으로 전환한 것 같은 그런 기분이 들었고, 급기야는 이야말로 추종해야 할 위대한 인물이라는 확신에 도달하여, 숙려熟慮와 갈등을 필요로 하는 불확실한 계획이었음에도 불구하고 젊은 혈기의 소치로 뛰어들었으며, 무엇을 해야 하는지 명령만 내려준다면 오늘밤이라도 당장 움직이겠다고 명언明言하면서, 늦긴 했으나 이때 비로소 자신의 이름을 댔다.

하지만 촌장은, 중대한 이야기를 늘어놓음으로써 기발한 상상 속을 떠다니는 것 같은 인상을 주고 말 위험을 피하여, 그 이야기는 차차 하자고 했다.

시키는 대로 침상으로 돌아오기는 했으나, 눈이 말똥말똥하여 잠이 올 것 같지는 않았고, 정신을 차리지 못할 만큼 무수히 오가는 생각들에 격렬하게 휘둘려, 마음이 방향전환할 때의 소리가 뚜렷이 들렸으며, 질리지도 않는 절망과 싹둑 인연을 자를 수 있었던 것처럼 여겨졌고, 드디어 인생의 정점으로 통하는 길을 발견한 것 같은 느낌이 드는 것을 어쩔 수 없었으며, 너무나 애가 타서 아침이 오기를 기다렸으나, 시간의 흐름은 너무 더뎠고, 무묘마루는 너무 젊었으며, 훨씬 후방에 남겨진 지금까지의 자신을 아주 간단히 버려버렸고, 새로운 자신을 꽉 껴안고 뜬눈으로 밤을 새웠으며,

그래도 한참 지나자 정신이 드는 일순이 있었고, 그때마다 주위의 기색에 신경을 곤두세워보았으나, 종종걸음으로 다가오는 죽음의 신이 밤의 정적을 깨트리는 최악의 전개는 일어나지 않았으며, 들려오는 것은 이치에 맞는 울림으로 가득 찬 촌장의 코 고는 소리와, 비옥한 대지의 소리가 아닌 숨결과, 입을 모아 평등과 공평을 외치는 개구리 울음소리 정도였고,

급기야 따뜻한 밥으로 꽉 들어찬 배와, 오장육부에 널리 퍼진 탁주와, 긴장을 강요하는 이동이나 상상을 훨씬 초월하는

인물과의 만남으로 피로가 겹쳐지는 바람에 졸음이 한꺼번에 쏟아졌으며, 수면 중에 목숨을 빼앗겨도 상관이 없는 것은, 도리어 자신 쪽이 아닐까 하고, 그런 것을 염려하는 사이에, 흥분된 의식도 꿈과 환상으로 들어찬 즐거운 세계로 서서히 퇴각해가는 것이었다.

샛별을 등지고 막 솟아오른 태양이 던지는 칭찬의 빛을 받으면서, 번쩍이는 바람에 이끌리면서, 무묘마루는 기쁨이 용솟음치는 가운데 길을 나선다.

수확의 가을을 앞두고 너무나 다망한 농부들이라면 당연히 아침 일찍 일어나겠지만, 아직 날이 밝기 전에 잠에서 깬 촌장은, 솥과 냄비를 걸친 두 개의 아궁이에 동시에 불을 지피면서, 그리고 그 밥이 익을 때까지의 잠시 동안에, 불을 일으킬 때 쓰는 대통(竹筒)을 이용하여 불길을 자유자재로 조종하면서, 불보다 뜨거운 이야기를 예사 솜씨가 아닌 말투로 단숨에 위세 좋게 지껄이더니, 이런 이유에 의해 강대한 권력을 가진 자는 악의 권화權化에 다름 아니며, 단호히 퇴치해야 할 악귀라고 규정지었고,

이 지상 세계에서도 극락을 구축하는 것이 불가능이 아니라는 자신의 주장에 청중이 다시금 솔깃해할 때를 노려서, 이제까지 파견한 여섯 명으로는 도저히 힘에 부칠 것 같은, 악당

의 우두머리 중의 우두머리, 거괴巨魁 중의 거괴인 자를 멋지게 죽여버리고 싶다고, 그렇게 진심을 담아 말하더니,

그렇게만 하면 악하고 낡은 세상은 즉각 후퇴하고, 필연적인 일시의 대혼란이 있은 다음 잃어버렸던 광휘가 부활하며, 시대는 바람직한 방향으로 이행하여, 한 움큼도 되지 않는 타인에게 눌려서 끝내야 할 그런 이치에 맞지 않는 생애는 여지없이 괴멸하리라고 열변을 토했으며,

그 자신만만하고 우쭐한 말투와, 이따금 끼어드는 알쏭달쏭한 큰 웃음과, 예사롭지 않은 의지력에 마침내 굴복한 무묘마루는, 그래도 어딘가에 깜빡 잊고 빠트린 말이 있지나 않을까 하고 의아해하지도 않았고, 비원悲願이라고도 할 수 있는 탄원歎願으로 해석하여 맹목적으로 귀 기울였으며, 두말없이 깨끗이 가슴에 새긴 다음, 그 순간, 아직 해가 솟아오르지도 않았음에도 얼굴에 갑자기 빛이 드리우는 것을 느꼈고, 누구도 이루지 못한 위업을 무슨 수를 써서라도 이루어내지 않으면 안 된다고 스스로에게 명했으며, 해낼 수 있는 자는 자신을 제외하고는 있을 리 없다고 단정지어버렸다.

주먹밥 외에 군자금으로 한 움큼의 돈을, 또한 불운하게도 적의 수중에 떨어지고 말 때를 대비한 독약을 건네받는다.

대륙에서 수입되었다는, 단지 한 알을 입에 넣기만 하는 것

으로 저세상으로 가게 된다는 강력한 독약을 싼 봉지를 직접 보게 되자, 정말이지 상대의 기분을 헤아릴 수 없는 일순이 없지도 않았으나, 그러나 다음 일순에서 스스로 그것을 지워버렸고, 모처럼 혼을 찾아온 고양감을 무로 돌려버리는 것 같은 짓은 하지 않았으며, 태어나서 처음으로 장지壯志라는 것을 품게 된 자신을 단단히 유지하면서, 밝은 얼굴 표정으로 작별을 고했고,

그러자 촌장은, 설령 두 번 다시 만나지 못할 지경에 빠지더라도, 우리는 이제 절대로 이별을 고하지 못하는 관계가 된 것이라고 단언하면서, 그렇지만 일의 성패와는 상관없이 이곳으로는 돌아와서 안 된다고 충고했으며, 그 편이 서로의 신상을 위한 것이라고 말하면서, 동구밖까지 따라왔으나 손은 흔들지 않고 눈으로 배웅하는 데 그쳤고,

하지만 무묘마루 쪽은 최고의 경례를 세 차례나 거듭했으며, 가슴속으로는 인간으로서 살아가는 것의 정당함을 멋지게 증명해주리라고 새삼 맹세했고, 때 아닌 죽음과 맞닥뜨릴 확률이 엄청나게 높아졌다는 사실 따위에는 전혀 개의치 않고 길을 걸으면서, 이념의 부조리에 관해서도 머리를 갸웃거리지 않았고, 대지에서 생을 얻은 것은 오로지 이 목적을 달성하기 위함이 아닌가 하는 다짐을 한층 강하게 하면서, 마치 태양과 서약을 주고받은 듯한 당당한 걸음걸이를 보여주면서, 초가을의 곡물지대를 곧장 똑바로 뚫고 나아가는 것이었다.

도읍으로 올라가는 도중, 께름칙한 장기瘴氣*가 퍼져 있는 것 같은 바위산을 넘으려 할 때, 무묘마루는 다시없는 소문을 언뜻 듣는다.

사자死者의 공양을 위해 솔도파率堵婆**에 추선追善***의 문자를 적어 가까운 강에 흘려보내는 '흘림 관정灌頂'을 생업으로 삼는 걸식승乞食僧과, 얼굴까지 가리는 운두 깊은 삿갓을 쓰고 길이가 한 자 여덟 치나 되는 피리를 손에 쥔, 그 내면에 끈적

---

*축축하고 더운 땅에서 일어나는 독기 **꼭대기가 탑 모양으로 된 긴 널판으로 공양을 위해 묘 뒤에 세움 ***죽은 사람의 명복을 빌고 불사를 행하는 일

끈적한 한恨이라도 품고 있을 듯한 허무승虛無僧이, 비틀거리면서 고개 아래에서 올라오는 것이 보였고, 마침내 곤드레만드레가 되고 말았는지 둘 다 쓰러져 땅바닥에 주저앉았으며,

대낮부터 잘들 논다고 여긴 무묘마루는, 남의 도움에만 의지하며 인생을 지루하게 보내는 양자兩者에게 침을 뱉어주려고 가까이 다가갔는데, 뜻밖에도 술 냄새는 전혀 나지 않았고, 안색만 하더라도 붉지 않았으며, 도리어 청개구리 피부처럼 새파랬고, 일단 그냥 스쳐 지나갔으나 마음에 걸려 되돌아왔을 때는, 멸시를 그치고 동정의 눈길로 바라볼 지경에 이르렀으며,

잠시 뒤, 지나친 공복 탓으로 현기증을 일으켰음이 판명되었고, 또한 어설픈 연극치고는 너무나 진실감 넘치는 모습이었으며, 허무승 쪽은 삿갓 탓으로 표정을 살필 수 없었지만 걸식승 쪽은 눈의 흰자위가 드러났고, 신체뿐 아니라 혼까지도 시들어가고 있었으며, 입술은 바싹 말랐고, 물을 마실 수 있을지 어떨지조차 위태로웠으며, 오한이 드는지 이따금 전신을 부르르 떠는 것이었다.

하물며 주먹밥을 어찌 먹겠느냐고 걱정했지만, 시험 삼아 내밀었더니 무시무시한 기세로 손을 뻗친다.

의식은 이미 가물가물했음에도 불구하고 식욕만큼은 정상

적이어서, 두 사람은 서로 빼앗듯이 탐을 내었고, 만약 대나무 통에 담긴 물을 주지 않고, 가만히 먹으라는 재삼의 충고가 없었더라면, 필경 어느 쪽인지 한 명이, 아니, 둘 다 밥이 목구멍에 걸려 뒈졌을지도 모른다는, 그런 염려가 들 지경이었고,

그건 그렇지만 밥과 물의 효과는 절대적이어서, 아니, 그보다는 목숨의 구조가 너무나 단순하여, 먹고 마신 것만으로 의식의 혼탁이 옅어지면서 뺨이 발그레해졌으며, 한참 지나자 말을 할 수 있기에 이르렀고, 대관절 누구 덕택에 쓰러져 죽지 않고 살아났는지를 인식할 수 있는 단계에까지 회복한 두 사람은, 여하튼 고맙다는 인사를 하지 않으면 안 된다고 여겼는지 몹시 힘들게 일어서려고 했으나,

그러나 필요 이상으로 타인을 동정하며 타인의 불행에 위로를 보내는 것을 바라지 않는 무묘마루는, 기피해야 할 어리석은 자들과 성가신 일에 얽히는 것이 싫어서 그 자리를 벗어나려고 했는데, 바로 그때 삿갓을 벗은 허무승의 얼굴을 보고 다시금 발걸음을 멈춘 뒤 상대를 뚫어져라 관찰했지만, 결국 그 시점에서는 누구를 닮았는지 기억해낼 수가 없었다.

결정적으로 마음이 흔들린 계기는, 허무승의 생김새 따위보다는 그 바짝 마른 입에서 느닷없이 튀어나온, 창으로 푹 찌르는 것 같은 말이다.

쇼군을 만나고 싶으면 여기서 기다려야 한다는, 흡사 뜬소문처럼 무책임한 말투로 던져온 그 한마디에 무묘마루는 기겁을 했고, 의문이 더욱 혼란스러워진 나머지, 방방곡곡에서 눈에 띄는 쎄고 쎈 허무승이 신비와 위엄으로 감싸인 인물로 착각되었으며, 그로 인해 자신도 모르게 공손한 말투로 바뀌었고, 대관절 자신에 관해 어디까지 아는지 캐어보자는 의미를 담아, 어디선가 만나지 않았느냐며, 예의 촌장과 아는 사이가 아니냐며, 그렇게 물어보았지만,

그러나 도저히 호감이 갈 것 같지 않은 그 상대는 별로 내키지 않는다는 태도로 어느 질문에도 답하지 않았고, 그러므로 눈과 눈에 의한 침묵의 대화에 기댈 수밖에 달리 방도가 없었으며, 쏘는 듯한 시선을 보내오지는 않았음에도 불구하고, 이내 쾌락의 독을 마셨을 때와 같은 허탈감이 엄습했으며, 서 있는 것조차 마음먹은 대로 되지 않기에 이르렀고, 정신을 차렸을 때는 쪼그려 앉아 있었으며,

완전히 흐릿해지고 만 시야에는, 주먹밥과 물만으로 원기를 회복한 뒤, 그럭저럭 나무랄 데 없는 걸음걸이로 멀어져가는 야비한 두 명의 패거리가 들어왔고, 아주 청랑晴朗하다고는 말하지 못할 세상을, 광명 없는 시대를, 절대로 치유되지 않는 혼의 갈증과 싸우면서, 가는 곳마다 배태하고 있는 비극을 조롱하면서, 끝없이 흘러가는 두 사람의 모습이 고개를 넘어가기 직전에 하나로 합쳐지는가 싶더니, 흙탕물처럼 녹아들어

한 명분의 몸이 되고 말았다.

더우나 그것은 이미 걸식승도 허무승의 어느 쪽도 아니었으며, 여태까지 몇 번인가 마주쳤던, 짚신을 준 바로 그 행각승이다.

봄처럼 화창한 하늘 아래 세상에서 참 기묘한 현상을 목격한 무묘마루는, 시계視界에서 사라져가는 사람 그림자에 대한 자신의 의식을 매우 의심스러워하면서도, 고개 쪽에서 부드러운 바람에 실려온 속삭임에 마음이 매료되었고, 그 방황이 자기 자신을 탐구하는 나그네 길이며, 스스로를 창조하는 여로旅路라는 사실을 분명히 자각했고, 그 운수승은 어떤가 하면, 시공을 자유자재로 초월하여 역사를 편력하는 여행을 하고 있는 게 아닌가 여겨졌으며, 또한 어쩌면 진짜 아버지이며, 야쿠오지의 주지이며, 산적의 야습을 받아 쌓아올린 것을 죄다 잃고, 아슬아슬하게 목숨을 건져 도망쳤다는 인물이 아닐까 여겨졌으며,

그런저런 아전인수의 기대가 안겨준 상상이 안타까움을 황홀로 승화시켰고, 중공中空*의 혼에 일진의 상쾌한 바람을 불어넣었으며, 언제나 뻔뻔스럽지 않으면 살아나갈 수 없다는

*중천

자계自戒의 정신을 단숨에 부드럽게 했고, 생 속에 깃든 사에 관해 고민하게 했으며, 행로병자가 되어 생을 마친다고 해도 무슨 상관이냐며 될 대로 되라는 기분에 빠져들었으나,

하지만 무묘마루와, 무묘마루가 가지 않으면 안 될 길을 자비의 빛으로 비쳐주는, 무애의 깃발을 높이 쳐든 일륜의 힘은 실로 위대하여, 타고난 거칠고 울퉁불퉁한 성근性根을 순식간에 되살리고 말아 오체를 산뜻하게 펴주었고, 얼마 지나지 않아 그 눈에는 새로운 한 켤레의 짚신이 비쳤으며, 그 귀로는 공허한 조망을 안겨주는 벌거벗은 산들에 울려 퍼지는 메아리가 되풀이하여 전해졌다.

그것이 정직한 희망이라면 망설일 필요가 없다.
무애를 압살하는 자야말로 진짜 적에 다름 아니다.
소란 속에서 활로를 찾아내라.

행각승이 남긴 속삭임은 무묘마루의 가슴에 반향했고, 메아리와 겹쳐 해조諧調의 미美를 자아내었으며, 치명적인 신념으로 꾀어 들어간다.

아직 충분히 사용할 수 있는 짚신을 벗어던지고 새로운 짚신으로 갈아 신었을 때, 눈 아래 저 먼 곳에, 꾸불꾸불한 언덕길을 따라 기나긴 행렬이 보였으며, 그것은 마치 개미의 행렬

을 연상시키는 광경이었는데, 그렇지만 여기저기서 번쩍이는 것은 무기 종류가 뿌리는 위협의 반사광에 틀림없었고, 끊어지지 않는 말들의 울음소리와 말발굽 소리로 추측하건대 말의 숫자만으로도 상당했으며, 앞뒤를 지키는 하급 병사들의 숫자는 그 몇십 배에 달했고,

그렇다고 해서 출전하는 전투 집단과는 달라서, 대륙에서 건너온 옷감이나 쪽빛으로 물들인 비단으로 지은 의상이나 고급 두건이나 다 아름다운 무늬가 새겨져 있었으며, 그와 같은 눈부신 광경만으로 완전히 얼이 빠져버린 무묘마루는, 선발대와 정찰대의 역할을 겸한 두 명의 기마騎馬 사무라이가 바로 앞에까지 다가왔다는 사실을 전혀 깨닫지 못했고, 그것을 알아차렸을 때, 우선 순간적으로 머리에 떠오른 생각은 몸을 숨겨야 한다는 것으로, 가까이에 관목 숲이라도 없을까 하고 재빨리 주위를 살펴보았으나, 유감스럽게도 완전한 민둥산이어서 풀 한 포기 보이지 않았으며, 바위와 바위 사이에 몸을 숨겨보았자 영락없이 눈에 띄게 십상이었고, 하다못해 칼만이라도 어떻게 해야 한다며 안달을 해도 아무 방법이 없었으며,

허둥지둥대는 사이에 드디어 기마 사무라이들의 눈에 띄고 말았고, 그들은 농부도 장사꾼도 거지도 아닌, 그리고 허리와 등에 똑같은 길이의 칼을 찬 사내를 몹시 괴상하게 여겨, 이내 말의 옆구리를 차더니 질주해오는 도중에 한 명은 칼을 손에 잡고, 다른 한 명은 활시위에 화살을 재며, 언제라도 싸울 수

있는 형상으로 태세를 바꾸면서, 그야말로 무시무시한 기세로 덤벼들었다.

달아날 수단이 없음을 알아차리고 최악의 사태를 각오한 무묘마루는, 악의도 적의도 지니지 않았음을 드러내고자 길바닥에 꿇어앉아 기다린다.

말의 거친 콧김과 말발굽이 자갈을 차는 소리가 대번에 다가왔고, 땀이 흘러내려 번들번들 빛나는 몸통 근육의 여기저기가 경련을 일으키는 모습이 손에 잡힐 듯이 보이는 곳까지 접근해오자, 무묘마루의 코앞에 갑자기 번쩍거리는 칼날이 쑥 들이밀어졌고, 반사적으로 얼굴을 돌리는 바람에 다치지는 않았으나, 그렇지 않았더라면 코가 잘려나가버렸을지도 몰랐으며,
이윽고 상대가 고함을 지르면서 반복하는 외침의 의미를 이해할 수 있게 되었는데, 결국은 행렬이 통과할 때까지 칼을 맡기라는 이야기였으며, 고분고분 넘기는 편이 신상에 이로울 것이라고 으스대듯이 다그쳤을 때, 그런 건방진 태도를 접한 경험이 단 한 번도 없었던 무묘마루는 순간적으로 용서하지 못할 만심慢心의 무리들이라는 판단을 내렸고, 보다 온건한 대처 방법에 대해 이리저리 고려하는 것을 깨끗이 포기해버렸으며,
욕설로 모욕을 당함으로써 더 이상 참을 수 없는 곳까지 내몰렸을 때 무릎 관절 바로 곁에 화살 하나가 꽂혔고, 욱하고

머리 꼭대기로 피가 솟구칠 즈음에 두 번째 화살이 날아오자 즉시 투쟁의 광기에 뇌를 점거당해버렸으며, 그렇게 되자 다음은 이제 손발이 제 마음대로 움직였고, 등에 맨 '별의 칼'이 혼신의 힘을 담은 기세로 눈앞에 있는 말의 목덜미를 내리쳤으며, 되돌아오던 칼이 다른 한 마리 말의 목덜미를 아래로부터 비스듬히 베어 올렸고, 대량의 뜨끈뜨끈한 피가 비 오듯이, 폭포가 쏟아지듯이 뿜어져 나오는 가운데, 두 개의 말 대가리가 몸통을 떠나 털썩 옆으로 떨어지는 가운데, 오중탑에서 배운 번개 같은 몸놀림으로 그 다음에 취할 태세를 빈틈없이 갖추었으며,

순식간에 머리통을 잃은 두 마리의 말이 뒷발로 곧추 설 사이조차 없이 맥없이 쓰러졌고, 한편 방금 자신들에게 일어난 사태가 아직 제대로 이해되지 않았으며, 따라서 낭패할 지경에까지도 이르지 않은 사무라이들은, 땅바닥을 향하여 낙하하는 자신들의 몸을 어떻게 가눌 도리마저 없었고, 하늘과 땅이 벌렁 뒤집히고 만 것 같은 심정에 매몰되어갈 따름이었다.

하지만 목 없는 말에 걸터앉은 채 두 명의 발이 착지하기 전에, '별의 칼'은 거의 동시에 다시 전광석화의 움직임을 드러낸다.

겨냥이 빗나가지 않아 몸통째 심장을 찔려버린 사무라이의

눈에 이미 생명은 없었고, 다시 말해 신체가 아직 공중에 있는 동안 사실상의 패배가 결정되어버렸으며, 놀라움에 가득 찬 안면이 피바다에 잠겼을 때는 벌써 승천의 단계로 옮아갔고, 지상에 남겨진 살덩어리는 체념의 경련으로 뒤덮였으며,

그러나 생과 사가 벌벌 떨면서 스쳐 지나가는 장면에서도 무묘마루의 마음에 동요는 터럭만큼도 보이지 않았고, 마구에 장식으로 달린 술로 이제 막 사용한 칼날을 정성껏 닦았으며, 민둥산 아래 저 멀리서 올라오는 너무나 한가한 행렬에 아직 아무런 변화가 일어나지 않았다는 사실을 확인하면서 천천히 칼집에 칼을 꽂았고,

그런 뒤 이제부터 해야 할 일을 재빨리 궁리하여, 산 쪽의 바위에 도마뱀붙이처럼 몸을 찰싹 가져다 붙이는가 싶더니, 절벽을 위로 위로 기어 올라가, 다 올라간 곳에서 이내 새롭게 버티고 선 급사면에 또 도전했고, 그런 짓을 몇 번이나 되풀이하는 사이에 드디어 산꼭대기에 도달해버렸으며, 상대가 쇼군이든 제왕이든 일단 손대지 못할 높은 곳으로 달아나는 데 성공했다.

무묘마루는 비로소 호흡이 거칠어져 몸 하나 정도 누일 너비밖에 되지 않는 산꼭대기에 대자로 드러누웠으며, 전신에 달라붙은 피 냄새를 느끼면서 하늘을 바라본다.

계곡을 깎아내리며 흐르는 강물 소리와, 멀리 삼림지대의 천개天蓋를 따라 비상하는 새들의 지저귐과, 한낮이 지나 다소 생기가 없어진 태양이 만드는 바람 소리에 섞여 행렬이 내는 한가로운 잡음이 들려왔고, 그러나 쇼군 일행의 위풍당당이 혼란에게 그 자리를 물려주는 것은 시간문제로, 두 마리의 말과 두 명의 사무라이가 피범벅이 되어 있는 현장에 도달하자마자 벌집을 건드린 것 같은 소란이 일어날 것은 필지였으며,

 그렇다고 해서 무묘마루에게는 질서의 파괴자다운, 소요사건의 주모자다운 스스로를 즐기고, 시커먼 도취의 기분에 젖어보자는 생각은 눈곱만큼도 없었으며, 그 마음은 감로甘露가 맺혀 있는 연잎처럼 고요했고, 자신을 과대시하는 방향으로는 전혀 나아가지 않았으며, 또한 지금까지의 참살斬殺 체험에 얽힌 씁쓸함을 맛보지도 않았고, 그 자리에서나, 그런 자신에게서나, 어서 벗어나고 싶은 전철을 밟고 말았을 때의 기분도 들지 않았으며,

 그렇기는커녕 예전에는 미처 느끼지 못했을 정도로 정신의 정적靜寂이 의식되었고, 오랫동안 버려졌던 무아의 경지로 끌려들어갔으며, 한참 지나자 미지의 매력이라는 사실을 번연히 깨달았고, 그 밑바닥에는 사명감으로 뒤덮인 충일充溢이 펄펄 끓어오른다는 사실이 판명되었으며, 그래서 무묘마루라는 사내 속으로 화신化身한, 요지부동의 반역아反逆兒를 알게 되기에 이르렀다.

자신 속에 그림자처럼 들어앉아 있는 또 한 명의 자신의 정신은 황폐하지 않았고, 공무空無*한 사도邪道에 이끌려서 낯빛이 새파래지지도 않는다.

산목숨을 상대로 칼을 휘둘러버렸을 때 있기 마련인 이성의 졸림이 일절 나타나지 않았고, 불만의 밑바닥에서 더욱 뿌리 깊은 불만이 부상浮上하는 일도 일어나지 않았으며, 마치 악랄한 신관神官들의 소굴 따위가 아닌, 어디까지나 유서 있는, 허름하게 지었으면서도 넘쳐나는 품격에 가득 찬 신사神社에다 단정丹精의 도검을 봉납한 것 같은 기분이 들었고, 그렇지 않으면, 가슴속에 독자의 계율이 생긴 듯한 늠름한 심경이 들었으며,

그런데 바로 그때, 낭떠러지를 따라 가도街道 쪽에서 드디어 예사롭지 않은 소동이 발발하여, 고함 소리와 비명이 마구 교차했고, 집단적인 광기라고도 할 수 있는 열기가 회오리바람처럼 솟구치면서 민둥산 꼭대기까지 상승해와서, 사방의 공기를 휙 일변시키고 말았으며, 무묘마루는 서서히 몸을 뒤척이더니 배를 깔고 누워서, 낭떠러지 건너편으로 고개를 쑥 내밀어 높은 곳에서 저 멀리 눈 아래의 상황을 살폈고,

그러자 거기에는 상상을 뛰어넘는 우왕좌왕이 생겨났으며, 이제까지 그들을 정연하게 유지시켜주던 우아하고 견고한 질서는 경악과 격노 속에서 거의 질식해가고 있었고, 다시 말해

지고의 통치자에게 벌건 대낮부터 칼을 겨누는 자가 출현한 사실에 의한 동요를 도저히 억누르지 못했으며, 기마와 갑옷을 입은 사무라이가 각각 단 한 칼에 죽임을 당했다는 사실을 앞에 두고 그저 벌어진 입을 다물지 못할 따름이었고,

더군다나 그 수법으로 봐서 습격한 상대는 단독이 아닐까 하는 추측과, 시간이 별로 경과하지 않았음에도 적이 그림자조차 보이지 않는다는 점이 한층 더 공포를 불러일으켰으며, 신덴즈쿠리〔寝殿造り〕의 저택을 조그맣게 줄인 것 같은 호화로운 가마를 이중 삼중으로 겹겹이 에워싼 하급 병사들은 저마다 칼을 뽑아들었고, 활시위에 화살을 재면서 눈에 보이지 않는 타자에 대비했으며, 기마 사무라이의 일부는 윗분을 무서워하지 않는 불충스러운 자가 가도로 도망친 것으로 지레짐작하면서, 뒤쫓아가면 쫓아가지 못할 리가 없다고 믿으면서, 분하여 발을 동동 구르면서, 흙먼지를 피워 올리면서, 즉각 고개 너머로 모습을 감추었다.

무익한 시간이 흐르고 공포가 웬만큼 진정될 즈음 귓구멍 속에서 가벼운 통증이 느껴질 정도의 이상한 침묵이 찾아왔고, 그러는 사이에도 가을은 깊어간다.

*있는 듯하면서 사실은 아무것도 없음

금빛으로 번쩍거리는 휘장과 같은 장식을 한 가마는 땅바닥에 내려지는 법이 없었고, 그렇다고 해서 도로의 폭이 좁아 그리 간단히 방향을 바꿀 수도 없어서, 가마꾼들이 몸의 방향을 반대로 틀어서 언제라도 퇴각할 수 있는 준비를 했으나, 머리 위로 주의를 기울이는 자는 누구 하나 없었으며, 그런지라 만약 낙석落石의 직격을 받는다면 잠시도 버티지 못할 것임은 명백했고,

그렇지만 유감스럽게도 무묘마루의 주변에는 잔돌 하나 눈에 띄지 않았으며, 득의양양한 표정으로 가마에 의젓이 앉아 있을 자를, 해쓱한 피부를 하고, 귀족을 모방하여 화장을 하면서 전능의 힘을 지니기에 이르렀다며 자나 깨나 믿고 싶어 하는 인물을, 이 지상에서 일어나는 일은 무엇이건 모조리 자신의 힘이 영향을 미치지 않으면 속이 편치 않은 오만불손한 사내를, 민초에게 영세永世를 약속하면서 제법 그럴듯한 행동만 취할 뿐인 쇼군을 어찌하지는 못했고,

오로지 부패 타락의 길을 걸어가는 사이에 마음이 잔뜩 벌레 먹은 상태가 되어버린 그자에 대해, 이 세상에서 그 어떤 지위에 오르기로서니 출신 내력 자체가 위엄이 넘칠 리야 없다는 사실을, 어차피 대체물에 지나지 않는다는 사실을 알려주고, 무애가 만인의 소유물이라는 사실을 일러주고, 그것이야말로 자신에게 잘 어울리는, 자신이 이룰 수 있는 전부에 다름 아니라는 자각을 지니기에 이르도록 해야 하나, 유감스럽

게도 손을 쓸 엄두조차 못 낼 형편이었다.

일단 왔던 길을 되돌아가는 것이 최선책이며, 협공당할 가능성이 낮다고 판단한 허풍스러운 일행은, 오만함을 벗어 팽개친다.

그들은 자신들의 소중한 양육자인 쇼군의 목숨을 지키는 것이 자신들 스스로의 목숨을 지키는 일이라는 사실을 뼈저리게 알기 때문에 가장 안전한 대책을 선택했고, 흐트러진 대열을 똑바로 재정비한 뒤, 어떤 방향에서 화살이 날아오더라도 가마에 박히기 전에 수하의 누군가가 몸으로 막을 수 있는 긴급태세로 전환하여, 최전열에는 기마 사무라이 일단을 배치하고, 그리고 최후부에는 활 솜씨가 뛰어난 자들만을 불러 모아 뒷걸음질 치면서 걷게 했으며,

개미의 행렬에서 지렁이 행렬*로 바뀐 그들은 다시금 느릿느릿 움직이기 시작했고, 비탈길을 내려가는 탓으로 가마꾼들은 가마를 수평으로 유지하느라 올라올 때보다 몇 배나 더 고역을 치르지 않을 수 없었으며, 그러나 전진하는 것보다는 다행이라고 여겼는지, 혹은 극도의 긴장 탓이었는지 그 발걸음이 흐트러지지 않았고, 붉은 황토가 그대로 드러난 구불구불

*외부의 자극을 받으면 움츠려든다는 뜻이 담겨 있음

한 산길에 금상첨화처럼 일종의 기이한 아름다움을 더하면서, 상실에 기세가 꺾이면서, 떨쳐내지 못하는 치욕의 중압을 견디면서 사라져가는 그 풍정風情은, 여전히 구경거리로서의 가치를 잃어버리지 않았고,

어마어마한 수의 말발굽 소리와 발자국 소리와 무구武具가 부딪치는 소리가 썰물처럼 멀어져감에 따라, 칼과 활과 화살과 갑옷과 마구 일체가 벗겨진 채 내버려진 네 구의 사체가 다시금 눈길을 끄는 존재가 되었고, 흘린 피는 일찌감치 부패의 행로를 따라 점점 변색되었으며, 한恨의 보상을 어디에다 요구해야 할지 짐작조차 하지 못하겠다는 눈길로 길바닥에서 나뒹굴었다.

하지만 해를 가한 측의 인간은 어떤가 하면, 흡사 빼앗은 생명만큼 생기를 얻기라도 한 듯이 주눅도 들지 않고 발랄하기만 하다.

마치 승리한 병사가 된 것 같은 들뜬 기분에 잠겨감에 따라, 무묘마루는 생과 사를 우롱하는 자로 기울어갔으며, 최강의 권력자에 대한 최대의 죄를 앞으로도 계속 저지르는 것에서 삶의 증거를 찾고, 좌초한 혼을 완전히 풀어놓아버리자고 작정했으며, 또한 자신 속에 훌륭한 전승비를 세우자고 마음먹었고,

그렇다고 해서 그렇게 하는 것의 의미나 의의에 대해 사고를 깊이 하자는 생각은 없었으며, 속박의 세상에 대한 허무한 격투가 아닐까 하고 의심스러워하지도 않았고, 아까 본래의 목적에 따라 사용했던 '별의 칼'을 쓰윽 빼내어, 번쩍이는 칼날에 코를 살짝 가져다대고, 말과 사람의 피가 절묘한 배합으로 뒤섞인, 어찌된 영문인지 향기로 착각되는 냄새를 맡는 사이에, 경건한 이념과도 닮은 무언가가 가슴으로 슬그머니 침투해오는 것을 느꼈으며,

그 감격에 몸을 맡긴 채 한동안 잠자코 그 자리에 못 박힌 채 서 있었으나, 이윽고 신중함이니 뭐니 하는 것이 모조리 휙 날아가버리고, 파란의 생애야말로 자신에게 부여된 숙명에 틀림없다는 광신狂信이 석양에 벌겋게 물든다고 여기자, 끝내는 짐승으로까지 추락할 것 같은 영맹獰猛한 고함을 한바탕 내질렀다.

천체의 번쩍임에 골고루 뒤덮인 밤, 넘쳐나는 재물을 듬뿍 투입하여 당탑가람堂塔伽藍*을 모방하여 세운 영주領主의 대저택이 쇼군 일행의 숙소다.

 숙소로서의 역할보다도, 모습을 드러내지 않는 적에 대비한 성채로 바뀐 그곳의 엄중한 경계태세는 무시무시하여, 이제부터 영토를 탈취하기 위한 전쟁이라도 벌어지고, 야밤에는 여기저기가 파괴의 장場으로 바뀌고 마는 게 아닌가 하고 여겨질 만큼 삼엄함이 넘쳤으며, 타오르는 화톳불은 그 수를 셀 수조차 없었고, 화염이 그물코 모양을 그리며 저택 밖으로까지 퍼졌으며, 멀리서 보기에는 큰불이 난 것으로 착각할 만한

광경을 드러냈고,

 급거 쇼군의 피난소로 지정되고 만 영주 측은, 확실하게 내려진 갑작스러운 명예에 광희狂喜한 것도 눈 깜짝할 사이, 책임의 중대함을 이해하기에 이르자 긴장이 순식간에 하인들에게까지 전해져 냄비가 끓듯이 소동이 벌어졌으며, 명령하는 목소리와 거기에 답하는 목소리가 끊임없이 오갔고, 복도나 자갈이 깔린 통행로를 뛰어다니는 발자국 소리가 그치지 않았으며,

 그렇다고는 해도 마침내 철벽의 방비가 갖춰졌고, 공격해 오는 자의 그림자가 어디에서도 보이지 않는다는 사실에 침착함을 되찾자 다소 여유가 생겨났으며, 호위 일변도로는 너무나 겁쟁이 같고, 너무나 능력이 없는 것으로 여겨지게 되었고, 또한 크게 은공을 세울 수 있는 절호의 기회를 최대한 이용하여보자는 속셈을 그대로 드러내었으며, 준비 기간이 전혀 없었음에도 불구하고 급거 성대한 연회를 개최하게 되었고, 진수성찬의 주식酒食 대접은 물론 미인이란 미인은 죄다 끌어 모아 가무歌舞를 시켰으며,

 가슴이 두근거리지 않을 수 없는 화사한 노랫소리는, 산해진미를 대량으로 조리하는 냄새와 더불어 바로 근처의 뒷산 중턱에 몸을 숨기고 적정敵情을 탐색 중이던 무묘마루에게도

*당과 탑이 있는 사찰

닿았고, 오만한 야망을 궤도에 올려 신들과 제왕의 배후에 털썩 자리를 잡고 앉아 밤마다 주색에 빠지는 것이 가능한 무리들과의 격차를 실컷 느끼게 해주었으며,

그렇긴 하지만 언제나 홀로 살아가는 처지를 견지하기 위해, 살아 있지도 않고 죽지도 않았다는, 참으로 반응이 없는 실감밖에 얻지 못하는 특이한 존재인 무묘마루로서는, 그다지 잔혹한 처사라고는 여겨지지 않았고, 하물며 선망의 대상 따위가 될 리 없었으며, 그저 숨통을 끊어놓기가 어려운 최고의 포획물로서의 가치밖에 인정할 수 없었다.

신변의 위험을 알면서도 산을 내려가는 무묘마루에게 떠안지 못할 인생은 없고, 쪼그라들고 말 희망도 없으며, 따라서 생과 사의 본말전도도 없다.

단풍이 물들기 시작한 잡목림의 오솔길을 걸어갈 때, 어느 집 한 채에 눈길이 멎었고, 등불이 켜져 있지 않은 점으로 봐서 빈집이라 여겨 살짝 다가가, 신중하게 문을 열고 단숨에 안으로 들어선 순간 드러누운 무언가에 발이 걸려 넘어질 뻔하여, 봉당에 두 손을 짚는 것과 동시에 달그림자에 비치는 죽은 사람의 무서운 얼굴을 대하게 되어, 개구리들이 하는 것을 흉내 내어 펄쩍 뛰었는데,

자세히 보니 그것은 이미 살 권리를 포기해버린 숯 굽는 사

람과 그 가족이었으며, 남편과 마찬가지로 아내나 아이나 다 미라 상태였고, 그것은 이전에도 본 적이 있는 아사한 자의 특징을 모조리 갖추었으며, 다시 말해 피부가 뼈에 직접 씌워졌을 뿐인 보기에도 빈약한 대물로, 그렇게 되어버린 지 상당히 시간이 경과한 모양으로 도통 냄새가 나지 않았으며, 또한 벌레나 짐승에게 먹히지도 않았고, 해안으로 떠밀려오거나 강가에 나뒹구는 유목처럼 바싹 말라 있었으며,

그로 인해 세 명을 한꺼번에 바깥으로 끌어낼 수 있었고, 구덩이만 하더라도 아주 조그맣게 파도 충분했으며, 예전의 주민을 구덩이로 던져 넣을 때부터 그 집은 무묘마루의 잠자리로 바뀌었고, 정성스럽게 조의를 표하는 것까지는 하지 못했지만 매장해주었으니까 영靈으로 떠받들어지는 일은 없을 터이며, 설령 망령에 시달린다고 하더라도 살을 파고드는 냉기 속에서 야숙野宿하는 것보다야 낫지 않을까 하는 결론에 도달했다.

판잣집이나 다름없는 집의 구석구석까지 뒤져보았으나, 먹을 것은커녕 솥이나 냄비나 밥그릇도 없고, 의류 조각조차 남아 있지 않다.

어떻든 간에 배를 채우는 것이 선결문제로, 그러려면 인가가 밀집해 있는 영주의 저택 쪽으로 가지 않으면 안 되었고,

간다면 당연히 남의 눈에 띄어 이상하게 여길 게 뻔하므로 칼 따위는 지니지 않는 편이 나으리라고 판단하여, 무묘마루는 여태까지 한시도 떼어놓으려 하지 않은 두 자루의 칼을 촌장에게서 받은 금가루와 동전과 함께 빈집의 마루 밑에 감추고, 밥값으로 동전 몇 닢만 품에 갈무리하고 산을 내려갔으며,

그런데 칼을 지니지 않음으로써 생겨난 몸의 가벼움이 상상을 훨씬 뛰어넘었고, 발걸음은 닭처럼 가벼웠으며, 마음의 추錘마저 벗겨진 것 같은 기분이 들었고, 투쟁 본능이 안겨주는 이런저런 잔학한 비극 따위는 영원한 환영이 아닐까 하는 착각을 즐길 수 있었으며, 비인간적인 모든 것에서 이탈해버린 듯한 심경에 잠겼고,

그리고 자신의 존재 이유를 탐구한다는 따위의 음습하고 감상적인 생의 목적이 한 걸음씩 발걸음을 내디딜 때마다 엷어져갔으며, 혹은 본의 아니게 서로 죽이고 죽는 지상에서 살게 되어버렸다는 그다지 독창적이라고 말하지 못할 관념도 사라져갔고, 눈에 들어오는 모든 것, 귀에 들어오는 모든 것이 신선하게 여겨짐을 어쩌지 못했으며, 몇 대의 소달구지가 수월하게 스쳐 지나갈 만큼 넓은 길로 나섰을 때는, 현지에 정착하여 생활의 목표를 똑바로 세우고 있는 진짜 농부라도 된 것 같은 기분이었다.

저택 외곽을 어슬렁거리면서 밥집을 찾고 곁들여서 정찰도 한다는 당초의 계획은, 더 넓은 도로로 나가기 전에 크게 어긋나버렸다.

그곳을 통행하고자 하는 자는 누구를 가릴 것 없이 발길을 멈추어야 했고, 쇼군의 부하와 영주의 부하가 협력하여 하는 조사는 상당히 엄격했으며, 타관 사람들은 남녀노소를 막론하고 저택 안으로 끌려들어갔고, 또한 얼굴이 알려진 그 지방 사람들이라도 칼을 지니고 있으면, 그것이 풀을 베는 낫이든 약초를 캐는 부엌칼이든 무조건 똑같은 취급을 당했으며, 토담 너머에서는 가무 소리에 섞여서 진짜 신분을 밝히라고 윽박지르는가 하면, 정직하게 대답하고 있지 않느냐고 맞서는 격렬한 응수應酬가 들려왔고, 이따금 곤장 치는 소리에 더하여 비명이 뒤섞이는 적도 있었으며,

칼을 지니지 않는 정도로는 수월하게 지나갈 수 없다고 판단한 무묘마루는, 수확 시기가 얼마 남지 않은 곡물 밭에 몸을 숨기고, 잘 익은 피와 조와 수수 사이를 토끼처럼 살금살금 빠져서 인적이 드문 곳까지 나아가, 이상하게 의심을 사지 않도록 뽑아든 무를 다발로 엮어 옆구리에 낀 채 도로로 나서자 밤의 어둠을 이용하여 부리나케 걸었고, 걸으면서 저택으로 잠입할 만한 곳이 없을까 하고 두리번거렸으나,

그러나 온통 화톳불투성이, 병사들투성이어서 경계에 한

치의 틈조차 없었고, 침입과 동시에 화살이 비처럼 퍼부어지리라는 사실은 필지여서, 오늘밤은 일단 생무라도 씹으면서 숯 굽던 자의 판잣집에서 자는 수밖에 없다고 포기했을 바로 그때, 모퉁이를 돌자마자 살기의 덩어리와 충돌했고, 자신도 모르게 손이 허리춤으로 갔으나 거기에 칼은 없었으며, 도리 없이 무를 휘두르며 위기를 넘기고자 했으나, 벌써 여러 자루의 창이 겨누어진 한복판에 세워져 움쩍달싹도 하지 못할 지경에 빠져 있었다.

꼬챙이에 꿴 어묵처럼 되지 않은 것만 해도 횡재였고, 그 이유는 무기를 지니고 있지 않았기 때문임에 틀림없었으며, 강운強運의 조짐이 하나 늘었다.

아무리 발버둥치면서 이리저리 변통해보았자 급한 불도 제대로 끄지 못하는 빈농의 농부인 척하려던 노력이 헛된 것은, 주민이라면 누구나 알기 마련인 지명을 묻는데도 대답이 궁했던 탓이며, 떠도는 거지 행세를 하여 위기를 모면하고자 한 필사적인 시도는 우람한 근골을 지적당함으로써 실패로 끝났고, 당장 그 자리에서 여러 명이 한꺼번에 달려들어 새끼줄로 꽁꽁 묶었으며, 손톱 끄트머리에서 머리까지 온통 친친 감는가 싶더니, 두 명의 하급 병사들에게 들려 저택 안으로 운반되었고,
그런데 자백을 노려 반사반생半死半生의 꼴로 만들어지는 게

아닌가 여겼는데, 그리 시간이 지나지 않아 새끼줄이 깨끗이 죄다 풀렸으며, 거대한 바위를 빈틈없이 끼워 넣어 만든 석실과 같은 멋대가리 없는 건물 앞으로 끌려가, 대기하고 있던 문지기 병사들에게 넘겨지자, 정말이지 튼튼해 보이는 묵직한 문짝을 세 명이 달라붙어 열었고, 등불도 창문도 없는 칠흑 같은 어둠 속으로 떠밀려 벌렁 넘어졌으며, 다시 일어났을 때는 이미 문은 꽉 닫혀버렸고,

눈이 어둠에 익을 때까지 가만히 있기로 작정한 무묘마루였지만, 아무리 기다려도 희미한 빛줄기 하나조차 인식되지 않았으며, 코끝까지 가져간 손가락도 보이지 않았고, 실명한 것이 아닌가 의심이 들 지경이었으며, 그렇게 되자 이제 귀와 코에 의지하는 수밖에 없었고, 그 자리에 조용히 앉아 청각과 후각을 동원하는 사이에 먼저 자신 이외의 체취를, 그것도 여러 인간의 냄새를 감지했으며,

그렇다고 해서 사취死臭나 피나 고름 냄새 같은 것은 아니었고, 모두가 산 자가 발산하는 건전한 냄새였으며, 희미하게 들려오는 숨결만 하더라도 전혀 흐트러지지 않았고, 의외로 그런 곳에 갇힘으로써 생겨날 공포나 초조함도 전해져오지 않았으며, 어쩌면 유폐의 기간이 길어서 환경에 젖어버렸는가 하는 생각도 떠오르지 않는 것은 아니었으나,

그러나 그렇다고 보기에는 아무도 생기를 상실한 것으로 여겨지지 않았고, 께름칙한 기침을 하거나 긴 한숨을 내쉬거

나 하는 자는 한 명도 없었으며, 신참자의 질문에 응하는 여자 목소리만 하더라도 힘이 실려 있었고, 한동안 참고 있으면 가까운 시간 내에 반드시 바깥으로 꺼내주리라고 밝은 말투로 잘라 이야기하는 그 말을 일제히 긍정한 것은 현지의 주민들임에 틀림없었다.

경계를 요하는 사태가 생길 때마다 되풀이되는 일이니까 염려할 것 없다는 격려를 듣고, 무묘마루는 일단 안도한다.

짧을 때는 반나절, 길 때도 고작 며칠이면 해방되고, 그동안 밥이나 마실 물을 잊어버리는 적은 절대로 없으며, 구석 쪽에는 시냇물을 끌어들인 남녀 각각의 측간도 준비되어 있고, 만약 장기간에 이를 경우에는 선물까지 받으며, 예전에 제왕이 통과할 무렵에는, 고귀한 눈을 더럽혀서는 안 된다는 구실로 거지들과 지저분한 옷차림을 한 자들이 모조리 붙들려 왔고, 영내의 좋은 곳만 보도록 한다는 계획이 대성공을 거두어 바깥으로 나갔을 때는 축하용 떡을 다 가져갈 수 없을 만큼 얻었으며,

그러므로 이번에도 쇼군이 돌아가는 날에는 떡이나 만두를, 어쩌면 남만南蠻에서 건너온 설탕으로 만든 과자를 얻을지도 모르며, 그것이 벌써부터 기다려지고, 그렇지 않더라도 어차피 혹사당하는 처지니까 드물게 맞이한 휴식이라고 여기면

행운의 부류에 들어가는 게 아니냐고 말하면서,

그건 그렇더라도 이번 경우는 아주 이례적이어서, 입고 있는 것과는 관계없이, 평소 해온 대로 저택 가까이를 지나간 것만으로 전원이 강제로 끌려왔으며, 다시 말해 실제로는 쇼군 쪽이 제왕보다 몇 배나 높다는 증거가 아니겠느냐고, 그런 우스개를 거리낌 없이 내뱉으며 낄낄대는 무리들의 맹종盲從에 길든 얼굴이 눈에 선했으며,

그렇다고는 하지만 쇼군 방문의 복잡하게 얽힌 사정까지 이해하고 있는 자는 없었고, 각지의 영주들 초대에 응하여 길을 나섰으며, 그 위엄과 불멸의 업적을 세상에 몽땅 보여주어 눈곱만큼의 명예와 맞바꾸어 패권을 내놓도록 하는 것이 주된 목적이라고 지레짐작하는 모양이었고, 그러므로 자신들의 영주도 드디어 도읍의 인정을 받는 거물이 되었다는 감개만이 선행先行했으며, 백성들에게도 언젠가는 국물이 돌아올 테니 이까짓 불합리쯤이야 참지 않으면 안 된다는 의견이 분위기를 압도하고 있었다.

심심풀이와 동류의식에서, 출생지니 여행 목적이니 신분이니 나이니 하는 따위를 물어왔으나, 무묘마루는 거기에 답할 기분이 아니다.

잇달아 퍼부어지는 질문을 죄다 얼버무려 넘기고 말끝을

흐렸으며, 얼마지 않아 정보 수집에는 안성맞춤의 환경이라는 사실을 알아차리고 거꾸로 질문하는 쪽으로 돌아섰으나, 도움이 될 만한, 예컨대 저택 내부의 상세한 상황을 아는 자는 단 한 명도 없었으며, 또한 쇼군이 언제까지 묵을지에 대해서도 알지 못했고,

들은 이야기라면 고작 영주의 성벽性癖 정도였으며, 여인보다 남색男色에 미쳐 있는 탓으로 후계가 없다는 정도에 지나지 않았고, 그렇지만 치자治者로서의 평판은 그럭저럭 괜찮아 한탄할 지경이 아니었으며, 이웃 지방들과 비교해도 연공年貢을 거둬가는 것이나 형벌이 유난히 지독하지는 않았고, 이 넓은 석실만 하더라도 기근이 들 때에 대비하여 쌀을 비축해두느라 지은 것이며, 그것도 민초의 삶에 대한 배려에 다름 아니고, 수확의 계절이 오면 인간 따위는 가두어둘 여유가 전혀 없어지고 만다는 것이었으며,

그런 이야기 사이에도 쇼군 환대의 연회는 점점 무르익어가, 현지에서는 모르는 사람이 없다는 사루가쿠〔猿楽〕를 흉내 내어 부르는 노래가 들려오자 암흑의 세계에서 난데없는 합창이 시작되었고, 지배당하는 것의 희열이 골수에까지 침투해 있는 무리의, 자신들 속에 존엄의 근본이 되는 조건 따위가 하나도 있을 리 없다고 철 들 무렵부터 체념하고 있는 무리의, 제아무리 비참한 상황 아래에서도 나름대로의 즐거움을 찾아낼 줄 아는, 정말이지 이 세상과 적합한 생물들의 정신의 빈곤

을 송두리째 드러내는 가성歌聲이, 천계天界 너머에까지 닿을 만한 기세로 크게 울려 퍼졌다.

무묘마루는 자신의 내부에 고매한 긍지가 뿌리내리고 있다는 사실을 깨달아 추종자가 되기를 거부하고, 끝까지 저항하고자 하는 정신을 알아차린다.

여로의 도중에 이 난관에 봉착하고 만 이방인들은 어떤가 하면, 그럭저럭 목숨이 달아나버리는 식으로는 전개되지 않고, 그렇기는커녕 조만간 풀려나리라는 이야기를 듣고 절망이나 분노에 몸을 맡기기를 멈추었고, 슬며시 가슴을 쓸어내렸으며, 그래도 태양 아래를 누구의 속박도 받지 않고 걸어갈 수 있을 때까지 마음을 놓아서는 안 된다는 자계自戒의 한숨을 쉬면서도, 서로의 얼굴조차 보이지 않는 이상한 상황을 감수하면서, 낙천가들뿐인 현지 백성이 노래 부르기에 지쳤을 무렵에는 코를 골기 시작했고,

얼마 지나지 않아 코골이와 잠꼬대와 방귀가 지옥의 입구와도 비슷한 공간에 만연하여 무묘마루를 비속卑俗 속으로 떨어뜨렸으며, 그 분노를 순치馴致시키려는 석실의 내부는 혼을 고사시켜버릴 듯이 싸움에서 져 꼬리 내린 개의 잠으로 가득 찼고, 영구히 뒤집어질 것 같지 않은 치자와 피치자의 명확한 관계를 새삼스럽게 알려주었으며, 그와 같은 불합리한 세상에

제대로 정착하는 것이야말로 삶의 정수에 다름 아니고, 거기에서 벗어나는 것은 운명의 규정을 배신하는 행위에 다름 아니라는 공기가 농후해졌으며,

그렇다고 해도 무묘마루의 내부에 단단히 깃든, 신체의 구석구석에까지 아로새겨진, 인간인 이상 인간으로서 살아보고 싶다는 고상한 정신을 휘청거리게 만드는 것은 불가능했고, 정서情緖가 넘치는 그 마음에 당당히 맞설 말은 절무絶無했으며, 또한 만사휴의라는 자각도 일체 없었고, 그렇기는커녕 이 세상에 존재하는 무이無二의 보물이라 해야 할 무애에 적대하는 자들을 닥치는 대로 배제해가는 것이야말로 장거壯擧 중의 장거에 틀림없다는 대답이 확실하게 굳어져가는 것이었다.

굴욕의 긴 밤이 샌 것은 문짝 틈으로 스며들어온 빛으로 알았고, 쪼아 먹는 먹이에 부족함이 없는 계절의 도래에 기뻐 참새가 지저귄다.

대담하게도 쇼군 일행을 습격하려는 적이 두 번 다시 나타나지 않았던 것은, 엄중한 경계와 물샐 틈 없는 배비配備의 효과 덕인지, 혹은 적이 저택을 출발할 때까지 습격을 미루고 있기 때문인지의 결론이 내려질지 어떨지 분명하지는 않았으나, 어쨌든 이중의 토담과 삼중의 해자垓字 안쪽에 몸을 두고 있는 한 안전하다는 인식이 굳어진 모양으로, 또한 석실에 가둔 무

리가 전혀 무해하다는 오판을 내려버린 모양으로, 밥과 떡이 나누어지는 데까지는 이르지 않았으나 일찌감치 전원이 풀려 났으며,

눈이 어지러운 금빛 양광 가운데로 일제히 달려 나가는 남녀노소 수십 명의 뒷모습은, 현지 주민과 이방인이 다르지 않아 새장에서 놓여난 새처럼 희희낙락했고, 거기에 따르지 않으면 쓸데없는 의혹을 사지 않을까 염려한 무묘마루도 서둘러 그들의 뒤를 쫓아갔으며, 등 뒤에서 쏟아지는 시선을 의식하면서 길거리에 나서자마자 팔딱팔딱 뛰면서 천진난만한 기쁨을 연출했고, 그대로 남하南下하는 체하면서 한동안 가도를 나아간 다음 크게 우회하여 마침내 숯 굽는 사람이 살던 집이 있는 산으로 향했으며,

아무에게도 들키지 않도록 신중하게 발걸음을 옮기는 사이에, 문득 지난밤의 연회가 다 끝나가던 야밤에 들려온 비파의 음색과 투박한 목소리에 의한 이야기의 기억이 되살아났고, 잠시 후, 듣기에 민망할 정도는 아니더라도 최상급을 접하여 익숙해진 천하의 쇼군 앞에서 피로披露할 만한 솜씨로는 도저히 여겨지지 않았던 이유를 이제야 알아차렸으며, 그것은 저 오중탑에서 함께 침식을 하던 맹인 도사의 역량을 알고 있었기 때문이고,

교묘하기 짝이 없는 비파의 음률에 실어 성자필쇠盛者必衰의 도리를 절절하게 이야기하던 저 비파 도사에 비견할 동업자가

그리 흔치 않으리라는 사실이 재확인되었으며, 이윽고 이번에는 석실에서 놓여났을 때 마마 자국이 있는 애송이 사무라이가 서슬 퍼렇게 다짐하던 충고가 떠올랐고, 앞으로 열흘쯤은 무슨 일이 있더라도 저택 주변을 서성대어서는 안 된다, 눈에 띄는 즉시 베어 죽이고 말 것이라는 위협의 말에서 쇼군이 한동안 더 체류하리라는 사실이 드러났다.

신중을 기하여 경호 사무라이의 숫자를 늘릴 때까지는 출발하지 않기로 정하고, 가세加勢의 도착을 기다리기로 했는지도 모른다는, 그런 억측이 성립되었다.

설마 그 정도 솜씨의 비파에 감동을 받아 더 묵기로 결정했으리라고는 도저히 여겨지지 않았으나, 그러나 밤이 샐 무렵까지 계속 연주를 시킨 점으로 판단하자면 몹시 마음에 들었음은 분명한 듯하고, 어쩌면 필멸必滅의 몸이 생생하게 재확인되는 것에 흠뻑 취했을지도 모르며,
그러자 무묘마루의 내부에서 갑자기 어떤 번뜩임이 스쳐 급거 예정을 변경했는데, 아무런 대책 없이 이 부근을 배회한다고 해서 쇼군에게 다가가는 것은 물론, 그 모습을 멀리서 바라보는 것조차 불가능하며, 결국 손댈 기회마저 얻지 못한 채, 도읍에서 달려올 원군이라고나 불러야 할 대량의 수하들이 지키는 행렬을 손가락을 입에 물고 바라보는 수밖에 없고, 모처

럼 싹튼 가상하고 가치 있는 뜻[志]이 무로 돌아가고 말 지경이 되어, 겉보기 그대로의, 그저 세월에 짓눌려 갈 따름인 방랑자로서 고정화되어버리는 게 고작이며,

그렇게 되어서는 안 된다는 듯이, 차제에 운명이 가리키는 곳이라면 어디라도 발을 디뎌보자고 스스로의 마음을 채근했고, 숯 굽는 집의 마루 아래 숨겨둔 두 자루의 칼과 금가루와 동전을 다시 챙기자, 아직 떫은맛이 남아 있는 밤과, 묘소에 바친 음식인 호박잎에 싼 밥과, 약간 달착지근한 샘물로 주린 배를 채웠으며,

그런 다음 예의 오중탑으로 되돌아가기 위해, 쉬는 것 따위는 꿈도 꾸지 말라는 듯이 원기 있게 계속 걸었고, 풍양豊穰이 숨 쉬는 맑은 가을 속을, 자신도 또한 만물을 다스리는 질서에 편입된 일부에 지나지 않는 존재라고는 눈곱만큼도 생각하지 않았으며, 단독이면서도 세상의 변혁에 다대한 영향을 미치지 않고는 배겨나지 못할 전사戰士라도 된 심정으로, 무슨 일이 있더라도 그림자가 희미해지지 않는 거물이라도 된 기분으로, 등과 허리에 찬 칼의 무게를 평소와 달리 듬직하게 여기면서, 발걸음도 가볍게 가로질러 가는 것이었다.

◉

 가을비가 추적추적 내리는 밤, 인간이라는 사실을 일념으로 감추는 수밖에 없다는 듯이 퍼지는 비파 소리가 신성神性에 가득 찬 산과 숲을 떨게 만든다.

 그리고 흡사 마신魔神인 양 어둠 속에 버티고 선 오중탑의 맨 위층에서는, 자신의 거구로 인해 인생을 망가뜨리고, 친부모에게조차 버림받고 만, 고귀한 신분이어야 할 젊은 여인이 오늘밤도 또한 유적流謫*의 땅보다 혹독한 이런 곳에서, 이미 남들이 그리워하거나 존경하는 대상에서 완전히 제외되고 만 생명의 실을 일말의 정리情理로써 간신히 이어가고 있었으며,
 회랑의 난간 앞으로 나아가, 말 대가리보다 더 길쭉한 얼굴

을, 중국 그림에 등장하는 기린을 방불케 하는 무시무시한 면상을 하늘로 향한 채, 유소幼少 시절의 눈 깜빡할 사이에 지나가버린 행복이라도 회고하는 것인지 하염없이 울고 있었고, 이따금 통곡이 섞였으며, 그 목소리는 만가輓歌를 떠올렸고, 사방에 둘러쳐진 책柵의 경계를 넘어 용솟음쳤으며,

어쩌면 이 비가 규수의 눈물일지 모른다는, 문득 그런 것을 상상해보는 무묘마루는, 이제 막 도착했으나 걷기에 지쳐서 발이 몽둥이처럼 굳어졌음에도 불구하고 어리석게 예전의 보금자리에 다가가 몸을 쉬게 할 행동은 취하지 않았고, 수백 년도 더 전의 낙뢰로 인한 상흔을 지금도 여전히 생생하게 드러내고 있는 삼나무 거목의 그늘에 몸을 숨기고 상황을 살폈으며,

그도 그럴 것이, 도착한 순간 살기라고까지는 못해도 무어라 말하기 어려운 무거운 공기를 느꼈기 때문인데, 어디가 어떻다는 게 아니라 웬일인지 직감의 신경에 거슬리는 것이 있었고, 그 원인을 알아낼 때까지는 함부로 움직이지 않는 편이 낫다고 판단하여, 역시 이쪽 비파가 훨씬 격이 위라는 사실을 재확인하고 황홀하게 귀 기울이면서, 여기저기 시선이 닿는 곳으로 눈길을 던졌다.

*섬으로 귀양 보내는 형벌

맹목盲目의 도사는 일에 정려精勵*하는 평소의 모습과는 달리, 청중과 슬픔을 공유하는 듯이 진정으로 가락에 마음을 담는다.

깨끗하게 잡념을 지우고, 인간 정신에서의 풍요로운 의미를 똑바로 파악하여 적어 내려간 것으로 여겨지는 대서사시는, 이따금 빗소리에 묻혀버릴 만큼 조그만 목소리로 말해지고, 때로는 숲 전체가 떨릴 정도의 큰 음성으로 불멸의 활력에 감싸인 강자들의 만용을 찬미하며, 이 세상의 모든 운명을 좌우할 수 있다는 천상계의 누군가로부터 선고宣告와 거절을 교대로 받으면서, 허영이 만연하는 세계로부터 연속성을 갖춘 파멸의 세계로 끝없이 전락해가는 생의 모습을, 완전히 깊어진 가을의 긴 밤 속에서 선명하게 드러냈고,

어디에 몸을 두어도 세상에 편재遍在하는 재앙과 죄장罪障에서 달아날 방도는 없으며, 날마다 덕을 쌓고 있으면 갑자기 후광을 등에 진 자가 눈앞에 출현하여, 지옥으로 가는 길을 싹둑 끊어주리라고 하는, 그런 종류의 경사스러운 법화法話도, 어차피 원망願望에서 생겨난 허풍에 지나지 않으며, 결국 자기 발양發揚의 정도와 관계없이, 생자生者라는 생자는 죄다 죽음을 앞에 두고 그림자를 감추고 마는 결과를 초래하며, 예외는 하나도 없을 수 없고, 지금 이렇게 존재하는 공간이야말로 지옥 그 자체에 다름 아니라는, 지나치게 노골적이어서 도통 재미가 없는 현실을 애수에 찬 비파 소리로 슬쩍 감쌌으며,

착각해서는 안 되는 것이, 사람은 모두 한결같이 이매망량 魑魅魍魎**의 동료이며 마물 중의 마물이어서, 자기 형성의 진전이야 어쨌거나 거기로부터의 탈각은 절대로 불가능하고, 그 정도의 진리는 조금만 살아보면 저절로 알 수 있는 것이라며 절절하게 호소하는 연주의 가락은, 비관悲觀의 음파로 보다 강조되어, 귀 기울이는 자의 마음을 확실하게 마멸磨滅하면서, 나아가서는 혼까지도 응고시키려 들고 있었다.

가랑비를 계속 내리게 만드는 엷은 구름에 달이 슬그머니 비치고, 분비하듯이 번져 나오는 그 맑은 빛은, 생기가 모자라는 세 사람을 골고루 비춘다.

비바람이 그대로 들이치는 회랑에 멍하게 서 있는 규수는 어떤가 하면, 자신의 살과 뼈와 정감情感의 무게를 더 이상은 견뎌내지 못하겠다는 풍정이었으며, 그렇지 않아도 둔중한 움직임을 더욱 둔중하게 하여, 언뜻 보기에는 기사이〔奇祭〕*** 등에서 사용하는 하리보테〔張りぼて〕****와 흡사했고, 무엇인가를 궁금해하는 눈길은 벌써 접었으며, 지적 판단이 가능하다고는 여겨지지 않는 존재가 되었고, 단 하나의 추억조차 남아

---

*힘을 다해 부지런히 행함　**온갖 도깨비들　***독특한 습속을 지닌 색다른 축제　****종이를 겹붙여서 만든 소도구. 여러 가지 형태가 있음

있지 않을 것 같은 인간을 벗어난 거구가 전후좌우로 흔들렸으며, 무묘마루에게는 그리 여겨서 그런지 진폭이 조금씩 커지는 듯이 느껴졌고,

마치 한 벌의 꼭두각시처럼 규수에게 찰싹 달라붙어 있는 유모는, 높은 지위에 있는 자로부터 은택恩澤을 입는다는 오직 하나의 희망조차 사라져버린 지금, 번민스러운 일투성이의 불안정한 삶에 너무 지쳐버린 가슴속의 체념을 멀리서도 확연하게 눈치 챌 수 있었으며, 헌신의 힘으로 인해 굽은 새우등은 이제 딴 마음을 품은 자의 분위기를 노골적으로 풍겼고, 그렇다고 해서 주인을 배신하거나 내버려두고 떠나는 것 같은 냉혹한 기색은 전혀 느껴지지 않았으며,

그리고 초월주의를 짙게 드러내는 오중탑을 앞에 두고, 최상층에 있는 규수와 유모를 똑바로 올려다볼 수 있는 위치의 땅바닥에 털썩 주저앉은 사무라이, 무묘마루의 부탁을 받아 보통의 솜씨라면 손쉽게 처치할 수 있는 검술을 가르쳐준 예의 사무라이는, 좌선 중인 승려처럼 등줄기를 곧추 세우고, 그러면서도 흡사 다음의 전개를 기다리는 듯한 긴장감과 엄숙한 표정을 지속시키고 있었으며, 시선은 어떤가 하면, 아무래도 다름 아닌 자기 자신에게 퍼부어지는지 몰랐다.

그런데 항상 있던 1층에 자리 잡은 비파 도사는, 이 세상의 모든 것을 장악한 듯한 생명력을 방사放射한다.

연주하고 있는 한, 이야기하고 있는 한, 피하기 어려운 간난신고 따위는 있을 리 없다는 기세로 맹인에게 흔한 배타성은 터럭만큼도 느껴지지 않았으며, 그 마음은 등 뒤의 여닫이문과 마찬가지로 활짝 열려 있었고, 누구의 혼이든 거기를 찾아가지 않고는 못 배기는, 싸늘해진 정을 새롭게 데워주지 않고는 견디지 못하겠다는, 실로 믿음직한 패기가 느껴지면서 탁월한 기량의 진가를 증명했으며,

한때는 무적의 영화榮華를 뽐낸 적도 있는 전락轉落의 영웅들의 입을 빌어서 만물은 신불의 목우木偶가 아니라며 딱 잘라 부정했고, 그런 한편에서는 황량한 공허로 가득 찬 현세는 어떠한 도피도 절대로 용납하지 않는다고 단정했으며, 다른 한편으로는 다가올 다음 시대를 예언했고, 인간사회의 바람직한 미래의 모습을 암시했으며, 무한의 가능성 앞에 꺾일 희망은 없다며 큰소리쳤고,

그리고 양웅兩雄이 서로 바라보는 장면에서는, 용감한 신념에서 튀어나오는 불꽃의 아름다움이 일련의 놀라움으로 너무나 기세 좋게 표현되었고, 엄숙한 광경으로 바뀌어 밤의 장막에 재현되었으며, 인간의 비극이 던지는 기쁨에 관해 완전한 이해를 이루지 못하도록 하느라 허공을 떠돌았고, 존재 가치를 잃는 순간이야말로 지고의 아름다움이 꽃핀다면서 언성을 높여 설파하는 것이었다.

규수의 오체가 흔들리는 것이 오중탑 전체에 영향을 미쳤고, 그것이 몸부림이라는 사실은 이제 의심의 여지가 없으며, 삐걱삐걱 소리가 끊어지지 않는다.

높은 하늘을 가리키는 구륜九輪의 간단없는 흔들림이 확실히 눈에 띄었고, 그것은 분명히 최후적인 것을 시사했으며, 다시 말해 가장 튼튼한 건조물로서의 한계에 도달했다는 사실을 단적으로 드러내었고, 오랜 세월에 걸쳐 수많은 지진을 견뎌온 외기둥의 중심축도 드디어 이상해졌으며, 경사傾斜와 복원의 균형관계가 언제까지 유지될는지 예측할 수 없어졌고,

그러나 당사자들로부터는 중력에 의해 위협당하고, 신변의 위험에 압박당하고 있다는 분위기가 전혀 느껴지지 않았으며, 규수는 물론, 아직 인격의 붕괴에까지는 도달하지 않은 유모에게도 낭패의 기색은 나타나지 않았고, 이미 눈물을 완전히 멈추었으며, 게다가 도리어 사람으로서의 한계에 도달했음을 쉽사리 추찰推察할 수 있었고, 그 증거로 오랫동안 미소를 거절해왔음이 분명한 양자兩者가 일이 여기에 이르자 만면에 미소를 띠었으며,

고苦와 악樂이 뒤바뀐 것에 의한 웃음 띤 얼굴은, 두 사람의 바로 아래에 펼쳐지는 허무의 대지에 앉은 사무라이에게도 확실하게 전해졌을 것이고, 일개 사무라이의 위대한 책무라도 지고 있는 것처럼 의연한 뒷모습이, 당장이라도 스스로를 조

롱거리로 만들지나 않을까 하고 여겨질 만큼 유화柔和하게 변했으며,

운명에 의해 파멸을 통고받은 세 사람의 마음속이 송두리째 엿보였고, 결코 인습적인 한마디로는 정리할 수 없는 주종 관계의 사랑의 유로流露*가 또렷이 나타났으며, 필경은 세 개의 혼이 번뇌의 가르침에 역행하는 숭고한 숙명으로 채색된 것이 사실이었다.

진자振子를 거꾸로 매달아놓은 듯이 점점 활발한 움직임을 보이는 오중탑은, 항구적인 건물로부터 낡은 잡동사니로 급속히 변해간다.

규수를 이 세상과 연결시키고 있던 번민의 쇠사슬은, 이제 곧 중력에 의해 잘려 나가려 했고, 그리고 지금까지 걸어온 애절한 길이 찢겨 나가려 했으며, 요란한 삐걱거림은 탑 전체로 번져갔고, 대불大佛의 좌대에 필적하는 깨뜨려질 리 없는 기초까지도 흔들리게 했으나, 그래도 비파 소리와 도사의 이야기를 훼방놓는 법은 없었고, 오히려 선명하게 울려 퍼지는 효과음으로서의 역할을 했으며,

그들의 음성이 서로 조응하여 거의 완벽한 형태로 융합하

---

*밖으로 드러나는 것

고, 한 폭의 그림 같은 이야기가 운명에 의해 정해졌다고밖에 여길 수 없는 대단원을 향하여 돌진해가려는 바로 그때, 꽝 하고 온몸을 울리는 굉음에 이어서, 우지끈 하는 파괴 그 자체의 진동이 전해져왔으며,

오중탑이 무거운 입을 열어 '이제 여기까지!'라고 한마디 외치는가 싶더니, 흡사 맥 풀린 팔목과도 같은 움직임으로 번민하는 나날에 지쳐버린 두 여인을 품에 안은 채 정면의 방향으로 가속도적인 움직임을 빨리하면서, 사무라이의 두상을 노리고 위풍당당하게 덮쳐갔고,

그러는 동안, 업고라도 짊어진 것처럼 장년長年에 걸쳐 육체를 희생물로 삼아온 규수의 얼굴이 맑게 빛났고, 남의 아이를 위해 인생의 전부를 희생해온 유모의 얼굴은 죽음의 환호로서 저세상으로 떠나는 기쁨을 표현했으며, 또한 용인庸人* 이상의 용인으로서, 무사는 모름지기 그래야 한다는 모범적인 최후를 보여주려는 사무라이는, 가여운 자신의 주인과 그 뒷바라지를 하던 여인을 품에 꼭 끌어안은 채 자신을 덮쳐오는 거대한 건조물을 향해 두 팔을 활짝 내밀었고,

그렇게 해서 멋진 대의大義를 위한 시간은 성취되었으며, 해도 너무하다 싶은 굴레로 얽힌 세 사람은, 혈연이 이어지는 자들 사이에서조차도 좀처럼 해내기 어려운 방식으로 마무리를 지었고, 그리 간단하게 맞이하기 어려운 마지막을 맞기에 이르렀다.

눈앞에 전개되는 파괴에 비파 도사가 말려들어서는 안 된다면서, 무묘마루는 몸의 위험을 무릅쓰고 민첩한 움직임으로 달려간다.

그러나 순간의 유예猶豫 속에서 예측하지 못할 사태에 어떻게 대처했고, 어떤 식으로 상대를 위급에서 구했는가 하는 세세한 내용에 관해서는, 강렬한 자극을 준 사태였음에도 불구하고 어찌된 영문인지 도통 기억에 남아 있지 않으며, 잔상殘像의 단편조차도 없었고, '이크, 난리 났다!'는 투로 마구 지저귀던 쏙독새의 한바탕 소동도 귀에 남아 있지 않았으며,

그리고 굉음과 땅울림과 자욱했던 먼지가 가라앉은 지금, 간신히 인식 가능한 상태로 되돌아올 수 있게 된 무묘마루는 맹인을 끌어안고 땅바닥에 엎드려 있었고, 맹인은 비파를 꽉 품에 안은 채 눈동자의 흰자위를 드러냈으며, 두 사람은 양상을 일변시킨 공간에, 온통 어질러진 평면에, 아주 시원스럽게 내팽개쳐져 있었고,

그렇다고 해서 망연자실의 몸으로 바라보는 광경을 조잡한 결과 따위로는 결코 여기지 않았으며, 그렇기는커녕 광휘로 가득 찬 위관偉觀으로 받아들여, 혹은 하늘이 재단裁斷을 내린 참된 대답이 아닐까 하고, 그런 해석을 하는 사이에 오중탑은

*고용된 사람

커녕 거구의 규수도, 보살피던 유모도, 충의의 본보기인 사무라이도 원래부터 존재하지 않았던 것 같은 평온한 공기가 흐르기 시작했고, 빗소리는 이제 막 틀림없이 일어난 비극의 존재를 부인했으며,

버티고 섰던 고층 건조물이 이미 말끔히 사라져버린 아무것도 없는 빈터를 빙 둘러싼 숲은, 가랑잎과 다습多濕이 안겨주는 유기적인 기색을 더욱 깊게 했고, 그것이 진짜로 사려 모자라는 일이었던지 아닌지는 문제 삼지도 않으며, 수명을 다한 거목이 썩어서 넘어지는 것처럼, 어떠한 종류의 변화도 사라져가는 계절 속에 매몰시키고 모른 척 딴청을 피우고 있었고,

그럭저럭 하는 사이에, 인간의 삶에 관해 이러쿵저러쿵 간섭하고 싶어 하는, 그런 주제에 대단히 변덕스럽기까지 한 올빼미가 울기 시작하여, 와륵瓦礫* 아래에 깔리는 아주 드문 형태로 죽음을 맞이한 세 사람의 심정을 대변하는 듯한 목소리를, 혹은 슬픔을 나누는 것 같은 목소리를 내었으며, 혹은 또한, 미덕에 값하는 죽음이 전혀 존재하지 않는 것이 아니라는 자설自說을 피력했고, 반면에 의연히 발이 움츠러들어 움직이지 못하는 눈 밝은 자와 맹인인 두 사람에 대해서는, 생의 진짜 가치는 어디까지나 살아서 창피를 당하는 데 있다고 잘라 말하는 것이었다.

*깨진 기와조각

쇼군의 밤은 성대한 연회와 더불어 깊어갔고, 자욱이 낀 밤안개 속에 불멸의 실재를 과시하는 듯이 구심적인 훤소喧騒를 뿌린다.

증원의 경호 병력이 아직 도착하지 않았는지, 그렇지 않으면 영주의 대접이 매우 마음에 들었는지, 그 어느 쪽이든 무묘마루의 표적이 아직 거기에 머물러 있음은 움직이지 못할 사실로서, 언제 기습당할지 모름으로 인해 경계심은 점차 느슨해져갔고, 해자와 해자 바깥의 수비를 맡은 하급 사무라이들은 정신이 해이해졌으며, 접대용 술에 엉망으로 취하여 거친 언동이 두드러졌고,

체내에 그 어떤 권력도 추종하는 피가 맥맥이 흐르는 패거리들 가운데 기라성같이 우뚝한 자는 한 명도 없었으며, 그렇다는 사실은 쇼군 치세의 중추를 히나단〔雛壇〕*에다 장식하고, 일부러 속임수의 등불로 비추는 대단히 특수한 대상을 파괴하는 것만으로 나라 전체가 백팔십도 바뀌는 것에 다름 아니며, 방방곡곡에서 부글부글 끓어오르는 심정을 가진 열강列强이 탄생하고, 그 순간 미래는 불확실해지며, 피 끓고 몸 떨리는 조망眺望이 잇달아 전개될 것임에 틀림없고,

그것이 시세時勢에 역행하는 것이든, 영원한 새로움이든, 만약 그와 같은 시대를 불러올 계기를, 폭풍을 불러일으킬 구름을, 혼자만을 의지하는 자신이 만들어낼 수 있다면, 아직 얼마 살지도 않은 생명을 잃어버리는 일 따위 조금도 아깝게 여겨지지 않으며, 그렇기는커녕 사死 속에서 부활하는 생生을, 생의 왕자王者인 생을 실감할 수 있을지 몰랐다.

영기靈氣가 넘치는 무연불無緣佛**의 묘지에 에워싸인 높은 바위 위, 거기에 비파 도사를 데리고 진을 친 무묘마루는, 매혹의 세월을 피부로 느낀다.

어둠과 안개에 뒤덮인 건너편의 원경遠景에 눈길을 던지며, 연회의 진전을 주의 깊게 관찰하는 무묘마루는, 누더기를 걸친 채 냉기에 견디면서 스스로의 체온으로 오직 하나뿐인 재

산인 비파를 습기로부터 지키고 있는 도사를 향하여, 오늘밤도 역시 선의善意의 사람을 자처하면서 칭양稱揚의 빛으로 감싼 허위의 목적에 관해 열심히 말해주고, 그렇게 함으로써 상대의 마음이 변하는 것을 막으려 하고 있었으나,

그러나 일부러 그런 두서없는 이야기를 하지 않더라도, 당사자는 지극히 유유자적했고, 눈곱만큼도 의심하지 않았으며, 비파 도사로서 그날그날을 살아갈 수 있다면 여하한 조건에도 스스로를 맞출 각오가 이미 오래전부터 갖추어져 있어서, 비천한 태생이기에 객사라는 형태로 몸을 멸할 각오를 벌써부터 해왔고, 지금 살아 있는 것만으로 횡재라는 척도尺度가 보이지 않는 눈의 안쪽에 단단히 각인되어 있었으며,

오로지 외곬으로 매달리는 일은 지닌 기량을 실컷 발휘하는 것에만 한정되었고, 그 이상의 무언가를 욕심내는 일은 없었으며, 들고 다닐 수 없을 정도로 무겁고, 도적이 노릴 만큼 많은 돈 따위에는 애당초 관심이 없었고, 하물며 영화영달의 길을 걷고 싶은 꿈을 간직한 적도 없었으며, 부박한 세조世潮*** 속에서 마음을 높게 가지자고 생각한 적도 없었고, 그저 일이 되어가는 형편에 모든 것을 맡긴 채 여러 지방을 떠돌아다닐 뿐이라고, 그렇게 얼굴에 확실히 적혀 있었다.

---

*여자 어린이의 명절인 삼월 삼짇날에 여러 인형을 장식하는 계단식으로 만든 단 **연고자가 없음 ***세상의 풍조

그래도 쇼군과의 접촉을 시도하기 위해서라면 어떤 비열한 짓도 거리낄 것이 없다는 무묘마루는, 속이 시커멓고 야비한 존재가 되어서 말한다.

고귀한 사람들의 전속 비파 도사가 될 만큼, 어깨를 견줄 자가 없는 솜씨라는, 그 같은 자부는 없는가, 겐교〔檢校〕라는 맹인으로서 최고의 지위에 오르고 싶은 욕심은 없는가, 불멸의 이름을 원하지 않는가, 양쪽에 미기美妓를 거느리고 먹고 싶을 때 실컷 먹고 마실 수 있는, 그런 내 세상의 봄을 상상해본 적은 없는가, 방랑 속에서 하루의 먹을거리를 구하며 사는 삶이 그리 길게 이어지지는 않을 것이라고 생각해본 적은 없는가, 눈물에 젖은 추억을 떠올리면서, 격렬한 회한에 시달리면서, 너무나 초라한 생애의 막을 내려도 괜찮은가, 정말로 그런 생애로 만족하는가,

연회를 마감하면서 연주하는 고작 그 정도 비파로도 쇼군을 매료시킨다는 사실은, 기技나 격格이 훨씬 뛰어난, 애당초 비교하는 것 자체가 틀려먹은 역량의 소유자라면 세상이 그냥 내버려둘 리가 없으며, 높은 평가를 얻지 못할 리가 없고, 지금까지 그렇게 되지 않았던 것은 무엇보다 귀가 뚫린 청중이 숱하게 사는 도읍에 가까이 가지 않았던 탓이며, 때마침 도읍에서 멀리 떨어진 변방에 쇼군 일행이 왔다는 사실은 탁월한 기예를 인정받을 수 있는 다시없는 호기이고,

이것은 어쩌면 운명이 맺어주는 일인지 모르며, 드디어 강한 운기運氣가 찾아온 것인지도 모르고, 이것은 행운의 시작에 불과한 것인지도 모르며, 이제 슬슬 이 정도로 무욕의 삶과 깨끗이 손을 끊고 둘이 함께 올라갈 수 있는 곳까지 올라가보는 게 어떤가 하는 하늘의 권유일지도 모르고, 어쨌거나 절호의 기회를 뻔히 알면서도 그냥 놓칠 수야 없는 노릇이며, 이것은 틀림없이 내기를 걸어볼 가치가 있는 도박이라고, 그렇게 단정지었다.

언제나 그랬듯이 흥청망청할 만큼 흥청망청한 연회는, 극히 자연스러운 흐름에 따라 이윽고 그 훤소가 가라앉고, 화톳불의 위세도 약해진다.

그리고 비파가 생각에 잠긴 음색으로 서서히 아쉬운 하루를 감쌌고, 현의 진동은 저택 바깥의 야기夜氣로도 확실하게 번져 나갔으며, 불순한 만큼 활기에 넘치는 시대를 구석구석 비추어 마음을 부드럽게 해주는 달빛에 파도의 무늬를 곁들여주었고, 호사스러운 가을을 빠져나가 야트막한 산의 바위에까지 확실하게 도달했으며, 아무리 해도 손에서 칼을 놓지 못하는 사내와 내일 없는 맹인의 고막을 흔들었는데,
그러나 그것은 단지 맑은 소리의 나열에 지나지 않았고, 종전대로의 미美에 따른 평명平明한 음률에 불과했으며, 어차피

악기라는 도구의 힘에 의지한 겉치레의 기技였고, 듣는 자의 정애情愛에 끈적끈적 달라붙는 선율이면서도 가장 중요한 품격이 결여되어 있는 탓으로 미점美點에까지는 도달하지 못했으며, 더군다나 연주자나 그 사람의 정신에 깃든 것이 상스러운 정서 앞에 머물러 있을 따름이었고,

그때 비바람이 그대로 들이치는 바위 위에 의젓하게 앉은 도사는, 무묘마루가 어깨를 탁 치면서 신호를 보내자 서서히 바치를 손에 쥐고, 현에 직접 닿는 부분을 한 번 훑은 뒤 연주를 시작하여, 산을 타고 올라오는 누군가의 비파 소리를 일격에 물리쳐버렸으며, 불과 몇 종류의 짧은 음계를 터트린 것만으로 그 연주자를 당황하게 만들었고, 벌벌 떨게 만들었으며, 마음이 꽁꽁 얼어붙게 했고, 침묵하는 주자奏者로 바꿔버렸다.

너무 기가 죽은 나머지 스스로 중단한 것인지, 그렇지 않으면 쇼군의 한마디에 의해 그만두게 된 것인지, 그도 아니면 양쪽 다였던 것일까.

다툴 여지조차 없는 솜씨의 차이를 또렷이 알아차리게 된 상대의 처지가 어떻게 되었는지는 알 수가 없었으나, 무묘마루의 기도가 주효하여 파란이 일어난 것은 틀림없는 사실로, 저택의 인간뿐만 아니라 주변에 사는 민초들의 심이心耳마저 사로잡은 것은 분명했으며, 가장 약한, 스치는 듯한, 소리가

되지 않는 소리조차도 가을밤을 뒤덮으며 깊숙이 파고드는 정취를 더 넓히는 열렬한 격정을 간직하고 있었고,

상투적인 정미情味를 단숨에 깨트리는 이야기는, 때로는 생생하게 약동하는 고통스러운 울림이 되기도 하고, 또 때로는 질서의 붕괴를 불러오지 않을 수 없을 만큼의 거친 파도가 되어, 살판났다는 듯이 설치는 권력의 중심부로 밀려가, 기분 좋은 도로감徒勞感과 고독감을 불러들여, 이 세상에서 저세상으로의 중개역을 하는 신운표묘神韻縹渺*한 고혹蠱惑의 파도를 만들어내었고, 승자와 패자의 혼이 서로 이어져 한층 흥미를 불러일으키며, 죽음으로 가는 세계를 앞에 두고 도대체 무엇을 말할 수 있겠는가 하는 심경이 들게 했고, 악惡에만 격려 받는 자이더라도 반드시 상처 입지 않고 남아 있는 가슴속의 아름다운 정적靜寂을 더욱 아름답게 만들어,

귀 기울이는 것만으로도 용장勇壯한 싸움을 펼쳐가는 강자들과 애락哀樂을 함께할 수 있었고, 과연 무엇을 바라며 사는 것인가 하는 자문自問이 뚝 그쳤으며, 참을 수 있는 한도를 넘어서 살아가는 것에 무슨 의미가 있을까 하는 자각이 싹터, 태초 이래의 현세와, 낡지도 않고 새롭지도 않은 거기에 몸을 두고 있는 스스로를 초연하게 내려다보며, 장벽이 될 것 같은 모든 언어로부터 멀어져가는 것의 도취에 끝없이 잠길 수 있을

*운치가 한없이 넓고 깊음

듯한 지족知足의 경지로 꾀어들어가는 것이었다.

현묘한 기예를 새삼 경탄하며 바라보는 무묘마루이긴 했으나, 그렇다고 해서 음성音聲이 안겨주는 비非실체의 세계에 당혹하지는 않는다.

그것이 비파의 신기神氣 넘치는 정화精華라는 사실마저 부인할 마음은 없더라도, 쇼군 말살이라는 독침까지 철회하고 말 생각은 더더욱 없었고, 지나쳐가는 나날의 서글프고도 아름다운 이야기에 취하는 것보다는, 자기 자신이 인구에 회자될 정도의 사건을 일으켜, 미래로 전해 내려갈 이야기의 주역이 되는 길을 택하고자 하는 바람은 점점 더 열기를 띠어갈 따름이었고, 그것이야말로 구유具有한 모든 능력을 속속들이 드러내는 삶의 방식이라는 것이며, 사를 깨부수는 생이라는 것에 다름 아니며, 그와 같은 행위 속에밖에 불멸성이 느껴지지 않는다고 확신하기에 이르렀고,

어차피 남만 못지않은 극단의 사생관을 지닌 무묘마루와 비파 도사 두 사람의 협심육력協心戮力은, 그로부터 잠시 뒤 달빛과 안개의 싸움이 이어지는 가운데 효과를 드러내었으며, 그 확실한 증거로서 횃불의 불길이 줄을 지어서 저택 바깥으로 꾸역꾸역 밀려나오는 모습이 뚜렷이 보였고, 그것은 단적으로 말해서 저 비파 연주자를 데리고 오라는 쇼군의 명령에

의해 움직이기 시작한 부하들에 틀림없으며, 다시 말해 던진 미끼에 꼬여서 감쪽같이 올가미에 걸려든 것을 의미했고,

두 패로 나눌 것도 없이 험로를 똑바로 돌진해오는 그들의 동정은 손에 잡힐 듯이 드러났으며, 그사이에도 기운생동의 비파 소리는 계속 적을 유혹했고, 횃불에서 피어오르는 불똥 하나하나를 식별할 수 있게 될 즈음에, 불길이 터지는 상쾌한 소리가 들려오게 될 즈음에, 비로소 무묘마루는 두 자루의 칼을 어떻게 할까에 관해 고민했고, 쇼군의 앞으로 끌려가기 전에 어딘가에 갈무리하는 것이 필지라는 사실을 잘 알면서도, 자신의 죽음이 다 준비된 지금에 와서 쓸데없이 신경 쓸 일이 아니라는 결론에 도달하여, 바위 틈바구니에 감추거나 하지 않고 당당하게 몸에 차고 가기로 작정했다.

모두 백 명이나 되는 병사들, 그것도 전투할 때 그대로의 중장비를 갖춘 사무라이가 절반을 차지한 상대를 앞에 두고, 무묘마루는 자세히 관찰한다.

수많은 숨소리와 무구가 부딪치는 소리를 찰지한 비파 도사는, 어깨를 두드리는 신호를 기다리지 않고 입을 다물었고, 바치를 쥔 손을 무릎 위에 올려놓았으며, 약간 겁을 내면서도 일이 뜻한 바대로 풀려 나가는 데 감동을 느꼈고, 도움이 되지 않는 안구眼球를 빙글빙글 돌리면서 주위의 상황을 기색으로

알아내자며 귀를 한층 곤두세웠으며, 무묘마루의 다음 대응이 어떤 것인지 가슴이 설레었고,

그러나 일개 유랑하는 비파 도사를 입신시켜주겠노라고 큰소리친 사내는, 줄곧 입을 꼭 다문 채 상대의 말을 끈기 있게 기다리고 있었으며, 그렇게 함으로써 위엄을 드러내었고, 이윽고 사람을 사람으로 여기지 않는 건방진 말투가 터져 나왔으며, 영주의 저택으로 동행하여 윗분의 어전御前에서 비파를 연주해보라고 말했으나, 그래도 대답을 하지 않았고, 심증心證을 해치고 말리라는 사실을 잘 알면서도 입을 꽉 다물었으며,

그러자 훌륭한 마구로 치장한 밤색 털의 구렁말 위에 걸터앉은 사무라이는, 어투를 다소 부드럽게 하여 교섭할 때의 그것으로 바꾸었고, 바위 위 높다란 곳에 있는 두 사람을 올려다보면서, 그중 누구와 이야기를 나누어야 할지 망설이면서, 초대에 응해준다면 밥도 먹여줄 것이며 포상도 받도록 해주겠다고 다짐했고, 보는 바와 같이 가마도 준비해왔다고 말하는 것이었다.

그래도 무묘마루는 여전히 묵고默考에 빠져 있는 것 같은 태도를 취했고, 무슨 이야기인가를 하려는 비파 도사의 옆구리를 팔꿈치로 살짝 찔러 입을 다물게 했다.

안달이 나도록 한다는 사실을 알아챈 말 위의 사무라이는

드디어 화가 치밀었고, 의기가 넘치는 젊은 부하들에게 눈짓을 보내자마자 즉각 몇 개의 화살이 활시위에 매겨졌고, 팽팽하게 당겨져 언제라도 쏘는 것이 가능한 태세가 갖추어졌으며, 갑옷이라도 간단하게 뚫어버릴 것 같은 날카로운 화살촉은 모조리 무묘마루 한 사람을 겨냥하고 있었고, 시키는 대로 하라, 그렇지 않으면 송이밤처럼 되어서 거기에서 굴러 떨어질 것이라는 무언의 위협을 가했으나,

그때 다른 사무라이가 끼어들어, 화해를 붙이는 것 같은 말투로, 혹시 어쩌면 맹盲*과 농聾**이 서로의 부족을 채워줌으로써 살아가는지도 모른다며, 그렇게 진언進言했고, 우선 활을 쏘는 것만은 그만두게 했으며, 손짓을 되풀이하면서 거기서 내려오라고 권했고, 계속 고집을 피우면 큰 봉변을 당하게 될 것이라는 위협의 의미를 담아서 한 개의 횃불을 내던졌으며,

화염이 궤도를 벗어나 자칫하면 비파 도사의 안면에 명중하게 되었을 때, 시퍼런 칼날이 번쩍하더니 횃불이 정확하게 둘로 쪼개어지면서 비파 도사는 무사했고, 등에 맨 칼이 순식간에 뽑혀졌다는 사실에 간담이 서늘해져 대번에 경계태세에 돌입한 군단軍團은 활 외에도 창을 던지려고 자세를 갖추었으나, 거의 동시에 뽑힌 허리의 칼이 비파 도사의 목덜미에 찰싹 달라붙는 것을 목격하자 일단 공격을 자제했다.

*장님 **벙어리

무묘마루는 바로 이때다라고 하는 듯이 고함을 질렀고, 자신의 전속 비파 도사로서 데리고 다니는 것이니까 마음대로 행동할 생각은 말라고 했다.

어디에 사는 어떤 분이건 이 보물을 넘겨주거나 빌려줄 마음은 없으며, 돈이 궁하지도 않으므로 포상에 넘어갈 것도 아니고, 만약 힘으로 빼앗으려 든다면 이 자리에서 비파 도사의 목숨을 끊어버리고 자신도 죽겠노라고 선언하는 사내를 물끄러미 바라보던 말 위의 사무라이는, 당초에는 정상이 아닌 인간이 아닐까 하는 눈으로 바라보았으나, 이내 그것이 진심으로 굳힌 각오라는 사실을 알아차렸으며, 나아가서는 틀림없이 무사도의 정신 그 자체에서 나온 결의라는 사실을 깨달아 약간은 두려웠고, 절반은 감동했으며, 그 지나친 무모함에 한동안 홀렸고, 아니, 그 위풍에 눌린 모습이었으며,

이윽고 오만한 태도를 전면적으로 고쳐, 위의威儀를 바르게 하고, 창과 활과 화살을 거두어들이게 한 다음, 말에서 내려 예의에 걸맞은 진지한 이야기를 하기 시작했으며, 주인이 너무나 감명을 받아, 꼭 가까이에서 경청해보고 싶다고 하여 형편이 어떤지 여쭤보러 찾아왔다는 투로 말했고, 준비해온 멋진 가마와 다부진 체격의 정말이지 건강해 보이는 가마꾼들을 근처로 이동시켰으며,

그것을 본 무묘마루도 유연한 태도를 취했고, 상대의 의뢰

에 가벼운 인사로 응하면서 두 자루의 칼을 각각의 칼집에 철컥 집어넣었으며, 다소나마 존경을 받게 되었음을 실감하면서, 보물 이상으로 소중한 미끼를 등에 업고 슬금슬금 커다란 바위에서 내려가, 발끝이 땅바닥에 닿는 순간 꼬치구이처럼 되어버리는 상상을 하면서도 눈곱만큼도 주저하지는 않았다.

무수한 창이 일체히 내밀어지는 일도 없었거니와, 한꺼번에 몰려들어 베려고도 하지 않았으며, 비파 도사가 가마에 오른 뒤에도 마찬가지였다.

칼을 빼앗겨버리는 일도 없었고, 그것은 분명히 정객正客에 어울리는 대접이었으며, 군단을 지휘하는 각진 얼굴의 사무라이는 두 사람이 함께 가마에 오르라고 권했으나, 무묘마루는 자신의 몸 정도야 간수할 수 있다고 말하며 정중하게 사양했고, 그 겸허함이 더욱더 사무라이의 마음에 들었으며, 그 바람에 상대에게 자신의 직속 부하로서 일해볼 의사는 없느냐는 권유까지 받았고,

가마 곁에 서서, 수많은 병사들이 앞뒤에 선 가운데에 끼어서 산길을 내려갈 때의 기분이 어떤가 하면, 마치 꿈을 꾸는 듯했고, 권력의 중추에 폭풍을 불러일으키겠다는 진짜 목적을 깜빡 잊어버리고 말 지경이 되었으며, 이대로 운명의 흐름에 실려가는 편이 지복至福의 인생으로 이끌려가는 길이 아닐까

하고, 그렇게 여겨져 더욱더 망상을 떠올리고 있자니 미칠 듯한 격정이 치밀었으며, 횃불이 뿌리는 빛의 너머에 복福의 신이 미소를 머금고 있는 것 같은 착각이 생겨났고,

그리고 허식虛飾으로 채색된 미래가 윗분에게 두터운 신임을 얻어, 강력한 비호 아래 세상의 누구나가 인정하지 않을 수 없는 지위를 얻어, 무엇 하나 부족함이 없는 우아한 나날을 평생 보낼 수 있으며, 뜻밖에도 성격에 맞지 않는다고 믿어왔던 삶이 실은 아주 잘 어울렸고, 보잘것없고 값싼 성공이 썩 잘 어울렸으며, 안녕安寧의 세월 속에 깊숙이 사라져가는 용맹스러움은 거들떠보지도 않은 채 처자妻子를 거느리는 것에 무상의 희열을 느끼지 않을 수 없는, 어차피 그 정도의 사내인지도 모른다는 나약한 생각이 문득 가슴속을 오갔으나,

그렇기는 해도 어느 결에 가마에 태워지는 처지가 썩 잘 어울리는, 아직 얼마 나아가지 않았음에도 남의 두상보다 높은 곳에서 으스대고 앉아 있는 것에 길들여지고 만 곁의 비파 도사를 올려다볼 때마다, 부정적인 자문自問이 연달아 퍼부어졌고, 사무라이의 동료가 되어 제아무리 분투해본들, 어차피 이 맹인의 출세에는 도저히 미치지 못하는 게 아닐까 하는 예상에 사로잡혀서, 맥없이 고개를 숙일 따름이었다.

쇼군 앞으로 나아갔을 때는 하얗게 밤이 새고 있었으며, 달은 투명으로 향하고, 해는 타협도 짐작도 일체 거부하는 빛이 강해진다.

 가슴속에 듬뿍 독을 담고 위험한 자기 분열을 품은 음험한 손님이었음에도 불구하고, 무묘마루는 비파 도사와 조금도 다름없는 파격의 대접을 받았으며, 다시 말해 직접 쇼군을 만나는 게 용납되었고, 더구나 칼을 찬 채 대할 수 있었으며, 계획한 대로 일이 척척 이루어지는 현실이 오히려 기분 나쁘게 여겨질 지경이었고, 거의 불가능한 난사難事가 그리 어렵지 않게 여겨졌으며,

그러나 해가 더욱 솟아올라 옥석과 흰 모래를 깔아둠으로써 잡초를 배제하고, 미관을 유지하는 공간이 번쩍임을 더하며, 시야가 대번에 확대되어 먼 곳까지 바라볼 수 있게 됨에 따라, 땅바닥에 앉아 있는 자신과 신덴즈쿠리〔寢殿造り〕의 건물 안쪽에 자리 잡은 쇼군과의 간격이 영원의 길이로 여겨져서, 설령 튼튼한 활과 무수한 화살을 지니고 있다 한들 어찌할 방도가 없었고, 설사 백 명의 목숨이 주어진다손 치더라도 거기까지 도달할 수 있을 것 같지 않았으며, 확고한 상하관계 아래 수많은 병사들이 질서정연한 배치로 늘어선 앞을 상처를 입지 않고 통과할 수 있을 리도 없었고, 너무 멀리 떨어져 있어서 자신의 목소리가 상대에게 닿는지 어떤지조차 의심스러웠으며,

아니나 다를까, 직접 대화를 주고받는 것은 무리였고, 도중에 몇 명인가를 통하여 쌍방의 의사가 전달되는 성가신 방법이 사용되었으며, 쇼군의 최초의 말이 파도처럼 사람과 사람을 통하여 전달되어온 것은 태양이 산그늘에서 빠져나온 직후로, 거의 수평인 빛의 직사直射를 등으로 받으며 뚫어져라 바라보긴 했으나, 정면 저 멀리에 진좌鎭坐하신 쇼군의 얼굴은 분명히 드러나지 않았으며, 몸에 걸친 의상으로 보아서 다른 인간과 확실하게 별격別格의 존재라는, 그 정도밖에 식별할 수 없었다.

무묘마루의 안색이 굳어진 까닭은 너무 먼 거리와, 너무 많은 수하의 숫자와, 너무 큰 처지의 차이와, 너무 심한 한마디 때문이다.

  평생 먹는 데 곤란하지 않을 만큼의 돈을 줄 테니 앞으로 비파를 연주하지 말라는 뜻밖의 억지에 놀랄 겨를도 없이, 연이어 다음 지시가 전해졌는데, 그것을 맹세한다면 그 증거로 이 자리에서 비파를 스스로 파괴하라는, 턱없는 부조리만 두드러질 뿐인 요구에는 그저 또다시 귀를 의심할 수밖에 없었고,
  비파 도사 자신보다 무묘마루의 마음의 동요 쪽이 훨씬 심했으며, 언제 폭발할지 모르는 스스로의 격정을 몹시 경계하면서, 무슨 수를 쓰든 이성理性을 적으로 돌려서는 안 된다며 열심히 애를 썼지만, 몽상조차 하지 못했던 상대의 반응에 오로지 앙천하여 허둥거릴 따름으로, 진의를 따져 묻기 위한 언어를 신중하게 고르는 사이에 다시금 그 다음 지시가 도달했는데,
  거절할 생각이라면 비파 소리도 목소리도 절대로 새어나오지 않을 지하 감옥에 평생 유폐시켜둘 테니까, 그렇게 되고 말 때는 자기 혼자밖에 듣는 사람이 없는 어둠 속에서 실컷 비파를 연주하면 되리라면서, 그렇지 않으면 비파와 함께 불에 태워지고 싶으냐는 공갈을 하기에 이르렀고, 급기야 무묘마루의 마음은 분노로 크게 기울어지고 말았으며,

기가 죽지도 않고 겸양도 홱 벗어 팽개친 뒤, 이것은 너무 의외라면서 산에까지 맞으러 왔던 모난 얼굴의 사무라이에게 명언明言했고, 분노를 한 걸음 더 밀고 나아가 그 이유를 알고 싶다는 뜻을 전해달라고, 마음에 들지 않는 까닭도 가르쳐달라고 부탁했으며, 어떤 답이 나오느냐에 따라서 저항도 마다하지 않겠노라고 몰아붙였다.

사무라이는 미간을 찌푸리며 고개를 저었고, 이 자리에서는 부디 고분고분 따르며 물러나는 편이 신상을 위해 좋다고 눈으로 호소하면서, 돈 보퉁이를 건네준다.

돈을 주는 의미가 비파를 사들이는 것과, 일하지 않고서도 살아가기 위한 자금이라는 뜻을 전하는 사무라이도, 무묘마루와 마찬가지로 여태까지 쇼군의 생각을 착각했던 모양으로, 다시 말해 어젯밤의 감동을 가까이에서 재현시키기 위한 명령으로 믿어 의심치 않았던 모양으로, 설마 그런 것이었다는 사실은 꿈에도 몰라 대단히 미안한 표정을 지으면서도, 일단 따르는 것이 현명하다고 동료의 귀에는 들리지 않을 만큼 소리를 낮춰 속삭였고,

그러자 무묘마루는 간신히 착란 직전에 멈췄으며, 분별의 세계로 되돌아갈 수 있었고, 곁에서 사태가 어떻게 되어가는지 가만히 귀를 쫑긋 세우고 있는 비파 도사 쪽으로 눈길을 던

지자, 보통은 비쩍 마른 허수아비 같은 풍모의 종잡을 수 없는 인물임에도, 그때만은 태도가 달라져 동일 인간이라고는 도저히 여겨지지 않을 지경이었고, 거친 감정을 얼굴에 그대로 드러내었으며, 거절의 의지는 누구의 눈에도 명백했고, 두드려 부수라는 비파를 가슴에 꼭 끌어안은 채 이빨을 깨물었으며, 입 밖으로는 짐승의 으르렁거리는 소리와도 닮은 나지막한 신음이 희미하게 새어나왔고.

설득하여 물러나는 길밖에 없다고 판단한 무묘마루는, 흘러가며 살아온 자로부터 느닷없이 흐름에 거스르는 자로 변신해버린 맹인의 귀에 대고 필사의 설득을 시도했으며, 그따위 고물 비파쯤이야 아무러면 어떠냐고 말하고, 받은 돈으로 훨씬 고급의 신품을 구입할 수 있다고 이야기하면서, 그리고 지금까지와 마찬가지로 실컷 연주할 수 있으면 그만이지 않으냐고 달래고, 더욱 목소리를 낮추어 그 상대가 강대한 권력을 쥐고 나라 전체를 풍미하는 천하의 쇼군이라는 사실을 고했다.

그래도 비파 도사의 태도에는 변화가 없었고, 몸을 벌벌 떠는 까닭은 외포畏怖 탓 따위가 아니라, 저항의 각오가 어느 정도인지를 드러내는 것이다.

무묘마루가 억지로 비파를 빼앗으려 하자, 도사는 광포한 네발짐승과 같은 포효를 터트렸고, 혹은 털이 곤두서서 화를 내는 맹금과 똑같은 태도를 취했으며, 손을 물어뜯을 듯이 행동하며 누구에게도 따르지 않겠다는 자세를 분명히 드러냈고, 자기 자신을 위한 규칙과 절도, 게다가 타자와 구분하는 선을 몸으로 버텨서 지켜낼 결의가 온몸에 넘쳐흘렀으며,

비파 도사의 깊숙한 어둠의 밑바닥에 드러누워 있던, 완고하기에 더욱 귀한 혼의 늠름함과 높은 기개를 알기에 이르러, 자신이 한 덩어리의 부육腐肉＊에 불과함을 깨달은 무묘마루는, 설령 일시적인 세상에 몸을 두고 있다손 치더라도 창피를 당해서는 안 된다고 생각하여 더 이상 아무 말을 하지 않았고, 동죄同罪의 취급을 당하더라도 상관없다는 듯이 허리를 곧추세워, 욱일을 정면으로 받아 눈부시게 아름다운 의상을 번쩍이는 절대적인 특권자인 상대를 뚫어져라 노려보면서, 할 테면 해보라는, 호락호락 목숨을 빼앗기는 짓 따위는 하지 않겠노라는, 두 자루의 칼과 체력이 한계에 이를 때까지 한바탕 난리를 피워주겠다는 의사표시를 형상形相으로 드러내었고,

그러자 쇼군을 축으로 한 대조직 전체에 분노의 기색이 점점 농후해져갔으며, 완벽하게 조직화되어 있는 폭력집단 전체가 술렁거렸고, 각자가 준비태세를 갖출 때의 긴장감이 한 다발이 되어 부풀어갔으며, 금빛 양광을 받은 무구가 일제히 번쩍거리면서 위태로운 예견豫見을 품은 화려한 반사광으로 바뀌더니, 무묘마루의 핏발 어린 눈동자와 비파 도사의 흐릿한 눈동자를 파고들었으나,

당사자들은 조금도 두려워하지 않았고, 당당한 자세를 굽히지도 않았다.

이번에는 말[言]이 아니라 창을 손에 쥔 험상궂은 몇 명이 다가왔는데, 그 발자국 소리에는 따끔한 맛을 보여주겠다는 으름장이 느껴진다.

쇼군의 한마디에 목숨 한둘쯤이야 아무렇지도 않게 사라지는 가혹한 현실에 젖어들면서, 무묘마루는 절박한 사태에 어떻게 대처해야 할지에 대해 재빨리 머리를 굴렸고, 그러나 지하 감옥에 집어넣기 위한 것만의 연행이라면 한바탕 난리를 피우기에는 아직 이르다는 사실을 알아차리고 생각을 고쳐먹었으며, 지금은 일단 상대가 어떻게 나오는지를 두고 보기로 작정했고, 혹은 어쩌면 비파 도사가 드러낸 고집도 거기까지여서, 창이 겨눈다는 사실을 느끼는 순간 목숨보다 소중한 비파를 땅바닥에 세차게 두드려 깨트릴지도 모르며,
아니, 그런데 그런 식의 사태로는 나아가지 않았고, 꽉 움켜잡아 늪에서 건져 올린 자라와 같은 꼬락서니로 어딘가로 끌려가는 비파 도사는 허공에 떠 있는 다리를 버둥거리기는 했으나 비명을 지르지는 않았으며, 어른스럽게 담 바깥으로

*썩은 고기

끌려 나가긴 했으나 지금까지 있던 장소에 여전히 남아 있다는 인상을 지우기 어려웠고, 범백凡百의 무리들과는 선을 긋는, 넘치는 높은 기개를 알려주지 않고서는 가만히 있지 못하는 존재였다는 사실이 재확인되었으며,

그러나 한참 시간이 흘러도 자신에게 책망이 내려지지 않는 사실을 의아하게 여긴 무묘마루는, 자포자기의 만용을 부릴 예정을 일단 뒤로 미루었고, 꼼짝하지 않고 상황을 살피면서 다음 전개를 기다리기로 작정한 찰나에, 예의 촌장에게서 받은 독약을 삼키는 자신을 상상했을 때, 문득 무심의 경지에 도달했고, 그 귀중한 몇 순간이 흘러가자 필사의 술책이 떠올랐으며, 떠오름과 동시에 그것을 입에 담았다.

비파 도사니 뭐니 하는 것보다 꼭 보여주고 싶은 물건이 달리 있으며, 만약 괜찮다면 진사陳謝의 의미를 겸하여 그것을 헌상하고 싶다.

그렇게 이야기하면서 무묘마루는 등에 메고 있던 '별의 칼'을 칼집째 벗었고, 그렇지만 쇼군이 터트린 말의 최종적인 수취인인 그 사무라이에게 건네주지는 않았으며, 내력에 관한 설명을 하기 위해 좀 더 가까이 다가가고 싶다, 하다못해 자신의 목소리가 닿는 곳까지는 가도록 해달라며 땅바닥에 엎드려 애원했고, 열의가 담긴 그 애원이 쇼군에게로 전해져 답이

돌아올 때까지 이마를 조아리고 흰 모래에 찰싹 가져다 붙였으며,

칼 외에 목숨마저 빼앗기는 최악의 경우를 상정하면서, 그때는 그때여서 육박할 수 있는 곳까지 육박하여, 지하 감옥에서 일생을 마칠 비파 도사에게 뒤떨어지지 않는 인물로서 장절壯絶한 종언을 맞아야 한다고 처결했을 때 쇼군의 의향이 전해졌는데, 유감스럽게도 역시 칼만 상대해주겠노라고 하여, 남의 손에서 손으로 넘겨지면서 멀어져가는 '별의 칼'을 전송하는 수밖에 없었고,

그리도 강한 관심을 드러낸 칼에 얽힌 이야기를 직접 듣고 싶어 할지 몰라, 새겨진 야쿠오지라는 이름을 보고 소유자와의 인연을 알고 싶어 할지 몰라, 나아가서는 또 한 자루의 칼도 보고 싶어 할지 몰라, 어쨌거나 단념하기에는 아직 시간이 일렀다.

아무리 기다려도 대답은 없고, 그동안 사위는 쥐 죽은 듯이 고요할 뿐이었으며, 쇼군의 수하들이나 영주의 식솔들이나 기침 소리 하나 내지 않는다.

기다리게 만든다는 사실은 칼을 정성들여 음미한다는 의미로밖에 해석할 수 없었고, 그렇다면 적지 않은 흥미를 드러냈을 터이며, 말하자면 대어를 낚기 위한 미끼로서 부족하지 않

앉다는 사실로, 기다리면 기다릴수록 가슴의 두근거림과 이상하기까지 한 자부自負와 생기 넘치는 살의殺意가 더해졌고,

그럭저럭 하는 사이에 주위를 가득 메우고 있는 다수의 병사들이 어쩐지 산 인간으로 여겨지지 않게 되었으며, 등신대의 인형이 줄줄이 늘어서 있을 따름인 무기적無機的인 광경으로 느껴졌고, 마침내는 설사 쇼군이라고 하더라도, 그 실체는 칼을 시험 삼아 베어보는 짚단 묶음 정도의 존재이지나 않을까 하는 그런 기분이 들었으며,

그런데 그때 먼 전방에서 일곱 가지 색깔의 구름과 같은 희미한 빛이 불쑥 떠올랐다 싶더니, 백白을 주체로 하여 어렴풋이 빛나는 색색가지의 그 덩어리는, 흡사 허공을 미끄러지는 듯이 우아한 움직임으로 무묘마루가 엎드리고 있는 쪽으로 슬금슬금 다가와, 이미 쇼군과의 간격의 절반쯤에 도달했고, 그럴 마음만 먹는다면 가능했음에도 불구하고 어찌된 영문인지 도저히 그 정체를 파악할 수 없었으며, 물건인지 사람인지, 그도 아니라면 불가사의한 빛의 덩어리인지조차 파악하지 못했고,

그래도 이를 악물고 쑥 몸을 내밀어 가만히 응시하니 여인이라는 사실을 알 수 있었으며, 더군다나 너무나 아름답고 출중한 미녀로, 한 송이 아름다운 꽃의 출현에 의해 살벌한 분위기의 저택 뜰이 대번에 명미明媚*한 경치로 바뀌었고, 또한 그 상대가 단순히 부모에게 물려받은 미모와는 확연하게 다른,

이 세상의 어두운 종말에서 불쑥 솟아오른 천계의 사자使者를 방불케 하는 남장男裝의 여인麗人이며, 유녀遊女로서의 전형적인 차림새로 몸을 감싼 자였고, 그렇게 인식되었을 때는 가슴에 드리웠던 비장감이 한꺼번에 멀리 날아가버렸다.

이 세상의 봄을 실컷 즐기는 위정자들의 연석宴席을 빛내는 유녀 가운데 한 명이겠으나, 허식과 정조를 파는 자로는 도저히 여겨지지 않는다.

빠진 것이 단 하나도 없는, 아침이슬에 젖은 백국白菊과도 닮은, 향기나 다름없는 모습은, 흰색이 구할에 붉은색이 일할인 선명한 배색의, 더구나 미풍에도 나풀거리는 옷에 감싸여 투명감이 넘쳤고, 발로 땅을 밟으며 이동하는 생물로는 도저히 여겨지지 않았으며, 진짜 천녀天女조차도 그 자리에서 쫓아내버리지나 않을까 싶을 만큼 가벼운 존재로, 저녁놀이 진 하늘빛에 물든 것 같은, 꽃잎 그 자체의 모양을 한 입술에서 하늘하늘 새어나오는 말은, 절묘한 음률보다 훨씬 뛰어났고,

그렇지만 완전히 황홀지경에 빠진 무묘마루에게는 상대가 전하고자 하는 의미가 도통 이해되지 않았으며, 그리고 언젠가 위태로운 지경에서 구해주었던 바로 그 유녀와 동일 인물

*아름답고 고움

이라는 사실을 알아차리자 더욱더 기뻐서 어찌할 바를 몰랐고, 불후의 빛을 뿌리는 그리운 이성異性에게 그 당시의 인사를 할 여유조차 없었으며, 망연자실의 몸이 된 무묘마루의 눈 앞에 '별의 칼'이 살짝 내밀어졌고, 그것이 헌상을 거절당한 물건이라는 사실을 알 때까지 제법 시간이 걸렸으며, 과연 곧 이곧대로 덥석 받아도 될는지 어떨지 망설이면서도 해맑은 한마디 말밖에 하지 않는 여인의 얼굴에 이끌려 칼을 두 손으로 잡았고, 마치 하사품이라도 받는 듯이 공손하게 머리를 조아렸으며,

유녀가 몇 걸음 뒤로 물러나자 한숨 돌린 것도 눈 깜빡할 사이, 이번에는 유녀 대신 쇼군의 애완물로 여겨지는 한 명의 어린아이가 불쑥 다가오는가 싶더니, 너무나 나긋나긋한 태도와는 상반되는 격식 차린 말투로, 주인에게 전달받은 한 말씀을 담담하게 이야기하기 시작하는 것이었다.

자세를 낮추고 배청拜聽하지 않으면 안 될 말씀이면서도, 단조롭기 짝이 없는데다 남을 깔보는 듯이 거만한 것을 참지 못하여 무묘마루는 상체를 일으킨다.

요지는 대충 이런 내용으로, 아무도 흉내 내지 못할 만큼 잘 만들어진 것은, 그것이 칼이든 비파 연주자이든 무가치할 뿐더러 언젠가는 세상에 혼란을 초래하지 않을 수 없는 지극

히 위험한 무용無用의 대물일 뿐이어서, 누구보다 나라를 다스리는 자에게는 요주의이며, 세상에 골고루 퍼져서 좋은 물건이나 인물은 항상 적당한 완성도를 갖추지 않으면 안 되고,

다시 말해 이곳의 영주가 데리고 있는 정도의 솜씨를 가진 비파 주자와, 보통의 쇠로 담금질한 것 중에서 우열을 다툴 정도의 도검이면 충분하다는 뜻으로, 설령 그것을 훨씬 초월하는 무언가가 존재한다고 하더라도 결코 시인해서는 안 되며, 비뚤어진 기괴한 것으로서 깊은 무관심으로 대하지 않으면 안 되고, 아니, 도리어 적극적으로 배제하여 구축驅逐하지 않으면 안 된다는 것으로,

이번에는 보도寶刀의 영역을 넘어버린 그 칼을 용서하여 그냥 풀어주지만, 나락의 밑바닥에서 귀신들을 상대로 싸우게 될 때까지 사람들의 눈에 띄지 않는 장소에 숨겨두거나, 그렇지 않으면 자신의 목이라도 잘라버리고 싶어질 때 써먹으면 될 터이고, 그러므로 그것은 정당하게 살아가는 정당한 인간에게 어울리는 물건이 아니라, 불화와 부조화를 기피하는 이 세상에 도저히 걸맞은 물건이 아니라는 것으로,

또한 무슨 일이 있어도 비파를 버리려 하지 않는 도사 쪽은, 죽을 때까지 지하 감옥에 갇혀 있을 수밖에 없고, 그도 그럴 것이 소리는 바람처럼 무애이며, 듣고 싶어 하지 않는 자의 귀에도 들어가버리며, 변덕이 심한 마음에 갖가지 악영향을 미치는 주력呪力을 갖고 있기 때문에, 어리석은 백성들은 세상

의 모든 의문에 괴로워하고, 악심을 품으며, 윗분에 대해 대역의 죄를 범하는 자가 나타나고, 그것이 질서와 규율의 붕괴로 이어지지 않을 수 없는 폭풍의 근원이 되며, 그로 인해 반기를 휘둘러 천하를 빼앗을 기회를 호시탐탐 노리는 시골 사무라이의 집단 따위보다 훨씬 두려운 상대이고, 그런 발칙한 자를 그냥 그대로 내버려둘 수야 없다는 것이었다.

아퀴를 짓는 한 말씀으로써, 어린아이는 조숙한 말투로 걸출하고 초절한 존재가 용서하는 것은 꽃과 여인의 아름다움뿐이라고 전한다.

그리고 이 자리에서 즉시 사라지라고 명했으며, 그렇지 않으면 점점 기분을 상하게 만들지 않을 수 없다고 충고했고, 한번 더 가까이 오면 그 칼을 쇳물 녹일 때의 화로에 그대로 던져 넣어버릴 것이라고 협박했으며, 한창 물 오른 나이의 처녀를 연상시키는 고혹적인 눈길로 무묘마루를 힐끗 째려보더니, 너 같은 자와 나누어 가질 것은 하나도 없다는 듯이 배타적인 태도를 드러내었고, 이루 말로 표현하지 못할 아름다움을 갖춘 유녀를 재촉하여 쇼군에게 사랑받음으로써 목숨을 이어가는 삶으로 되돌아가고자 발꿈치를 돌렸으나,

그러나 유녀는 즉시 어린아이의 뒤를 따라가려 들지 않았고, 그렇기는커녕 방향을 거꾸로 나아가, 얼이 빠진 것 같은

표정으로 '별의 칼'을 등에 매려고 하는 무묘마루의 정면에 멈춰 서서, 멋진 방향芳香을 뿌리면서, 기운을 돋우는 듯이 달콤한 목소리를 내면서, 당사자의 귀에밖에 들리지 않도록 속삭였는데, 사실 이야기의 내용은 엄숙한 것으로, 추호도 성급한 짓은 하지 말라면서, 쇼군과 같은 존재는 이름과 형태를 바꾸어가면서 끝없이 생겨나는 것이므로 아무리 저항해보았자 소용없다고 말했고,

그러면서 노래를 부르는 듯한 말투로, 쇼군과 그 부하들은 지금 이 사태를 연회의 뒤풀이의 연장으로밖에 여기지 않으며, 저자들은 실컷 놀려먹은 다음에 칼을 빼앗을 작정이라고 말했고, 일단 안도하도록 만들어 뒤통수를 치거나, 놓아 보내는 것처럼 하면서 단숨에 덮칠 작정이며, 담장에 도달하기 전에 왜구가 중개하여 전래한 철포의 시험 사격 표적으로 삼을 심산이고, 그러므로 인기척이 없는 곳으로 갈 때까지는 절대로 등을 보여주어서는 안 되며, 지시받은 출구를 통과해서도 안 된다고 말했고,

그것으로 해야 할 말은 전부 한 것으로 여겼더니, 일단 되돌아가려다가 이내 다시 돌아와, 이 쉽지 않은 사태의 진전과는 전혀 무관계한 이야기를, 주위의 자들이 괴이쩍게 여기지 않았으면 하는 배려도 있었겠으나, 상당히 간단명료한 설명으로 짧게 말했고, 이번에는 가상과 실제의 틈바구니에 몸을 두는 자 따위가 아니라, 생짜 여자로서의 근원의 모습으로 되돌

아가는 것 같은 뒷모습을 보여주면서, 난맥亂脈이 극에 달하고 사치奢侈로만 흐르는 현란한 나날 속으로 돌아가버렸다.

산만하기 쉬운 이야기를 일단 제쳐둔 무묘마루는, 주의력을 한계에까지 높이고 지각하는 모든 정보에 자세히 주의를 기울인다.

그리고 맞은편의 쇼군을 향하여 절을 하는 것 같은 동작을 취하면서, 실은 귀중한 이야기를 두 가지나 해준 유녀에게 깊숙이 머리를 숙였고, 사방으로 부지런히 눈길을 던지며 슬금슬금 뒷걸음질 치기 시작하여, 적에게는 겸손한 태도를 보이는 척하며 최초의 담 쪽으로 물러났으며, 차츰차츰 짐승의 성질을 그대로 드러내어 불굴의 의지로 자신의 오체를 조종했고,

그렇지만 어디를 어떻게 둘러보아도 철포를 휴대한 자의 모습은 보이지 않았고, 활에 화살을 잰 자조차도 없었으며, 다수의 부하들은 여전히 목우木偶의 집단으로밖에 여겨지지 않았고, 혹은 죽기 위해 살아온 우자愚者로밖에 느껴지지 않았으며, 잔혹하고 유쾌한 좌흥에 가슴 설레는 풍정은 도통 느껴지지 않았고, 개중에는 꾸벅꾸벅 조는 자마저 있을 정도였으며, 그렇다고 해서 조금 전에 유녀로부터 받은 충고가 쓸데없는 걱정에서 나온 것으로는 여겨지지 않았고,

어쩌면 그냥 이대로 무사히 바깥으로 나갈 수 있지 않을까

하고, 그런 낙관이 머리를 쳐드는 참에, 키 작은 나무가 무성한 곳을 지나쳐갈 때, 함께 따라오던 사무라이가 갑작스레 잽싼 발걸음으로 떨어져 나갔고, 이어서 헝겊이 타는 것 같은 냄새가 코를 찔렀으며, 그것이 화승火繩에 불이 붙어서 나는 냄새라는 사실을 알았을 때는, 동시에 이쪽을 겨냥하고 있는 몇 개의 총구가 눈에 띄었고, 집념 강한 시선에 노출되어 있었으며, 그러자 몸뿐 아니라 혼마저가 쪼그라드는 바람에 이로써 끝장이라는 무묘마루답지 않은 체념에 의해 꼼짝달싹 못하게 되고 말았다.

보일 턱이 없는 쇼군의 얼굴이 뚜렷하게 식별되었는데, 수염을 기르거나 대륙산 옷감의 의상을 걸쳤지만 풍채는 보잘것없는 사내가 입맛을 쩝쩝 다시고 있다.

착각일지도 모르는 그 표정이 하마터면 사자死者의 마지막 숨을 내쉴 뻔했던 무묘마루의 반발심을 불러일으켜, 내부에 깃들어 있던 야만스러운 저력을 순식간에 끌어내어, 약육강식의 경향을 지닌 자아를 자극하는가 했더니 사려思慮 없는 몸놀림으로 거칠어졌고, 흡사 들판을 나는 새처럼 재빨랐으며, 당사자 자신조차 그 움직임의 목적을 알아차리지 못할 지경이었고, 싸우려는 것인지 달아나려는 것인지도 알 수 없었으며,

단지, 왼쪽 옆구리에 상당한 충격을 받은 기억은 있었고,

불에 달군 부젓가락으로 푹 쑤신 것 같은 자극을 느낀 순간, 돌멩이에 발이 차이지도 않았는데 앞으로 폭 꼬꾸라졌으며, 그때 넘어져버렸다면 만사휴의가 되고 말았음에 틀림없고, 강한 자들만 즐비한 적들이 떼로 몰려들어 깔아 눕혔을 것이며,

그러나 다행스럽게 이내 몸자세를 바로잡을 수가 있었고, 그토록 심했던 격통도 이내 소멸되었으며, 그렇다고 해서 자신이 하는 짓이 전혀 파악되지 않는 상황이라는 사실에는 아무 변화가 없었고, 그래도 자신의 입에서 욕설이 튀어나올 때마다 꽃보다 아름다운 선혈이 공중으로 뿜어져 나간다는 사실만은 인식할 수 있었으며, 불특정다수의 타자의 몸이 내뿜는 선혈은, 똑같은 길이의 두 자루의 칼로써 원전활탈圓轉滑脫*의 투혼을 발휘하는 야차夜叉의 내면적 빛과 서로 어울려, 주렁주렁 달린 감을 황금색으로 비추는 만추晚秋의 태양을 압도했다.

어떻게 해서 삼중의 담을 뛰어넘고, 어떻게 해서 삼중의 해자를 건너, 어떻게 해서 추격자를 뿌리칠 수 있었는지는 영원한 수수께끼가 되리라.

사람들의 왕래도 드문드문한 먼지투성이 가도를 순식간에 가로질러, 수확 직전의 계단식 논을 잇달아 뛰어넘어, 단풍이 너무나 아름다운 산속 깊이 들어가, 눈이 아찔해질 정도의 절벽을 슬슬 기어올라, 활연豁然하게 펼쳐진 참억새의 들판을 바

람과 더불어 건너, 그래도 더욱더 돌진하여, 그렇다고 해서 쫓겨서 도망친다는 자각은 거의 없었고, 승리를 거둔 자의 발걸음을 영판 닮았으며,

대관절 자신의 어디에 그런 힘이 숨어 있었는지, 어째서 그렇게까지 해서 살아남으려고 했는지 따위를 자꾸만 의아하게 여기면서도, 이대로 계속 걸어가면 머잖아 심장의 움직임이 한계에 도달하리라는 불안에 시달리면서도, 전혀 생기를 잃어버릴 기색은 없었고, 다리는 일순도 멈출 줄을 몰랐으며, 마치 일류과 경쟁이라도 하듯이 서쪽으로 서쪽으로 나아갔고,

승패가 가려지기 전에, 새빨갛게 타오르는 낙일落日에 이별을 고할 즈음이 되자 비로소 걸음걸이가 둔해졌으며, 주위가 평범하기 짝이 없는, 때까치가 우는 소리만이 울려 퍼지는 잡목림이었음에도 불구하고, 안심하고 실컷 쉬는 게 가능한 짙푸른 대지로 여겨졌고, 혹은 신경지新境地에 도달한 것 같은 상쾌한 기분이 들었으며, 혹은 또 인간 세상 따위야 그저 일장춘몽에 지나지 않는다는 귀에 익은 속담이 새삼스레 생생하게 되살아났고,

시든 잎이 두텁게 쌓여 푹신푹신해진 땅바닥을 향해 혼절이라도 하듯이 벌렁 쓰러지자, 운명을 저주하고자 하는 경향이 가을날 맑은 하늘로 휙 빨려 들어갔으며, 그 대신 관대한

---

*모나지 않고 잘 변화하여 자유자재로움

기분이 가슴 가득 들어찼고, 몇 명의 피를 뒤집어썼는지 짐작조차 하지 못할 자신의 뜨거운 사대四大*를 새삼 애처롭게 여기면서, 스스로의 혼을 충실하게 살아가자는 자각이 강해졌고, 오점이 하나도 없을뿐더러 세월이 흐를수록 미질美質을 늘여가는 나의 인생이라는, 그런 독선적인 대답을 내놓고 싶어지는 것이었다.

옆구리에 입은 관통 총상은 집게손가락이 손쉽게 들락날락할 정도였으나, 어찌된 영문인지 통증은 느껴지지 않았고, 출혈도 그리 심하지는 않다.

아직 푸름을 유지하고 있는 양지 쪽의 쑥을 뜯어내어 즙이 배어나올 때까지 잘 문질러서, 그것을 둥글게 뭉쳐 상처에 쑤셔 넣고, 전신에 퍼져 있는 상처에도 정성껏 바르는 도중에 남의 피를 흠뻑 뒤집어쓴 자신의 몸을 비로소 알아차렸고, 잠시 동안, 흡사 엄청나게 변환變幻하는 무늬를 수놓은 다른 의상으로 갈아입은 것 같은 기분이 들었으나, 핏자국을 염료로 혼동할 만큼 착란하지는 않았으며,

그렇다고 해서 어떤 일을 저질렀기에 그렇게 되었는지 하는 자신의 행위에도 일체 관심을 기울이지 않았고, 따라서 마음이 흔들리는 법은 없었으며, 가슴이 찢어질 것 같은 찰나도 없었고, 최대의 공적을 올린 칼을 애석해 마지않는 물건처럼

여기며 들여다보는 일도 없었으며, 상대와 절대의 틈바구니에 몸이 끼어 꼼짝달싹하지 못하고, 목마름이나 배고픔에도 개의치 않고 고하루비요리[小春日和]의 양기陽氣를 환영하면서,

지나치게 계루係累**들에게 떠받들려서, 부질없는 양언揚言***을 남발하고, 오로지 광조狂躁의 외길을 치닫는 경박한 쇼군의 일도, 지하 감옥에 갇혀서도 죽을 때까지 연주를 멈추지 않겠노라고 작정하여 예술의 멍에를 뒤집어쓰고만 옹고집 비파 도사의 일도, 영감靈感이 넘친다고밖에 달리 표현할 길이 없는, 드문 미모를 유력자의 눈에 드러냄으로써 나날의 양식을 얻으면서, 무묘마루와는 기우奇遇를 거듭하며 아슬아슬한 대목에서 구원의 손길을 쑥 내밀어주는 유녀의 일도, 십 년 전의 일상다반사처럼 떠올려볼 만한 가치는 어디에도 없었다.

그림의 떡처럼 인간 티를 벗은 아름다움으로 감싸인 유녀 자신이 아니라, 그녀가 속삭여준 이야기만이 꼬리를 끈다.

그것도 적이 노리는 바를 누설하고, 철포에 관해서까지 일러준 엄청나게 귀중한 그 조언이 아니라, 그렇게 한가로운 이야기를 나눌 계제가 아니었음에도 불구하고 마치 덤으로 한마

---

*만물 생성의 근본이 되는 지, 수, 화, 풍을 가리키나 여기서는 사람의 몸을 뜻함 **얽매이는 것, 여기서는 처자와 권속 ***공공연하게 떠듦

디 덧붙이는 것처럼 가벼운 말투로 전해준 그 짧은 정보가, 지금도 여전히 가슴에 단단히 달라붙어 있어서, 그 건으로 머리도 가슴도 가득 차 있는 형편이었으며, 이대로 이런 곳에서 누구도 모르게 죽고 말 것인가 하는 불안조차 파고들 여지가 없을 지경이었는데,

훨씬 더 늙기는 했지만, 당신을 빼쏜 듯이 닮은 남자를 안다, 그분은 도읍에 살며, 벚꽃이 흐드러지게 피는 산중턱에 세워진, 쇼군 일족 전용의 대사원을 통괄하는 최고위 승정僧正의 신분이고, 그 잠재적인 세력에는 쇼군도 한 수 접지 않을 수 없다는, 그냥 그 정도 내용의 이야기이기는 했으나, 그러나 그것은 오늘 체험한 너무나도 자극적인 이런저런 사건을 모조리 멀리 밀쳐내어버릴 만큼 강렬한 인상을 지녔으며,

혈맥의 인연에 대해 부정한다는 것을 자인하고, 그것을 자랑삼으며 언제나 독립하여 살아온 무묘마루이기는 했지만, 자신이 어디에 있건, 지금까지 신경 쓰지 않았던 아버지에 관한 일이 단숨에 절박한 과제로 바뀌어 밀어닥치는 것을 느꼈고,

그러자 정신의 궤적이 크게 사행蛇行을 시작하더니, 한참 뒤 자신조차 주체 못할 강한 느낌에 사로잡히면서, 쏟아지는 눈물을 도저히 억누를 수 없었고, 밤을 더욱 깊게 하는 가지색 하늘을 향해 두 팔을 서서히 뻗으면서 격렬하게 흐느껴 울었으며, 어쩌면 그 모습은 어미가 안아주기를 바라는 젖먹이 아이의 동작을 본뜬 것인지도 몰랐다.